金庸者谁：北大金庸研究课堂实录

孔庆东 著

图书在版编目（CIP）数据

金庸者谁：北大金庸研究课堂实录/孔庆东著. —北京：北京大学出版社，2019.10
ISBN 978-7-301-30689-5

Ⅰ.①金… Ⅱ.①孔… Ⅲ.①金庸（1924-2018）-侠义小说-小说研究
Ⅳ.①I207.425

中国版本图书馆CIP数据核字(2019)第170529号

书　　　名	金庸者谁：北大金庸研究课堂实录 JINYONG ZHE SHUI: BEIDA JINYONG YANJIU KETANG SHILU
著作责任者	孔庆东 著
责任编辑	李书雅
标准书号	ISBN 978-7-301-30689-5
出版发行	北京大学出版社
地　　　址	北京市海淀区成府路205号 100871
网　　　址	http://www.pup.cn　新浪微博：@北京大学出版社 @培文图书
电子信箱	pkupw@qq.com
电　　　话	邮购部 010-62752015　发行部 010-62750672　编辑部 010-62750883
印 刷 者	天津联城印刷有限公司
经 销 者	新华书店
	660毫米×960毫米 16开本 26.5印张 329千字 2019年10月第1版 2019年11月第2次印刷
定　　　价	89.00元

未经许可，不得以任何方式复制或抄袭本书之部分或全部内容。
版权所有，侵权必究
举报电话：010-62752024　电子信箱：fd@pup.pku.edu.cn
图书如有印装质量问题，请与出版部联系，电话：010-62756370

金庸先生与孔庆东先生

沁园春·读金庸

一九八九年十一月十八日子时

（时人多以我读金庸为无聊，谁知笛里壮士之心哉？）

千古苍凉
骨透罡风
血卷残阳
问春花一落
楼空几载
秋波万项
心系何方
冷剑飘零
温琴寂寞
酒醒三更闻虎狼
邀明月
作终宵痛饮
情渴如狂

寻芳不过横塘
任啼血刀头余暗香
看乾坤丸转
英雄玉碎
屠龙技短
报国书长
鸿爪无痕
佛颜似铁
独坐幽篁疗旧创
箫声起
有金蛇款舞
满地银霜

[前言]

红楼飞雪神侠影，何日凭湖倚碧鸳？

北京大学著名校友，名满天下的一代大侠查良镛——金庸先生，于2018年10月30日在香港，以九十四岁耄龄仙逝。讯息传来，天下震动，未名湖畔也充溢着悲伤、叹惋。本人作为金庸小说的研究者之一和金庸先生的忘年交，当晚接到许多问讯和采访。恰好2018年10月31日有本人的"现代通俗小说研究"公选课，我乃临时决定当天的内容改讲金庸。

金庸自20世纪50年代出道以来，一支劲笔横扫华人世界。寰宇之内，只要有华人的地方，就可以谈论"飞雪连天射白鹿，笑书神侠倚碧鸳"。金庸的文学成就，用中国现代文学研究泰斗严家炎先生的话说，乃是引发了一场"静悄悄的文学革命"。金庸小说不但超越了旧派武侠，而且超越了通俗文学。金庸写武打，有"赤手屠熊搏虎"之气魄；写情爱，有"直教生死相许"之深婉；写风景，有"江山如此多娇"之手笔；写历史，有"一时多少豪杰"之胸怀。其十五部杰作，将博大精深的中华文化，最全面、最立体地展现于世，在冷战时期和改革开放时期，起到了凝结整个中华民族的历史作用。

北京大学师生，很早就开始关注金庸先生的作品，20世纪80年代，就掀起了金庸热。许多校领导和许多院系的知名学者，都是"金庸迷"。后来金庸先生参与《中华人民共和国香港特别行政区基本法》起草工作，他草拟的"查氏方案"成为《中华人民共和国香港特别行政区基本法》的主体后，北京大学授予查良镛先生名誉法学教授称号。严家炎先生更于1994年率先在北京大学开设了金庸小说研究课，出版《金庸小说论稿》，这是金庸小说走进高雅文学殿堂的开始。钱理群、陈平原和我等文学史家，也先后撰文、著书、开课，高度评价金庸小说的成就并予以科学研究。该系列研究，引起了整个现当代文学史研究格局的调整和改变。北京大学还举办了金庸小说国际研讨会，多位学子以金庸小说为题撰写毕业论文，北京大学成为金庸研究的重镇。各地举办的金庸小说研讨会，多有北京大学的学者发表重要论文和演讲。金庸本人，也多次表达对北京大学的尊仰和崇敬。尽管他已经获得了许多国家知名大学的教授头衔和博士称号，可他仍然衷心希望，像一个普通学子那样，拿到北京大学的正式博士学位，遂于2009年，投入北大中文系袁行霈教授门下，攻读博士，当年其已八十五岁。惜乎耄耋之年，修满学分不易，金庸先生至今尚未结业，便一代哲人仙去。金庸与北大，留下一段遗憾，也不失为一段佳话。

金庸先生早年立志救国救民，为正义事业侠肝义胆，一生关心天下大事，心系祖国统一大业，著作数千万言，影响十几亿人。这与北京大学"铁肩担道义，妙手著文章"的精神是高度契合的。本人计划2019年再度开设"金庸小说研究"课，与"敢为天下先"的北大学子共同思考，如何在新时代发扬中华文化的侠义精神，让中华文化走向世界、造福人类。

目录

前　言　　i

| 课程介绍 | 第一课 | 3 |

金庸者谁	第二课	31
	第三课	69
	第四课	99
	第五课	128

功高几许 ——金庸小说中的武功	第六课	157
	第七课	185
	第八课	217
	第九课	246
	第十课	268

情是何物 ——金庸小说中的爱情	第十一课	283
	第十二课	309
	第十三课	337
	第十四课	366

| 金庸小说
中的民族观 | 第十五课 | 385 |

课程介绍

第一课

授课：孔庆东
时间：2014年2月18日火曜日申时
地点：北京大学理科教室207
内容提要：课程介绍、要求、计划
　　　　　介绍金庸小说的版本、衍生品
　　　　　介绍金庸及金庸小说研究者

课前花絮

生：师父，刚才有人说咱们太过分了，因为学生已经把214、215教室的椅子搬光了〔众笑〕！

师：那没办法啊。

生：他说让你呼吁一下还是怎么着，说那边老师上课都急了，说上课没有椅子坐〔众笑〕。

师：同学们不要把旁边教室的椅子都搬来〔众笑〕，影响人家上课，有饭大家吃，有课大家听〔众笑〕。非常抱歉，北大现代化的速度还是跟不上，教室太小了。但是好像目前还找不到比这个更大的教室来，希望大家多谅解，也许有一天咱们改到春晚那个现场去讲。

好，那我们开始上课吧。各位同学、来旁听的各路好汉、朋友、领导，我给大家拜个晚年。还没过正月二十，我刚才在来的路上看未名湖的冰还没有化冻，还算在年里，我说一句拜年话吧：祝大家马年吉祥、马行千里、马逢伯乐，不要马齿徒增、马马虎虎。今天主要是给大家介绍一下本课。我们教务部门规定的惯例——第一次上课要对这个课程进行介绍，方便大家选课和退课。我们这个课的名额好像是三百人，我不知道现在有没有选满〔众笑〕。不过，每年的情况用鲁迅先生的话说，"大抵是如此的"〔众笑〕。从我个人来说呢，今年是本人的五十小寿，我本来想退隐山林，但是"树欲静而风不止"，看来我还不能一下进行"休克疗法"，还得慢慢地想一些"阴谋诡计"来缓缓退出江湖。大家如果看过《笑傲江湖》的话会知道，"金盆洗手"这件事是非常危险的〔众笑〕。所以江湖就是这样，你想金盆洗手，都得想一番"阴谋诡计"，不能直来直去。我打算采用军事上的佯攻之法，貌似很高调地低调退出。

所以这个学期我开了这个比较高调的课——"金庸小说研究"。我想今天在座和在立的各位，不一定都是冲着我的名气来的，这里面有一半或者更多的人是冲着金庸先生的名气来的。我不过是站在巨人的肩膀上，沾了巨人的光而已。

好，下面我就开始进入本课的介绍。本学期，我开了一门全校性的通选课，面向全校各院系本科生，叫"金庸小说研究"。说一下本课的历史。本课不是第一次开，专门讲"金庸小说研究"，我已经讲过两次。第一次已经是十年前了，2004年到2005年。四年前，2010年到2011年，我也讲过一次"金庸小说研究"，也就是说差不多又一轮学生毕业了。今年是我第三次在北大正式开"金庸小说研究"课。今年有一个机缘，金庸先生出生于1924年，今年是金庸先生九十周岁，这门课也算是遥遥地对金庸老先生表示的一个敬意吧。

我自己这些年其实对金庸研究没有什么创新，没有什么突破性的进展,整个金庸研究在这几年里面没有整体性的推进。因为一代人会有一代人的思维局限,再有学问、再聪明的人,也超越不了自己的时代。我很希望年轻的人,包括年轻的学者、年轻的研究生,最好是我们的本科生,能够给我们带来冲击,带来新鲜的血液。想当初,把金庸小说抬进象牙之塔、抬进艺术殿堂的也是一群年轻人啊,就是当年的孔老师们啊。当年我的老师那一代人是看不起金庸小说的,你说好,他们认为那只是大众意义上的好,不承认这是艺术。那个时候我们还能在我们的老师面前形成一种冲击力,我们说金庸就是了不起,必须是这样去"冲击"老师。然后慢慢地,我们看经过十年、二十年,金庸现在完全经典化了,现在读金庸和二十年前读已经不可同日而语,二十年前读金庸小说是一个通俗文化行为,今天读金庸小说是地地道道的高雅行为〔众笑〕。因为今天的中学生根本不读书,不读武侠小说了,他们所知道的金庸小说中的情节大部分来自电视剧和电子游戏,来自网络,所以他们彼此说的情节都对不上,因为不同的游戏,版本不同啊〔众笑〕,是吧?前几天我刚遇到一个小孩儿,我看他在玩《神雕侠侣》的游戏,就问他:"这里边谁武功最高啊?"他一说,吓我一跳,他说:"陆无双。"我说:"陆无双武功有这么高吗?"他说:"陆无双武功特别高,有一个对手特别可恨,买了杨过一家子来打她。"〔众笑〕我不太懂,就问:"怎么还可以买人呢?"他说有钱就能买。所以你看,他理解的武侠和我理解的差距就很大,我得努力向他靠拢〔众笑〕,我得跟上形势,了解现在的武侠是怎么回事。所以我希望有同学能够在这课上讲现在的年轻人能体会到的新东西。

下面,我说说我们这个课的要求。最基本的要求应该是:正常听课,通读六部金庸武侠小说。我上课从来不点名,我能通过你的作业完成情况,看出你读过多少金庸武侠小说,希望大家自觉。那么,比这个更高一点的要求是:认真听课,通读全部金庸武侠小说。金庸名气这么大,其实他的小说数量很少，长长短短加起来就十五部，大部头小说其实就六部，加上很短很短的一共才十五部，跟其他武侠小说作家简直没法比，其他武侠小说作家动不动就写三十多部，六十多部，还有写一百多部的，所以金庸的创作数量并不大。当然，如果以前你完全没有读过金庸的小说，那可能这个阅读量有点大，如果你以前已经读过一部分，你应该趁着这个课把它全部拿下，这等于说你在一个领域里边，到处都有话说，能够到很多论坛上去讨论。这门课高层次的要求是：融会贯通，除了通读金庸的小说外，还要通读你能看到的金庸的全部作品，他的作品不只是小说。你还应该读一部分相关的学术著述，看看别人是怎么论金庸的，要把他当成一个科学研究的对象。

能够研究金庸这么复杂的现象，有利于你研究那些相对简单的人生现象。我希望有同学能够在自己深入研究的基础上，对金庸小说研究提出独到的学术见解，我期待并且觉得应该有这样的同学。学术界近年对金庸的研究似乎没有大的突破，但我看到群众的金庸研究真是如火如荼，高人辈出。我有时候会在网上看到写得很好的文章没有署名，或者是转来转去作者名就丢了，虽然这篇文章的作者走的不是学院派的路子，他不像我们老师这样一板一眼地写文章，但是我能看出他有真知灼见，他下了大量的功夫，看了许许多多的材料。比如，有的人为了研究金庸小说，把《明史》都读了，把中国武术史都研究了。其实这就是做学问，而且我认为这做的可能是真正的学问。

说到读书就要说到版本问题，我多说一下版本问题。版本本来是学者们经常说的，但由于现在网络发达，网上谈版本的人很多。首先我们要明确的一个问题是金庸小说的版本非常多，这是一个不争的事实，版本多到什么地步呢？至今为止没有一个人能罗列出金庸小说的全部版本，我估计永远不可能，因为有些版本已经湮没了。比如说，有一个单位可能就盗版了一次金庸小说,没赚到钱,卖了一千本就不再印了,没什么人注意这个版本,所以这个版本就这样湮没了,我们都没有机会去收集这个材料。可能当时有人一看这书印得很差,看完就随手扔掉了,后来就买了更好的版本。只有像我这种有深谋远虑的人才会专门去收集这些垃圾版本。所以现在谁也说不全金庸小说有哪些版本。这么多版本,这里面学问很大,我相信将来在金学里面早晚会独立出一门学科叫"金庸版本学"。我建议大家在这些版本中以生活·读书·新知三联书店1994年版为准。这一版发行量很大,而且它各个方面比较规范,影响也非常大,得到了最多读者的认同。当然,你要看别的版本也可以。

我们现在说金庸小说有旧版、新版、新修版,大概是这么几种称呼。第一种叫旧版。1955年到1972年,也就是金庸从事武侠小说创作的这十七年,在这十七年中金庸小说出了许许多多版,这些统称为旧版,所以旧版不是一个版,旧版包括许多版,因为这些版主要连载于报刊,所以也称连载版。一百多年来中国有很多"剪报迷",其中一部分人每天看完了报纸上连载的小说后都把小说剪下来,标上日期,过一段时间将其装订成册。我父亲那一代就有这样的人,比如,我考上北大中文系之后,我爸在家里就经常剪报,我放假回到家里,我爸就说:"你看我给你剪了一本小说。"他剪的那个小说对我其实是毫无用处的,但是我不能这样明说,怕伤了老人家的心,我得谢谢我爸爸,毕竟他心里装有这个儿子,他知道他儿子在学文学,他以为他儿子需要多读几本小说,他就剪这个报纸。我估计有人收集了金庸当时在报上发表的小说,一段段地把它剪下来收集起来,但是我还没有遇到这样的人,我问了香港的学者,他们也没有碰到过。这样收集起来的小说是纯粹的连载版,如果谁有这么一版,将来从家里拿出来,说,"这是我1955年收集的金庸连载的《书剑江山》",那是无价之宝,太珍贵啦!随着金庸小说的连载,很多书店、出版社就自己去印单行本，这和新中国成立前的情况是一样的，我们新中国成立前的武侠小说就是一边连载一边有书商印，有的是作者授权的，大部分是没有作者授权的。这十几年中金庸小说出了许许多多版，这些版本的文字都跟报纸上连载的是一样的，没有改动，从内容上说是统一的。但是这些版本多数都已经散佚了。由于后来金庸对自己所写小说改动很大，所以旧版这一版的内容是很有价值的，有利于研究当时金庸本人的思想、以香港为中心的东南亚的话语情况。金庸后来的修改是他后来思想的表现，所以旧版是很值得研究的。比如说金庸后来就把旧版中大量的怪力乱神的内容都删掉了。这些内容要不要删掉？读者有不同的意见。比如书中写两种动物大战，写得非常精彩，但这不科学，所以后来金庸把不科学的地方删掉了，让它显得更科学一点，这个有没有道理，是可以研究的。

在"三联版"之前，天津的百花文艺出版社曾经出版过《书剑恩仇录》，但是没有出版金庸的其他小说，所以"百花版"的《书剑恩仇录》成了一个挺有价值的收藏品。现在我们还能够找到"百花版"的《书剑恩仇录》，一些"金迷"手里有这一版。后来金庸用了十年时间修改作品，修改后的作品交由一些出版机构出版，这里面就包括大陆的"三联版"。大陆的"三联版"和台湾的"远景版""远流版"是一致的。有很多人问"远景版""远流版"有什么区别，其实就是封面不一样，内容没有变化。金庸小说的新版还有一个很有名的"宝文堂版"，宝文堂大概在北京东四那块儿，现在都已经不存在了。"宝文堂版"是影响最大的"新版"之一，我们的两代"金迷"可以说都是这个"新版"培养出来的。在金庸小说出新版之前，我们——像我这个岁数的人，20世纪80年代读金庸的人——读的是各种乱七八糟的盗版。我们读的是什么版，自己都不清楚、记不住，因为不是自己买的书，是从书摊上租来的。在"宝文堂版"之后还出过一个"评点本",是北京文化艺术出版社出的一套"评点本"《金庸武侠全集》。我也参与了点评,我和严家炎老师一起评点的是《连城诀》。北京文化艺术出版社找了一些名家来对金庸小说逐部进行评点,可是这些名家其实多数并不懂得中国传统的评点艺术,他们可能连金圣叹都不了解,有的知道金圣叹又未必有金圣叹的本事。评点是需要非常高的技术的,需要四两拨千斤,好的评点不是把你的学术文章拆碎了分到人家的字里行间去,而是能够点铁成金、一语中的、引人思考、透露学问。当时"评点本"的宣传力度很大,但由于金庸先生不满意这个"评点本"对一些作品的评点,且这个出版社在出版繁体版时跟金庸有一些矛盾,金庸还要跟他们打官司,虽然后来矛盾化解了,可因为有了这些波折,这个"评点本"的销量不是很大,收藏量也不多。

我们现在来看最新的版本,叫"新修版",曾经有人称其为"新新版",现在我们一般称其为"新修版"或"世纪新修版"。1999 年,金庸和生活·读书·新知三联书店的合同到期,不再续约。金庸有他自己的打算。我在很多场合,包括网上,看到很多人批评金庸,说金庸就想赚钱,想各种办法多赚钱。我觉得一个人想赚钱不是什么错误,他有本事赚钱,他想办法赚钱,这都没有错。只要他赚的钱是他自己的劳动换来的就可以嘛。那只能说明金庸有本事,他想赚钱我觉得无可厚非。1999 年,金庸宣布要第三次对他的小说进行大规模的修改,这在当时引起了很多争论。到现在为止,大多数"金迷",包括金庸研究专家,是不赞成金庸对小说大动干戈的,可我觉得这是金庸先生的自由。我当面跟金庸先生表示过:第一,修改小说是作者的自由,别人只可以提建议;第二,我希望他修改的是一些小说中的硬伤,比如说错字、病句,这是第一层次的硬伤,第二层次的硬伤有时间、地点、材料上对不上的地方,前后矛盾的地方等。金庸小说这么深入人心,大家已经把它研究得无孔不入了。有人细心地研究了一下郭靖和黄蓉的出生日期，发现黄蓉应该做郭靖的婆婆〔众笑〕。这样的地方要不要改？还比如说李自成手下的几个将领，出生日期是不是也都对不上？我觉得一个作者如果是严谨求实的，这些地方应该修改。另外，情节、人物性格，特别是人物的命运、人物之间的关系，要不要修改？这是一个比较大的问题，不好下结论。金庸修改小说引起最大争议的恰恰就是这几个问题。他要改一些人物之间的关系，他要改人物命运，比如，他说，"韦小宝最后不能娶那么多女人，这个对青少年影响不好"〔众笑〕。如果他真这样修改的话，我觉得金庸有点儿糊涂了，想把韦小宝塑造成"五好少年"了。还比如说他想把《射雕英雄传》修改成黄药师爱上过梅超风〔众笑〕，这出于一种什么动机呢〔众笑〕？像这样的地方，你写他爱上过她，可以，没爱上过她也可以。就是说，原来那种写法没有问题的时候，没有人质疑的时候，你为什么要改？除非有人质疑，说原来这样写，不好，有漏洞，这才有个改的理由。原来没有问题，你突然要改，这会引起很多争议。

后来，金庸从1999年到2006年，用了六七年的时间，把他的小说全部修改了一遍。

首先，我非常钦佩金庸先生的这种精神，他对自己作品的这种精益求精的态度，我觉得超过了曹雪芹，这是大艺术家的态度。金庸对待自己的小说、对待学问，有一种大侠的气概。比如，世界上那么多大学都授予他名誉博士学位了，可他七八十岁了，非要自己去读博士，而且跟学生一样上课、讨论，最后写论文答辩。尽管很多人不以为然，甚至非议他，而我首先是佩服他。

其次，我们再把此作为一个学术问题来讨论。这些修改到底成功不成功，必要不必要？大部分修改我是赞成的，或者是理解的，金庸修改了大部分硬伤。比如，在一场混战中，有一个不重要人物的一条胳膊被砍断了，过了一会儿，这个人挥舞着双刀又冲上来了〔众笑〕。这样的地方肯定要改啊，这是明显的漏洞。这些问题金庸先生基本上都改了。修改作品是很难的，因为牵一发而动全身。有时候改一个地方，会牵扯四五处地方，很难把话说圆。应该说金庸修改硬伤基本是成功的。当然也有修改了旧的问题，又冒出新的问题的情况。比如说王语嫣最后不嫁给段誉了，这就涉及王语嫣这个人物的性格，王语嫣是什么样的性格？要改这个，还要动其他的很多地方。再比如，新版的《天龙八部》中，萧峰的父亲和慕容复的父亲藏在少林寺那一段是暗线描写的，是供人去联想的，我们会想这两个家伙藏在少林寺这么多年都干了什么，按照蛛丝马迹我们会去发挥联想。在新修版中，金庸把相关情节都补上了。金庸通过一个电影闪回手法——萧远山坐在那里，往事历历在目——"啪"一想，这往事就来了〔众笑〕，就想起了他是怎么三次跟慕容博对掌的。这样呢，就把我们的想象权利给剥夺了。这个新修版也分别由广州的广州出版社、花城出版社，香港的明河社，台湾的远流出版社推出。

总之，金庸小说的版本很复杂。我们以前谈论金庸小说，谈论来谈论去，大家说的基本是"三联版"的情节，但是现在谈就好玩了，大家多了一个话题，就是比较他的几次修改。

除了这个之外，我们现在来谈谈金庸小说的衍生文本。

金庸小说是巨大的艺术品，也是巨大的商品。不论出于艺术目的还是商业目的，都有那么多人愿意去续写金庸小说，去仿写金庸小说，去冒写金庸小说。

你们现在很幸福，知道金庸小说就是那十五部："飞雪连天射白鹿，笑书神侠倚碧鸳"，加一部《越女剑》。我年轻时，没有人告诉我哪些是金庸写的小说，我们真是"摸着石头读金庸"。三十年前我上了北大中文系，我在一篇文章里写得很清楚，叫《遭遇金庸》，就写了我怎么遭遇金庸的。

你想，我们从小都是根正苗红的，都是读着古今中外文学名著长大的，特别是我们上了北大中文系后都觉得自己很牛。我们得读什么？每天得读托尔斯泰啊、狄更斯啊、莎士比亚啊……每天都读这些。在我刻苦攻读这些名著的时候，我发现一部分同学不务正业，每天读一些破破烂烂的东西。我是一个学生干部，又是我们班最早入党的学生之一，我得关心同学的思想动态啊，我不能看着同学堕落啊〔众笑〕。我说你们成天读些什么破书啊，晚上也不睡觉。他说："老孔你不知道啊？这是世界上最好的书啊！"我说吹什么吹啊，给我看看〔众笑〕，我检查检查你的思想动态。我本来抱着检查同学思想动态的这个动机，去看看他看的什么毒草，就这一看，不得了——所以说这个毒品不能随便沾〔众笑〕，咱们同学不要随便沾毒品啊。我在《遭遇金庸》里写，当我把这个同学看的破破烂烂的刊物拿过来之后，中国文学史上一个伟大的时刻诞生了〔众笑〕，那个时刻决定了今天这个时刻，有了那个时刻，才有今天我在这里——北京大学——开"金庸小说研究"课。所以说关心同学是必要的〔众笑〕。

记得当时是一本破刊物，好像是《今古传奇》，上面连载着几回《射雕英雄传》——在海边，欧阳克大腿被巨石压着，然后黄蓉想办法把他救出来的那一段——我从来没有读过这么精彩的文字！看了这些文字之后，我就忘了刚才要批评同学的那些事了〔众笑〕，我们就开始讨论：世界上竟然有这么好的小说，那咱们的文学史里咋不讲呢？这样，一个新的学术问题就出来了。这么好的作品，我们的文学史里不讲，我们的老师不知道，所以，我们有责任、有义务，首先启蒙我们的老师。但是那个时候我们并不是天天都读得到这么好的作品啊，我们觉得世界上有这么好的书，那得继续去找这类书！上哪儿去找呢？当时我们就到今天的海淀图书城那一带去找，那个时候的那一带没有一座大楼，都是平房，那儿有一个"新华书店"，有一个"中国书店"，然后有很多小书摊儿、小书铺儿。我们就去租这些小说，两毛钱租一天，四毛钱租两天，我们一般都是花四毛钱租两天。这两天里我们就疯狂地翻这些书啊，都是那样读的。所以当时我们不知道哪本书是金庸的、哪本书是古龙的、哪本书是梁羽生的。我们也知道这些作者的名字都是乱印的。读得多了之后我们才能自己辨别出来，哪本是金庸写的，哪本肯定不是金庸写的。所以我觉得金庸是人民群众自己检验出来的〔众笑〕，没有官方的宣传，也没有资本的宣传。当时我们看的金庸小说几乎全是盗版，都是被翻得烂得不能再烂的书。最后我们能够自己凭嗅觉就知道这是不是金庸写的。

金庸小说的衍生文本，大概分为续作和伪作。续作指的是跟金庸小说的情节、人物有关的小说，不管是接着写，还是倒推上去往上写，都是从金庸小说本来的人物、情节中发展出来的。续作特别特别多，可能达数百种。我这里只举几个有点名气的例子，比如说《周伯通传奇》〔众笑〕，挺有名的是吧？《九指神丐洪七公》《西毒欧阳锋大传》《华山论剑》《续书剑江山》《书剑江山完结篇》《射雕英雄前传》《射雕英雄后传》《神雕前传》《神雕外传》《金蛇剑客》。《金蛇剑客》是写谁的？〔众答：夏雪宜〕哎，这有人知道是吧。《大侠令狐冲》。还有，金庸不是有《笑傲江湖》吗？人家有《傲笑江湖》〔众笑〕。《浪荡大侠阳顶天》，这阳顶天是浪荡大侠〔众笑〕。《侠客行外传》《独孤九剑》《大侠风清扬》……这些书，我大部分都看过〔众笑〕。所以我们那时候确实不容易，因为我们看了这些小说之后很容易以为这是金庸写的，特别是有一部分续作水平很高，模仿得挺像。

后来，我凭两点来辨别一本小说是不是金庸写的。首先我会看书中的描写像不像金庸小说中的描写，如果不像，那这书就不是金庸写的。还有一种小说的描写，写得比较像金庸小说，它在什么地方露马脚呢？它里边往往有严重的色情描写〔众笑〕。你要是真读过金庸就会知道，金庸写到色情的部分是点到为止的,是秉承着中国古代文学的正统的一脉的,他一定是点到为止。他不会仔细地去写那些动作、写这个人的身体。而另外一些人是挂羊头卖狗肉,他的小说前面写得挺像金庸,可是我们往后一看,这人就憋着要写那一段呢〔众笑〕。

还有一部分是伪作。伪作就是指与金庸小说情节完全没有关系,作者冒充金庸写的武侠小说,因为他的小说卖不出去嘛。今天上午我刚在微博里跟人谈假酒的问题,我说假酒不一定是坏酒,假酒可能也是好酒,但因为它没有名气,卖不出去,就伪装成茅台等好酒。我在别的地方也讲过,大部分茅台是假的。我去过三次茅台厂,虽然不能喝酒,但是我知道什么是真茅台,市面上销售的很多茅台都是假的。但是这些假茅台不一定是坏酒,它可能是茅台酒厂附近的老百姓生产的,他们用这个茅台的瓶子把酒卖出去。茅台卖得贵是有道理的,它就是高端稀有消费品。你不会埋怨珠宝卖得贵吧?茅台就是珠宝。但是假茅台呢,也不一定你喝了就有问题,那可能也是不错的酒。那么这些伪作也是这样,有的写得好,有的写得差,反正都借金庸的名儿往外卖。

这些伪作我也看了很多,比如我这儿放了一本《寒剑疯魔》,也写着"金庸著"。金庸要是和这些人打官司,还得发很多财,金庸得索赔多少啊,这样的伪作不计其数。这样的书,我和我的同学也看了很多,但是我们都记不住名目。我还发现我的同学里有一种人,专门喜欢看盗版的〔众笑〕,我们不喜欢看的,他都要收过去,他就爱看这样的,而不爱看金庸正经的著作。伪作有很多,我也举些例子,比如《铁堡英烈传》《修罗掌》《紫电剑》《龙凤诀》《飞龙公子》《鹿鸣九鼎》,你看《鹿鸣九鼎》很唬人啊,很像《鹿鼎记》,但其实它跟金庸没有关系。在仿冒金庸作品的这些作家中,涌现了一些杰出之人,比如有一个人叫"全庸"〔众笑〕。因为我租书的时候不注意,看到这儿又一本金庸的,马上拿钱就租了,回来一看——

"全庸"〔众笑〕。后来大家就注意看有没有那两点儿,光注意看"金"了,没注意"庸",这时候出来一个"金傭","傭"给你加了一偏旁。后来人家干脆不仿冒金庸了,干脆叫"令狐庸"。这"令狐庸"也挺唬人的。还有些书上写着"金庸新著",你以为这是金庸新写的?不对,人家笔名叫"金庸新"〔众笑〕。所以一个好的作家可以养活很多人。后来这些人中有的很有名,比如说"令狐庸",本名叫冷杉,是一个有点名气的导演,导演过很多著名的电视剧,冷杉成了仿金庸里面最著名的一个人。他成名之后觉得有点对不起金庸,就金盆洗手不干了,人家自己当导演,自己写剧本了。可是,他不写了,又有人冒用他的名了〔众笑〕,有人仿"令狐庸",以他的名字继续假冒金庸小说。所以打假是打不完的,我们只能希望自己有一双慧眼,像那英唱的"借我一双慧眼吧"那样,自己用慧眼来鉴别。

台湾著名学者、著名金学家林保淳先生专门写过"金庸版本学",关注金庸版本的朋友们可以去读林教授的《金庸版本学》。我估计这是将来金庸研究的一个大门类,因为学术界对金庸小说的思想和艺术的研究,目前还没有什么新的、重大的突破口,我觉得现在版本问题是重要的问题。很多人都以为古代文献、古代文学的版本问题重要,不错,是重要,但是很多人忽视了现在的版本更复杂。不要以为古书版本问题才多,古书版本问题反而相对少,因为古代印刷业不发达,而现代出版业、印刷业很发达。不要说金庸先生的小说,就连我的这几本破书,都有多种盗版。我只遇到过少数还算有良心的,还给我寄点儿稿费来,笼络一下我,让我不告他们。以上这些讲的是金庸小说的衍生文本。

金庸小说的第二次生产——影视剧作品——带来的影响更大。今天的中学生、小学生,大多数是不读金庸小说的,他们是通过影视剧作品来了解金庸的,这是经典作品的厉害所在。后来我想了一下,不能埋怨现在的孩子们，我的很多同龄人就没读过四大名著，他们也是通过其他途径了解四大名著的，真正从图书馆借一本《西游记》从头读到尾的人很少。金庸小说太了不起了，因为四大名著是通过几百年的时间才积累这么多读者，产生这么大的影响的，而金庸本人还在世，他的十五部作品就全部被影视改编过，无一例外，而且是被多次改编。哪怕是大家认为的他最不重要、最短的那些作品都被改编过——改编次数最少的作品是《越女剑》《鸳鸯刀》，应该是20世纪60年代各被改编过一次，我对我自己搜集的材料很不自信，因为东南亚改编影视作品方面特别乱。《白马啸西风》被改编过两次，一次是杨盼盼演李文秀，一次是姜大卫演马家骏。金庸的其他作品都被改编过三次以上。《飞狐外传》被改编过三次：钱小豪版、黄日华版、黎明版。《连城诀》被改编过三次：吴元俊版、郭晋安版、吴樾版。其他的书我就不说了，有些改编甚至多达十几次，《射雕英雄传》《神雕侠侣》可能是改编次数最多的。还有一些改编成电影的，不一定跟原著的名字完全一样。比如有电影叫《倚天屠龙记之魔教教主》的；有叫《笑傲江湖2：东方不败》《东方不败风云再起》的，这是林青霞演的；还有叫《东邪西毒》《东成西就》的〔众笑〕，《东成西就》是搞笑的；还有张国荣演的《杨过与小龙女》……电影很多，电视剧就更多了。

在改编电视剧有这么多版本的情况下，广大"金迷"众口一词称赞的好像是1983年版的《射雕英雄传》。其实这版电视剧在今天看来也比较老旧了，但是它有一个奠基的作用。1983年版的《射雕英雄传》里边有很多今天我们耳熟能详的香港影视明星。主演黄日华、翁美玲不用说了，什么周星驰、周润发、赵雅芝、狄龙、吴孟达、梁朝伟、刘嘉玲、郭富城、汤镇宗这些人全在里头。周星驰在里边演了一个宋兵〔众笑〕，好像说了四句话就被扎死了〔众笑〕，他这么一个次要人物都动用明星来演〔众笑〕，所以这个阵容是比较豪华的。

但是金庸本人对港台地区改编他的小说的电视剧非常鄙夷、非常不满。他认为这些完全是胡搞，都离他的原作太远了，他说得很不客气，说是好像看到自己的孩子被人家打。然后，他有一次看了我们内地拍的电视剧《三国演义》，非常佩服，他认为这是真正的艺术，所以就把《天龙八部》的版权象征性地一块钱卖给了中央电视台，他希望中央电视台能够拍出好的"金剧"来，超越港台的。他不知道《三国演义》是中国正经电视剧的"回光返照"〔众笑〕。当然，内地拍出来的还是比港台的要好不少，各个方面都要好不少，但是仍然离金庸的要求、离读金庸小说长大的这些"金迷"的要求是非常远的。比如，著名导演张纪中导演的金庸小说改编的电视剧，应该说成就是很大的，但是拿来跟原作比就不行了。我们只能这样解释，越是经典名著越不好改编，改编经典名著极少成功，特别是改编成电视剧，因为电视剧很难高雅起来。即使是完全尊重原著，不做过多改编，也是吃力不讨好。

除了电影、电视剧之外，金庸小说还被改编成其他戏剧类型。比如说《鹿鼎记》被香港电台改编为一百集的广播剧。现在大家都不听收音机了，我这一代人是听收音机长大的，我觉得广播剧是一种非常好的艺术形式，对培养我这一代人的想象力发挥了莫大的作用，因为广播剧完全是用声音塑造人物。你看不见影像，就靠听那个人的声音去想象那个场面，所以听广播剧的人是具有艺术再创造能力的人，大家有机会可以找几个广播剧去听听。不但中国有非常了不起的广播剧，欧美很多非常有修养的人都听广播剧，他们广播剧的艺术水平非常高。广播剧有一种独特的魅力，就是专门用声音塑造形象。

有一部《鹿鼎记》的话剧，是2009年的，话剧界对金庸重视得还不够，但毕竟是有了。音乐剧有两部，一部《天龙八部》，还有一部《英雄》，叫《英雄》的这一部也是《天龙八部》改编的，是北京舞蹈学院舞蹈系的系主任张旭老师策划的。他当年还找我跟他一块儿策划，我帮他出了很多主意，但是我出完主意就去日本了。回来一看，我发现中国的音乐剧水平还不高。在我看来，中国音乐剧的顶峰还是《洪湖赤卫队》，是《刘三姐》，是《阿诗玛》。我认为一个成功的音乐剧得让人走出剧场还能唱出两段来，是吧？观众看完一场音乐剧一句也唱不出来，这音乐剧完全是失败的啊，不管是中国的也好，美国百老汇的也好，音乐剧要诞生流行歌曲，不能诞生流行歌曲的音乐剧是失败的音乐剧。现在的音乐剧不但不能诞生流行歌曲了，而且现场听众还觉得特难听〔众笑〕。

还有一种戏剧形式叫作"布袋戏"。台湾的布袋戏《射雕英雄传》影响很大，还到大陆来进行过戏展。布袋戏有点像木偶戏，它是非常灵活的一种方式，成本又低，金庸小说有望在布袋戏方面继续拓展。

我希望各种戏剧都把金庸的小说作为一个源泉。我这些年经常跟中央芭蕾舞团联系，有时候会去那里做讲座。我多次跟他们的领导指出，中国芭蕾要突破，因为目前只有《红色娘子军》《白毛女》是全世界公认的中国芭蕾经典。其实中国芭蕾舞的技术水平是世界一流的，但是多少年过去了就是拿不出好作品来。你一天到晚跳什么《天鹅湖》《睡美人》《胡桃夹子》，那不是你的作品啊，那是人家的作品。一个老外能够靠唱《贵妃醉酒》成为著名京剧艺术家吗〔众笑〕？他不可能啊。所以，中国芭蕾舞要突破。可是怎么突破？我建议他们从金庸小说中找突破〔众笑〕。我建议他们演芭蕾舞《天龙八部》〔众笑〕，我相信这绝对能拿到世界舞台上去。凭什么？因为萧峰和阿朱、阿紫、马夫人这三个女人的关系，绝对可以震撼全世界〔众笑，鼓掌〕。但是可惜，他们那里读金庸的人比较少。

除了改编成影视作品，金庸小说还有其他的影响方式。金庸小说改编成的电子游戏铺天盖地。我这个岁数的人现在已经不玩电子游戏了，我就玩纸牌、玩围棋，但是由于讲课的需要，我还是查了一些电子游戏。我一查，发现种类太多。金庸最著名的那些小说都被改编为游戏，甚至不止一种版本，很多人都玩。我觉得金庸小说改编的游戏可以说撑起了中国网游的半壁江山，如果没有金庸创造的这个武侠世界，你说我们的孩子们都在玩什么？我觉得其实挺让人忧虑的。虽然玩电子游戏耽误时间，但是他玩这个和玩那个之间还是有区别的。金庸小说改编成的电子游戏，起码有爱国主义精神在里面，它起码是弘扬传统文化的，是吧？你到这里买一把什么刀，到这里买一匹什么马，到这里开一味什么中药，这里边蕴含着爱国主义。所以我认为，在这个游戏市场也幸亏有了金庸。

除了电子游戏之外，金庸小说还有其他形式的改编，比如说评书。评书以粤语评书占主要地位。梁锦辉播讲的粤语评书《射雕英雄传》是很受欢迎的。北方评书有连丽如版的《鹿鼎记》，沈磊版的《笑傲江湖》。有个叫张悦楷的，他的粤语评书有很多种，《倚天屠龙记》《书剑恩仇录》《飞狐外传》《雪山飞狐》《碧血剑》《鹿鼎记》，他都说过。现在中国评书界的大佬是单田芳，他影响最大，可他却不说金庸。单田芳2006年出版了一本别人给他写的传记，叫《且听下回分解——单田芳传》，里面就写了为什么他不讲金庸的缘由，他在网站、电视台也讲过，我也在别的课堂上也引用过。单田芳为什么不讲金庸？因为他是有自知之明的。他说：

> 金庸是当今写武侠小说的大师，名副其实的大师，不然的话，他写的书怎么在香港、内地都拍成了电视剧？那是经典。但是我为什么没有录金庸先生的书呢？其实《书剑恩仇录》我看过，写得非常好，人物刻画非常细腻，心理活动到外在都非常好，但是这点跟我撞车，我们说评书的，拿我的性格来说，我喜欢粗线条的东西，金庸先生写得太细腻了，针都插不进去，没有

我的用武之地，没有个人发挥的余地。另外新派的武侠小说，哪套书都有爱情，我也刻画不好，我不擅长这方面，我乐意说金戈铁马，缠缠绵绵的这些我说不了。

他在另一场合回答记者问题的时候是这么说的："金庸是当代武侠大师，我只在数年前看过金庸的《书剑恩仇录》，都是看着头没看着尾，我发现金庸的武侠小说用现代派的写法，善于描绘人的心理变化，尤其是对爱情的刻画很细腻，但我对这些不太感兴趣。"单田芳的这个话可以印证一些问题。我不知道大家对评书了解的情况如何，不过听不听评书的可能都知道单田芳，喜欢单田芳的人很多，出租车司机经常一边开车一边放单田芳的评书。单田芳当然是优秀的评书艺术家，但是我们在一流的评书艺术家里面比较，单田芳的特点是什么？正像他自己所说，他是粗线条的。单田芳说的书——我对单田芳没有不尊重，我说的是他说的书——全是烂书，没一部好书。但是我们不能由此说单田芳的艺术品位不高，他的艺术品位可不低，他一眼就看出金庸小说是经典。他没有看完《书剑恩仇录》，就知道这是经典，这书是他说不了的，说明他有自知之明。单田芳说书千篇一律，所以他适合说的就是那些非典型人物构成的书，这里面的人都是千篇一律的，你听单田芳的书时间长了，这些书就混成一片了，他说的场合、上马、下马、打仗都一样，拔出刀来都是"呛啷啷啷"，全是那一套，一点区别都没有。所以你观察那些听单田芳的评书的人，他也不太注意情节，他把它作为一种背景音〔众笑〕。生活中有单田芳的说书伴随着，就显得有点味道。

除了评书，金庸小说还被改编成了很多漫画，其他的艺术形式我就不介绍了。金庸小说的衍生品是特别多的，比如说金庸小说中的人物印在某个商品上，比如印在T恤衫上，这T恤衫算不算是一种艺术品？金庸小说中的人物还曾经被印在邮票上、明信片上，比如说有一套明信片叫"四大恶人"〔众笑〕，将来这些衍生品可能都是值得研究的。

除了小说之外，金庸还写散文。金庸也是散文家，2006年作家出版社出过《金庸散文集》。1997年上海学林出版社出过的《三剑楼随笔》里面有他20世纪50年代的作品。香港《大公报》当年有三个编辑都是写武侠小说的，他们1956年到1957年在《大公报》上开了一个叫"三剑楼随笔"的散文专栏，然后又出了一本书，这三个人是：查良镛，就是金庸；陈文统，就是梁羽生；还有陈凡，叫百剑堂主。当时的广告是这么写的：

> 自梁羽生先生的《龙虎斗京华》《草莽龙蛇传》《七剑下天山》、金庸先生的《书剑恩仇录》《碧血剑》、百剑堂主的《风虎云龙传》等武侠小说在本港各报连载后，大受读者欢迎，成为武侠小说中一个新的流派。我们约得这三位作者，给《大公报》用另一种笔法撰写散文随笔，日内刊出，敬请读者们注意。

他们写了三个月专栏，作品于1957年在香港出版了。台湾出过一个影印本，不是正式的出版物。上海学林出版社1997年出了一版，我有这本《三剑楼随笔》。我们可以看看金庸的散文文笔。

另外，金庸是著名的政论家，也有人夸张地吹嘘他是第一政论家，因为他主办《明报》的时候，写过上万篇的社论。他每天早晨写一篇社论（香港叫社评），下午写小说，坚持了很多年。1984年，他出版了一本《香港的前途——金庸社论选集》，是《明报》给他出版的。他近年又派秘书去整理他20世纪60年代发表的一些政论，把他1963年的政论集在一起出了一本书叫《明窗小札1963》,这是2013年出版的。金庸有一些笔名,他当年写这些政论的时候用的笔名是"徐慧之",如果你什么时候查阅旧报纸,发现上面有"徐慧之"写的文章,那就是金庸写的。金庸晚年不是皈依佛教了吗,他跟日本的佛学大师池田大作有一个对话录叫《探求一个灿烂的世纪——金庸/池田大作对话录》,从这里面我们可以了解到很多金庸的思想,印证他的小说,这是北京大学出版社1999年出版的。以上讲的是金庸的政论。

除此之外,金庸还是剧作家,大家可能不知道金庸早年是香港著名的剧作家,他用"林欢"这个笔名写了一些剧本,有八个剧本是金庸写的,最有名的是《绝代佳人》,《绝代佳人》就是"如姬帮助信陵君窃符救赵"的故事。他写的那些剧本的主演,多数是当时香港第一花旦——夏梦。这个夏梦,各界都说是金庸的梦中情人,只有金庸一个人沉默不语〔众笑〕,但是种种材料都指向,金庸小说中那些写得最好的女性,就是照着夏梦的样子写的。金庸也把她看成是世界上最理想的女性。金庸说:"西施长什么样,谁也没见过,但我想也就是夏梦这样吧。"〔众笑〕还有很多很多类似的故事。金庸本来在《大公报》有很好的前景,就是为了夏梦辞职不干了,跑那当一个小编剧去,写了很多剧本,特别是因《绝代佳人》,金庸获得过1957年文化部编剧金奖章,当时香港还是参与文化部评奖的。获得金奖,金庸终于成为著名编剧了,这个时候可以跟夏梦说几句话了,可夏梦告诉他:"我三年前就结婚了。"后来金庸还写了很多剧本,比如《王老虎抢亲》,也是一个喜剧,写得很好。后来金庸回到内地,我们文化部接待他,给他放电影,就放他自己当年写的电影,特别把银幕上"林欢"两个字改成了"金庸",为的是表示对他的敬意。这些电影也能从一个侧面印证他一些小说的写法、手法。你看金庸的小说就知道这是一个懂得电影的人,这是一个懂得戏剧的人,不懂电影的人是不会那样写小说的。

以上讲的是金庸写剧本。

那么除了他写的剧本之外呢,他还为一些电影的主题曲作过词,这些电影其中有《少女的烦恼》《鸾凤和鸣》《鸣凤》《香喷喷小姐》。《鸣凤》是根据巴金的《家》改的。这是金庸还做过的一些事情。

除了金庸本人的文字之外,我希望大家读一点金庸研究的论述。我给大家介绍一些学者。

首先是陈墨先生,陈墨先生被称为大陆"金学第一家",他写了最多研究金庸的书,虽然彼此有重复,但是应该说他写得非常全面、有深度。我认为他的研究不但最早,而且最多、最全。我当年也受了陈墨先生很多的影响。陈墨先生是非常有才华的,不仅研究金庸,也研究电影等。他现在出了一系列评金庸的书,《人性金庸》《浪漫金庸》《艺术金庸》《细品金庸》等。他以前出的书是这样写的,都是"金庸小说赏析""人论""艺术论"等。所以,你要了解以前的金庸研究,应该看一点陈墨先生的书,大概看一两本,也就明白金庸小说的结构了。他的很多观点我都是很赞同的,我们的观点都差不多。

再一个就是严家炎先生的《金庸小说论稿》,严家炎先生代表的是我们所谓正统的学术界,他是把金庸小说纳入艺术殿堂的大师。有人说我研究金庸是受严家炎先生的影响,其实不是这样的。我跟严老师读博士的时候,彼此不知道对方喜欢金庸,完全不知道。有一次严老师问我"最近写什么文章了"——严老师对学生要求特别严,我们见他都很害怕,没有成就不敢见他——我说:"最近没写什么文章,就写了一篇小文章,谈金庸的。"严老师说:"你喜欢金庸吗?"我说:"我比较喜欢。"我心里没底,我敢跟钱理群老师这么说,但在严老师这不敢。原来严老师也比较喜欢:"金庸小说你读了多少?"我说:"我全都读过了,而且读了不止一遍。"严老师沉默了一会儿，说："我好几年前就在美国讲过金庸了。"噢，这个时候又一个时刻诞生了〔众笑〕。所以，严老师和我们是"臭味相投"，并不是我受他的影响，更不是说严老师研究金庸，我才研究这个。严老师是最早联系北大授予金庸名誉教授、最早在北大开金庸小说研究课、最早承受社会上枪林弹雨的人。正好是二十年前，1994 年。那个时候在北大能够讲金庸，那是有多么大的勇气。那个时候社会上骂声一片，幸好当时没有网络，有人就只是通过写文章骂北大堕落了。我认为北大要做一些反潮流的事情、不为大众所理解的事情，敢于站在时代潮头，敢做弄潮儿。我特别佩服严家炎的是，老先生已经功成名就了，是我们现代文学学会的泰斗，是会长，晚年还要做这样的事情，真是了不起。二十年以后，你看，金庸小说已经成经典了。

还有陈平原先生的《千古文人侠客梦》，不是专门写金庸的，是从类型学角度研究武侠小说的。这部书给我们的研究方法带来诸多启示，是武侠研究的一部重要著作。有一位宋伟杰先生，也是咱们北大中文系毕业的，是非常有才华的一个学者，他有一本书叫《从娱乐行为到乌托邦冲动——金庸小说再解读》，是从文化研究的角度来看金庸小说，也有独到的见解。另外，我再介绍一些在金庸研究方面、武侠研究方面比较著名的学者，也许有的名字大家熟悉，也许有的不熟悉。王一川，原来是北师大教授，现在是北大艺术学院的院长。王一川是最早给中国作家排座次，把金庸排在第四位的。当时也引起了很大争论，他把金庸排在第四位，把一些我们传统认为很靠前的作家都给 pass 掉了，把金庸抬得这么高。中国人民大学的冷成金，也是在 20 世纪 90 年代就在人大开"金庸小说赏析"课的；汤哲声，苏州大学的；刘祥安，苏州大学的；韩云波，西南大学的，有人说他是中国"侠"文化研究第一人，这是一种美誉吧，韩老师确实在这方面写了很多文章；罗立群；曹正文；郑保纯，原来是

《今古传奇·武侠版》的主编,现在跟着汤哲声老师读博士后。他也创作,他创作的笔名叫舒飞廉,读武侠的人会熟悉这个名字。他的创作、研究都不错。这是研究金庸的一些学者,也许会有遗漏。

　　港台方面,我们了解的情况不是很全面,我也选一些有名的人。比如叶洪生有一本书叫《论剑》,叶洪生主要对还珠楼主研究得非常深,他认为还珠楼主是最伟大的武侠小说家,他对金庸有一些批评,这个意见是可以参考的。林保淳,刚才我讲过了,他研究金庸小说版本,林保淳先生学问做得也非常好,也到我们北大来做过访问学者。还有龚鹏程,本来也是台湾学者,现在在北大,在我们系,也是研究侠文化的名家。还有杨兴安、彦火,这二位都曾经给金庸先生当过秘书。杨兴安先生写过两三本金庸小说研究论著,我给他的其中一本写过序。"彦火"是笔名,他本名叫潘耀明,后来是执掌《明报》的,他本人也是作家。这些是港台方面研究金庸的名家。

　　前几年,鲁迅博物馆的葛涛老师出过一本书,叫《金庸评说五十年》,收集了一些到2007年为止,五十年来评说金庸的重要文章。

　　其他不是专门研究金庸的学者,也有很多人涉及金庸,对金庸有过很重要的评价。比如说钱理群老师,按理说钱理群老师的形象跟武侠是不太接近的,他是研究鲁迅的嘛,但是钱老师也是对金庸有过重要的评价的。还有冯其庸的评价也很重要,大家知道,冯其庸的身份是"红楼梦研究协会"的会长,但是他竟然说过这样的话,他说:"金庸小说的成就,不在《红楼梦》之下。"这个话的分量可太重了,一个红楼梦学会的会长能说这样的话,我觉得这是对金庸小说最重要的一句评价。这话可不是随便说的,这是说不好就要毁自己饭碗的一句话。陈世骧、李陀、刘再复……许许多多学者,都评价过金庸。

　　这些还都是文人,不是文人的名家评价过金庸的那更多了。有大批理科的教授对金庸有过非常重要的评价，包括北大的理科教授。我从十多年前就开始注意北大每一位去世的老先生的生平简历，发现有相当大一部分，三分之一以上，年轻时候爱读武侠小说，基本都有读武侠小说的经历。这两者之间有什么关系？爱读武侠——成为著名科学家〔众笑〕，这个挺有意思。我们知道，一大批重要的数学家、化学家、物理学家，都有这个经历。有的是年轻时就爱读金庸，有的是老了之后读。

我本人写过一本《金庸评传》，一本《笑书神侠》，还和人合编过一本《醉眼看金庸》，还有一些在网上流传的讲座，包括我在百家讲坛、在一些大学讲的讲座，大家可以参考。但是我讲课不想重复这些内容。

还需要提醒大家注意的是，有大量的民间研究。学术研究，应该说学院派的研究有它的特点，很规范。但是学院研究有它的种种缺点，"课题化生存"是一个缺点，另外还有一个是这种本身的规范带来的思路不开阔，它比较拘谨，没有民间研究有活力。所以我觉得民间研究和学院派研究可以互补。比如我们这些学校里的教授，肯定没有人去研究金庸笔下哪种武功最厉害。教授们觉得研究这个太跌份了，但其实这是个重要问题。我看到网上就有非常好的研究。因为是研究武侠小说，这当然是个重要问题。那些一时还找不到很好的学院派研究路子的，要注意民间研究研究的问题。现在网络"红学"很发达，当然里边有怪力乱神。民间研究的东西肯定是什么都有，我们要注意里边包含的那些精华。

本课怎么个讲法？本课的计划是怎样的？我是这样想的，我们要从这几个方面去研究：现象学研究、文化研究、文学研究、武侠研究。

所谓现象学研究就是尊重文本，搁置先见。金庸小说已经成为经典，像莎士比亚一样，一千个读者心中有一千个哈姆雷特。我们研究的态度应该是搁置先见，把文本作为一个现象放在这里，尊重文本为先。在这个前提下，进行文化研究。把金庸的小说置于相关的文化系统内，因为金庸小说相关的文化太多了，关联到整个中国文化。但是它毕竟是文学作品，我们还是要以文学性为本，不能把小说中的内容当真。首先要认识到，它是文学，在文学里边，它又属于武侠类型。虽然我们一方面承认金庸的伟大在于超越了武侠，但超越武侠不等于它不是武侠。它虽超越，但它还是武侠。所以，把这几个方面综合起来就是：将金庸小说作为六十年来中国的重要文化现象，进行以武侠文学为核心的大文化研究。因为以前我讲金庸小说可能比较偏向于讲作品，介绍很多他的生平、作品情况。这一次我想稍微讲得有一点点不一样：以问题统摄文本，重点在于启发大家的思考。因为我叫大家读书了，我相信在座的很多人已经对金庸的小说比较熟悉了，我们在这个基础上一块儿来思考一些问题，从中提升我们的文学欣赏能力。其实"提升文学欣赏能力"是个好听的话，真正有比较高水平的文学欣赏能力的人，他也一定对人生有很好的欣赏能力，对人生有很好的把握能力，因为文学是浓缩的人生。

我把这课要涉及的一些问题提供给大家，供大家去思考。到去年（2013年）为止，现代武侠走过了九十年，从1923年开始算，到去年是九十年。到今年（2014年）为止，新派武侠已经走过了六十年，从1954年开始算，到今年是六十年。这都是值得纪念的。武侠和我们的人文素养有什么关系？这是一个问题。金庸的意义，是一个问题，而不是一般地介绍作家生平、介绍他的作品、介绍他的意义。下面是一些谈金庸小说不可回避的老问题：金庸小说的武功、金庸笔下的侠、金庸小说中的爱情，这是必谈的。金庸和其他作家不一样的、我们还可以谈的是：金庸的民族观；金庸的语言；金庸小说与中国文化的关系，这是其他作家可能没有的，或者不一定能够拿出来谈的。金庸的雅与俗、金庸写人、金庸小说的结构，这都涉及金庸小说的艺术性、文学性。最后我们可以综合地谈金庸的人生观。涉及现在，我们要思考的是当代武侠小说的前景，现在武侠小说情况怎么样、将来怎么样。

好，今天就讲到这里。下课！下个星期再会。

〔掌声〕

课后花絮

管理员：请同学们把椅子都搬回原位好不好？

师：同学们把椅子给人家都搬回去，发扬一点儿武侠精神。

生：老师，这个课旁听的人太多啦，选课的人也多，位置不够，教室是不是改一下？

师：我跟教务处再反映一下吧，看看有没有别的教室。这教室是多少人的教室啊？

生：五百！

金庸者谁

第二课

授课：孔庆东
时间：2014年2月25日火曜日申时
地点：北京大学理科教室207
内容提要：毁毁誉誉说金庸

我们今天是第二次来谈金庸的问题，我想用这次课呢，来跟大家一起做一个思维训练——如何看待金庸。我上一次课的时候就说了，过了这么多年，金庸小说事实上已经经典化了。我们已经超越了为金庸"平反昭雪"的那个时候，就好像一个人被看不起、被看成垃圾，我们要说他不是垃圾，把他身上的灰尘去掉，露出他的光彩，现在好像不用费很多力气做这个工作了——现在能够比十年前、二十年前更客观地看待一个人——而这个时候的很多问题会是真正的问题。我们文学研究和文化研究，很容易犯的一个毛病是：研究了谁，就说谁好。有的时候说他好，说得过分一点儿，这也是正常的。那么这个度在哪里？怎么样避免走极端？

说到金庸，我们要怎样看待金庸？说金庸好的，说金庸坏的，都可以说得很极端。我们并不因为金庸先生今年九十华诞，要向他献礼，就说他怎么怎么好。我觉得想说一个人好，要先说一个人的坏；要想说一个人坏，就先说一个人的好。一个正直的学者，他有自己的学术观点，但是他不会掩藏那些对自己学术观点不利的材料，不会掩盖那些跟自己相对立的观点。我们每个人一般都有一个专业，顶多两个、三个，大多数领域我们很难涉及。那么，我们怎么判断一个学者是有良心的？怎么相信他在他专业的权威性？你就要看他是否掩藏对自己不利的材料。比如一个学者支持转基因，另一个学者反对转基因，我们到底信谁的呢？哪个学者更有良知呢？我不是学转基因的，我也不是学生物的，我怎么判断两位生物学家谁是好的？有一个很好、很简单的办法是贯通所有学科的：看他是否隐藏对自己不利的观点。比如一个生物学家为了证明自己对，他使用的全部是对自己有利的材料，他说美国人都吃转基因；好！也许有另一个人相反，说外国人都不吃转基因，就我们中国人吃。所以做学问有一个基本的条件，就是不能够隐藏对自己不利的观点。

毁毁誉誉说金庸。金庸是得到无数的毁，也得到无数的誉的人。这位老爷子今年已经九十岁了，他已经不在乎这些诋毁和桂冠了。他戴博士帽的一张照片让我印象比较深刻，"戴帽子"是好事也是坏事，有个坏词就叫"扣帽子"嘛。那金庸该不该戴上这个博士帽，本身也是一个问题。我对金庸是很尊敬的，但是有一个理由使我可以调侃他：他至今仍然是北大中文系的学生，我再尊敬他，我是北大中文系的老师〔众笑〕。他的北大博士还没念完呢，虽然他在剑桥的博士学位已经拿到了。他人生最后的一个博士，他真心想摘下的那个桂冠，是北京大学中文系的桂冠，是北京大学中文系的文学博士。这也可能是金庸先生的一点虚荣心。

我们先谈谈对一个作家的崇拜与贬损的问题。我们大多数人都会进入这样一个思维误区：由于喜爱某部文学作品，进而就喜爱创作了这部作品的那个作家。这是人之常情，古今中外，概莫能外，哪个国家、哪个时代都是如此。所以作家这个行业是挺骗人的，因为你看作品的时候，没有接触过作家,他和歌唱家、音乐家、舞蹈演员不一样。我们看见一个舞蹈演员,她的作品就是她的形象,她直观地在你面前。你喜欢她作品的同时喜欢上这个人,起码从视觉上来说她不会欺骗你。但是作家跟这个完全不同,很多人喜欢作品,通过作品想象这个作家的形象,特别是想象这个作家那颗伟大的、善良的、纯洁的内心,然后就开始喜欢这个作家。所以我们发现很多作家是跟自己的"粉丝"结婚的〔众笑〕,这个比例相当高,从古代到现代都如此。但是我没有调查过他们跟作家结婚之后是否后悔。我听说过西方有一句谚语:"莫作哲人邻,莫作诗人妻。"——不要跟哲学家当邻居,不要嫁给诗人当妻子,你会后悔的。也就是说作家和他通过作品呈现出来的那个形象有相当大的距离,这和他的人品还没关系,你不要以为你接触的作家和你想象的不一样,他就是骗子。他不是骗子。作家通过作品塑造一个不存在的自我,塑造了一个不存在的作者的形象,这个不存在的自我并不是写作的那个人。

　　好像现在的作家使用笔名的比例没有几十年前那么高,不过我觉得作家还是有必要使用笔名的。我们有必要知道鲁迅不等同于周树人,有必要知道茅盾不等同于沈雁冰。以前我们把这个作为常识,考试还要考。"鲁迅是谁?""鲁迅就是周树人",给你满分。你要知道其实鲁迅"不是"周树人,周树人是谁呢?周树人是在教育部当官儿、又经常在各个学校上课赚钱的人〔众笑〕。他晚上待着没事儿,写点字想再多挣一笔钱〔众笑〕,然后他写完之后不好意思署名"周树人",如果被教育部发现这叫不务正业,他编一名儿叫"鲁迅",可是稿费还是落到"周树人"的手里了〔众笑〕。我这样说是帮助大家复杂地理解这个关系:"鲁迅"不是周树人。如果你读《阿Q正传》《狂人日记》《孔乙己》,你觉得这个作家特别高大,你喜欢上这个作家了,你喜欢的是"鲁迅",现实生活中并没有这个"鲁迅",现实生活中有的是"周树人"。再进一步说,连周树人都是他自己后来起的名,不是他的官名,他每个月领工资的时候,签的名是"周豫才"〔众笑〕。

大概将近二十年前,我请作家王蒙到中文系来做一个报告。王蒙先生讲得很生动,他针对的是有人骂他、有人说他很虚伪的情况,因为他作品里是追求人性美的嘛,而他被人发现他自己生活中一些不美的地方,那些人就用他作品里的追求来要求他,他觉得很冤枉,他说:"你们读过歌德写的《少年维特的烦恼》吗?那个维特自杀了,可是歌德活得好好的,歌德活到八十多岁,有那么多的艳遇,你们能说歌德这人虚伪吗?"我觉得王蒙问得很有道理,你如果读《少年维特的烦恼》,你爱上歌德了,那是你的自由,但是你不能让生活中这个叫歌德的去自杀:"歌德你失恋了,为什么不像你作品中的维特那样自杀呢?"他不是虚伪的,他的作品也不是虚伪的,人是有丰富的可能性的,人在作品中可能展现的是自己人性的某一个层面。如果你通过读一个作品觉得这个作者特恶心,你也不要以为这个作者在生活中就是像你想的那么不堪。以前我讲这个道理可能讲得有点费劲,现在我们有了网络、有了微博,大家想想微博你就明白了,由于微博的匿名性,人在微博上展示的多数是人性中丑陋的一面,是他们平时生活中不展现的一面,但这不代表他的人格的全部。他的人格中有美好的地方,但是也有一些不美好的地方,不美好的层面他平时不好意思展露,那刚好这里有一个戴着面具的地方,可以随便骂人,他就展露出来了。当然,在网上这样做对自己的人性培养是不利的,但那是另外一个心理学的问题。我只要说:人,他不等于他写的文字。

作家的魅力建立在作品的魅力之上,魅力太大就会发展到被崇拜。人多数情况下是在互不相知、互不见面的情况下产生崇拜的。因为距离远而崇拜,因为距离近,崇拜就打消。一个禁得起距离远,也禁得起距离近,反反复复仍然被人崇拜的人才是真正的伟人。起码要经过两个阶段,这个崇拜才是真正靠得住的、牢固的。先前的那个崇拜中,必然有一些站不住的东西应该去掉。任何被崇拜的偶像都要经历这么一个过程，我们现在有一个词叫"去魅"。从崇拜到"去魅"这个过程，恐怕是一个客观规律，是一个客观存在，所以你不要怕你心里边热爱的那个形象被人家污蔑。你热爱的东西，你热爱就好了，不要怕被别人诋毁，不要特别愤怒，一个形象越是被一些人热爱就越是被相反的一些人贬损。一个人如果没有人说他的坏话这是不正常的，因为人和人不一样嘛。我们要研究的是什么人说好、什么人说不好。就是说，"去魅"可能是需要的，但是"去魅"本身也是一个运动过程，它会发展到贬损，贬损之极就是造谣污蔑。所以大家不要害怕客观事实在很长时间内蒙上灰尘，当与之有关系的人慢慢离开这个世界的时候，相关者越来越少的时候，客观事实自然会浮出水面。

所以一个人是不是有价值的人，是不是圣贤，是不是英雄，我觉得正像托尔斯泰说的这句话，也是我们这代人说的一句话："要在清水里泡三次，在血水里浴三次，在碱水里煮三次。"这样的话对于今天的孩子们来说好像有点儿残酷，好像有点儿残忍，但是对我这代人来说，这是很正常的一句话，大英雄豪杰不经过这几个阶段是不可能出现的。但是也不是每一代人都有这样的机会。那么我们把这个大道理用在金庸的身上，似乎有点儿大材小用，但是我们既然是研究一个文学家，不妨把这个道理降到具体的一个人身上。

金庸这个人，首先是誉满天下。我们都知道，对金庸的赞誉非常多，我简单地举一个大家耳熟能详的这样一个系列。

首先应该公认的是，金庸是武侠小说大师，这个称谓恐怕没有什么争论，反对金庸的人也会承认他是武侠小说大师，写武侠小说写得最好。在"武侠迷"里有一部分人不认同金庸写得最好，那他也得认同金庸是武侠小说大师，只不过不是排行第一而已。有的人认为古龙写得最好，这样的人还不在少数，还有人认为旧派武侠小说写得好，比如，有人认为还珠楼主写得最好，有人认为平江不肖生写得最好，这都有。但是这些人都不否认金庸本人也是武侠小说大师，这是一个"公约数最大"的赞誉。

其次呢，有一些学者认为金庸不仅是武侠小说大师，应该把"武侠"二字去掉，金庸就是小说大师。他们认为不应该把金庸放在跟平江不肖生、还珠楼主、古龙这些人一起的一个"笼子"里去比较，那些人跟金庸比，都把金庸比低了。金庸应该放在整个文学界这个园林、家族中来比较：跟鲁迅、巴金、茅盾、老舍这些人比，他也是小说大师；跟托尔斯泰、莫泊桑、狄更斯这些人比，他还是小说大师。这才是对金庸的正确的评价。你们为什么不说鲁迅是短篇小说大师——鲁迅没写过长篇，可是我们说鲁迅是小说大师。这是第二种，对金庸的超越武侠的赞誉。

那么，在小说大师里面，他的作用、他的里程碑意义是什么？严家炎老师有一个举世闻名的概括，他说："金庸发动了一场静悄悄的文学革命。"这是引来暴风骤雨的一句话。这句话对金庸的评价是非常非常高的，因为文学史上、学术史上之前从来没有对一个作家用过这样的词——我们都不能说鲁迅一个人发动了一场文学革命，当年新文学运动中那场文学革命是很多人一块儿发动的，是陈独秀、胡适、刘半农、钱玄同、鲁迅、周作人一大帮人，合起来才发动的文学革命——而严家炎先生是说金庸一个人就发动了静悄悄的文学革命，这是非常高的赞誉。

有了这个赞誉之后，其他的就接踵而来。有人说金庸是"武侠大宗师"——这里面有省略，我们看前面"小说大师"是省略了"武侠"，这个词又省略了"小说"——好像金庸自己就是一个侠客一样，好像他有一身武功一样。那么还有人进一步讲，金庸是"武林盟主"〔众笑〕，当然这是一个比喻。我们今天把中国跟武侠有关的这些人都叫作"武林人士"，比如我已经参与过几次这样的"武林大会"。这些"武林大会"都请什么人呢？一个是武侠小说作者，然后是武侠影视剧的编、导、演人员，一个是武侠文学的研究者，包括我这样的人，还有三山五岳的跟武侠活动有关的和尚、老道〔众笑〕，各派掌门人都有。在某年的一次大会上，我一看那个《会议手册》，主办方把我安排和释永信大师住一个房间〔众笑〕，当然，我估计释永信大师是不会来住的，我就晚上在房间里等他，果然等到半夜他也没来〔众笑〕，估计他一个人住。所以我们自己就组成了武林大会——一边开会一边看武侠表演，那个会开得很好玩，非常热闹。你看，大家说是"武林同人"，可说的话根本不一样，我们这边是学者，那边是作家，那边是和尚〔众笑〕，这边是一些美女演员，能说到一块儿去吗？只能是互相欣赏〔众笑〕。

对金庸的评价当中跟"武林盟主"差不多的是"一代大侠"。是不是所有的写武侠小说的作家都能够把"小说"去掉、把"文学"去掉，直接说他是侠？我刚才说，这样讲带有比喻意义，可是用到金庸这个具体的人身上又不仅仅是比喻。生活中的那个金庸，生活中对应的叫"查良镛"的那个人，他真的也是一个侠。虽然他不是他笔下那些郭靖、杨过一类的人物，但他生活中的所作所为是带有侠客精神的。正是从这个意义上来讲，好多人，好多研究者，包括给金庸写传记的人愿意称他是大侠。还有一本传记就直接称他是"侠圣"，"侠圣"这个词到底是什么意思呢？是"侠中之圣"，还是"侠加上圣""又侠又圣"？反正都是一流的称呼。

一个作家所能得到的美誉几乎没有超过金庸的，跟他能够类比一下的，只有鲁迅。有时候我觉得一个人他还活着的时候，得到太高的赞誉不是一件好事，随之而来的一定是谤满天下。

是什么人说金庸的好话，我们要注意，我们分析话语要注意这话语是谁说的，时间、地点、原因、经过，这几个要素要掌握。我们大多数人犯的毛病就是光看话语内容，不看话语生产的条件，不看厂家。

我们看看学者对金庸的赞誉。著名学者陈世骧推许金庸"兄才如海，无书不读"，这个话没有说金庸小说的好坏，他是通过读金庸的小说得出这样一个结论，说金庸才华大如海，无书不读。一个大学者评论一个作家用的是学术标准。我就在学术圈混，我也想找一个朋友送给他这八个字"兄才如海，无书不读"，可惜我混了这么多年，没有遇到过这样一个合适的人，值得我送他这八个字。但这八个字有人送给过一个作家——冯其庸。上次也提到了，冯其庸是中国"红楼梦学会"的会长，按理说他最应该推崇《红楼梦》，那是他的饭碗。他读了金庸小说，读完之后是这么说的："这需要何等大的学问，何等大的才气，何等大的历史的、社会的和文学的修养。"他也从学术标准上认为金庸有大学问、大才气、大修养。这是一个被认为是我们国家最有学问的领域之一——红学界的一个名家所说的。说到金庸的小说本身，他是这么评价的："无一雷同，无一复笔。"这是他对金庸小说的感觉，他这个感觉会有很多人不同意，但这是一个研究《红楼梦》的重量级学者的评价。那么我再列举一个我们北大的严家炎先生的评价，严家炎说金庸发动了文学革命，不能空说啊，严家炎先生有很多论述，有这样一句话："他的作品可以说填平了高雅文学与通俗文学之间的沟壑，真正做到了雅俗共赏。"严先生说话很平淡，但是字字都不落空，雅俗共赏是很多专家学者共同的目标，但是做到、做不到差别就大了，严老师认为金庸真正做到了"填平沟壑"。再列举一个金庸研究者，陈洪老师，他是南开大学常务副校长，陈洪教授也是研究古代文学出身，竟然有这么一句评价，说："金庸小说，就是五百年后的《水浒传》。"这句话如果是一个普通年轻人说的，无所谓，有许多人喜欢金庸，怎么评价都可以。而这些人都是功成名就的人，一句话说错了就可能毁自己一辈子的声誉，因为这些人说的话都会被记录在案，说错了会成为笑话。就好像你已经有巨额存款，因为你一句话，存款可能都没啦。所以这话都不是轻易说的，这是贯通了中国文学史之后，下了这样的结论。《水浒传》《红楼梦》这些小说，当时问世的时候也是被人看不起的，和金庸小说刚刚流传时是一样的，当然，《水浒传》产生五百年之后，现在谁读《水浒传》那都是高雅人士。所以陈洪老师预言"金庸小说，就是五百年后的《水浒传》"。你想，我们国家重量级的学者都这样评论过金庸小说。

有很多人认为我对金庸小说评价高，其实要没有他们开路，我没有那么大的学术勇气，我也没有那个资格，我的辈分比较浅，我是做学生辈儿的，也不敢把自己的想法完全地说出来。但是呢，我毕竟在 20 世纪 90 年代表达了我对金庸小说的一些看法和预见，那种预见也是带有冒险性质的，当时我料定十五年后、二十年后，我的话会成为金石之言。所以当时，我虽然也比较慎重，但是有的地方还是说得比他们要稍微过一点。我在 1999 年有一篇文章叫《金庸小说万古传》，因为当时，1999 年那一年，很多人批判金庸。我开头是这么说的："金庸小说，热。20 世纪 50 年代一出世，就热。20 世纪六七十年代，热得四海翻腾云水怒，东南亚人民风雷激。"〔众笑〕这是化用毛主席的诗。"20 世纪 80 年代，又随改革开放的春风，热遍九州十八省"，读孔庆东这人的作品要反复地去想到底他是什么意思。"其畅销和传播的速度，真可谓是'七百里驱十五日，赣水苍茫闽山碧，横扫千军如卷席'。"我把毛泽东的诗词都用在金庸的身上了。"20 世纪 90 年代，不但热浪未减，而且在华人世界中愈来愈牢固地树立了其当代文学经典的形象。直到 20 世纪末的 1999 年，先是全国十几家卫星电视台同时播放《天龙八部》——尽管这部片子改编得如同其他港台片一样粗俗低劣，但依靠原著的精彩故事，仍然获得了居高不下的收视率。随后金庸本人又被浙江大学聘任为人文学院名誉院长，再次成为热点话题。从时间上看，金庸小说已经热了将近半个世纪，而且势头不衰，下一世纪仍是妇孺皆知的优秀经典无疑。"现在21世纪过了十几年啦。"从空间上看，有华人之处，便有金庸小说，"这话不是我空说的，我是接触了很多人后说的，"其跨越地域之广，不但超过了'凡有井水饮处，皆能歌柳词'的柳永，甚至超过了大英帝国的心肝宝贝儿莎士比亚。从读者的层次来看，有邓小平、江泽民这样的政治家，有华罗庚、杨振宁、李政道、王选这样的科学家，有中国《红楼梦》学会的会长冯其庸和中国现代文学学会的会长严家炎这样的学术权威，有王蒙、李陀、宗璞等作家，有刘再复、钱理群、陈墨等批评家，有刚刚能阅读长篇小说的小学生，有看门的老头、开电梯的小姐、公司的'白领'、黑社会的兄弟，工农兵学商，党政民青妇，没有一个领域、一个行业没有金庸的读者。金庸小说不是畅销于一时一地，而是长销于各时各地。金庸小说的印数是以'亿'作为计量单位的。从文化商品的角度看，不但金庸本人成为稿酬最丰厚的华人作家之一，无数金庸小说的出版者、盗版者、改编者都获得了丰厚的利润。"〔众笑〕这在上次讲版本的时候讲过了。"可以说，金庸小说已成为中国20世纪下半叶最重要的文学现象，它对这个共和国所产生的影响，用严家炎先生的话说，是'一场静悄悄的文学革命'。"这是用事实来说话。说完了之后有一段对金庸比较高的评价，还是在这篇文章里的，讲金庸小说的成就："此外，金庸写历史、写政治、写景物、写风俗，均出手不凡，着笔成春。更难能可贵的是，金庸在这一切之上，写出了丰富的文化和高深的人生境界。他打通儒释道，驰骋文史哲，驱遣琴棋书画、星相医卜，将中华文化的博大精深和光辉灿烂以最立体、最艺术的方式，展现在世人面前。"就因为这段话，我受了多大冤屈，受了多大委屈，多少人恨不能把我掐死，我简直是鲁迅在《狂人日记》里说的"踹了古久先生的陈年流水簿子"。我说这段话等于把很多权威都打倒啦，把很多人梦想得到的成就添到金庸身上去了。但是我不是空论金庸，我说："金庸之所以能够取得如此成就，得益于他'十年磨一剑'的严肃认真的创作态度，得益于他能够继承五四新文学的现代精神。"这是金庸本人不愿意承认的。"得益于他能够博采世界上各种文学的精华。诸种优势条件具备于一人之身，无疑是一种'机缘'，这样的'机缘'往往几十年、几百年才能出现一次。金庸小说当然也像其他艺术品一样，有瑕疵之点，有平庸之处，但我们应该摆脱只知崇拜死人，不知尊重活人的陋习，根据我们活生生的生命感受，勇敢地预言，金庸的小说，必将长存在人类的文学史上。"这是十五年前我写下的话。现在看来，我这一篇短短的文章激发了无数青年人研究金庸的热情，很多人沿着我的某一句话就去研究金庸小说的一个问题。

金庸的好话，我不想多说了，我们今天一起来听听反面意见，听听那些对金庸贬损的意见。但是我们也可以把那些好话当作一个背景。

与好话同时，向金庸身上泼来的污水也是接连不断，有瓢泼大雨之势。我们来看一些人对金庸小说有哪些贬损，我给它概括为"十大罪状"。金庸有哪些罪状呢？抄袭、雷同、低俗、暴力、色情、下流、伪善、抠门儿、薄幸，最后是放纵〔众笑〕。我想，形容一个人的坏词儿还能有比这更严重的吗？没有，一个坏人可能会戴的帽子金庸全都戴啦。这些坏词儿有的是说他小说的，有的是说他本人的。

历史上那些被称为圣贤的人、英雄的人，可能都会被加上一些最具有攻击性的、最具有诋毁性的词。但是我们也不能因为这些词是那么尖锐，就一概视而不见。我觉得还是应该一个一个认真地对待。我们不应该预先地站在某个立场上来看问题、站在某个人的角度来看问题，我们永远要站在真理的一边。如果你发现自己原来真的错了，对方对了，即使对方你再不喜欢、再凶恶、再丑陋，你也应该向真理投降，这才是大英雄的境界，错了就是错了。但是，错也好，对也好，要用材料来说话，要实事求是。其实对金庸的批评和贬损不止这十个方面，我只是捡其最突出的十个方面。下面，我们可以来分析分析，也许人家说得对呢。说得对的地方我们就接受，因为给了我们启发嘛。到现在这个时代了，我们也不必过于执著于是非和贬损。

说金庸抄袭的人很多，我找了一个最有说服力的说金庸抄袭的例子。这人是这么说的：

> 武侠里的故事情节，大致和吴承恩写的《西游记》一样，结尾都是大团圆。孙悟空修成正果，武侠里的人物得报血海深仇。如果真要说金庸老先生是一个武侠小说创作的鼻祖、泰斗，那就没有什么必要了，毕竟写《西游记》的吴承恩前辈要早几百年。金庸等一大批武侠小说的创作者只不过是把《西游记》的人名、地名、环境改改称呼，再把里面很多故事内容加以论述、加以细化，也就成了一本武侠巨著了，那有多少是自己的思想在里面？纯粹是抄袭别人的成果。[1]

由此他再论述说：

> 抄袭之风由来已久，只要你再仔细看一遍《西游记》，也就知道为什么说金庸也不过是个地地道道的抄袭大师。如果金庸

---

[1] 考虑到本书为课堂实录，故引文出处不再一一注明。——编者注

现在连站出来承认自己抄袭的勇气都没有，那中国文学也不要再说什么打假了，永远也不会纯洁。

这样的文章我们好像经常见到，都很正义，都言之凿凿，都有一个非常高大的道德形象。我们对一个问题证伪，可以沿着他的逻辑去推论，按照他的逻辑，在很多武侠小说里他都发现了大团圆，发现了主人公最后达到了目的，他发现这样的故事情节在《西游记》里都有，所以《西游记》以后的所有作品都不能这么写，如果写了就是抄袭。那按照他的这个逻辑，《西游记》也是抄袭，因为这样的作品在原始社会就有，人类最早的史诗就是这样的。人类所有的故事一共只有二十多个模式，谁也跳不出这二十多个模式。你说这人最后报仇了，前面肯定能找着这样的故事；你说最后这人仇没报，自己死了，前面还有这样的故事〔众笑〕。所以，"抄袭"这个词，它是一个很具体的对比，你至少要找到金庸写的非常完整的一个情节跟另外一个人写的是一样的，还要加上其他的材料来证明，才能说他是抄袭。而且仅仅是情节一样还不能说是抄袭，必须文字也一样，才能算是抄袭。所以金庸这个抄袭的罪名看来还需要进一步论证。读金庸小说的人成千上万，特别是读金庸小说的人往往也读过其他的武侠小说，这里面不乏学问很高深的学者，如果金庸抄袭其他武侠小说情节的话，早被其他学者发现了。因为有一部分学者是不喜欢金庸的，他们就专门找金庸小说的毛病。如果他们发现金庸抄袭了白羽，抄袭了郑证因，抄袭了朱桢木，那他们早都把证据找出来了。有的人专门是研究版本的，他们至今好像还没有看到证明金庸抄袭这方面的材料。如果说金庸写的某一个情节、某一个武功，跟一个前辈恰好一样，这不叫抄袭，这叫发扬光大〔众笑〕。比如我今天上课，我说："同学们，'三人行必有我师'。"这叫抄袭吗？我是把我老祖宗的话发扬光大，尽管我没有加括号说这是谁说的，但我并没有说这话是我发明的啊。这个"抄袭"的罪名我们简单地放到这里。

我们看看雷同，可以找到很多雷同。比如有的人说，金庸笔下的风清扬和黄药师就雷同〔众笑〕。这可以研究啊，起码我们觉得风清扬有点像黄药师，黄药师有点像风清扬。对这个问题有兴趣的人可以写一篇文章《风清扬与黄药师之比较》，这两个人恰好可以比较。还有人说桃谷六仙很像太岳四侠，这也可以比较啊。还有情节，有人说《笑傲江湖》中令狐冲被小师妹刺了一剑，重伤，恒山派的人把灵药当泥巴糊伤口；另一小说相似的情节他又找到了，《倚天屠龙记》中张无忌被周芷若抽了一鞭，重伤，明教也把灵药当泥巴糊伤口〔众笑〕。他说，"你看这是严重雷同，自我抄袭，雷同属于自我抄袭"。我觉得这个点还可以用来攻击中医，说中医完全是糊弄人的，随便拿泥巴糊伤口。这是情节的雷同。还有人找到风景描写的雷同，《射雕英雄传》里有一段："只见一片练也似的银瀑从山边泄将下来，注入一座大池塘中，池塘底下想是另有泄水通道，是以塘水却不见满溢。"《倚天屠龙记》里说："只见峭壁上有一道大瀑布冲击而下，料想是雪融而成，阳光照射下犹如一条大玉龙，极是壮观。瀑布泄在一座清澈碧绿的深潭之中，潭水却也不见满，当是另有泄水的去路。"《天龙八部》里还有："只见左边山崖上一条大瀑布如玉龙悬空，滚滚而下，倾入一座清澈异常的大湖之中。大瀑布不断注入，湖水却不满溢，想来另有泄水之处。"这个可以研究，这个是有真凭实据，确实雷同〔众笑〕。那对于这个雷同我们怎么看？第一，他不犯法，他没有侵犯谁的著作权；第二，他的这个雷同是不是自我抄袭？他是不是写《天龙八部》的时候写到一个瀑布不知道怎么写了，去翻翻自己的《射雕英雄传》〔众笑〕，受点启发，然后把这段写出来了，是不是这样一种创作情况？肯定不是。是他写瀑布的时候不由自主地就陷入这样一种固定思维。你看，他把三个场景写得都一样，一个大瀑布流到一个深潭中，而那潭不见满，然后"想来另有泄水之处"〔众笑〕。那假如你不想跟金庸雷同，你也写一个大瀑布灌入潭水之中，那潭水却不见满，怎么写呢〔众笑〕？你说怎么写啊？原来湖中有一个怪物〔众笑〕，那只能这样去写。我们只能说金庸没有找到更新的描写手段，因为这不是主要情节，它只是作为一个景物描写，金庸写得手顺了，就沿着自己习惯性的思维写下来了。如果你没有看过另外两处，只看了一处的话，这个描写不是很好吗？提出这一处雷同的这个人是太爱金庸了，琢磨得太细了，把三本儿都拿出来比，终于发现有雷同了，他用一个很高很高的标准。我觉得这很好。我们希望金庸如果再修改他的小说的话，把这个地方修改得更引人入胜。当然我们也想不出一个更好的办法来，我们只能想出一个吉尼斯怪物来，啊！错了，尼斯湖怪物〔众笑〕。

金庸的十大罪状之一还有"抠门儿"。这个"抠门儿"之说，是一个对金庸的调侃。我们发现很多大人物都有这样那样的抠门儿的传说。这个金庸啊，他办《明报》的时候不是当老板嘛，他经历了早期极为艰苦的岁月。即使财源广进之后，老板金庸也厉行节约到了抠门儿的程度。对此金庸说过：

> 我办报办了几十年，对于一磅白报纸的价格、一方英寸广告的收费、一位职工薪金和退休金、一篇文章的字数和稿费等等，长期以来小心计算，决不随便放松，为了使企业成功，非这样不可。

我们要知道金庸不仅是一个作家，他还是一个资本家。我们要从资本家的角度考虑。他说过《明报》有四百员工，每人每月工资加一百，一年就多支出几十万。他倒很诚实。有时候我们不了解资本家为什么不愿意给工人涨工资,工人说:"我们自己涨的工资很少啊!"但是资本家他算的是总账——我给你一个人加一百,全报社加起来一年是几十万。所以他对年轻人说,在《明报》工作是他们的光荣,别看就这么一点工资,还有人排队想进来。这个话要怎么去评价呢,我们看站在哪个角度:站在劳动者的角度,这话是要批评的,就因为你们《明报》特别有名,所以在你这儿工作是光荣,你就给我们低工资?从无产阶级的角度,金庸是应该被批评的。但是把金庸放在所有的资本家里面,这是一个常态,他还是诚实的,放在资本家里边跟资本家比,那他这样又是没什么可批评的。

他曾经有一个员工,叫黄陵,在《明报》干了很多年,退休了。退休了之后,金庸就只给了他几万块钱,这个黄陵就不干了,就闹,可金庸就是不给他涨钱,他就威胁金庸:"你要不给我涨钱,这个钱我也不要了,我把所有这些钱都用来登广告,让全世界都知道,我给《明报》干了一辈子,金庸给了我多少退休金!"这一句话把金庸吓住了,金庸说:"不要这样嘛,不要伤和气,你说要多少钱吧!"——最后满足了他的要求。我们可见,这事情很小,但是很有说服力,即使像金庸这样的人当了资本家,他也要站在资本家的立场上说话。你想从他那儿拿钱,要用无产阶级的斗争手段。无产阶级不斗争,即使是金庸这样的好人当资本家,他也不会退步。

在金庸的《明报》上开专栏的有两个著名的香港女作家,林燕妮和亦舒,金庸亲自请她们在自己报上开专栏,文章很受欢迎。但是金庸给她们的稿费很低,林燕妮就不干了,说:"你看我这文章不是很受欢迎吗?你还表扬我,给我加点稿费好不好?"金庸说:"你这人花钱大手大脚,给你的钱你都花了,不加。"〔众笑〕然后正好亦舒在旁边,亦舒说:"哎,我是很节约的呀,我不花钱的呀,你给我加加稿费行吧?"金庸说:"给你钱你也不花,给你钱有什么用。"〔众笑〕两个人都没加稿费。所以说金庸这个人很抠门儿。这是一个做人的小节,但是从这里可以看出,金庸是精打细算、很精明的人。大作家往往比较精明。我也听说过好多作家抠门儿的故事,我还看过好多央视那些大的主持人抠门儿的故事。我觉得这里边有点可研究的内容。当然,这是生活细节方面的抠门儿。

金庸这样的人呢,他毕竟有他出手豪爽的时候,他认为需要花钱的地方,是不惜花钱的。比如说他给香港大学捐钱,本来说捐一百万,在写支票的时候,这个校长在旁边开玩笑说:"哎呀,要是能多写一个零就好了。"当时旁边很多人,这本来就是开玩笑,没想到金庸很认真,他说,那就多写一个零吧,"啪"就多写了一个零,一百万改成了一千万。所以说,金庸有非常豪爽的一面。

对金庸的批评还有很学术的、很正襟危坐的批评。由于批评金庸的人中有很多著名的学者,我就不列举他们的名字了,避免我们对他们有误解,我们只就事论事谈话。有学者这样说:

> 真正冷静严格地从小说艺术的角度审视,金庸则有着太多的弊病。近些时候读到过一些对金庸的批评,这些批评我认为都很中肯。而读金庸时的那种神魂颠倒、日夜不分,也并非一种最纯正、最高级的审美享受,它与对《红楼梦》这样的作品的细细体味、从容含玩,质地完全不同。说到底,金庸小说仍然是一种"高级通俗小说",仍然是一种"高级文化快餐",仍然深深打上了商业文化的印记。因此,对金庸,虽然一时间从某种特定的角度进行研究完全可以,但要认定他会像《红楼梦》

造就了一门"红学"一样造就一门"金学",恐怕也是神魂颠倒、日夜不分后的一种"昏话"了。

这是一个比较著名的学者说的。我们看他的批评,首先,他是用他认为的"冷静严格小说艺术"的角度来看,认为金庸小说有弊病。关于这个弊病,按照他的逻辑,他就应该从艺术的角度去审视哪些地方不艺术。可是他话题一转,说的是另外的事情,说的是神魂颠倒、日夜不分这样的读书方式就不是纯正高级的审美享受。这个逻辑是从哪儿来的?读《红楼梦》的读者不神魂颠倒、日夜不分吗?读《西厢记》的读者不这样吗?什么叫细细体味、从容含玩?这个是非学术语言,这是我们常见的一种骗子的语言。前面高举着马列主义,吓唬你一下,下面完全是法西斯主义;前面举着艺术旗帜,下面说的是流氓话语。你不是说要从小说艺术的角度来审视吗?我没有看到下面讲小说艺术,下面是扣帽子,全部是扣帽子。你凭什么说他是这样、那样,就不是另外一样呢?哪个作品没有商业文化的印记?鲁迅的小说没有商业文化的印记吗?莎士比亚的作品不商业吗?《天鹅湖》不商业吗?商业不商业和他的艺术水平高下有直接的因果关系吗?没有啊。就像我们每个人同时具有多种性质一样,你是男人,你是北大的学生,这两者不矛盾是吧〔众笑〕?你是男人,你是北大学生,你是四川人,这个不矛盾。这中间不存在简单的因果、指向。

我前面介绍,金庸被浙江大学聘为人文学院名誉院长时也是受到一片指责。有一位南京大学著名的文学院院长出来说,金庸连当南京大学副教授都不够格。这个大家去查,一定有很多人不同意他的意见去反驳他。到底什么是格?什么人够格?什么人不够格?是不是这样说话的人自己就够格?这个都是需要用学术语言来好好辨析的。

还有人去找一些人来批判我的话——不能隐藏对我不利的观点〔众

笑〕。我在网上看到有人说，"孔庆东说金庸的武侠小说价值不亚于《红楼梦》"，好了，一帮人来批判："金庸武侠小说不亚于《红楼梦》？孔庆东是'垃圾'！这人根本不懂文学。武侠小说要能跟《红楼梦》比，虫豸也能变人了！简直胡扯！""孔庆东这样的垃圾估计是金庸买的枪手吧？不要说《红楼梦》，它连《金瓶梅》都赶不上。金庸小说破绽百出，何敢和《红楼梦》相比，孔庆东'垃圾'！为了出名昧良心。""'红楼'的最高峰地位看来近百年是无人可撼得动了。至于孔庆东，我见过，至今还是穿着长袍的书痴，也就适合看看武侠和色情，唉。"〔众笑〕还有人语重心长地总结："这就是盲目崇拜的下场。"〔众笑〕

还有作者说：

> 金庸所虚构的武林世界是一个非逻辑的世界，现代生活的逻辑在那里往往不管用。沉溺于这个武林世界的青少年，很可能在现实生活中显得思维混乱。而这个武林世界也是一个与现代民主与法制社会格格不入的世界，沉溺于这个世界的青少年往往脑子里装了一大堆与现代公民意识冰炭不可同器的东西，而这样的青少年在中国多起来，对中国社会的民主化与法制化绝非幸事。

写这段文字的人，他的政治立场我们一看就明白了是吧，这是一"公知"〔众笑〕。他想的根本就不是艺术，不是金庸，他念念不忘的是建立他自己心目中的"民主"与"法制"社会。按照他的逻辑，人类的大多数艺术都要打倒。人类大多数艺术都不是他讲的那样，都不是讲公民意识，都不是讲一人一票。确实有很多这样的人混在中文系里，他不是中文系的教授，他其实是"公知"，他天天拿着文学搞政治。我们不反对谈政治，但是你看他分析过一句小说内容吗？没有，他还是在扣帽子，说金庸小说里没有什么，所以金庸就是反对什么。你又有什么证据说爱读金庸的青少年在现实生活中思维混乱呢？你得拿出证据来啊。

　　金庸小说中那些武功或高或低，品性或正或邪的角色，的确不能算作通常意义上的"人"，他们来无影、去无踪，人类生存的种种现实性制约对他们来说都不存在，他们有时像神仙，有时像妖魔。他们是另一类动物，是金庸虚构出来的一群怪物，这样的动物从来不曾真正地存在过，也没有丝毫现实存在的可能性。在金庸的武侠小说里，有的是英雄或侠，人是不见的，这种毫无现实性的创作，我们怎么可以把他们称为人？

　　哎，这个逻辑很清楚，就是只要你写的不是现实中真正有过的那种人物，那就是没有价值的。按照他的说法，《西游记》就不能存在了，《荷马史诗》也不能存在，其他一些被我们认为是现实主义风格的作品，我们仍然可以分析出与现实生活中的不同来。他等于是否定所有的文学，而他所标榜的"人"，他自己没有定义。你说，他所说的人是什么人呢？按照他的逻辑他也可以否定一切写人的作品，比如说你写了一个朋友，他说生活中没有这么好的人，你写的不是人。所以这一类的论调仍然是在谈政治，不是谈文学。

　　那么，金庸到底有没有学问，有很多人说金庸没学问，金庸连当副教授的水平都没有。我们北大的郑也夫教授说过一句公道话，就是当年在探讨什么人有资格当教授、当副教授的时候，郑老师说：

　　中国的学界一点不比中国足球强，而且人家不批评别人，做自我批评……我觉得我自己就是"猴头巴脑",所谓小人得志。我因何可以成为北京大学的教授呢?我古文洋文都不大通的……去年在深圳讲学一个月,才算下决心读了一遍《史记》、半部《汉书》。

郑老师是社会学教授,不是文史哲的教授,他没有必要读这些书,他这完全是谦虚,但是他很实在、很讲良心:

此前竟然是一本正史也没读过,如此连中国文化人都称不上,也能做教授?完全可以说是"沐猴而冠"。但你如果说我不够格当教授,我也会攀比的,且振振有词,因为我确实以为还有好大一批教授不如鄙人。我五十岁才当教授,之前已经放弃申报了,同辈学者不论好孬,大部分在职称上比我捷足,由我推论,可信中国学术界"沐猴而冠"者甚多。

我很赞赏郑老师这一番话。别动不动说别人有格没格,有没有学问,你自己学问几何?你肚子里到底装了几千本书?你肚子里没装一万本书你装什么学者啊?在北大这个地方想混饭吃,别动不动就说,这个够格,那个不够格。我没有具体统计过哪些学者读过多少书,但凭我的感觉,中国文史哲的这些老师没一个读书超过金庸的。金庸几十年如一日,天天上午读书,是雷打不动的,他读的都是精品。我们今天这些学者成天不读书,成天忙着写论文。不读书写的论文,那才叫"垃圾"。

还有一种观点说"金庸笔下的人物是人妖":"一言以蔽之,这些人并非完全不食人间烟火的神仙,相反,却是实实在在有血有肉的人。"你看,这跟刚才的那段评论不一样,刚才那个认为金庸笔下的人物不是人,这个认为是人。

然而另一方面，这些人一旦身居武林，则很快地在不同程度上具有了"神"或者"妖"的功能，而且随着故事情节的发展以及人物的不断成长，其身上便越来越凸显出"神"或"妖"的特征。遗憾的是，金庸小说并非神话小说，如果是神话小说，干脆人人都变成三头六臂，或者一个跟头能翻十万八千里也罢，不是的，金庸小说不是神话小说，它偏偏要给那些生活在大千世界中的很实际的"人"赋予神仙或妖魔才具有的功能，于是画虎不成反类犬，这些半人半神的"人"，实际上既非人也非神，准确地说以"人妖"一词来写最为恰当。

我们看，这是一种写文章的路子，先列一题目，下面围绕这个题目展开，来证明这个题目。这种路子就是，先说一个人是鬼，下面就围绕着"他怎么是鬼"来说就行了，不用讲事实，不用分析故事情节，不用分析材料。那么，按照他的逻辑，在一个文学作品中，只要这个人物的功能超过平常人，他就是人妖。那我首先想到了诸葛亮就是人妖啊〔众笑〕！那《三国演义》就是"人妖作品"，哪有诸葛亮那么聪明的人啊？没有啊！哪有张飞那么勇敢的人啊？哪有赵子龙武功那么高的人啊？长坂坡千军万马，他七进七出，人妖啊〔众笑〕！是吧，这一段段《三国演义》，人妖大全嘛〔众笑〕！所以你要否定金庸得先否定《三国演义》，更不用说那么多外国文学作品了。那著名的"007"系列不就是人妖系列吗〔众笑〕？"007"多英勇多能干啊！所以这种批评是不考虑学术论证逻辑的。

还有一种批评说金庸小说色情，贼色情。这都是著名学者说的，这不是在网上找的小青年的文字啊！说这种话的人都是大名鼎鼎的人，我不好意思说他的名字,毕竟他是我的前辈,他说《鹿鼎记》是低俗的、黄色的、下流的、不堪入目的东西。然后,我们严家炎老师很认真,说:"庆东啊,你统计一下,金庸小说到底有没有色情的段落啊?万一人家说得对呢?"我就仔细一想,哪块是色情的呢?也许我这人比较麻木〔众笑〕,我没想到什么地方有色情啊,我没有感觉啊!后来我就问别人:"你说金庸小说哪儿色情啊?"我就参考别人的说法,总结了金庸小说十大黄色情节,大家看看够不够黄啊:虚竹与梦姑那一段;康敏折磨段正淳那一段;韦小宝与建宁公主那一段;尹志平奸淫小龙女那一段;还有那个坏道士叫玉真子的,奸情这一段;还有韦小宝给方怡治伤,治胸口的伤那一段;还有段誉与木婉清,他们两个被下了药关在洞里面那一段;再一个就是马夫人打白世镜那一段;还有一段就是段誉跟钟灵那一段,钟灵又是段誉的一个妹妹哈;还有一个就是李秋水的搜魂大法那一段。也许还有其他的情节,大概跟这十个差不多。

  如果读过金庸小说,你回忆一下,这些情节算黄色情节吗?这些情节从题材上说都涉及男女情欲之事,是不是作品中写到男女情欲之事就一定是黄色的?每个人可以给"黄色"下个定义,什么叫"黄色"?得出现了什么才叫黄色〔众笑〕?人家没出现这些怎么就叫黄色了?得有某种描写才叫黄色的,没有某种描写,人家没写,然后你联想到了,那你就是黄色的〔众笑〕。所以鲁迅先生有一段话概括得非常好,叫作"一见到短袖子,便想到全裸体",便想到什么,一直想到私生子〔众笑〕。有些人的思维在这个环节上能迅速跳跃,那说明你联想能力强。如果能从金庸小说中看出色情来了,那看啥不色情啊?那天下不色情的东西很少了。所以,无论是横着比还是纵着比,我倒觉得有一种批评更到位,他说,金庸小说写得太纯了,太不色情了,是不是给人一种"装"的感觉。有的人希望金庸写小说写到某些情节的时候能放开多写几笔呢〔众笑〕,

说你老"装"啥啊〔众笑〕。那是另外一种批评，我觉得比这种批评恐怕还到点儿位。还有给金庸扣"下流"这个帽子的，好像金庸对这个从来没有答复过，大概觉得很可笑。以上是讨论金庸"色情"的批评。

批评金庸的有很多著名人物，有很多著名事件，可能今天同学们都不熟悉，都忘了。1999年有一个王朔领衔批金庸事件。王朔在《中国青年报》上写了一篇《我看金庸》，说他看金庸的《天龙八部》："这套书是七本，捏着鼻子看完了第一本，第二本怎么努力也看不动了，一道菜的好坏不必全吃完才能说吧？"王朔的话是有道理的，确实一道菜没有必要全吃完才能评价。问题是他说他看了一套七本的《天龙八部》，天下所有的"金迷"去找，没有发现有七本的《天龙八部》〔众笑〕，真没有。大概是王朔家自个儿印的，印了一版七本的《天龙八部》。但是我不否认他看过金庸小说，他一定翻过。

> 我得说这金庸师傅做的饭以我的口味论都算是没熟，而且选料不新鲜，什么什么都透着一股子搁坏了哈喇味儿。除了他，我没见一个人敢这么跟自己对付的，上一本怎么写，下一本还这么写，想必是用了心，写小说能犯的臭全犯到了。什么速度感，就是无一句不是现成的套话，三言两语就开打，用密集的动作性场面使你忽略文字，或者说文字通通作废，只起一个临摹画面的作用。他是真好意思从别人的作品中拿人物，一个段誉为何不叫贾宝玉？若说老金还有什么创意，那就是把这情种活活写讨厌了，见一女的就是妹妹，一张嘴就惹祸。

从这话我们可以看到王朔真读金庸小说了，不管他读的是几本的，反正他读了。这下清楚了，谁也不用就这个问题去做学问，不用深究。

我们不用去辩驳王朔对金庸的这些指责对不对，他的这些批评实际上从另一个角度体现出王朔这种作家的文学观。我们抛弃立场，站在王朔的角度来说，我们要承认他对金庸小说的这些评论说的是真心话，他是真心这么感觉的，他不是昧着良心说的，他不是自己没学问，去说别人没学问。王朔自己是个优秀的小说家，自己的语言功夫非常强，语言、生活能力都很强。问题是，他为什么这么评价金庸？这说明他有另一种文学观，而他的那种文学观是不理解金庸的这种文学观的。比如，他认为金庸"用密集的动作性场面使你忽略文字"，这合乎金庸小说实情吗？严家炎先生为什么说金庸小说是"革命"，革了谁的"命"？"革"的恰恰是其他武侠小说的"命"。其他的那些武侠小说用王朔的话来批评，那真是十个有九个被他说中了，真是文字不值得赏析，只有密集的动作、打架。而金庸为什么能够鹤立鸡群？就因为金庸的文字是可以赏析的。若干天前我在微博上念了一段《神雕侠侣》的开头，金庸用的是欧阳修的诗词开头的，就是少女采莲这一个画面，就那一段极其优美的散文，完全可以拿到中学做语文教材。从夹叙夹议的对欧阳修词的赏析中，你可以看到金庸是一个水平非常高的文学鉴赏家。而这些东西，恰恰被王朔所忽略了。王朔这类作家是远离学问的作家，他也看不起学问，但是这种作家可以自己去写自己的小说，有自己的成就，不过当他评价别人的时候他会有自己的误区。另外他也犯了跟刚才的说金庸抄袭的那个人一样的毛病，他发现段誉像贾宝玉，这个发现是对的，而这恰好是问题的开始，他从段誉身上想到贾宝玉，这是一个好的开端，然后他马上就否定了，觉得作者笔下的一个人如果像另外一个形象，这就叫抄袭，这就叫不创新。错了，这恰恰是创新。在贾宝玉这个人物画廊里面又添了一个段誉，这叫创新。就好像有"长征一号"火箭，就有"长征二号"火箭，你不能说二号是模仿抄袭一号的，二号是一号的创新，这才是对的。所以你看，王朔的话，虽然出于真心，但是他有一种隔行如隔山的盲点。

王朔还有继续的批评：

> 我一直生活在中国人之间，我也不认为中国人有什么特别的人种气质和超于世界各国人民的爱恨情仇，都是人，至多有一些风俗习惯的讲究。在金庸小说中我确实看到了一些跟我们不一样的人，那么狭隘、粗野，视听能力和表达能力都有严重障碍，差不多都不可理喻、无法无天，精神世界几乎没有容量，只能认知眼前的一丁点儿人和事，所有行动近乎简单的条件反射，一句话，我认不出他们是谁。读他的书我没有产生任何有关人、人群的联想，有如在看一堆机器人作业，我边读边问自己：这可能吗？这哥们儿写东西也太不过脑子了！一个那么大岁数的人，混了一辈子，没吃过猪肉也见过猪跑，莫非写武侠就可以这么乱来？

读了这些话，很多人就会怀疑王朔是故意跟金庸过不去，或者会怀疑王朔的文学鉴赏能力。好在王朔不只写了《我看金庸》这一篇文章，还写了一大堆，如《我看鲁迅》等，我认为，他的文学鉴赏能力是有点儿问题〔众笑〕。也就是说，他只认为他自己那种小说的写法是正宗的、是好的，别人的写法都有问题。他写出的这些文字和他在小说里给我们展示的那种天才相差甚远。王朔是有语言天赋的，我们今天的生活中有很多流行的词是王朔发明的，不管是歪打正着也好，还是恰如其分也好。可是你看他对金庸小说的理解，金庸小说是他说的那样吗？金庸小说里面的人物不可理喻？我认为是太可理喻了、太理性了，简直跟他评价的完全相反。金庸小说写的是一批机器人？那是世界上最有血有肉的人啊，能让你想到你身边无数个活生生的同胞啊，他却把他们看成是机器人。或许是因为他没好好看金庸小说，或许他的这些批评是他看过只言片语后的一种结论。

还有人拿金庸跟其他作家比，有人说："读金庸，迷金庸，只会使人'遁世'……读李敖先生，却会使人'入世'，并陡增一股阳刚大丈夫之气！此两者之不同也。"你看，这个人是喜欢李敖的。我们知道李敖也是著名的文化学者，是文化战士，一生跟国民党斗争、跟民进党斗争，这是台湾文坛矫矫不群的、我也很尊敬的人。他有这种没有畏惧的战斗的姿态，我觉得他身上是有鲁迅精神的，尽管他否认鲁迅。我觉得没有鲁迅是没有李敖的，什么李敖、柏杨，都是鲁迅留下的一摊小渣滓酝酿成的〔众笑〕。但是我还是很尊敬李敖，台湾能出李敖不容易。当然，李敖是我们北大校友，李敖也是我们哈尔滨人。

李敖能够说，我既骂国民党，也骂民进党〔众笑〕，你不要认为我骂这个就会疼那个。但是他对很多事情的评价，毕竟不是在深入研究的基础上展开的。他对金庸也有很尖刻的批评。我们来看李敖批评三毛和金庸，他批评三毛的话，我们先看看："她在关帝庙下跪求签，这是哪一门子的基督徒呢？她迷信星相命运之学，这又是哪一门子的基督徒呢？"他批评三毛身为基督徒不应该求签，不应该信星相。

> 三毛跟我说：她去非洲沙漠，是要帮助那些黄沙中的黑人，他们需要她的帮助。她是基督徒，她佩服去非洲的史怀哲，所以，她也去非洲了。我说："史怀哲不会又帮助黑人，又在加那利群岛留下别墅和外汇存底吧？你怎么解释你的财产呢？"三毛听了我的话，有点窘，她答复不出来……她是伪善的，这种伪善，自成一家，可叫作"三毛式伪善"。

这是李敖尖锐地批评三毛的话,他认为三毛是伪善的,伪善的证据他已经写得很清楚了。下面我们再看他评金庸:

> 胡适之说武侠小说"下流",我有同感,我是不看武侠的,以我所受的理智训练、认知训练、文学训练、史学训练,我是无法接受这种荒谬的内容的,虽然我知道你在这方面有着空前的大成绩,并且发了财。

这是当着金庸的面说的,"他特别提到他儿子死后",这是指金庸,

> 他精研佛学,已是很虔诚的佛教徒了。我说:"佛经里讲'七法财''七圣财''七德财',虽然'报恩经''未曾有因缘经''宝积经''长阿含经''中阿含经'等等所说的有点出入,但大体上,无不以舍弃财产为要件。所谓'舍离一切,而无染着',所谓'随求经施,无所吝惜'。你有这么多的财产在身边,你说你是虔诚的佛教徒,你怎么解释你的财产呢?"〔众笑〕
>
> 金庸听了我的话,有点窘,他答复不出来〔众笑〕。为什么?因为金庸所谓信佛,其实是一种"选择法",凡是对他有利的,他就信;对他不利的,他就佯装不见……自私的成分大于一切,你绝不能认真。他是伪善的,这种伪善,自成一家,可叫作"金庸式伪善"〔众笑〕。

我们好在受过学术训练,哪怕我们再尊敬一个人,我们看他的话也要看他的逻辑。首先,李敖是用材料说话的,这个态度是对的,这是一个学者的态度,不能够说空话,要拿材料,他前面有材料,材料是亲身

经历，而且对方不否认。他确实跟三毛这么讲过，确实跟金庸这么讲过，有记者采访金庸，金庸没有否认有这么一回事，这个事是真的。那他根据这个事所做的推论合不合乎逻辑？他认为一个人如果要帮助别人，自己就不能留财产。这是李敖的基本逻辑吧，他认为你如果留了财产就是伪善的。李敖先生如果是革命者，这就叫极"左"，这不就是极"左"吗？

我前几天转发了鲁迅先生的一段话："其实革命是并非教人死而是教人活的。"我们为什么要革命啊？革命中牺牲的那些烈士是故意死的吗？是不好好活着故意死的吗？绝不是，他是为了千千万万人更好地活，他才死的。我们今天明明能够好好活，为什么自己要不好好活着呢？李敖是那种极端的慈善，他要求别人要么就成圣成贤，否则就是虚伪的。李敖的这个批评恐怕三毛和金庸都不会服气：我得把我的全部财产拿出来，我捐十块钱不行，捐一百万也不行。我并不特别赞同这种慈善，我也不主张去宣传这些慈善家，因为社会首先有了剥削、有了财富不均，才有了千千万万的慈善者，有慈善家的社会是罪恶的社会。但我们不能因此把责任放在这些慈善家的身上，说他们不对！

李敖对金庸还有批评。2005年他到凤凰卫视录《锵锵三人行》，跟窦文涛对话，窦文涛说："您的意思是千百万的金庸小说读者都是境界低的？"李敖答："至少是浪费时间的，我也承认金庸写得活灵活现，写得好玩。"哎，他刚才不是说没读过武侠吗〔众笑〕？他刚才还说从来不读武侠，然后他现在说"写得活灵活现""写得好玩"。那可能是他忘了，就是大师也会忘事。"我是说我和金庸本人搭不上线，你谈了半天侠义，你本人却不'侠义'。像希腊诗人拜伦，他赞成希腊抵抗土耳其，亲自来参加（抵抗），虽然得了热病死掉了。我相信这个，我要身体力行，这才是玩真的。搞文艺活动的人，谈人类心灵的人，你不讲真话、不做真事，像金庸就是这种人，我看不起他们。"窦文涛："我再问您一位，被我们列为国宝大师的钱锺书先生,您对他怎么评价?"李敖说:"钱锺书书读得很多、很细,把外国同类的书、同类的主题摆在一起,第一流高手,可是思考能力并不强,这个人是读死书的。"李敖说这两段话呢,是有他自己的这种很强的气场、很强的一种自信的,因为李敖自己是玩真的。我很赞赏李敖这一点,他不是伪君子,他说的话他自己去做到。比方说李敖他主张要做战士,他自己就坐过牢,是玩真的,不虚伪,我很敬佩他。但是他自己做得境界这么高,要求别人也这么做,我觉得这有点强人所难了。他要求你作品中写了什么好事你就得去做,这个逻辑从哪里来的呢?没有这样的逻辑啊!因为作家没有这个使命,作家就是作家。我前面讲了,我们要把作家和小说中塑造出来的那个作者分开。拜伦虽然是生活中的战士,但他和他诗中写的并不完全一样啊。再说金庸这个人,你怎么证明金庸在生活中就没有侠义精神、侠义之举呢?一定要他变成一个穷光蛋,把钱都送给别人才叫侠义吗?行侠仗义有多种方式啊。每个人可以根据自己身份和能力的不同,选择不同的方式更高效率地行侠仗义。金庸在我们国家收回香港的过程中起了关键作用,他是《中华人民共和国香港特别行政区基本法》的主要起草者之一,他以个人的努力,在当时的历史条件下,阻止了"港独",这已经是行侠仗义了。所以,什么是大侠,什么是小侠,还需要思考。

还有人批评金学家:

> 在"金迷"中,那些对金庸歌功颂德的所谓金学家们,尤为可悲,在被金庸用完之后,金庸对他们说,"你们不过是'小学生'",一脚踢开。其内心黑暗、冷酷无人能比。不过金学家也活该,因为他们拿了金庸的银子,是等价交换。所以,我们也无法说金庸忘恩负义,因为这是钱学交换。

我们看，很多人认为你赞美一个人或一件事，一定是拿了钱。这个思维一直蔓延到现在。按照这样的逻辑，大家每天就要出来骂人，出来骂人才能证明自己的道德高尚，才能证明自己的清白。所以攻击金庸，顺带攻击研究金庸的人、赞美金庸的人，也是一种时髦，是一种潮流。

还有一种近几年流行的、最深刻的批判，这个批判足以"杀"金庸，前面那些批判不过是人格上、道德上的指责，这个批判却是可以"杀人"的。

有人指出金庸是旗人，我觉得这倒挺好玩，我们国家有一大帮伟大的小说家是旗人，曹雪芹是，老舍也是，现在金庸也是。

> 金庸，本名查良镛，浙江海宁人，顺治时著名的文字狱（明史案）的告密者就是其祖上查继佐。当时无辜屈死者无数，老查踏着别人的鲜血爬了上去，得到了满族统治者的宠信。查家此后一门竟出了七个进士和五位翰林。

这是指责金庸的人从金庸传记中拿到的材料。"这在满人排汉的风气下，是汉人门庭根本无法做到的，所以虽然金先生死活不承认自己是旗人，可辩护却总是显得那样苍白无力。"金庸在什么地方辩护了？我不知道。他竟说"金庸的辩护苍白无力"。

> 读过《鹿鼎记》的人应该会对吴六奇这个名字有印象。在书中，吴六奇是一位慷慨豪侠的英雄、潜伏敌后待机而动的抗清义士。但事实上，吴某人却是一个贪生怕死、叛国投敌的铁杆汉奸，投降后一直对清廷忠心耿耿。吴六奇本是永历帝授的南澳总兵，顺治七年时，大汉奸平南王尚可喜挥军南下，吴六奇当即率部迎降清军，此后随同尚可喜征粤，剿灭明军残部，

屡立奇功,并积功被清廷升为提督、少师,兼太子太保。

说这话的人既从历史上找金庸祖上进行"人肉搜索",另一方面,从金庸小说中找材料,说金庸赞美清廷,是为自己的旗人来"洗白",然后批评金庸美化清朝朝廷。

因为康熙待查家甚厚,所以金庸知恩图报,在《鹿鼎记》中拼命吹捧美化其人,将这个杀人如麻的刽子手硬生生塑造成了天下少有的圣君。而且出于对清廷的感恩和旗人内心的归属感,金庸对美化清朝朝廷可谓不遗余力。《鹿鼎记》中整篇颠倒黑白,施琅之流成为正面人物,陈近南这样的反清义士反倒成了保守偏执、目光短浅之辈。

我们看这个批评,他是怎么样的一个逻辑。还和前面提到的批评的逻辑一样,一个人只要赞美了某个人,就一定有不可告人的隐私。首先,这个大前提是不成立的,如果你赞美刘邦,那他就查查你家祖上和刘邦有什么关系,这不是一个学术逻辑。这样去论证,首先前提就不能成立,其次也不符合史实啊,他说"《鹿鼎记》中拼命吹捧美化其人",《鹿鼎记》中是肯定了康熙,那这个"拼命"落实在何处?怎么能体现出"拼命"来?评价一个人字字都要有落处,"拼命"体现在哪里?哪里有"吹捧"?说别人好就是"吹捧"吗?说好就是"美化"吗?康熙和乾隆时代,中国没有好的一面吗?那个时代在他们几位君主的治理下,是不是相对和平、经济繁荣、人口急剧上升?今天我们中国人口的底子基本上就是康熙到乾隆时期奠基下来的。中国每一次发生战争,人口急剧下降,下降最多的时候从五千万下降到二千多万,一半以上的人没了,我们是到了清朝,人口超过一亿的,一亿、二亿、三亿这么上来的,到鸦片战争时期达到四亿。怎么能只讲一个人的一面,说他是"杀人如麻的刽子手",而不能写他另有圣贤的一面呢?要拿事实来说话。而且他说"《鹿鼎记》中整篇颠倒黑白",这种话本身就是一种大字报的语言,怎么叫"整篇颠倒黑白"?反清义士就不能够"保守偏执、目光短浅"吗?"保守偏执、目光短浅"说的是能力,反清说的是立场,立场和能力是两回事,共产党人是好的,立场是对的,但共产党里面就没有目光短浅之辈,没有保守偏执之辈吗?政治立场和道德品质和能力是不同的范畴,我们很多人都会犯混淆范畴的思维毛病,认为某种立场的人就是有某种道德的人,就是有某种能力的人,这是完全错误的。这些范畴都是井水不犯河水的。金庸正是写出了人性的复杂,不以立场固定地看个体成员。

还有人评价金庸的人格低劣:"金庸年轻时好色凉薄,抛妻弃子,离异后还在访谈中洋洋自得地说什么'男人嘛,总是比较浪漫'。显然对自己花心搞外遇毫无愧意。"这个批评很激愤,"金先生年轻时竭力追逐财富和功名,在雄心勃勃赶赴北京,意图从政却饱受冷落后,终于放弃了权欲,开始寄心于武侠创作。他在自己的作品中频频嘲讽醉心权欲者,其实恰是出自一种'吃不到葡萄说葡萄酸'的嫉妒心态。"

我们对这种话不要一笑了之,要反省自己会不会无意之中这么说话,这样去写文字。毛病在哪儿?没有证据,根据自己的主观意图去推断别人的心理,是这种文字共同的毛病。一个人讽刺权欲就是自己得不到权力的结果吗?证据何在?另外,金庸到北京想从政是不是就是醉心于权欲呢?一个人只要干事业,就是醉心于权欲,就是要升官发财吗?何况升官发财本身未必是罪恶,何况他又不一定是要升官发财。所以这个逻辑链条几处都不成立。这些对金庸的贬损的背后,大的背景是金庸的经典地位已经实现,所以才必然有这么一个历史的反拨。

还有一位著名学者总结了金庸小说六大痼疾,我们看一下:"一,总体构思概念化、公式化、模式化,以金庸之才识去进行全新的纯文艺创作,未尝不可以成为中国的巴尔扎克和托尔斯泰,然而他套上武侠小说的枷锁,发挥得再超常也只能做'戴着枷锁的跳舞'。"这位学者批评金庸,但是他无意中承认金庸有巴尔扎克和托尔斯泰的才华,只是没有写他认为最好的那个题材。他认为如果金庸写纯文艺,那就对了。如果把郭靖写成一个国民党的师长就对了,就是托尔斯泰了;如果把黄蓉写成林徽因,那就是巴尔扎克了。他可惜金庸没按照他的理想去写,竟然写武侠了,所以就不行。"二,仍然是脱离现实生活,仍然是不食人间烟火,仍然是天马行空、云山雾罩。"这个我们不用去分析了,根本不符合金庸小说实际。金庸小说怎么不食人间烟火了?太食人间烟火了。"三,仍然是刀光剑影、打打杀杀、血流成河、惨不忍睹。"这个同上。"四,将武侠置于历史背景之上也有以假乱真的副作用。"那不把武侠置于历史背景之上吧,你说他脱离现实生活,置于历史背景之上吧,你说他以假乱真,那到底哪个是对的?你让不让人活啊〔众笑〕?这两个批评点你只能选一个,金庸小说到底有没有和现实生活结合?这两个对照是自相矛盾的。这也就相当于,这位伟大的学者说,金庸小说非常色情、下流,读得他夜不能寐〔众笑〕,很奇怪哈。然后他又说金庸小说"五,拉杂、啰唆、重复,特别那些武打,尽管花样翻新,兵刃奇特,地点转换,"看得还挺细,"甚至到海上、到北极,但给人的感觉仍然是万变不离其宗的老一套,大可不必打来打去、没完没了。这是金庸的聪明处,也正是金庸小说的悲哀处,为了财富,金庸只好'背叛'才华。六,旧武侠小说固有的打斗、血腥、杀人、拉帮结派等毛病,社会影响是很坏的。不幸的是,金庸的武侠小说也同样有这样不良的社会影响。这一点,虽然为一些金庸研究家讳莫如深,但我们却必须严正指出。不应该要求文学作品成为生活教科书,但有理由要求文学作品注意社会效果、社会影响。不客气地说，像武侠小说这种陈腐、落后的文艺形式，是早该退出新的文学历史舞台了！"原来他还以大论小，他首先否定古今所有的武侠小说，所以金庸写了武侠，那也就是罪该万死。第一，他不顾金庸小说的实际；第二，他不顾金庸小说在武侠小说中的独特性。当然，他到底为什么要否定金庸，他另有个人隐私，我就不在这里公布了。

  最后，我们看看，对金庸的贬损中，存在着一些留给我们的问题。我们发现批评金庸的人，有左派也有右派，有普通的左派右派，也有极"左"极右，这就出现了一个问题，金庸是左派还是右派？我好像在别的讲座中提出过这个问题。有的人认为他是左派，有的人认为他是右派，我就问："孔子是左派右派？鲁迅是左派右派？金庸是左派右派？人一定要是某个派吗？派是怎么来的？"金庸是左派还是右派，大家可以去思考。判断一个人是左派还是右派，一个是看他个人的生平，一个是看他的作品。我们发现左派、右派都不喜欢金庸，左派、右派的那些学者都不研究金庸。我说这是中国不能真正进步的一个原因——都脱离了中国人民真正的生活，还号称自己为人民说话。人民都在读金庸，你为嘛不读？你为什么不回答人家的问题，你算什么学者？不论你标榜民主自由还是革命，你不关心人民所关心的，你叫什么人民学者？

  那么我们可以从以下问题入手去思考金庸。

  金庸小说里，弘扬普世价值吗？右派认为他不弘扬，这是右派不喜欢金庸的一个原因。他们发现金庸生活在香港，竟然不谈民主法制，他们大失所望。金庸竟然不弘扬普世价值、不讲纳税人，他们火了。首先起来咒骂金庸的是一些极右分子，是一些分裂祖国的势力，他们痛恨金庸。另外有一些人，也痛恨金庸，他们发现金庸是批判"文革"的。尽管金庸自己不承认这一点，但是文学作品里到底有什么思想，不是作家承认不承认就能决定的,我们可以分析出来。恰恰在"文革"进行中,他写了《笑傲江湖》,还有《天龙八部》里的那些批评个人崇拜、批评疯狂的"红卫兵"行为的那些情节,这个谁也不能否认,金庸显然是批评"文革"的。再加上金庸的政论,所以"左"派也不喜欢金庸,"左"派要批评金庸。

还有,金庸对传统文化是什么态度?我认为金庸对传统文化是热爱、是弘扬的,他立体地全方位地展示传统文化,而极"左"极右分子,都否定传统文化。极右分子说,中国传统文化根本就没有公民意识;极"左"分子也说,传统文化全是糟粕。所以他们都要打击金庸。金庸可能在这个问题上显得左、在那个问题上显得右,所以他又被"左"派攻击,又被右派攻击。那金庸自己的立场是什么呢?他是站在国家的立场上,站在人民的立场上。金庸的小说是为弱势群体说话的,但是他并不标榜自己是无产阶级;他是有中华民族这个国家立场的,但是他不是简单的大汉族主义。所以他会受到那些立场非常鲜明的人的一种带有政治视角的解读。由此产生的问题是,金庸自己是什么阶级?今天,"阶级"这个词又一次凸显出来,我们中有些人不明白什么叫"阶级",不读马列主义,认为有钱人就是资产阶级,穷人就是无产阶级,这完全是错误的,不从生产资料所有制的角度去分析阶级,就是打着马列主义旗号污蔑马列主义。

那么,我们今天的这个思维训练是,看看评论金庸的误区何在,不论是赞美金庸的,还是批评金庸的。用前人评价《聊斋志异》的话说:"隔靴搔痒赞何益,入木三分骂亦精。"我认为对金庸的一些评论的第一个毛病是不读原著,我不论开什么课,都强调同学们要读原著。第二个毛病是以偏概全,你读的哪一段就说哪一段,不能用你读的局部来概括全体。第三个毛病是立场先行——先有了一个固定的观念和观点,然后用你读到的东西去证明你的观点。第四个是标准错乱,你自己和自己的标准要一致,比如说我为什么赞赏李敖先生,因为他自己的标准是一致的,他虽然对别人要求过高，但他自己是个真君子——我就这么要求，我就这么做，我自己跟自己不矛盾。第五个毛病是趋炎附势，很多评论者是随大溜的，现在流行什么，现在哪个话语强势，他就跟着哪个话语走。与此相反的是一种愤青心态，现在流行什么我就反对什么，非跟你对着干不可，这是一种变种的立场先行。再有一种是拾人牙慧，眼界狭窄，只看到一点，这与以偏概全是相通的。还有的是不懂艺术，拿着文学当历史、当现实来评价。最后是逻辑混乱，好像我们现在中学语文课不讲逻辑了，逻辑混乱是语文课、数学课都忽视逻辑训练导致的。

那对金庸所有的这些褒也好、贬也好，金庸自己的态度还是比较潇洒的。金庸在参与完《中华人民共和国香港特别行政区基本法》起草以后，写过一组诗，其中一首是这么写的："南来白手少年行，立业香江乐太平。旦夕毁誉何足道，百年成败事非轻。聆君国士宣精辟，策我庸驽竭愚诚。风雨同舟当协力，敢辞犯难惜微名？"金庸对这些风风雨雨还是应对得比较稳健的，好像佛经上讲的，佛在说法，应对八面来风一样。

今天说的这个"毁毁誉誉说金庸"，不仅是对我们的一个思维训练，我，我们也可以把它用于对其他人物、其他事件的各种社会评价。

好，今天我们的课就上到这里。谢谢大家！

〔掌声〕

课后花絮

生：老师，在中国古代的时候，在中国汉人的眼里，这个"中国"是汉人自己的中国，还是可以与其他少数民族共有的"中国"？

师：古代啊，没有今天这个"民族观念"。古代的"汉人"也好，"中国"也好，不是从民族血统的角度上说的，而是从文化的角度上说的。比如他说的"蛮夷"，不是我们今天说的血统上不一样，而主要指的是你和我们的生活方式不一样，文化不一样。他认为自己的文化是先进的，你要是跟我这个文化一样呢，你也是先进的。所以他不追究血统的纯正，中国的民族情况是很混乱的。

生：您这样一说我就明白了。因为金庸写的那些小说，包括《鹿鼎记》，我们看是有一个中华民族的这样一个整体的概念。

师：所以他的"民族"也是一个文化的概念。

生：好，谢谢您。

第三课

主题：金庸者谁之"八卦"金庸 金庸＆查良镛
授课：孔庆东
时间：2014年3月4日火曜日申时
地点：北京大学理科教室207
内容提要："作者""创作者""叙述者""人称"之间的复杂关系
　　　　　"叙述者"金庸
　　　　　查良镛与"查"姓家族
　　　　　金庸的亲戚与金庸小说中人物的关系
　　　　　"少年游侠"

金庸者谁？"金庸"，这么有名的一个名词，难道我们还不知道他是谁吗？而文学研究的一个重要问题，可能就是要来解开这个秘密。关于金庸，我们能够知道什么？连这样一个大名鼎鼎的人，我们可能也未必知道他是谁。好，那我们看看金庸，他是谁？

当我们说到金庸的时候，首先我们会意识到金庸是干什么的。你是怎么知道金庸的？你第一次听说金庸这个名字，是跟什么事联系在一起？大多数人会说，金庸是个作家。我们知道很多作家名字的方式都是通过阅读他的作品这样一个途径，然后我们去获知与这个作家本身有关的一些信息。就好像我们喜欢电影中的某个形象，我们知道是谁扮演的她，然后我们去找扮演者这个人的一些信息。再后来，我们就把电影忘了，成天关心这个扮演者：她又怀孕了，她又走光了〔众笑〕……是吧？我们现在是这样活着。那关于金庸我们能知道一些什么呢？先来介绍一组概念。这组概念对于中文系的同学来说不太复杂，比较简单，但是我想在座的可能恐怕多数不是中文系的，所以我们要重复一下。有一组概念，叫"作者""创作者""叙述者""人称"，这些我们要稍微整理一下。

我们大多数人笼统地认为的那个"作者"，其实是一个很复杂的概念。你说《射雕英雄传》的作者是谁？我说是金庸，但是你把稿费寄给金庸，他可能收不到。"金庸"这两个字不具有法律效力。他如果收到了，他可以说他没收到，打起官司来很麻烦。因为"金庸"不是一个法人，不是一个现实中存在的人。我还真不止一次在现场碰见，有的人当面向金庸先生说："金老先生，您好。"金庸真不给面儿，脸色沉重，像霜一样。有一次他真的生气了，当然，那天他被纠缠得特别烦，金庸说："我……我……我，我不姓金，我不姓金。"金庸是这样讲的。后来我呢，因为比较年轻，还出来打圆场，说："金庸是人家的笔名，他不姓金。正像你不能管鲁迅叫'鲁老爷子'一样。"〔众笑〕鲁迅也不姓鲁，你不能管鲁迅叫"鲁大爷"，再叫就跟鲁四老爷差不多了。所以金庸这个人跟现实中那个人是两回事。我们今天在"著作权法"上指的作者，其实是一个法律范畴的用词，从法人的意义上有作者，但是作者呢，还不见得是一个自然人，只要法律规定这个作品是谁的，它就是谁的。

跟"作者"相关的是"创作者"。"创作者"指的是实际付出劳动，生产一件艺术品的那个自然人。比如我今天开发了一个软件，这个软件，我是它的创作者，但我的劳动成果可能被我的导师"剥夺"了〔众笑〕，我的导师署上了他的名字，也可能这是惯例，也可能是我跟导师商量好的，这个软件的作者写的是我的导师的名字，走到哪儿他都是作者，我不是作者。但是我的导师可能会在某些场合中说："哎，其实这不是我做的，是我的学生做的，做完之后用我的名发表了，用我的名注册的。"他这话的意思是，实际创作者不是他，而是他的一个学生。所以"创作者"指的是那个自然人，"作者"指的是那个法人，这是针对一切文化、科技、艺术产品而言的。

从我们狭隘的文学作品、文学文本来说，为了区别如此复杂的概念，在叙事学中提出了一个"叙述者"的概念。"叙述者"指的是"文本的叙述主体"，什么叫"文本的叙述主体"呢？我们用小说作品来打比方：读任何一部小说，你会感觉到有一个声音、有一个人在跟你讲这个故事。当你读《三国演义》的时候，开头就说"话说天下大势，分久必合，合久必分"，你反复听到一个"声音"在跟你讲这句话，你对说出这句话的"人"有一个想象。随着作品的展开，这个讲故事的"人"的形象越来越丰满，最后你就形成了一个《三国演义》叙述者的概念，你没有见过这个人，但是你想象有这么一个人，这个人就是"文本的叙述主体"。当你读《孔乙己》的时候，《孔乙己》的叙述主体是一个小孩，是咸亨酒店的那个小伙计，是不会作假、不会往酒里掺水的小伙计，所以老板只好让他管记账。在他的眼睛里看来，孔乙己是那样可怜。假如鲁迅不这样写孔乙己，鲁迅用那个酒店掌柜的口气来写孔乙己，小说的开头将是："孔乙己这家伙还欠十几文钱呢！"小说的风格就完全不一样了。所以"文本的叙述主体"和"作者"是两回事，他们有时候可能比较近似，甚至高度近似。比如鲁迅的《一件小事》，大家都学过，为什么说它又像小说又像散文呢？关键就是它的叙述者和那个在教育部当官的周豫才先生高度吻合，小说里"抓出一大把铜圆"来给别人，别人还不要的那个人，跟那个当官的周豫才很像，所以我们说，这好像是散文吧？这说明我们平时其实有某种意识，知道叙述者不等于作者。

利用叙述者和作者之间复杂的关系，作家可以使用各种技巧和花招来调动读者的心理。其中一个最主要的花招就是用人称，人称是表示言行主体的一种方法。我们中学就学过第一人称、第二人称、第三人称。大多数作品使用第三人称，用第三人称有一种真实感，好像日常生活中两个人讲话在谈第三个人的故事："我跟你说彼德罗维奇这个人很抠门儿。"这样一讲好像是他一个人在跟你讲故事，讲彼德罗维奇的故事，这是常用的第三人称。第三人称有它的好处，第三人称的作者可以跳在半空中看见一切。用第三人称是很方便的，它不受限制，所以有时它被叫作"全称"——"全职叙事"，没看见的事，它可以利用另一种办法告诉你它看见了。评书一般都是第三人称，评书中解释不了的东西它告诉你"书中暗表"，"书中暗表"可以解释一切。比如一个人原来不会打架，现在会打架了，它告诉你"书中暗表，这两个月他学了一门武功"，就把这个漏洞补上了。

使用第一人称呢，会造成一种叙事主体的真实感，第一人称说"我"，"我"的故事或者"我"看见的故事，"我"的心情，是在讲他自己。第一人称叙事最容易迷惑人，容易让你以为他说的是真的。在日常生活中，如果两个人面对面，对方说的话不真实很容易被判断出来。可是在作品中，一般我们不容易判断，其次也没有必要判断，因为我们容许了这种"撒谎"，这就叫虚构。"我冒着严寒回到阔别多年的故乡"，他回不回去你不用追究，不一定是说话的这个人真的回去了，这个"我"不是作者，这个"我"是作者虚拟出来的另一个人，为了虚拟的逼真，他可能和作家的生活高度接近，越接近就越是为了骗人，这是人称在这里面起的作用。

大家有没有读过第二人称写的作品？第二人称就是"你"，用"你"来写的作品，我看在座的表情，大多数人可能没有见过第二人称写的作品，特别是小说，也许你看过第二人称写的诗歌，但是第二人称写的诗歌往往是伪第二人称，实际上那个叙事主体还是第一人称。比如说，"你从远古走来，你向东海奔去"，这是伪第二人称，它是"我"对"你"的歌颂。"你说过两天来看我,一等就是一年多",这还是第一人称,真正的第二人称没有第一人称潜在。"你拿出钥匙把门打开了,你看见一个小偷坐在你的沙发上,很平静地跟你叙述一件往日的故事。"这是第二人称。如果你有余暇,我推荐你看法国著名作家纪德的作品,纪德的代表作长篇小说《伪币制造者》,或者看他的《地粮》,好像也有翻译成《人间食粮》的,这是我们大学时代喜欢读的作品。

我们进行作家研究的一个内容,就是进行作者与叙述者关系的研究。我们干吗要研究鲁迅的生平,研究老舍的生平、托尔斯泰的生平,研究人家那点事呢?是"八卦"吗?目的何在?目的是研究现实生活中存在的人,他怎么变成作品中塑造出来的那个人,这个人他怎么能写出这样的作品,以及此中包含的人类种种复杂的秘密,所以看上去好像很简单的一个事情,其实是最复杂。

那么,超出作家研究之外,它有一个象征意义。对于我们大多数人来说,其实我们每个人都存在着作者与叙述者的关系这个问题,因为每个人都在塑造自我。为什么我们大家不知道自己是谁?你张口对你自己的描述、对同学的描述、对父母亲人的描述,其实描述的是他的外在形象,或者是他努力塑造出来的一个形象,塑造出来的形象和他的本质不一定是一致的。人塑造一个自我的形象有可能是为了掩盖真实的形象,也可能是为了引导真实的自我向某个目的地进发。我昨天在微博[1]上发了《了凡四训》袁了凡的一段话,袁了凡主张人要"记功过格",每天记一记自己干了什么事,干了多少件好事,又犯了几件错误,然后好改变这些错误,这是在自己内心立了一面镜子,每天看自己,通过这个塑造自我,先是

---

1 2014年3月3日孔老师微博:〔了凡立命之学〕汝之命,未知若何? 即命当荣显,常作落寞想; 即时当顺利,常作拂逆想; 即眼前足食,常作贫窭想; 即人相爱敬,常作恐惧想; 即家世望重,常作卑下想; 即学问颇优,常作浅陋想。——编者注

塑造形象，这个形象反过来能够引导人的本质。

我们知道有一些演员与角色的关系会慢慢趋同。比如说20世纪80年代那一版电视剧《红楼梦》中林黛玉的扮演者陈晓旭。其实20世纪80年代的时候，我们对《红楼梦》是不满意的，觉得拍得太不好了，我们不知道以后还要进入更大的堕落〔众笑〕。我们对20世纪80年代那一版有很多意见，现在回过头来一看，20世纪80年代，神话一样，神话般的20世纪80年代啊。陈晓旭就因为演《红楼梦》陷入了林妹妹情结，就觉得自己是林妹妹了，总想保留林妹妹的世界，最后"质本洁来还洁去"了。她塑造林妹妹的时候，我认为她还没达到那个层次，可她塑造来塑造去，她这个叙述者就等于作者了，叙述者变成作者了。

当然，还有大量的叙述者不等于作者，甚至二者完全相反。比如我们看一些痞子文学，觉得这作家这么恶心，怎么能写这么恶心的事，而且这么得意扬扬，我们会特别讨厌这个作家，特别恨这个作家，觉得这人是一流氓。可是假如你有机会和这个"流氓"坐在一起，你会发现不对呀，这人挺好啊，这人很善良、很开朗、助人为乐，根本不像他作品所写的、所展示的那样啊。也有相反，你读他的作品，觉得这作家特高尚、特伟大、特好，你跟他一接触，发现他是一小人。

这其中的关系都是很复杂的，都不是用一元一次方程能解出来的，这里边可能都是函数关系。我们认为的一个坏人，他内心可能有特别美好的一面，他没机会展示，然后他通过写作展示，他的作品如果能够打动你，说明他这一面是真的，他真的有这一面；但是，还有那些特别好的人，他特别想偶尔当当坏人，但没机会当坏人，那怎么办呢，他只好在作品中展现自己流氓的一面。以前我讲这个道理，别人还有点费解，今天有了网络，大家一想就知道了，多数人在网络上的形象和在生活中的形象是不一样的，比如有的人在宿舍里特文静，一上了网特狂躁、特暴力。要看人诱发了自己的哪一面。

所以我们理解好作者与叙述者的关系，有助于我们理解演员与角色的关系。比如有人很讨厌小沈阳，这就是不懂得这个关系。他在二人转中扮演的不是他自己，你如果讨厌他扮演的那个形象，那就对了，应该格外地尊敬演员本人，因为演员演得好，演得出色。就像你不喜欢阿Q，却应该尊敬鲁迅一样，鲁迅是用笔塑造的阿Q，那演员是用自己的身体塑造的形象，你应该尊重拥有这个身体的那个主体。我们今天由于缺乏艺术教育，大多数人不懂这个道理。而我这个年纪的人看电影，越讨厌里面的反派人物我们就越尊敬那个演员，我这代人特别尊敬那些著名的演鬼子、演汉奸的演员，把鬼子、汉奸演得这么好，把坏人演得这么棒，比如，我们很尊敬陈强，演"南霸天""黄世仁"的，因为他演出了坏人的复杂性。

同时，这个问题有助于我们去了解自己，你要把自己往哪个方向去塑造。你可以写出自己的一些有时候自己想不清楚的言行——我今天怎么干了这么一件事，为什么这么说话呢——去揭示自己内心的一些隐秘。你空洞地学习心理学理论没有用，心理学的这些原来很专业的术语现在都日常化了，街上一个卖馒头的都会说"变态"这俩字儿了，本来这是一个非常专深的术语，那卖馒头的现在也会说"他变态"〔众笑〕。结合文学来研究人性有可能达到新的深度和高度。

好，我们回到金庸身上，大多数人通过读金庸小说或者看金庸影视剧所得到的"叙述者金庸"的形象是什么样的呢？我不知道大家心里是什么样的，大家可以自己去总结一下。我举一些例子，在这里放一些词，比如有人说金庸"侠义"，还有说金庸"深情"。我看金庸写一些爱情段落，还有写兄弟之情的段落时就说，如果不是一个感情比别人深十倍、百倍的人是写不出这样的情节的,写不出这样感人的故事的。还有,金庸"渊博",我也没遇到过比金庸更渊博的人。我们遇到的多数是专家,在某个领域知道得特多,这不算本事,这是你应该的,你就应该在你的专业上知道这么多事。但是在如此之多的领域知道如此之多的事,这需要几十年如一日刻苦读书思考,还需要很多天分,这叫"渊博"。可能还有人觉得他"儒雅""大气""幽默""爱国""悲悯",我们还可以列举出很多词来。当然,我们上一次讲课的时候讲到很多对金庸的贬损,有的人评价金庸会用另一套负面的词来概括。比如说他"伪善"啊、"暴力"啊、"色情"啊,我们上次都列举过,但那好像不是多数人对金庸的印象。有的人觉得这些印象是指对金庸这个叙述者背后的那个作家的印象,我们从小说中所感受到的这个叙述者起码不是那样的。当然,有的人说叙述者跟作者言行不一致,所以说作者伪善。比如上次我们举的例子,李敖先生认为金庸伪善,他说三毛是伪善的,金庸也是伪善的,说这是"三毛式伪善""金庸式伪善"。他之所以说金庸伪善,就说明他承认"叙述者金庸"是高大的、是侠义的。他如果不承认这个,他的结论就不成立,他必须承认"叙述者金庸"很高大,然后他在生活中发现,这个以"金庸"做笔名的家伙不那么高大,所以才说他伪善嘛。

  我们可以把金庸这个叙述者跟其他的叙述者做一点比较。我们不认识他们本人,但我们可以通过作品了解叙述者的形象。比如,在武侠小说这个范围里,金庸跟梁羽生相比,他们两个人的形象有哪些异和同呢?好像有很多同的方面:都爱国,但是爱国的方式好像不太一样,同中有异;都大气,大气得也不太一样;都儒雅,我们可以比较一下谁更儒雅,或者说分别是哪一种儒雅;都深情;都侠义……他们有很多共同点。那么他们的不同何在?是程度上不同还是方向上不同?梁羽生可以跟金庸比。古龙可以跟金庸比,很多人喜欢拿古龙跟金庸比,古龙侠义吗?真情吗?

渊博吗？儒雅吗？大气吗？幽默吗？爱国吗？悲悯吗？好像古龙跟金庸的重合点不多，好像可以另用一套词来形容古龙。我们再跳出武侠小说的范围，跟其他的人比一比，我们脑海中鲁迅那个叙述者是什么样子？如果我们在不了解鲁迅生平的情况下就看鲁迅的作品，你觉得鲁迅的作品的这个叙述者是个什么样子？前面这套词用于鲁迅也不是不行，比如说"幽默"，鲁迅是幽默的，但鲁迅那幽默是自成一家的，和金庸的幽默显然不同。鲁迅的幽默、爱国、儒雅、渊博、深情都跟金庸不一样，他有另外一套展示方式，甚至我们可以用另外的词形容鲁迅。小说家之外我们想想李白，李白的形象是什么样的，为什么古人最喜欢的诗人不是李白，而是杜甫，而我们现在却更喜欢李白？作为小说家的曹雪芹他的形象是什么样子的？用于金庸的那些词哪个还适合曹雪芹？我们最后再来想想，作为一个写作者的毛泽东，我们不去考虑毛泽东现实生活中的那些丰功伟绩，我们想想他的写作，你读了毛泽东的文章，你读了毛泽东的诗词，那个毛泽东是什么样的？毛泽东是更接近鲁迅还是更接近李白？是更接近梁羽生、古龙还是更接近金庸？这都可以想。有的时候我发现，有的人用一辈子来努力不过是要塑造一个自己的形象。这个塑造可能成功，也未必成功。比如有的人就想让父母知道"我是一个好孩子"，有的人整个后半辈子都在为了让一个人知道"其实我是爱你的"。

以上这是我们讨论的"叙述者金庸"。

我们从读文本得到的叙述者形象出发，去看看那个创作者，去看那个创作者的形象，这样有利于我们思考金庸小说形成的文化现象。

"金庸"这个名字不是原来就有的，他不是一个自然人，"金庸"也是被缔造的一个对象。我们现在就看看金庸的缔造者是谁？这已经是常识了，金庸不姓金，不能叫他金先生，金庸姓查，叫查良镛。"镛"这个字是金字旁，加一个"中庸之道"的"庸"，把它一分为二，就是"金庸"，"金庸"这个笔名是这样来的。梁羽生本来叫陈文统，当初梁羽生先写了小说一炮走红之后，报社让查良镛也写，查良镛说："我起个什么名呢？很简单，我把我这个名字的'镛'一分为二，就叫'金庸'吧。"这个名字就这么来的。"金庸"这两个字被他打造成了一个金色的品牌。曾经有一个常年攻击金庸的人，引用他的名字做文章说"金庸就是金钱的庸人"，说他既贪财又庸俗。不用管他，反正"金庸"两个字是金字招牌了，随着我们对作家研究的深入，"查良镛"这三个字也是一个金字品牌了，这是能永留在文化史上的名字。

让我们来追根溯源，对金庸进行一下"八卦"，进行一下一本正经的"八卦"。下个星期一，3月10日是金庸九十周岁的生日，我们今天用"八卦"的方式对金庸表示一下尊敬。

"查"这个姓是个小姓，人口很少，一般来说一个年级也难得有一个，我们很难遇到姓查的，比我们姓孔的要少很多很多。查姓源头很古，一般越小的姓越古老，但是它的流别很杂。"查"这个字本来的意思是浮木，浮在水上的木头，可以用来渡水，本来同"楂"，古诗里经常用这个字。这个字为什么后来能演变成"调查"的"查"？是跟这个字本来的意思有关的，那就是乱七八糟的木头弄到水里，你要把它弄整齐了，弄整齐不容易，需要"查"，这个"楂"与"查"是一个字。"查"这个姓氏的起源有这么几种。第一个是出于姬姓，春秋时鲁国大夫查延，封于查，子孙以地为氏。第二个是出于姜姓，春秋时齐顷公之子封于楂，其后以封邑为氏，后去木为查。不论是出于姬还是出于姜，他们都起源于山东，所以现在上网去查，他们有的人认齐顷公是他们祖先。这是两个起源。第三个起源是出于芈（mǐ）姓，现在有个围棋棋手叫芈昱廷。春秋时候楚国公族大夫食邑在柤（zhā），也就是今天湖北南漳西，子孙以邑为氏。

这是三个春秋时候的起源。第四种，起源于他族。很多看上去很古老的姓，都有其他的来源。比如说大量满洲人改了汉姓之后，姓什么的都有，就有姓查的，住在沈阳。满洲八旗的沙拉氏后来改为查姓。如果有姓查的人说"我是满族"，你可以说："你家是沙拉氏吧？"他会问："没错，可是你咋知道呢？"你就说是上金庸研究课知道的〔众笑〕。

还有，不光是满族，蒙古族、彝族、傣族、土家族、哈尼族等族均有查姓，也就是说在云南一带有很多姓查的。跟"查"有关的还有一个姓氏，广东的姓香的，他们中有一支其实原来姓查。我们看这"香"字跟"查"字很像，是不是？怎么像呢？童谣说得好："查先生，真奇怪，脚底鞋儿头上歪歪戴。"把下面这一横拿到上面去，歪歪戴着，"查"就变成"香"了。不好好研究汉字这哪知道啊？姓香的人中有原来姓查的。这么一看就很复杂了。这一支的"香"姓是怎么来的呢？是当年南宋小皇帝被陆秀夫背着跳海之后，管他大印的那个官儿，叫查开祥，隐姓埋名，改为姓香。研究姓氏，是很有意思的。有这方面的专家，我是用的他人的研究成果。今天最有名的一个姓查的村子是安徽泾县的查济村，这是一个旅游点儿，村里面很多人家都姓查，金庸这一支也是从安徽去的。

不去考虑别的那些，我们现在先看看历史上姓查的名人。一考证，这些人多数跟金庸有关系。这是个小姓，名人不多，我找了十五个名人。我们能查到的最早的是查文熙，唐代刺史。然后是南唐五代工部尚书查文徽。到北宋时候有查道，查道这个"查"当时怎么写的不知道，但是史书记载宋真宗跟他有一天聊天儿，说你这个姓怎么乱七八糟的，又不好念又不好写。我们想，这个"查"很好写啊，那说明当时不是这么写的。宋真宗跟他说："宜求音之近而美者称之。"皇上说你找一个音相近的但是看上去比较美的这么一个字，多好哇。他就听了皇上的话，改姓"查"。从这个材料我们知道原来这个姓氏肯定不是这么写的，原来大概是这个字儿——"木"字旁儿放一个"荖",樝〔众笑〕。宋代查篪、查许国,这都是具体事迹不详的人。他们家真正有了大名是在明清之际。明末清初有查伊璜,就是查继佐,清代大文豪,关于这个人是有争议的。我上次也介绍了这方面的争议。再下来都是清朝的。查士标,清朝书画大家。查升,清朝书法家,康熙进士。这都是他们一个家族的。查慎行,清代大诗人。到了现代,姓查的有几个名人。查光佛,曾经当过国民党的汉口市党部宣传部长。查夷平,这人了不起,1949年参与组织了两个航空公司的起义,是我们新中国民航事业的奠基人之一。他们家比金庸高几辈儿的有一个查济民,大企业家,当过首届国务院香港事务顾问,2007年去世。金庸有一个族兄了不起,查良铮,因为讲现代文学一说就会说到查良铮,他就是著名的九叶诗人穆旦,有一些学者认为他是现代水平最高的诗人。到底谁是最伟大的现代诗人?有人说是郭沫若,有人说是艾青,还有其他的说法。近年来一些学者主张穆旦是最了不起的诗人。查良铮的族弟叫查良镛,就是金庸,咱们先不说了。姓查的还有一个,安徽姓查的,叫查海生,就是当代有名的诗人海子,是我们北大毕业。所以我们看,查家如果不说金庸,起码也出了两个伟大的诗人。所以这个姓了不起,这么小的姓出的人才质量这么高,真是令人羡慕和钦佩。

我们看看查良镛本人的谱系。往上一追,我刚才说的那些查氏名人基本都跟他有关系。最早追上去,查文徽、查文征。他们家本来在安徽,安徽婺源那一带(但是今天行政已经划到江西去了,所以安徽、江西老"打架",老讲哪个文化是起源于哪儿)。他们家是元朝的时候迁居到了浙江海宁的袁花(今天海宁归嘉兴市,袁花也就是浙江嘉兴市下面海宁袁花镇)。他们家迁到海宁袁花之后,第二代就开始出人才了。所以这个查家是不得了的。查瑜、查恕〔众笑〕,读起来不太好听,但是这些人都了不起。查恕是一品国医,号称"查一帖"〔众笑〕,很有名的,像我们今天什么

"刘一刀"〔众笑〕似的，就是不论什么病，他开一帖药就好，很了不起。他们家从第五代查约开始，整个明朝一代，查家中进士六人。其中三人，祖孙三代连中进士。直到明代末年，查继佐中进士。人家家谱里记得清清楚楚。

后代赞美他家是"名宦均文苑，代代有清官"，这是有传承的。到了清朝初年，康熙亲自给他们家写了一联儿，叫"唐宋以来巨族，江南有数人家"。这是不得了的，皇上亲自给他们家很高的赞誉——江南有数人家。我们还能想想，江南还有谁家这么厉害啊？能跟他相比的就是曹雪芹他们家了，说来说去就数曹雪芹家这么厉害。查家还被赐了很多堂的匾名：澹远堂、敬业堂、嘉瑞堂。后来他家最兴旺的时候，号称"一门七进士，叔侄五翰林"。我列举下这些人的名字：查慎行、查嗣瑮、查嗣庭……真是光耀门楣！这是清朝的时候。但是，有人说因为他们家得到皇恩这么多，所以金庸就赞美清朝皇上，能这样得出这个结论来吗？

到了现代，他们家又出了一些人，查人伟、查猛济。刚才说的查济民是纺织大王。查良钊，曾经当过河南大学校长，后来到台湾，是台湾师大校长。查良鉴，台湾的"司法行政部"部长。查家分了南北两支。刚才讲的著名诗人穆旦属于"北查"，他们家这一支到了天津，查良铮是在天津成长起来的。

前面这个查继佐，他是有争议的，争议就是《明史》一案。金庸的《鹿鼎记》曾经用很大篇幅写了这个"《明史》一案"。有人批评金庸，说他粉饰自己的祖上，因为在《鹿鼎记》中，金庸写的是查继佐早年结识了雪中奇丐，后来这乞丐成为吴六奇将军，此将军念情，帮助查继佐躲过"《明史》案"一劫。而真实的历史可能是：《明史》刻出来之后，"襄助其事"者里面有查继佐的名字，由于某种纠纷，查继佐不同意署自己的名，就去学官那里告发了《明史》。但他的告发没起到什么作用。后来这事又被另一个人告了，这个人一告就捅到朝廷上去了，这事就闹大了。然后朝廷一看，说："上面都有谁的名字啊？把有名字的全逮起来。"但是因为查继佐早就揭发过《明史》了，所以查继佐因此减免了罪行。这个事情的来龙去脉是这么一回事，但不管是怎么一回事儿，查继佐因此被看成是一个历史上有污点的人。这个事情老有争议，问题是你站在哪个角度去看，这个事情可不可以理解？他算不算为清朝为虎作伥的一条走狗？反正是历史上的事，大家可以去争论。

我们看金庸的小说，能够看到金庸对文字狱这种事儿他是一个什么态度。他们家摊上过两场文字狱，第一场文字狱由于查继佐先告了一状，没事了。第二场没躲过去，是查嗣庭的文字狱。民间说他是因为出试题"维民所止"而被牵扯进文字狱，其实这是传说。不过查嗣庭这个文字狱确是因为他出的考试题被挑出毛病来了，但是更关键的是朝廷的政治斗争，年羹尧、隆科多的问题。查嗣庭没逃过去，他知道难逃，本来被判了凌迟处死，结果他在狱中已经服毒自杀了。服毒自杀还不行，尸体被抛出来又被戮尸，一家好多人被杀了。他们家经历了这么一场大文字狱，所以他们家对待朝廷应该是复杂的态度。过去的事、祖上的事不多说了，我们知道他们家祖上很厉害、很牛、事情很多就行了。

说下他们家的排辈，他们家从第七代开始建立了一个排辈制度。大家族厉害，有这样的排辈："秉志允大继嗣克昌"——我们看查嗣瑮就是这个嗣字辈的——"奕世有人济美忠良，传家孝友华国文章，宗英绍起祖德载光"。后面这些到现在还没用上呢〔众笑〕。良就是金庸这一代，前面那个查济民比他高三代，查济民是第十九代，查良镛是第二十二代。当然，过去的人都有名、有字、有号，有的时候知名的一些人的那几个字不一定是按照这个辈排的。

我们直接说到他祖父这一代。金庸的祖父自己起的字和号是查文清、查沧珊，按照排辈，不是这几个字儿。他祖父是查家最后一个进士，曾经当过丹阳的知县。刚好他当知县的时候赶上那场"丹阳教案"。"丹阳教案"不知道大家有没有忘记，晚清的时候有很多教堂，教堂做的一些事儿老百姓不理解。比如教堂里边有"育婴堂"，这里边儿收了很多小孩。有一次老百姓发现他们墓地里有七十多具小孩的尸体，然后到"育婴堂"里一看，他们收的小孩都没有了。本来社会上就一直传说他们拿小孩干这个、干那个，反正起码对小孩不好，老百姓就把教堂烧了，引起社会骚乱。清朝朝廷就镇压，把七个知县都革职了，还杀了一些人，这就是著名的"丹阳教案"。

但是查良镛的祖父查文清先生不忍杀害那些老百姓，暗暗地通知那些闹事的人让他们连夜逃跑了，然后他自己不干了，被革职了，就回家去了。那些老百姓，那些闹事的人因此特别感激他，到他家来说，我们怎么感谢你呢？我们也都是穷人，就给你们家当牛做马吧！大家看他们家原来那个墓地还不够大，就凑钱把他们家墓地周围六十亩地都买了下来，给他家当墓地。还有的人家说，我们家世世代代给你们家为奴，我们家凡是女的，都到你们家来，你们看着办，愿意当妻妾就当妻妾，不当妻妾就当丫鬟，实在不要了，你们再开除〔众笑〕。就是为了感谢他们家。

他祖父的这个事情，金庸在《连城诀》后记里边讲过，他说祖父对他有两个重要影响，一个是使他知道外国人欺负中国人，一个是要多读书。《连城诀》的后记里说："我祖父查沧珊公反对外国帝国主义者的无理压迫，不肯为了自己的官位利禄而杀害百姓，他伟大的人格令我们故乡、整个家族都引以为荣。"这是他祖父做的一件好事。我小的时候有一本书叫《育婴堂里的斗争》，讲很多育婴堂里边迫害婴儿、孤儿的故事。不要说他们在中国建的这些育婴堂，大家看过《简·爱》吗？就是英国人自己办的那些孤儿院又如何呢？我们不要指望他们能够对中国的孩子太好，能给饭吃，养活大了就不错了。当然育婴堂里也不是完全没有培养出人才来，有的小孩在里面好好学习，将来找一个工作，也能出人头地，不是说进去都给迫害了，历史永远是复杂的。

我们再看看金庸的父亲。金庸的父亲，名字也好几个——查懋忠，又叫查树勋，晚年号枢卿。据说他父亲从他祖父那继承下来的家产已经不如以前了，但是我们看看也了不得，真是大地主豪绅。他们家有三千六百余亩地。这可是在江南，在我们国家土地最紧张的江南一带。有三千多亩地，即使在地广人稀、辽阔的东北也是大地主。在东北都算地主，何况在江南，这算是超级大地主。佃户有上百，此外还有钱庄、米行，有金融业、酱园店等。他们家的住宅就有九十多间房，有很多长工、仆人，他们镇上有一个童谣说"袁花镇，查半边"，这一个镇子他们家占一半，但是很不幸，物极必反，他的父亲就摊上灾难了。

1951年4月26日，海宁县人民法庭"第134号刑事判决"，认定查懋忠在新中国成立后抗粮不交，窝藏土匪，图谋杀害干部，藏匿枪支等罪行属实，以"不法地主罪"判处死刑。所以我们知道作者和叙述者的关系绕不开这件事儿，跟这件事儿有关。写武侠小说的金庸，他背后的创作者对共产党是个什么态度，这是必须处理的一件事。他的父亲是被共产党在新中国成立后的镇压反革命运动中判处死刑的。但是金庸的父亲被判处死刑完全合乎程序、正义，是按法律杀的。可是后来怎么办啊？金庸是邓小平的座上宾，是为了香港回归做出巨大贡献的。1981年7月18日，邓小平第一个会见的香港人就是金庸。会见他的时候，邓小平主动说起了这件事。邓小平说了这么一句话："团结起来向前看！"我觉得政治家说话是很有韬略的。"团结起来向前看"——这个话既有对大局势的一个镇定的判断，同时也给了金庸很多暗示，金庸也是一个有政治韬略的人，他就明白。

有了这句话之后，我们看，历史发生了变化。1985 年 7 月 23 日，海宁县人民法院撤销原判决，宣告金庸父亲无罪，然后通知金庸。金庸就写了一封信给海宁县委，他是这么说的："大时代中变乱激烈，情况复杂，多承各位善意，审查三十余年旧案，判决家父无罪，存殁俱感，谨此奉书，着重致谢。"我们看金庸的态度很冷静——多谢你们的好意——但他没说你们纠正得对不对。我们看一个人的发言，要看他说了什么、没说什么，金庸后面的话都是客气话。关键是他对这个事情是这么理解的，叫"大时代中变乱激烈，情况复杂"，也就是他并不认为原来那个判决就多么不对，原来那个判决他认为是大时代必然造成的。但是你们现在既然纠正了呢，"多承善意"；你们判家父无罪呢，"存殁俱感"，活着的、死去的都感谢你们。就说了这么一句话，这是金庸的态度。

我们不要以为新中国一成立，国家就太平无事了。恰恰新中国一成立，国民党留下了二百万特务、土匪，他们不是公开的，而且特别嚣张，日夜攻打各地方人民政府，捕杀政府干部官员甚至解放军，死了很多很多人。因为它不是公开的军队，是跟老百姓混在一起的，打起来很难，所以为了巩固政权，要去打击残余的势力，大家看的很多剿匪片儿、剿匪电视剧，很多是以新中国成立初为背景的。那么在这些镇压反革命过程中有没有被冤枉的？金庸的父亲是不是被冤枉的？这还需要再研究。

我们看看金庸的母亲，顺便谈谈这件事儿。金庸的生母叫徐禄，是一个富商之女，1914 年嫁给他的父亲，生下了良铿、良镛、良浩、良栋、良钰、良琇、良璇五子二女。那个时候生这么多孩子很正常。1937 年日军打来，他们家逃难，逃难的时候金庸的母亲可能身体不好，路上病故。金庸还有一个继母，叫顾秀英，顾秀英是十一岁开始抵押在他们家的丫鬟，在他们家的时候面黄肌瘦的。丫鬟有两种，一种是买断，一种是抵押。

买断就是家里实在太穷了，将来也还不起这钱，只好买断，一般一百块钱、两百块钱就买断了，买一辈子；抵押的一般是五六十块钱抵押，十年以后父母可以领走。顾秀英是抵押的，后来被父母领走了，被领走后她到上海当用人去了。金庸的生母病逝之后，他的父亲想念顾秀英，就把她娶回来了。娶回来之后，他们又生了四个儿子两个闺女。

金庸继母的弟弟是国民党军队的残匪。当时一个邻村的残匪揭发了顾秀英的弟弟把枪藏在金庸父亲家，人民政府开了公审大会，宣布了金庸父亲的罪行之后，由群众举手表决，同意不同意把他枪毙。不同意的举手，没有人举手；同意的举手，给三分钟时间，群众慢慢都举了手，然后宣布判决。这是当时可能比较流行的一种方式，因为当时的老百姓几乎都不认字，不认字就通过用举手的方式表决。2000 年，金庸在《收获》上，难得写了一篇自传体散文，当时金庸多少年都不写了，自传体散文叫《月云》，回忆他家里一个丫鬟，这个丫鬟不能够简单地等同于顾秀英，他这里边叙述到这件事的时候是这么说的：

"从山东来的军队打进了宜官的家乡"，我们知道，这里的军队指"三野"，三野——陈毅、粟裕的部队，其中也包括本人的父亲——打到江南，"宜官的爸爸被判定是地主，欺压农民，处了死刑。宜官在香港哭了三天三晚，伤心了大半年，但他没有痛恨杀了他爸爸的军队。"这是金庸的看法。

> 因为全中国处死的地主有上千、上万，这是天翻地覆的大变乱。在宜官心底，他常常想到全嫂与月云在井栏边分别的那晚情景。全中国的地主几千年来不断迫得穷人家骨肉分离、妻离子散，千千万万的月云偶然吃到一条糖年糕就感激不尽，她常常吃不饱饭，挨饿挨得面黄肌瘦，在地主家里战战兢兢，经常担惊受怕，那时她还只十岁不到，她说宁可不吃饭，也要睡在爸爸妈妈脚边，

然而没有可能。宜官想到时常常会掉眼泪,这样的生活必须改变。他爸爸的田地是祖上传下来的,他爸爸、妈妈自己没有做坏事,没有欺压旁人,然而不自觉地依照祖上传下来的制度和方式做事,自己过得很舒服,忍令别人挨饿吃苦,而无动于衷。

我还没有看到另外有一个作家,对历史有这样理性的认识!每个人都有自己的阶级,人站在自己的阶级立场上说话是可以理解的。穷人为穷人说话、富人为富人说话、当官的为当官的说话,这是天经地义,这可以理解。但这是庸人,是一般的人。不一般的人是什么样的呢?既有自己的阶级立场,又能超越自己的阶级立场,放大自我,多角度地看问题、全面地看问题、站在历史的角度看问题。金庸的父亲被枪毙了,他肯定伤心,这是真诚的。但他想到了别人的生活,他想到了大的历史原因:查懋忠为什么被枪毙?他自己做没做坏事我们不知道,金庸说他没做坏事,金庸从一个大的角度理解这件事——千百年来千千万万的这些地主欺压劳动人民,这个制度必须改变,这个吃人的制度必须推翻。他们家有九十多间房、三千六百亩地,多好啊。但是,这些好是建立在家里的丫鬟吃不饱、不喜欢这种生活的基础上。什么叫有爱心的人?不是只顾自己家里那点儿事的人是有爱心的。这个叫查良镛的人,他显然是站在穷人的立场上说话,他赞成推翻那样的吃人的制度。

对金庸影响很大的人中还有一个他的小姑母,这是以前的人不知道的。我在第一次课上说了,我这些年来对金庸的研究在思想上没有多少进展,只是多知道了一些"八卦"而已,所以今天我就给大家展示这些"八卦"。金庸的父亲有个同父异母的小妹妹,叫查玉芳,是1907年7月15日这一天出生的,为什么要强调这么具体的日子?因为这一天正好秋瑾就义。很巧,查玉芳从小就不像个女孩子,喜欢打架、舞刀弄棒,经常拿着一把剑在家里耍,然后跟同学打架,把男同学打得鼻青脸肿〔众笑〕。她母亲对她父亲说,你看看我们养了一个侠女。"侠女"是她的一个形象,这个形象反过来又促进了她自我塑造。到底是不是个侠女,不知道,反正一说她是侠女,她就往这条路走了,就开始模仿秋瑾,她自称"寒梅女侠"。有一天,她看见南社女诗人徐自华的作品,就跑去跟徐自华结拜,徐自华比她大几十岁,两个人拜为姐妹〔众笑〕。不是说她像秋瑾吗,哎,她找到秋瑾墓,为秋瑾守墓半个月,这就是侠女的行为。1931年她曾带着查良镛去盐官看海,这个小金庸一不小心被大海潮卷走了——我们知道,海宁潮是非常厉害的,现在每年都有人看钱塘潮被卷走,卷进去就没命了——当时金庸以为自己要死了,查玉芳跳下去把他救上来。金庸十二岁左右的时候,他父亲觉得他身体虚弱,就让小姑母带着他、教导他。查玉芳经常给他讲侠义故事,这些对他以后的写作都有深刻的影响。那个时候的女孩二十来岁甚至十八九岁就出嫁了,查玉芳一直不嫁,父母也管不了了,一直到二十八岁,她嫁给了查懋忠的同学——赵正龙,赵正龙后来参军阵亡了,她就过着单身的生活。在成长过程中,金庸多次得到她的照顾,比如后来上大学等。所以有人说她是黄蓉的原型之一。一般不都认为黄蓉等人的原型是夏梦吗?我们发现了查玉芳的材料之后,发现不是那么简单,很多事可能跟金庸从小心里面就有的这么个侠女的形象,跟他的小姑母还有关系。但可惜的是,她的晚年生平不详,抗战之后,我们找不着这么一个人,反正她离开浙江后就没消息了。金庸曾经求人打听这人下落,海内外亲戚也到处打听,没有打听到。有人说在加拿大见过她,再以后就没消息了。所以这种结局也很像一个侠女漂泊天涯,最后就没有消息了。你看金庸小说的人物也是最后走了就不知去哪儿了。你说杨过和小龙女最后到底去哪儿了?不知道。

刚才我说金庸兄弟姐妹特别多，他的弟弟妹妹中流行一句话叫："有困难，找二哥！"〔众笑〕不是找警察。他们家管老大良铿叫大阿哥，管老二良镛叫小阿哥，管老三良浩叫大毛弟，管老五良钰叫小毛弟，我们不知道老四叫什么。咱们接着说他几个弟弟妹妹的事。

他的妹妹查良琇的前夫是国民党军官吴志远，1949年跑台湾去了。查良琇一直在娘家里住着也不好意思，就跑到她婆家去住，不怕人家说她是国民党军官家属，她养着老人和孩子，因为吴志远给她留下了一个小孩。1973年，金庸去了台湾，给他们两个人传递了消息，吴志远就说："我现在准备脱下军装再建一个家庭。"然后他们两个人分别又都结婚，组建了家庭。1984年他们在上海见了一面，都是老人了，拥抱、热泪纵横。大约此后查良琇就出了名，查良琇先后任杭州临安区人大代表、政协委员。

金庸另一个妹妹查良璇，从事教育，也是杭州市几届政协委员，她的丈夫很有名，叫曹时中。她丈夫有意思，金庸的那个妹夫是跑台湾去了，这个妹夫是从台湾跑过来了，反正跟台湾有关系。1949年7月，查良璇的丈夫本来在台湾读大学，听说祖国解放了，赶紧"游"过来了〔众笑〕，从台湾回大陆。这个人发展得比较好，1952年在浙江大学土木系毕业，后来成为著名建筑学家，被叫作"纠偏大师"，在建筑学界是很有名的。

金庸另一个弟弟叫查良钰，小毛弟。1951年良钰要去抚顺读书，金庸立即汇来一百块钱，那时候一百块钱是很值钱的。小毛弟读书很努力，1956年考上了北京矿业学院，六年大学期间他接连添了六个孩子〔众笑〕。这太牛了，而且其中有两对双胞胎！后来金庸请他到香港去住，他去住了好几个月。临走的时候金庸给他题字："待人要诚，致事要谨，知足常乐，不取非分，谦可受益，满必招损，尽心竭力，为国为民。"这是金庸送给他的，也是自勉吧。

金庸还有一个同父异母的弟弟叫查良楠，在海宁袁花镇金庸的旧居住着，是海宁市的政协委员。

反正他们一家现在因为金庸，又都比较有名，都不能闲着了，都经常被采访。

下面，我们看看金庸的其他亲戚。查良镛同宗的远房姑姑叫查品珍，嫁给了海宁的一个名人蒋百里。蒋百里是中国著名的文学家、军事家，我讲现代文学史的时候会讲他是"文学研究会"的创始人之一。查品珍嫁给蒋百里后有一个女儿叫蒋英，蒋英是中国杰出的女声乐教育家、享誉世界的女高音歌唱家。钱学森是金庸的表姐夫。钱学森我就不用介绍了。这些事儿以前我们就知道，最近还有新的"八卦"。金庸有一个堂弟叫张文良，本名叫查良燮，是北京德云社演员〔众笑〕、何云伟最初的搭档，已于十年前去世，所以现在我们看不到他演出了。我们以前不知道他们家还有德云社的，太牛了〔众笑〕。查良钊有个儿子是中国人民大学的博导，著名学者。金庸的表哥蒋复璁，曾任台北"故宫博物院"院长。这都是《连城诀》后记里写的。最近他们家又出了一个新生代名人，他的侄孙女，歌手查查〔众笑〕，其实就是查家雯，她的祖父是查良鉴，她是台湾著名的"樱桃帮"主唱，在电视上参加过歌手比赛，是蔡依林的校友，自比为"黄蓉"的就是她。这是他们家最新一代的文艺界名人。金庸家的亲戚是够牛的。我们再看一亲戚，更牛，叫琼瑶。经常有人写文章比较金庸与琼瑶的作品，他不知道他们其实是亲戚。琼瑶说："我对金庸作品十分喜爱，对金老先生，"她也称他"金老先生"〔众笑〕，"一直非常崇拜，很早就想拜访他，几年前在香港金庸家里，与金老先生谈了几个小时后，我受到启发，于是就有了机灵活泼又会武功的小燕子这一形象。"哎，我们知道小燕子怎么来的了，是从金庸这儿得到启发来的。那他俩什么关系呢？金庸的堂姐查良敏嫁给了琼瑶的三舅袁行云。大家自己去想他们是什么关系，你们这代独生子多，想不出是什么关系吧，这个说起来很复杂。琼瑶的母亲袁行恕是银行家袁励衡之女,袁励衡曾执掌交通银行,袁行恕的外祖父是翰林,伯父是帝师,现在北京中南海"新华门"匾,就是这位宣统皇帝的老师手书的。袁行恕是袁家的三小姐,四小姐特别有名叫袁静,本名叫袁行庄,是著名作家,代表作《新儿女英雄传》,这是解放区文学代表作之一,我小时候很爱读,非常有名。按辈分,袁静是琼瑶的姨妈,琼瑶的大姨袁晓园在20世纪40年代是中国第一位女外交官……反正说来说去总结一句话:金庸是琼瑶的表舅〔众笑〕。中国两大通俗小说家,原来是一家的。这可不是人家通过腐败搞成的,不是通过走后门搞成的,是各自努力达成的。我们只能说他们这个血脉确实很牛,金庸跟琼瑶也建立关系了。

我们看看,金庸小说有意思,里面都有一个表哥〔众笑〕。这个表哥气质俊朗、武功超群,但是金庸最后总要把这位表哥描写得负心薄幸、竹篮打水一场空。比如《天龙八部》慕容复、《连城诀》汪啸风、《倚天屠龙记》卫璧。不知道金庸为啥对表哥有这么大的阴影〔众笑〕。金庸不仅不喜欢表哥,还不喜欢帅哥——据悉金庸曾拒绝让谢霆锋出演其武侠小说改编电视剧的角色,他认为小谢年轻时太张扬,形象不佳。且不说这种拒绝有没有道理,可以肯定的一点是金庸一向不喜欢帅哥。在金庸的大多数作品中,都有误入歧途的"高富帅"。这些"高富帅",普遍家世不错,长相俊俏,又有情趣,比如《射雕英雄传》中的杨康、《天龙八部》中的慕容复、《连城诀》中的汪啸风、《笑傲江湖》中的林平之等。但是在书中,他们往往经不起诱惑,因为妒忌或贪欲暴露邪恶本质,从此走上令人不齿之路〔众笑〕。

那么金庸讨厌的这个表哥,他是谁呢〔众笑〕?听过我讲现代文学课的同学可能知道,我讲现代文学的时候,对我们社会上纷纷追捧的那位大诗人表示了很清醒的态度，但那时候我不知道他是谁的表哥，我是凭着自己的文学研究，对社会上那种庸俗的吹捧表示不屑。现在我无意中发现，原来金庸的态度跟我差不多。金庸的生母徐禄是徐志摩的父亲徐申如最小的堂妹。那么你们知道了，原来徐志摩是金庸的表哥〔众笑〕。金庸说："我的母亲是徐志摩的姑妈，他是我的表兄。他死得很早，我和他接触不多，但印象深刻。我读过他的新诗，看过他的散文，都是很优美的，对我教益很深。"我们看看金庸是很会说言不由衷的客气话的〔众笑〕，凡是这种客气话一般都不表示正面的评价。金庸有一次做客央视《艺术人生》，主持人朱军问他选择到剑桥读博士，是不是和徐志摩有关，徐志摩不是写了《再别康桥》吗，金庸说："小的时候，受他的影响是有的，表哥在剑桥大学念书，爸爸说大了以后，你也去念。"最关键的是金庸后面还加了这么一句："那时徐志摩在剑桥，没有读学位，只是一个旁听生。"〔众笑〕我们现在知道，金庸读的是博士，拿到学位了〔众笑〕。那么，金庸讨厌这个表哥，是不是我们乱猜想？不是，我们还有其他证据。徐志摩有个笔名叫"云中鹤"〔众笑〕，大家明白了吧，《天龙八部》中有一个著名的淫贼，四大恶人中最后一个，穷凶极恶云中鹤，这可不是巧合了吧。按理说是要回避的，你的表哥写诗，有著名的名字云中鹤，你怎么用这名字塑造这么一个恶人呢？我们看鲁迅就很知道避讳，鲁迅笔下的人物叫鲁四老爷，决不能叫鲁二或鲁三，叫鲁二别人就以为你影射周作人了，所以一定是鲁四老爷，鲁迅都知道避讳。而金庸故意这么写——云中鹤，研究徐志摩的一查就知道。还有，徐志摩《爱眉小札》中称呼陆小曼叫"小龙""爱龙""龙龙"〔众笑〕，很肉麻。那么我们看，金庸写的小龙女，"是被扔在重阳宫外的弃婴，被古墓派第二代传人收养，并授以武功……这姓龙的女子名字叫作什么，外人自然无从得知，那些邪魔外道都叫她小龙女"。叫她"小龙女"的是"邪魔外道"〔众笑〕。而且，在《神雕侠侣》中小龙女是失过身的，金庸为什么要这么写？他对徐志摩有态度。1931年徐志摩空难，查家给他送了一副挽联，这挽联不是他们家的人自己创作的，而是从黄仲则的一首诗[1]里面专门摘下来的，叫"司勋绮语焚难尽，仆射余情忏较多"，以杜牧和元稹的典故暗暗讽刺。也就是说，本来徐志摩是金庸家的亲戚，又死得这么惨，按理应该选一个完全表达悲伤感情的诗句作为挽联，或者自己写，但查家不是，他们送的这副挽联在这个挽悼之情中包含着明显的讽刺，暗示说，你那些乱七八糟的事啊烧都烧不尽，忏悔还不太多。在徐志摩结婚的那一天，梁启超当场就发作了，没给他面子，痛斥他道德不好。但梁启超毕竟是以长辈的身份、老师的身份说这些话，徐志摩也不敢怎么样。你查家跟人家是亲戚啊，怎么还讽刺别人？可见金庸家对这件事也是另有态度。（我们顺便说一下黄仲则，他字汉镛，也有查良镛的"镛"字。）那么，还有一个证据，《天龙八部》中的王语嫣有人说很像林徽因，我们想一想云中鹤，《天龙八部》中的云中鹤曾经为救王语嫣而坠崖，大家知道这个情节吗？就在"枯井底，污泥处"那一章。这个王语嫣因为心灰意冷，不想活了，就跳崖自杀。她没想到第一个扑过去救她的是四大恶人中的淫贼云中鹤。而徐志摩为什么死的？是为了去参加林徽因的一个party，坐飞机，不幸在济南上空遇难。这是不是又是巧合？还是冥冥中有什么力量〔众笑〕？这是金庸亲戚中又一个著名的人，徐志摩。我们看来看去，中国的名人都扎堆了，都集中在一块了。

给徐志摩办丧事的时候，查良镛去过。1932年春天，在安葬徐志摩的时候，少年查良镛代表全家前往吊唁。他说："我妈妈是他的姑母，他

1　黄仲则的一首七律——《绮怀》第十四首。全诗如下：经秋谁念瘦维摩，酒渴风寒不奈何。水调曲从邻院度，雷声车是梦中过。司勋绮语焚难尽，仆射余情忏较多。从此飘蓬十年后，可能重对旧梨涡。——编者注

父亲比我妈妈年纪大得多,是我的老舅舅。徐志摩在山东坠机之后,在家里开丧。我爸爸辈分比他大,但他家里有钱有势,"看来徐志摩家比他家还有钱,"如果去吊丧,不免有谄谀之嫌,于是派我去。"你看,这有钱人家很讲究,不能他爸亲自去。

那时我只是个十岁左右的小孩,但他家里当我贵客那样隆重接待,我在灵位前跪拜后,舅舅徐申如向我一揖答谢。舅舅的孙儿(徐志摩的儿子)则磕头答谢。然后开了一桌酒席宴请。我一生之中,只有这一次经验,是一个人独自坐一张大桌子吃酒席。桌上放满了热腾腾的菜肴,我当时想,大概皇帝吃饭就是这样子吧!两个穿白袍的男仆在旁斟酒盛饭。那时我自然不会喝酒,只做样子假装喝半口酒,男仆马上把酒杯斟满。我不好意思多吃菜肴,只做过样子就告辞。舅舅送出大门,吩咐用自己家里的大船(在我们江南,就像这里各人家里有自用汽车般,各有自家的船)连同船夫、男仆送我回家(我家离他家二十七里路,叫作"三九"),再向我爸爸、妈妈呈上礼物道谢……我和徐志摩的干系,到此为止。因年纪相差太远,我只和他的儿子做朋友。

可见金庸对他的表哥徐志摩没啥感情,说了半天,就是吃一个饭。他还说,"海宁地方小,大家都是亲戚,我叫徐志摩、蒋复璁做表哥。陈从周"——大家知道陈从周是著名的建筑学家、园林学家——"是我的亲戚,我比他高一辈,他叫徐志摩作表叔。王国维的弟弟王哲安先生做过我的老师。"我们看,这些人全串到一块儿了,徐志摩是他们家的一位大诗人,他们家的事都连着。

我们再看看金庸与茅盾。我以前曾听说金庸与茅盾也是亲戚,但是没有找到更详细的材料，只能存疑。这种说法，不知从哪儿来的，我们现在找到的材料是说，查懋忠，就是金庸的父亲，和茅盾是中学同学，他家书房里的《子夜》《家》等书籍是茅盾当年赠送给他的。金庸年少的时候，查懋忠带着他去桐乡——就是茅盾家——见过这位沈叔叔沈雁冰，金庸吃过茅盾给的糖果，他俩有这个关系。金庸小时候，查懋忠与朋友在家里，当着查良镛的面，热烈讨论过《子夜》，讨论《子夜》的创作方法等，对金庸有影响。金庸晚年到茅盾的故居去题词："一代文豪写子夜，万千青年诵春蚕。"1999年8月，北师大中文系王一川教授（现在在咱们北大）组织策划的《20世纪中国文学大师文库·小说卷》中，把金庸列为20世纪小说大师之一，名列第四，鲁迅、沈从文、巴金是前三，第四是金庸，在老舍、郁达夫、王蒙之前，而声望卓著的茅盾，竟然未曾入选。所以有人来比较金庸和茅盾，那么我在这里顺便说一下金庸小说与茅盾模式的关系。

　　金庸小说有这么高的成就，因素当然是很多的。我们从茅盾小说来看，其实金庸小说是属于茅盾模式的。没有茅盾开创的中国现代长篇小说模式，就不可能有金庸这样的小说，只能有古龙那种妖里妖气的东西、不叫小说的小说。第一，茅盾的小说是大规模描写中国社会的。大规模描写，再大的规模也没有金庸大呀，最大规模描写中国社会的是金庸，上天入地、东南西北，全都包括。第二，金庸的写作手法完全合乎茅盾等人所提倡的现实主义，叫典型环境中的典型人物。金庸笔下的人物为什么家喻户晓、深入人心？因为他塑造的是典型人物。这个典型人物又是建立在典型环境之中的，不是硬说他是什么人物。古龙的人物性格都是硬说出来的，"没有比她更俊俏的美女了"，是硬说的，"没有比他更狠毒的男人了"〔众笑〕，都是硬说出来的，不是塑造出来的，是一种非常没有办法的办法。结构上，金庸小说是宏伟的网状结构，这都是《子夜》所开创的，每一个网上的一点都连着其他点，像一个围棋盘一样。网状结构，加上精微的细节刻画，细部又是非常放大式的描写。古龙就知道自己这种细节上的描写赶不上金庸，金庸随便写两个人几个动作，可以写几百字甚至上千字，古龙知道写不过他，只好"一刀出去，那人就死了"〔众笑〕。另外是个性化的语言，这一方面我们后边还要涉及。金庸与茅盾，不管是不是亲戚，在文学创作上，他们其实是距离最近的。

"八卦"金庸，到此为止。下边我们讲一下他小时候——"少年游侠"。

金庸是1924年3月10日出生的。他到底是哪一天出生有不同的说法，我现在就采用多数人认可的农历2月6日，公历3月10日。按照他这个生日，他应该是属鼠的，星座的话，他是双鱼座吧〔众笑〕。属鼠的双鱼座，他属于很深情、很敏感的独行侠。我不知道在座有没有属鼠的双鱼座的。属鼠的人啊，他的秘密不告诉你的，为什么金庸的材料这么难收集？他自己不说，从来不说，媒体采访他，他也很会打官腔，几次说的可能都不一样，这是属鼠人的特点。我们不知道金庸有多少钱，不知道金庸详细的恋爱史是什么，他一般不"吐槽"，这是他的特点。双鱼座的人的特点是特别深情，浪漫藏在心里，俗话说叫"闷骚"〔众笑〕。也许有同学研究星象，我就不多展开了。

金庸小名叫"宜生"，与傅作义将军相同，傅作义叫傅宜生。金庸就生在袁花镇，小时候在袁花的龙山学堂读小学，然后到嘉兴中学去读中学。他小时候爱读两种书，游记和武侠。游记的代表是邹韬奋的《生活周报》，金庸最早读的武侠是顾明道的《荒江女侠》。我们在这里不详细讲民国武侠，《荒江女侠》是最早写男女双侠在江湖上共同闯荡的武侠小说，这个模式对金庸很有影响，所以我们看金庸小说里都是男女双侠。金庸小说必有情，这不是他开创的，前辈早都开创了。而他兼喜欢游记与武侠的特点，也成了他小说的一个标准。读金庸的小说有一种旅游的快感，他领着你上天入地，一会儿冰火岛，一会儿侠客岛，从南到北，大漠雪原、江南塞北，无处不到，所以金庸小说也是最好的旅游文学。

1939年，金庸读初三的时候，要考高中了，他自己和同学编了一本指导小学升初中的参考书，叫《给投考初中者》，竟然销路很好，他用这本书的版税帮助他的妹妹上学。这是抗战期间。所以金庸很有文采，同时很有经商头脑，初三时就开始赚钱了。可是，他行侠仗义一直不顺。1941年他因在壁报上写讽刺训导主任投降主义的文章《阿丽丝漫游记》，被开除了。因为国民党时期的训导主任，一般都是党部派来的特工人员。我发现各个学校的教导主任往往不被学生喜欢，但是有些可能是因为教导主任自己性格不大好。那时候的教导主任是党部派来的，校长管不了他，他可以开除学生，结果金庸就被开除。校长对金庸不错，介绍他转学到衢州，1942年金庸从衢州中学毕业。后来他投过稿，叫《一事能狂便少年》。他早期的经历就简单介绍到这。

抗战后期，他考入中央政治大学外交系，又因为抗议特务被开除。因为特务打进步学生，金庸仗义，他觉得特务打进步学生是不对的，他抗议，特务认为他有共产党倾向，他又被开除了。所以他这种行侠被压抑。后来，金庸到《东南日报》当了记者。

前面我介绍了他的小姑母，这些过程都有他的小姑母在帮忙。后来，他毕竟得上大学呀，他拿着前边中央政治大学的学籍，又进入了东吴大学来学习国际法。所以我们得记着，金庸学的专业是法律，是国际法，他之所以学这个专业，之所以前面选择学外交，是因为他一直想报效国家，一直想为国家的政治外交事业服务，但是多少年他都没能实现这个愿望，直到晚年才实现。1946年《大公报》招国际记者，只招两个人，有数以千计的人报名，金庸在这些人里边脱颖而出，一举考中，到了《大公报》

当国际记者。1948年，他去了香港。

"少年游侠"时代结束，查良镛从他显赫的家世背景中，慢慢就要脱颖而出，成为查姓家族中又一颗冉冉升起的明星。

那么，"少年游侠"，我们就讲到这里，下一次我们来讲他的中年游艺。

谢谢大家！这节课就到这。

〔掌声〕

第四课

授课：孔庆东
时间：2014 年 3 月 11 日火曜日申时
地点：北京大学理科教室 207
内容提要："南来白手少年行"
　　　　　"中年游艺"

　　昨天是金庸先生九十周岁诞辰的日子，我们今天继续来"八卦"金庸。上一次我们从作者与叙述者的关系入手，来讲金庸和那个叫查良镛的人的关系，我希望大家不只是来听叫查良镛的人他干了什么，我们要想，我们为什么要知道这个人干了什么？这个人干了什么和金庸干了什么之间有什么关系？心里面要经常地去想这个问题，才不至于落到孔老师所设下的这个"八卦"陷阱。我们要想一想，我们平时关心很多名人的日常生活，你关心他的生活，并没有关心你周围的亲戚、朋友、同学的生活有用啊。你为什么要关心他的生活？你要想清楚，如果想不清楚你应该放弃。你没有必要关注哪个明星跟哪个明星谈恋爱了〔众笑〕，这些对你有什么意义呢？他的生活跟他所扮演的形象之间有关系，他的生活才值得你关注。比如说张艺谋的日常生活和张艺谋的电影之间有什么关系，这才值得你关注，否则他的生活对你没有意义，花费同样的时间，你应该去关注别人。

关于"金庸是谁"的问题我们上一次讲了很多,我讲了金庸的"查"姓家族很了不起,"一门七进士,叔侄五翰林"。我讲到了他的祖父、他的父亲,还特别讲了金庸的这一段:一方面他父亲被枪毙,作为一个儿子他感到很悲伤;同时,他又想到,全中国的地主几千年来不断迫得穷人骨肉分离、妻离子散,千千万万的穷人,吃不上喝不上,他想的是这些。金庸是一个有良心的人,他能说出这番话来,在座的谁能说出这番话来?就凭他说的这几句话,他就是一个了不起的人!人之所以复杂,我们之所以世世代代要把人研究下去,我们一边活着,一边要研究自己,就在于人是宇宙的第一精华,宇宙的全部复杂秘密都藏在人的身上。

我们也讲了金庸和一些亲戚的关系,讲了这些亲戚关系和他小说的关联。比如我们讲了金庸与琼瑶、金庸与他讨厌的表哥〔众笑〕。如果一个人在小说里写过一次"讨厌的表哥",这可能是偶然的,可如果他笔下的表哥就没好人,而且都是一个模式,全部是绣花枕头,全部外表俊美,内心龌龊,那这就不是偶然的。虽然金庸在公开场合不便于说他对表哥的不满,但是显然,他对这种人是看不起的。这种看不起和许多高人对他表哥的看不起是一致的。如果大家听过我讲现代文学史就知道,中国什么样的人才喜欢徐志摩〔众笑〕。你想想你周围有多少俗人,假装喜欢徐志摩、喜欢林徽因,喜欢这些人的人自己是什么人〔众笑〕?道理就很清楚了。所以不论职业、不论党派,高人和高人的见解是一致的,站在山顶上的见解是一致的,不论他们是左派还是右派。而站在山底下的人,各有各的错误。这是为什么我们要"八卦"他家里这点儿事的原因。我们也谈了金庸和茅盾,特别是谈了两个人小说模式的一致,谈了金庸的文学是什么样的。

上一次我们还讲了金庸从小成长的经历,讲他"少年游侠",讲他在学校里因为反对特务统治被开除。人的政治立场可能会不一样,政治立场往往受环境所左右，但是不同的政治立场的人里边都有侠客，都有人会有侠义精神。金庸由于受这个影响，所以这个叫查良镛的孩子从小就喜欢行侠仗义。一般人脑海中想的行侠仗义，就是处理一个强和弱的关系，人不管在哪个环境中，都面对着处理强和弱的关系这样一个人生的抉择。你从你的家乡考到北大来，你在北大的宿舍里、班级里、院系里，一定会遇到强和弱不同的人、不同的势力，你站在哪一方？这是一个问题。如果我们作书面回答，多数人会说我愿意抑强扶弱，我愿意帮助弱势。但在生活中人们真会这么做吗？因为这是一种牺牲，抑强扶弱的人首先自己要倒霉。你说，我虽然倒霉了，但是我赢得了弱势群体的拥护嘛。这也未必，人往往做好事不落好，弱势群体不见得理解你，而且甚至可能给你带来最大损害和痛苦的就是你帮忙的那个弱势群体。这才是真正的考验，你还要不要继续帮助他们？这个时候一个问题来了，你为什么要帮助他们？

就这样，金庸——这个原来叫查良镛的少年长大了，上了大学，他不是学中文的，我们会发现许多大作家都不是学中文的，他学外交、学国际法，后来当了记者，在一次考试中脱颖而出，当了《大公报》的国际记者。1948年有一个机会，《大公报》派两个人去香港，其中有一个就是金庸，另一个人没去，就他去了。你看他跑来跑去，就像一个小小的少年游侠，像武侠小说里的一个孩子。

我们下面慢慢地讲他以后的经历，我把它叫"牛刀初试"。金庸后来有一首诗，诗里面写他当年去香港，叫"南来白手少年行"——从北边（虽然浙江就是南方，但是跟香港比，是北方）到南边去，他赤手空拳，上了飞机才发现，兜里没钱，要不怎么说他是侠客呢。有的人讽刺武侠小说，说武侠小说里这帮人也不知道怎么吃、怎么喝，没钱就到处行侠仗义。

我们今天的人很难理解这一点,今天的人都得带足了钱才敢出门。查良镛坐上飞机发现自己没钱,怎么办呢?他旁边坐着一位《国民日报》的社长,叫潘公弼。金庸说:"哎,你借给我点儿钱呗?"潘公弼就借给他十元港币。就这样,他拿着十港币去闯了香港。金庸后来说他到了香港之后,有点到了乡下地方的感觉。为什么说到了香港像到了乡下地方呢?因为香港那个时候很落后。很多人都以为香港一直很先进、很发达,这都是错误的判断,香港那时是很落后的,跟我们国家其他沿海城市比很落后,香港变得繁荣一点儿不过是20世纪70年代以后的事情。金庸是见过大世面的,他是从上海去的,他觉得有点到了乡下地方的感觉。不久,大家知道,天地变色。钱理群老师有一本书叫《1948:天地玄黄》,是写1948年天地玄黄的。1948年这个国家有翻天覆地的变化,谁都知道1949年要发生什么事了。

1949年,发生了一个事情。除了国民党的部队纷纷投降之外,国民党领导的很多机构、社会团体也都弃暗投明。特别是"两航起义",就是国民党的两个政府航空公司——我前面讲了其中有金庸家的亲戚——起义,光这两个航空公司就有好几千人,还有铁路部门也起义。可是这些部门有很多财产在香港,这些部门留在香港的资产算谁的?香港这时候还继续被英国租用,我没学过法律,我不知道从法律上怎么解决这个问题。这时候,在香港有一个学过《国际法》的年轻人,写了一篇文章论述这些部门留在香港的资产应该归中华人民共和国所有,这个人就叫查良镛。他是就事论事,从法律角度这么讲。他的这篇文章在1949年11月份的时候分两篇发表在《大公报》上,这个报纸还被译成日文。很巧,正好当时在东京,有一个国民党政府的国际法权威,叫梅汝璈。梅汝璈大家可能知道,这是中国有名的外交专家、国际法专家,是参加东京审判的中国法官代表。有个电影叫《东京审判》,这里面就有他。梅汝璈地位很高，他也不想给国民党干了，已经想着投奔共产党了，这个时候他已经跟共产党联系好了，准备从东京，或者经过香港等地跑到北京来。他想，我既然投奔共产党了，就多带几个人吧。他正好看见查良镛写的文章不错，就给查良镛发了电报，说："你这文章写得好啊，真有水平，小伙子不错，我现在准备弃暗投明，我带你一块去呗〔众笑〕，你给我当个助手协助我工作好不好？"我们看，这很像水泊梁山的故事，一个小山头准备投奔梁山，好几个人一起去。他这么一说，查良镛很高兴就答应了。后来梅汝璈自己先投奔北京了，等着查良镛去。

查良镛这个时候还得解决点儿个人问题，家里边要跟太太商量。他说，我准备干一番事业，我要北上到北京去。可是他太太不太同意，他太太跟他发生了冲突，他就没有采纳太太的意见。1950 年，二十六岁的查良镛只身北上，从香港一直来到北京。那个时候香港和内地之间可以随便来往。他来到北京之后也不是两眼一抹黑地撞大运，他认识一个重要的人物，这个人物是谁呢，他叫乔冠华，是后来全世界有名的外交部部长，大家是不是上学的时候学过"乔冠华的大笑"？乔冠华曾经在香港做过地下工作，是香港新华社的领导，而金庸所在的报纸《大公报》是左翼报纸。左翼报纸的员工经常要过组织生活，不是党员也要受教育，乔冠华经常给他们开会，给他们讲政治形势，所以两个人是认识的。查良镛就找到了当时给周恩来当秘书的乔冠华。乔冠华说："你怎么来了，你好啊，好长时间没见了。"两个人一唠，查良镛说："我这次来呢，是准备参加革命工作的。""你参加什么革命工作啊？"他说，我学过国际法、学过外交，本来就准备为国家效力，现在新中国成立了，我愿意为人民服务。另外，他还有梅汝璈老先生的介绍。讲了一番后，他觉得论德、论才、论人缘、论背景，乔冠华都应该拍案就决定了——"你来吧，到外交部来工作吧。"

没想到，乔冠华说不行。为什么不行呢？乔冠华说，你出身有问题，得调查。外交部不是一般寻常的部门，外交部是国家最重要的部门。乔冠华虽然跟查良镛关系很好，但是他实话实说，外交这事儿不是谁想来干毛遂自荐就能来干的。乔冠华说，不过你也有机会，不是说完全不行。什么机会呢？你先到中国人民大学学习，先学习学习。大家知道，人大有很多年号称"第二党校"。所以乔冠华建议金庸到"第二党校"学，他说，你在这儿学，学完之后，如果表现好，可以先入党，入党之后就有机会到外交部工作。乔冠华说的是实情，一点儿不是官僚主义，他真的是为对方好，也为国家好，我觉得这是一个负责任的态度。

可是查良镛这小伙子不知道，他没想到还这么麻烦，这犹如当头一盆冷水泼下来。所以你看，他年轻时做事几乎都是不顺利的，一腔热情要当侠客不行、一腔热情要报国不行。他也想留下来，心想："我就按你说的到人大去学习几年吧。"可又想，那学习几年后情况再有变化怎么办？这中间还不知道有多少事。这个人，是一个拿得起放得下的人，满腔热情地来了，不行，那我就断然回去，就像成语"雪夜访戴"里"乘兴而来，乘兴而去"一样，来了之后不见"戴"，他便回去了。

金庸的个人生活也在这次北上中发生了一个大的变化。他 1947 年的时候认识了一个女孩子叫杜治芬，关于她的材料不多，据说当时有人把她叫作"杜四娘"，也有人说她是"小黄蓉"。他们 1948 年的时候在上海结婚，当初去香港应该是一对少年夫妻共同奋斗。但是，他们的生活情趣、文化观念可能都不相同。查良镛要北上报国，他太太就不同意，可能就在他北上期间，他太太感情上有了问题。我上一次说过，金庸这个人是保守个人秘密的，你想挖点儿他的个人隐私特别难。后来也不知是谁给他问出来的，反正很大岁数的时候他承认，他说，我的第一个太太是对不起我，我的第二个太太是我对不起她，这样一起说的。就在金庸北上的这个过程中，他的第一次婚姻也宣告结束。

随着新中国的成立，金庸命运的这样一个转折，他只能安心地去做文化和文艺的工作了。一个人二十多岁的时候，总是面临着这样那样的选择，这个时候查良镛知道自己将来会成为什么人吗？知道自己会干什么吗？历史是不能假设的，但是历史研究经常需要假设。我们假设一下，乔冠华没有拒绝他，或者他又有了什么机缘，或者他到中国人民大学学习了半年就迅速入党了，到了外交部，那后来会是什么样？他在外交部门工作，能工作成乔冠华吗？我觉得他很难超过乔冠华。我相信查良镛的才赋，我相信这个人是了不起的，能有一番作为，但是如果真这样的话，我们就缺少了一位小说大师，缺少了写"飞雪连天射白鹿"的这样一位大师。所以从读者的角度衡量，这个得失好像是上天注定的，就是要给他这样一个挫折。他的这些挫折，对他塑造小说中的人物有没有帮助？

我们去看金庸的照片，能看出这是一代大侠吗〔众笑〕？他看上去很老实，倒是英华内敛，但是英华什么时候能放出来我们不知道，他老内敛着，看上去有几分木讷，说他木讷倒是真的。金庸这个人，言辞不是很敏捷，在现场时，说话比较慢。我记得有一次媒体采访我，还歪曲了我的话。我说金庸说话比较慢，举个例子，有点像巴尔扎克写的"葛朗台"，结果他们就歪曲我的话，说孔庆东认为金庸是"葛朗台"〔众笑〕。葛朗台是老谋深算，是想好了再说，甚至他想好了都不说，他把他要说的话勾引你先说出来。比如你买他一瓶矿泉水，你说多少钱，他不说多少钱，他等着你说。你说五块、八块的时候，他不吱声；你说十块，他说"哦哦哦"，那就十块吧。是这样的一个人。我不是说金庸像葛朗台这样去骗人、牟利。第一，他本身就不喜欢多讲话，说话比较慢；第二，他像我们老话说的"吉人之辞寡"，很稳重，说一句是一句。

我们接着看他后面的情况。现在他还不是金庸，现在他是一个受挫的满腹才华的年轻人。他回到香港这个地方去，在一个报业工作。他下面的工作怎么开展呢？第一，他调到了《新晚报》，《新晚报》附属于《大公报》，但是由于是晚报，带有都市报的特征，所以比较轻松活泼，便于展现一个年轻人的才华，金庸就在这里展示他的学识，在这里开了一个专栏叫"下午茶座"，在这个"茶座"里写影评。写影评这件事其实很锻炼人，长期写一个领域的评论，能把人锻炼出来。因为你虽然评论的是一件事，但其中贯穿着你对许多其他事的观点。比如我曾经说过，中国的足球特别烂，但中国的足球评论特别精彩〔众笑〕，所以要感谢中国足球队，给中国培养出很多著名的评论家。因为能评论中国足球，几乎就什么都能评论。你看，评论中国足球出了多少名人，黄健翔、李承鹏……没有中国足球他们能成名吗？所以评论好了一个领域，就能够当文化评论家。评论电影也是这样的，评论电影更需要丰富的学识，因为电影里什么都演，碰上什么你得评论什么。金庸后来说过这么一段话："不熟悉我的人以为我学问渊博、知识面极广，其实我的方法是，若有需要，立即去学，把'不懂'变作'稍懂'，使得自己从'外行'转为'半内行'。"这个话说得谦虚，可也是实情，对我们的学习很有帮助。

我们每个人都有自己的专业，在专业之外首先要这样，就是不要限于自己的专业，遇见什么不懂，需要马上去学。我们不能要求每个人都成为无所不通的大师，什么方面都内行，在很多方面你半内行就行了，半内行就够用了，而且能够促进你的专业。对于大多数人来说这种学习方法是可取的，当然对于专家来说这不行，专家往往会批评这种学习方法，说这"半吊子"。但大多数人还是要适当采取这种方式。

金庸写影评的时候用的笔名叫"姚馥兰"。很多人不知道他为什么叫"姚馥兰"，后来有人猜出来了，"姚馥兰"就是"your friend"（你的朋友），金庸用了这个谐音，他用这个写了很多散文、小品。他还有一个笔名叫"林欢"。"林欢"主要用来写跟戏剧有关的文字。也有人猜他为什么取名叫林欢,是不是跟夏梦有点关系,老有人觉得"林欢"跟"夏梦"是对偶的,这个无从证实。关于金庸写的剧本,我第一次上课的时候已经介绍过了,第一,金庸自己有这方面的才华,他能编剧,还做过导演;第二,他可能是想借此接近他理想中崇拜的偶像。终于接近了夏梦后,金庸发现,人家已经名花有主了。

金庸除了写影评、写剧本,他还干过别的。人的精力多了之后无处发泄,金庸居然还学过芭蕾舞〔众笑〕,这是很多人不知道的。罗孚——香港媒体界的权威、大佬——说:"他(金庸)有一段时间去学过芭蕾,在一次报馆的演出中,他还穿上工人服,独跳芭蕾舞,"他还不是一般地学,还能自己表演,"尽管在艺术上那是不合格的〔众笑〕,却能够使人留下印象"。金庸是个业余的芭蕾舞者,他学到了稍微可以表演的程度,达到的是能给同事演个节目的水平。

我觉得金庸的这种博学,值得我们大多数人借鉴。我们学习很多跟自己专业无关的东西的时候,就不需要学得那么专业,就学一个"三脚猫"的功夫就够了。学它干什么呢?学它是有助于我们去求那个道。我们的人生不单是要学技,还要通过学习技术去学道。那个技艺不那么重要,但是完全离开技就没有道。我们要尝试很多技,然后去进入那个道。

比如说学芭蕾,你不用把芭蕾学得多么专业,你通过学习,知道芭蕾是怎么回事儿,芭蕾的本质是什么就可以了。比如,我们大多数人没学过芭蕾,但是我们多少看过芭蕾吧?没有现场看过,电视上总看过吧?你知道芭蕾舞的本质是什么吗?芭蕾舞跟中国舞蹈有什么不同?芭蕾舞最大的特点是什么?中国舞蹈的特点是什么?中国舞蹈是不断地回到中心去,它围着一个中心,永远要回到中心去。那么芭蕾舞呢?芭蕾舞是要破坏掉这个中心,芭蕾舞不断要分开、要撕裂、要挣脱、要飞!这是芭蕾舞。你自己飞不动还要找一个年轻力壮的小伙子给你举起来扔出去〔众笑〕，你刚一回来，"啪"又扔出去！这里包含着一种对人生的理解。我们想《红色娘子军》为什么用芭蕾舞跳最合适，这种内容和形式为什么就能高度统一？因为《红色娘子军》和芭蕾舞的精神完全一致，就是解放，芭蕾的精神正好是让人解放的。之所以中国最好的两个芭蕾舞，一个是《红色娘子军》，一个是《白毛女》，就是因为这两个芭蕾舞恰恰跟解放这个主题一致，一个常青指路，一个喜儿跟大春在山洞里看见太阳出来了，都是跟解放有关的。

我不知道金庸是怎么理解芭蕾舞的，但是我们想一想金庸的武侠小说，他的武侠小说跟芭蕾舞有没有关系？我好像每次讲课都提到过这个问题。但是我没看见有人写出论文来，《论金庸小说与芭蕾舞的关系》。因为这可不是你光懂得道就能写出来的，你得懂得术，你得懂得技。我在这儿说是空说，你要真写这个文章你得会芭蕾舞，你得懂芭蕾，你才能找到它跟芭蕾之间具体的那个关系。我们看金庸小说中很多武打段落，那是打架吗？为什么看上去那么美？为什么看上去不血腥、不暴力？明明是暴力，打得要死要活的，但是我们作为读者、旁观者看却不像打架，像什么？像芭蕾舞中的双人舞。两个人配合得那么好，打了那么久都没有受伤〔众笑〕，就像排练好的芭蕾一样。而且那个角色搭配，也是非常美的。所以金庸小说的一个迷人之处是他的武打带有舞蹈美。这是他自己未必意识到的，但他写出来就那么漂亮了，不论是武打，还是两个人过招。

所以我为什么一再建议中央芭蕾舞团把金庸小说改编为芭蕾舞，我是有很多很多理由的。一个是为了中国芭蕾舞的前途，一个是为了弘扬传统文化，还有一个原因是它真的适合。可能中央芭蕾舞团的人看金庸小说看得不够多，甚至就没有看过，他们老是去找别的作品来改编，他们以为名著就能改编成芭蕾舞，这是不对的，形式和内容不能统一，就等于是先天地给自己戴上了枷锁。今年也是中央芭蕾舞团首演《红色娘子军》五十周年，我还要继续呼吁他们，还是要改编金庸的小说。比如说他们曾经把鲁迅的《阿Q正传》改编为芭蕾舞〔众笑〕，大家去想一想，这个东西你不论去改成什么样子，它肯定有一个上限，你说阿Q他怎么跳吧〔众笑〕？你说阿Q跟吴妈两个人怎么跳吧〔众笑〕？我只能佩服艺术家的勇气〔众笑〕，但他先天就局限住了。你改编个《雪山飞狐》多好，改编个《雪山飞狐》芭蕾舞，我相信一炮就能打红，马上就能演到世界去。

金庸不仅学过芭蕾舞，还学钢琴，还弹过钢琴。我们传统文人说要琴棋书画无所不能。这里面的技能，有些是准备有用的，但大多数情况下是无用的，无用怎么办呢？无用，就拿来作为你人生的一种快乐素材。人生快乐从哪里来？有钱就快乐吗？当官就快乐吗？当教授就快乐吗？都不快乐，全是外在的。你有了钱，买了一个一万寸的大电视，你看不懂不还是痛苦吗？人最后的快乐来自你对艺术作品能够看透的那几分，这才是快乐。你吃山珍海味，如果你没有能够品尝山珍海味的舌头，你的味觉、嗅觉都不灵，那你的山珍海味还不如让你家的猫和狗吃了呢！它品尝这些山珍海味所获得的味觉层次比你获得的更丰富。所以培养自己的鉴赏能力才是你快乐的基础。大多数情况下，这个国家不需要我们去打仗，我们过日常生活怎么比快乐？其实就是比你有没有这样的本事：你能听懂音乐，比别人懂一点点；你能看懂美术作品，看懂绘画，比别人懂一点点。这样就可以了。

所以我们想想，金庸的音乐才华在他的作品中有没有体现？我们读金庸的小说，老觉得是被他的情节所吸引，其实金庸小说的情节跟其他的武侠小说比是很平实、很平淡的。武侠小说本身就情节曲折，在武侠内部，金庸的小说并不曲折，一段一段都特别长，甚至"啰唆"，"啰唆"

的时候我们为什么不厌烦？金庸经常用几千字写一段武打，翻好几页俩人还在对打，我们为什么不烦呢？是因为它里边有旋律、有和声。能不能听出旋律和和声来？它有时候是几个主题的变奏。我不知道这是金庸本能做到的，还是他有意设计，局部有局部的变奏，大的有大的和声。我们看《天龙八部》，《天龙八部》的三个主人公就是三个主题旋律。当你看了很长很长时间萧峰的时候，段誉出来了，然后你沉浸在一个段誉的旋律里边儿，一会儿虚竹又出来了。这三个旋律是分进，最后又合到一起。当他们三个人在一起的时候，特别有意思，我们看少室山大战那一场，"燕云十八飞骑，奔腾如虎风烟举"。那一回写得酣畅淋漓，就像贝多芬《第九交响曲》第四乐章，既有灿烂的阳光洒满所有的空间，又有疾风、暴雨、电闪、雷鸣。所以我们得到的是那样一种听音乐会的快感，这就是通了！所以他只要悟到这个道，他不需要成为钢琴演奏家。我们每个人，不妨多学点儿乱七八糟的东西，不求学得多么深，学得太深了反而容易玩物丧志，要点到为止，就会那么一点儿，马上回来，回来干什么？是求道，要这样去学习。

讲到理解中国文化的道，在所有能帮助人悟中国文化之道的玩意儿中，莫过于围棋。当然不是说一个人一定要学围棋，而是很多人能从下棋中领悟人生的道理。我曾经写过一篇文章叫《毛蒋神州围棋大战》，把毛泽东和蒋介石几十年的斗争全部用围棋术语写出来，把他们两个人比喻成两个棋手。他们两个人未必会下棋，但是他们这个斗争的过程，就像下棋一样精彩。列宁也是会下棋的，他是下棋高手。下棋这种锻炼，对人太有用了，它迫使你去想人生的复杂性，每一步都包含着许多可能性。当你假定一种可能性的时候，在这个可能性的基础上，又有若干个可能性，特别是围棋，非常复杂。

像金庸这样的人，他是非常喜欢围棋的。恰好他在单位里有一个棋友，叫陈文统,就是后来的梁羽生。这两个人,没事儿就在一块儿下棋、谈棋,谈论围棋。陈文统写棋评,水平是非常高的。陈文统有一段时间专门写棋赛评论,写得非常好,就像我刚才表扬的那几个写球评的人一样,凡是某一种评论写得好的,肯定不是就事论事,肯定不是只写他这一步下在三五,他下一步下在六七,肯定不是这么评论的。好的围棋评论就跟评论文学、评论战争是一样的,好的足球评论,跟评论打仗也是一样的。那么,金庸和陈文统两个人下棋,还不是唯一的共同爱好,他们又发现了彼此还有共同的爱好——都喜欢读武侠小说。这两个人既是棋友,又是侠友。

所以一个人啊,能不能成为大师,这个不一定。但是不成为大师,我们也要在人生中多搞一些项目,让自己幸福,让自己快乐,让自己成为一个活得有意思的人,活得有童心的人。有个照片是金庸在1996年的时候,被人随便拍下来的,金庸在那块儿吹一个玩具——皮皮蛇,一条蛇卷起来一吹,"噗——"就开了。他觉得这东西好玩,"噗噗噗"在那儿吹,被人给拍下来了。呵呵,老顽童。人要有快乐的心。我想他即使不是那个武侠小说大师金庸,就是这个查良镛,在报社当一辈子编辑,以后当个小官儿,或者以后当一个剧作家,他的一生也应该是很有意思的,起码能够交很多有意思的朋友。比如,他因下棋这个爱好,就交了很多中国围棋界的朋友。中国围棋队的几个元老,他都请到家里去住过,跟他们下过棋,还拜过师,他也算是聂卫平的徒弟。有人问聂卫平,你那个徒弟金庸,围棋到底下得如何啊?聂卫平想了想说:"香港名人里第一。"〔众笑〕这话说得很好,外交官水平——"香港名人里第一"。

好,接下来,金庸就开始要登场了,进入他下一个人生阶段,我把它叫"中年游艺"。这个"游艺"不是我们游艺场那个"游艺"的意思,这个"游艺"是从《论语》里来的。《论语·述而》章讲,一个君子要怎么样呢?要"志于道,据于德,依于仁,游于艺"。我认为这四者是不可偏废的。有的人认为它有一个重要程度的次序,我承认有这个次序,我们先要"志于道",也要"据于德",但是光有这个是不够的,而且是不可靠的,不存在一个空洞的道德。你说我这人很有道、很有德,怎么体现呢?"依于仁,游于艺",虽然次序排在后面,但依然是人生非常重要的内容。"游艺"不是一种游戏人生的态度,而是一种纵横潇洒的态度,是不为你的职业所拘束、所局限,不成为你工作的奴隶。如果用马克思主义的话来说就是不要异化,不要成为你劳动对象的奴隶。我们太容易成为自己工作的奴隶了,慢慢地就不知道为什么工作了,不知道自己是主人,不知道我自己可以随时不干这个。我其实可以抛弃掉工作,我什么都可以不干,因为我可以随时不在乎它、抛弃它,这样的话,我才能够更好地玩儿好它。我就经常想,我可以不在北大当教授,我哪天不在这儿干了,就在北大门口卖煎饼果子〔众笑〕,我肯定要把北大教授都气死,因为我有这个想法,我才能更好地干好我的工作。

一个人啊,他也许内在已经"志于道,据于德,依于仁,游于艺"了,但是这个世界不是人主观能决定的。历史不给你机会,上苍不给你机会,很多人也就稀里糊涂地过一辈子。我讲现代文学的时候说过,假如当年钱玄同不去找周树人,周树人也就不会写《狂人日记》,周树人就不会加入《新青年》团体,中国现代史上就没有鲁迅这个人。那个叫周树人的家伙也就一辈子在政府里当个小官儿,能不能当好官儿还不一定,因为他太聪明了。他也可能当坏官儿,也可能当好官儿,我们可能就不知道历史上有这么一个人了。也许有的人比他还有水平或者跟他水平差不多,因为没有这个机会,就那样过了一辈子。所以我们永远不要随便轻视周围的一个人,他也许是没得到机会的周树人,也许是没得到机会的查良镛,有了机会不得了。所以阿基米德讲，给我一个支点，我能撬起地球。当然从另一个角度说，给你支点你能撬起什么？

历史给了查良镛一个支点。1954年发生了一件事，这件事对于他来说很重要，可他没有意识到对他有什么意义。1954年香港有两个武术派别——白鹤派和太极派——因为在媒体上互相看不起，引起了一场纠纷。武术上看不起，最后怎么办呢？那只能说，拳头上见吧——拳头上见，那就比呗。于是就准备打擂台。可是那个时候，香港不许打擂台，那去什么地方打呢？那去香港旁边的澳门打〔众笑〕，香港武林界要打擂台，到澳门去打。澳门挺有意思，让他们在那块儿打。

当年这个擂台赛跑到澳门去打，它就变得很神秘，在香港媒体界就掀起轩然大波，大家都关注，说这个擂台赛有意思，到底谁能打过谁呢？我们今天也许会想象这场擂台赛会像武侠小说、武侠电视剧里的那样打得不亦乐乎，打半天。我们现在都被电视剧误导，两个人打了好几分钟还不分胜负，一个人直挺挺地躺到地下，"嗵"又起来了，经常有死而复生这种事〔众笑〕，这是不符合事实的。我虽然没有见到过武林人士怎样打，起码普通人打架我见过许许多多〔众笑〕。在我们东北那地方——我是东北人，哈尔滨人——有矛盾，基本上是以拳头解决〔众笑〕。你要真打过架你就知道，人在拼命搏斗的状况下，体能高度消耗，一般人支撑不了一分钟，也就是说，你跟一个人激烈搏斗一分钟，体能几乎会全部耗完。即使你有武功底子，也就几分钟的事情。因为你每一下都是用尽全力的，顶多支撑一分钟，不可能打很长时间。

所以白鹤派和太极派两派，打个擂台铺垫很长，结果这个过程啊，让人太不过瘾了，据说是不到一分钟结束战斗。双方的掌门人上台去，裁判说开始，不到一分钟，太极派掌门人吴公仪一拳打在白鹤派掌门人陈克夫的鼻子上，鼻子当场流血了，裁判说停，比赛结束〔众笑〕，胜负就有了。那你说这媒体得多失望呀！媒体准备了浓墨重彩来写这场擂台赛，结果这个让人太不过瘾。可是，媒体有办法，擂台赛没多少可报道的，实在没有太多花絮怎么办呢？《新晚报》老板的脑子真是灵，当天就登出号外，趁热打铁，说本报从明天开始连载武侠小说《龙虎斗京华》。这就是都市报的优点，它反应迅速。只有这种报纸短小灵活，它说明天干什么明天就能干什么。这老板说明天登武侠小说的时候，这武侠小说连影都没有呢，一个字儿都没有〔众笑〕，但是明天得登，那怎么办？他一想，我这报社里面有两个年轻人，成天在那胡说八道些刀光剑影的〔众笑〕，就找他们。他先找了这个叫陈文统的，说："本报明天就连载武侠小说。"陈文统说："好啊，谁写呀？谁写？""就是你〔众笑〕，哈哈！就是你，你来写。"这叫赶鸭子上架。陈文统自己从来没写过，但是老板对自己的员工是信任的，知道这两个人文笔不错，又有武侠知识，广告已经登出去了，不写也不行了〔众笑〕，必须得写。为了集体的事业，于是，梁羽生就写了《龙虎斗京华》。梁羽生不知道自己开创了一个时代——从这一天开始，中国的新派武侠小说诞生了，1954年是一个划时代的年头。

大家可以算算，到今年正好是一甲子，中国新派武侠小说诞生一甲子。中国旧派武侠小说的诞生要再往前三十年，旧派武侠是对古代武侠小说的一个革命。1954年，又产生了新派武侠小说。当然，不是完全另起炉灶，只是说我们计算历史是从这儿开始算的。我们不能说1949年10月1日那一天就和1949年9月30日完全不同了，该吃炸酱面还吃炸酱面，历史是延续的，但我们得在历史上划一刀。我们具体地看《龙虎斗京华》这部小说，其实它还保留着很多旧武侠的路子、旧武侠的气息。台湾武侠小说研究专家叶洪生先生说，《龙虎斗京华》其所用的楔子、回目、笔法无一不"旧"，甚至部分故事情节、人物亦明显套自白羽的代表作之一《十二金钱镖》。梁羽生非常崇拜白羽，他是白羽的"粉丝"，所以他给自己取的笔名叫梁羽生，要做白羽的学生，他的笔名是这么来的。《龙虎斗京华》写的是一个义和团的故事，小说本身还是很不错的，跟旧派武侠小说比是优秀作品，但不能跟那些一流的比，不能跟他后来的那些代表作和金庸的代表作比。这是1954年，梁羽生一炮打响，《新晚报》开始连载武侠小说。老板一看，趁热打铁，说还有一个人也别闲着呀〔众笑〕，然后就怂恿金庸查良镛，你看人家陈文统写小说已经成名了，你也试试呗！你也写吧！

查良镛做事是比较稳健的，一般是不开第一炮的，他一看陈文统都行，估计自己也可以〔众笑〕，他也来试试，他的第一部武侠小说《书剑恩仇录》就问世了，它早期叫《书剑江山》。《书剑江山》一问世，人们就感到这不是那个叫梁羽生的人写的东西能比的，这个《书剑江山》从细部到整体，从结构、人物到文笔，都是一个伟大作品的模子，《书剑江山》本身不能说是伟大作品，但是有那个模样。所以在它连载期间就引起了持续的轰动，而且金庸越写越精彩。

我们读过金庸小说的人会知道，金庸小说具有一切伟大作品的特征。什么是伟大作品的特征呢？就是不先声夺人，而是慢慢进入，一开始很平稳，不用一些奇怪手段来吸引眼球，它有一种自然的力量，你不断感到它的吸引力越来越强，越读越入迷，而《书剑恩仇录》就是这样。在它连载期间就形成了"家家说'书剑'，户户论金庸"这种情况，大家每天在谈论。这种情况多少年都没有了，你说，现在哪个报纸上连载小说大家会每天评论呢？没有。大家现在只评论昨天晚上看的电视剧，"从哪个星星来的人"〔众笑〕，大家只谈论这个东西。而那个时候是谈论连载小说的。

我们看了金庸后来写的作品，再回过头去看《书剑恩仇录》，会发现尽管它在金庸的小说中是二流的，甚至是二流以下的，但它已经开创了金庸的模式。我就提以下这么几点。第一个是朝廷与会党的结构。金庸小说有一个永恒的结构，他一定会写到朝廷，甚至会写到皇帝他们家最隐秘的事，然后外面是会党。这本身就包含了金庸本人的国家情怀、国家抱负，还有他同时关注朝野的这种眼光，另外他保证了小说结构的宏伟。即使是金庸的一个短篇小说，很短很短的小说，它也是有朝廷、有江湖。金庸最短的小说是什么？〔众答：《越女剑》〕《越女剑》是吧，有朝廷、有江湖。那么薄的小说，它也有一个宏伟的结构。它让你从朝看到野，从野看到朝。这不是所有武侠小说都有的特点，我们如果回顾一下旧派通俗小说就会明白。"会党武侠小说"是一个叫姚民哀的人开创的。也许有同学听过我以前的课，知道以前一个叫姚民哀的人，本来是说苏州评弹的艺术家，他由于行走江湖了解黑社会，所以写了许许多多会党小说。从他以后，武侠小说的作者就开始喜欢写帮会。但他写的帮会跟朝廷是不通的，另有一些人专门写朝廷，老写朝廷就容易写成历史小说。而金庸是把朝廷与会党打通来写的，这是他结构上的特点。

第二个特点，复杂人格。武侠小说这种模式化的文学作品，有点像言情小说、侦探小说，很容易把人物写扁了、写平了——这个人是个聪明人就特别有智慧，是个粗人就特别愚笨，脾气不好就成天骂人。而金庸从他的第一部小说开始，塑造的就是非常复杂的人格。我在上大学的时候，20世纪80年代，就流行刘再复先生写的《性格组合论》，他写有一篇文章叫《人物性格的二重组合原理》，就是说，每个人的性格最基本的层面都是由两个矛盾体组成的。大多数人为什么看人看不准，因为他们只看一面。我顺便教大家怎么看人。你看见这个人特别粗的时候，你不要这么去想，你要注意，他一定有特细的一面！越粗的人就有越细的一面。还有一个人，你发现他特细心的时候，他一定就有特别粗心的一面，只是你没发现。你要注意发现，你发现了那个东西，你就掌握了他。一定不要跟别人见解完全一样，多数人的见解基本上是错误的或者平庸的。比如有人告诉你，说山东人很豪爽，你不要完全听他的。山东人是豪爽，我们并不是要否认这个，而是山东人中一定有特别不豪爽的人，或者是一个豪爽的人一定有不豪爽的一面。一说山东人你不要只想到武松，一定还要想，武松还有个哥呢〔众笑〕，一定要这么去想。这就是人物性格真实的组成。

所以，金庸写的是复杂人格，有很多人攻击他，说他故意把事情搅乱，不是，金庸这样写恰恰是符合人性本来面目的。我们来想想《书剑恩仇录》里的陈家洛，这个人就很难评价，陈家洛到底是个什么性格？他有着诸多特点，很多形容词放他身上都行，比如说他聪明、智慧、勇敢、仗义……这些都可以，还可以加一些负面的词，我们也可以说他懦弱。你说他勇敢也对，你说他懦弱也对；你说他聪明也对，你说他笨也对；你说他深情也好，你也可以说他薄情。这些反义词都集中在这个人身上，所以陈家洛就是一个复杂的人格。而他这个人格和作者赋予他的武功又是高度一致的。他的武功叫什么？〔众答：百花错拳〕百花错拳！这个名字取得特别好，眼花缭乱，错中有对，看上去都对，又都不对，似是而非，而这里边是不是就包含了一种哲学？

另外，在《书剑恩仇录》里边对女性的描写也是一个突破。旧派武侠小说里已经开始写女侠，男女双侠并走江湖，但是还没有塑造出栩栩如生的、闪光夺目的、光辉的女性形象。旧派武侠小说里最好的女侠形象就是玉娇龙，玉娇龙已经是最了不起的了，李安拍了电影，章子怡演的玉娇龙。那么，到了金庸这本《书剑恩仇录》里面，破天荒地出现了一组形象各异的，集中了很多女性优点的一批女侠形象。比如说陈家洛先后爱上的两个女子，霍青桐和喀丝丽香香公主，这两个女孩子就几乎完全不一样。我们光谈论《书剑恩仇录》就可以谈得没完没了，你就谈论陈家洛的爱情,他到底为什么放弃了霍青桐,选择了香香公主?就这一个题目就可以写好多好多文章。霍青桐和香香公主起码代表了两类女子。霍青桐是比较全面的,既有女性的美,又具有女强人的一面。香香公主呢,是那种绝美的典型,就是美到没有办法描写。金庸非常会写人,他写一个人最美的时候,怎么写啊?怎么写都写不出来,越写越不美,只能不写。〔一同学说:写别人〕这个同学说写别人,那叫侧面描写、衬托描写。金庸怎么写香香公主的美呢?他不是用物理的方法去写,而是写两军作战,大军正在交锋,香香公主从旁边骑马走过,两军突然不打了〔众笑〕,然后就听"当、当、当",成千上万的叉、矛掉下地来,然后你去想象这个人该有多美。这只有"女神"来了人们才这样〔众笑〕。单纯从创作技巧上论,金庸是非常聪明的。这个例子我们不再展开去讲。

就在这个时候,金庸又调回了《大公报》。他在20世纪50年代这段时期工作调来调去,个人生活也不安定,在艰苦创业阶段,虽然说已经成为著名作家,写了《书剑恩仇录》了,但是就写了这一部书,生活上还是不稳定。正在这个时候,他跟他的第二任妻子朱玫结婚啦。这个妻子是跟他相濡以沫、共同奋斗、共同创业的,可以说金庸后来的事业有她非常大的心血在里面。他们生了两个儿子、两个女儿,传侠、传倜、传诗、传讷,生了这么多儿女。但是很不幸,他的大儿子1976年在美国因为失恋自杀了,这个给金庸非常大的打击,金庸甚至自己都不想活了,后来成天读佛经,最后,用他自己话说,他是用佛经拯救了自己。读佛经又读不懂,佛经写得太难,怎么办?最后他找来了佛经的英译本,英译本比较简单〔众笑〕,他读懂了,这是他跟池田大作对话的时候讲的。读了英译本,他豁然开朗。但毕竟大儿子自杀是他人生中最大的一个阴影。后来,就在他事业已经基本成功的时候,他又发生了婚变。

金庸自己后来承认是他对不起太太，可能夫妻两个这种矛盾产生是因为两个人性格都很强，都是能人。所以我有时候想，他写的陈家洛有没有他自己的影子？陈家洛为什么最后放弃霍青桐？就是因为他们两个人都太全面了，两个人都是智勇双全，两个人都武功好、有智慧，能当领袖，什么都可以干，那我不需要你啊！我要你干吗？你也不需要我，你要我干吗？两个人不存在互补性。金庸跟朱玫就是两个人都很能干，都能吃苦。他们年轻的时候每天晚上要坐船过海回家，他们坐船是这样一个情况，如果他是想自己到了，坐船就走，要花六块钱，他要是不想花这六块钱他就得等，等船上人上满了，就跟我们坐小公共汽车一样的，人上满了船才能走。他俩就为了省这几块钱，每天就等着人坐满了再过海去。可见日子是过得比较辛苦的。但是后来金庸办了报纸成了老板，有钱了之后，两个人有这样的矛盾、那样的矛盾，金庸就发生了变化。具体的细节我们也不知道，据说是有一天金庸可能在家里吵了架，心情郁闷，就出来到附近的一个咖啡馆或是茶馆，在那里喝茶，然后这个茶馆里有一个十六岁的服务员，叫May，这个服务员判断查先生不开心了，就过来安慰安慰他，于是一个心灵受伤的男人就被安慰了，两个人就认识了。她比金庸小二十九岁，这一年金庸是多少岁？这一年他是四十五岁。那么后来金庸就没有再发生过婚变，他的第三任太太——林太太，对他一直非常好。这么几十年来——时间又过去四十五年了，金庸四十五岁的时候他们认识——查良镛的生活都是May照料的，这可以说是相濡以沫了。

然后金庸就进入了一个旺盛的创作丰收期，说起来时间也并不是很长，但是看看创作是硕果累累的。1956年他继挟着《书剑江山》的余威写了《碧血剑》。第一部成功了，我们看第一部《书剑江山》写得有点像《水浒传》，各路英雄最后归于梁山；第二部他就要开始"卖弄"自己的才华了,就不"好好写"了。《碧血剑》在叙述上用了很多新文艺的手法,多次使用倒叙、插叙,当然,《碧血剑》最深刻处还不在于此,而是在于我们可以从《碧血剑》里看出他的历史观,他对历史观察之深刻来。从《书剑恩仇录》中,我们就已经能够看出他对历史的观察具有学者风范,他对红花会的处理、对乾隆身世的处理,都和一般的小说家不一样。到了《碧血剑》,我们看看他怎么写李自成起义的。我说金庸的作品具有本能的革命性和人民立场,他写的《碧血剑》里面对李自成的处理就很深刻,他写出了这支起义队伍失败的原因。李自成势如破竹,一路打进北京,这支队伍由于没有前期的"延安整风",进了北京迅速就垮掉了!共产党为什么没有垮掉?因为早就整过风了,把内部犯错误的人、有不良倾向的人早就批评教育过了,一再地上过课了。在毛泽东看来打仗是小事,打蒋介石算个事吗?最大的问题是"打"我们自己,最大的敌人是我们自己。而李自成就没有预见到这个,恰恰是在打下北京之后,失败到来了。我不知道写《碧血剑》的时候金庸都读过哪些书,但是那个时候对李自成的看法,在所有的文学作品中,《碧血剑》是最深刻的。我们可以比较另一部皇皇巨著,著名作家姚雪垠写的长篇巨著《李自成》,一卷又一卷也写得非常好,也是当代文学的名著。但是就这个问题两相比较,我觉得姚雪垠的《李自成》没有《碧血剑》深刻。姚雪垠的《李自成》把李自成和他的一些战友塑造得太好了,有点刻意拔高了。金庸没有刻意拔高李自成,但他笔下的李自成仍然是威风凛凛的英雄!金庸不但在《碧血剑》里写了李自成,还在哪部书里写李自成了?《鹿鼎记》里还有李自成,那个李自成仍然是英雄。金庸写的是一个英雄的致命缺点,他用历史唯物主义的高度,写了农民起义为什么失败。所以《碧血剑》这部书也了不起。每讲到金庸这一作品我都说,金庸以后的书都不用写,写到这他就是著名作家了,我们今天研究武侠小说也得提到他——有个作家叫金庸，他写过《书剑江山》和《碧血剑》，写得非常不错。我们必须这么评价他。

但是就像鲁迅写了《阿Q正传》一样，叫"一发而不可收"。人啊，有时候堕落起来很快，有时候提升起来也很快，做了好事被别人一捧就不可收了，就继续干下去了。金庸自己也不知道自己1957年到1959年写了一部堪称伟大的作品，这部作品连载在《香港商报》上，叫《射雕英雄传》。它的鼎盛期是1958年，香港作家倪匡说："在1958年要是有看小说的人不看《射雕英雄传》的，简直是笑话。"他说的是香港以及东南亚一带，那个时候最让人着迷的是《射雕英雄传》，而且能够持续两年。《射雕英雄传》创造了很多很多神话，比如说电报发小说，因为在当时，很多别的报要连载他的小说，记者要将它们发到自己的报社去。不光是中国，还有很多国家也有中文报纸，马来西亚、新加坡、缅甸、泰国、越南的多少家报纸都要连载金庸小说，而且这关系到自己报纸的销量。有的是今天连载昨天首发的，有的是今天连载今天首发的，那就差了一天，如果你们报社能够和首发基本同步，比如说《香港商报》今天上午刚把《射雕英雄传》印出来，下午你们报纸就把它印出来了，那你的销量马上就上去了。为此，有的记者在香港第一时间拿到《香港商报》之后，马上用电报把小说拍回去。你想拍电报这得多费钱啊！他每天如此。比如说每天连载六百个字或者八百个字，拍电报那一个字要好几块钱，这成本多高啊！所以，至今研究文学的还没听说过其他哪个作家的小说是用电报拍走的。

《射雕英雄传》产生之后，有人惊叹"世界上最伟大的小说出现了"，这以后不可能再有这么伟大的小说——无法想象，想象不出来还能怎么写。著名学者夏济安曾经说武侠小说这种样式是有很大潜力的，应该出现伟大作品，可惜中国作家都不好好写，都是游戏态度。他说，以后没人写，只好我亲自来写了，说以后等我休息休息，我亲自写一部伟大的武侠小说给你们看看，让你们知道中国武侠了不起。结果他看到《射雕英雄传》之后说："真命天子已经出现〔众笑〕，我只好到扶桑国去了。"这是用的《虬髯客传》的典故，真命天子出现了，虬髯客就到扶桑国去了。他认为金庸是武侠小说的真命天子。他这个感觉我也有。我第一次读金庸的武侠小说，读的就是《射雕英雄传》。我和大家说过，我原来看不起武侠小说，被我的同学拉下水，我的目的本来是纠正同学的错误思想和不良情调，结果被他们一拉，我自己也有"不良情调"了〔众笑〕。读过之后，我们议论，基本上我们的结论也是，小说能写到这个样子——武侠的全世界都写到了，以后还怎么写啊？以后没法写了！你看看，当时的"天下"就这么大，东邪、西毒、南帝、北丐、中神通，没法再写了。而且，《射雕英雄传》把人物塑造得这么栩栩如生。人生的所有问题都包括在里面了，人生几件大事，都被金庸写得精彩绝伦。人生的几件大事就是暴力、性爱、死亡，他全都写完了〔众笑〕。而且又写得这么高格调，这么健康，这么美！所以如果没有看到他以后的小说，说《射雕英雄传》是最伟大的小说，这是合理的。于是，曾经有人说，咱们仿造《红楼梦》的红学，以后要搞一门"雕学"〔众笑〕，而且真当回事，有人要准备搞"雕学"了。"雕学"被金庸自己所粉碎的，金庸后来又写了更了不起的小说，才把"雕学"粉碎了，这成了一个笑谈。

《射雕英雄传》以后，大家发现金庸不仅越写越好，越写框架越宏伟，而且他还每一次都别出心裁，每一部都不重复，这是很难做到的。作家最难避免的就是重复自己，很难避免。金庸1959年又写了一部小说叫《雪山飞狐》。这部小说的优点也很多，结构是人们都没见过的。第一，他把一百年的故事浓缩在一天里来讲，一天讲一百年。我讲戏剧，讲曹禺《雷雨》的时候，我说《雷雨》了不起，把三十年的故事用一天讲完。《雪山飞狐》是一天讲一百年，这一百年可不是骗人的一百年，真的是一百年来的故事，一百年前，这故事就开始发生了，而不是说他回忆起一百年前的故事。第二，他讲故事的方式扑朔迷离。我上一次不是重点讲了叙述者吗？拿《雪山飞狐》就可以分析叙述者的奥妙。为什么我们不能认为叙述者是作者？《雪山飞狐》的故事是这么多人从不同角度来讲的，它跟《天方夜谭》有没有关系？跟芥川龙之介的《密林中》有没有关系？芥川龙之介的《密林中》后来被改编成电影《罗生门》，这是电影史上非常有名的黑泽明的杰作。一个杀人案件由几个人来讲，讲得扑朔迷离，讲到底谁是凶手，人到底怎么死的，这里面就包含哲学意义。我们人活在时间中，当时间过去之后怎么复原当时的事件？这里面关系着我们生存的许多奥秘。过去我们都说金庸是受《罗生门》的影响，我读《雪山飞狐》，一读就说这是受《罗生门》影响。当然金庸自己不同意，他说："我不是受《罗生门》影响，我是受《天方夜谭》影响。"金庸的话，我们不能把它当成真理来用，金庸的话有时也许就是打开我们一个思路。《天方夜谭》这种多人讲一个事件的方式，的确给后代文学家提供了很多灵感。《雪山飞狐》的故事本身以及所塑造的人物也都具有崭新的魅力。这里面的胡斐是以前的金庸小说中没有的，他不是陈家洛，不是袁承志，不是郭靖。胡斐显然好像更有青春气息，更受青年读者喜欢，所以他的命运更让人担忧。于是，这个小说连载完毕之后，整个香港社会都久久地沉浸在一个问题中——胡斐那一刀究竟砍还是不砍？大家都在讨论这个问题。而且，这个问题到现在依然永远地可以追问下去，多少人都在问——那一刀砍还是不砍？金庸自己说他每年都会收到来信，就问胡斐到底最后怎么样，那一刀砍没砍。这成了金庸可以到处卖关子的一个问题了。其实这个不重要，他可以写他砍了，或者写他没砍，作为作家这个问题并不难处理，但是目前这种结局显然更有深度，悬着，更有深度。

金庸写完《射雕英雄传》和《雪山飞狐》之后，我觉得到这里金庸的小说就已经开始超越武侠小说了，有武侠的外表，骨子里所关心的问题，都是那些标榜为纯文艺、严肃文艺、新文艺所关注的问题——历史、人性。像《碧血剑》，我们拿它来跟《李自成》一比，它比《李自成》写得有深度。再比如《雪山飞狐》，我把《雪山飞狐》和一部革命传奇小说《林海雪原》相比，《林海雪原》也是一部我很喜欢的作品，这样的作品弥补了当时看不到武侠小说的人们对于武侠小说渴望的空缺，讲的是解放军一支小分队去进行神圣的反恐任务的故事，所以我说《林海雪原》是非常好的反恐小说。这两个比，当然文中打斗方式不同，一个用的是冷兵器，一个用的是热兵器。但是，就深度来比，《雪山飞狐》明显要超过《林海雪原》。《林海雪原》的作者他没有想解决那么深的问题。《林海雪原》的作者自己就是军人，他自己参加过剿匪战斗，他怀念在战斗中牺牲的战友杨子荣等人，他觉得自己过上幸福生活了，不能忘了哥们儿，得把哥们儿写出来。他就写出来了，然后编辑再帮他改一改。由于《林海雪原》来源于真实生活，本来就很感人，再讲究点技巧，这小说就成了优秀作品。但他并没有想从这里面挖掘更深的东西出来，当然，作品本身我们可以进行挖掘。但是，金庸的《雪山飞狐》自身就挖掘得很深，讲的就是人的一种矛盾。

《林海雪原》也提供了一些可思考的地方，比如说杨子荣，革命英雄，他在八路军里只是一个排长，等打入敌人内部之后当了团副，上下都拥戴他，他干吗不在敌人中继续干下去呢？他要继续干下去比在八路军这边过得好。他即使把敌人都消灭了，回来之后排长顶多升个连长，不一定过得好，他可以在那边过得好啊。还有，我们发现他在敌人中过得如鱼得水，敌人怎么相信他呢？杨子荣之所以获得敌人的信任是因为他比土匪还像土匪。土匪为什么喜欢他，因为他去了之后每天都给土匪讲大量的黄段子〔众笑〕，土匪就特别喜欢他，觉得这个人有趣〔众笑〕。所以后来杨子荣明明暴露了，大小土匪都不愿意相信他是共产党。九爷怎么能是共产党呢？他们不愿意相信这么可爱的一个人是"坏人"〔众笑〕。所以说，杨子荣同志"群众"关系搞得好〔众笑〕，是搞好"群众"关系的楷模，上下都得了他的好处。这些可思考的地方是我挖掘出来的。

而《雪山飞狐》不用读者去硬挖，一般的读者都会感觉到这里边水太深了。情与义的矛盾、情与仇的矛盾都很深，我们到底应该怎么对待百年仇恨？所以金庸从这儿开始就已经超越了以往武侠小说的恩仇模式。过去的很多年武侠小说就是要报仇，王朔的批评对于一般的武侠小说是有道理的。一般的武侠小说胡乱编两个人有仇，然后双方就不断去报仇，一次杀不死就杀两次，最后杀七八次，这个就可以编一个小说，他不去追问哲理，而金庸的小说是要追问哲理的。

就在这个时候，金庸才有了新的想法。他说，我的小说已经这么受欢迎了，连载在别人的报纸上，给别人赚钱，那太亏了，金庸觉得生意上划不来。你别看他"南来白手少年行"，他是有经济头脑的，他想自己赚钱了，自己的劳动不给资本家剥削。有时候我也在想，看着满屋子的听众，我觉得我给北大打工多亏呀〔众笑〕，我自己开一个学院不行吗？你想，你们每人交十块钱，讲一节课我赚多少钱？金庸是有这个头脑的。但是光有头脑没有能力也不行，他还得有能力。

就在这一年，金庸三十五岁，他有了二心。他自己想办报，但是没有钱，他找了一个同学，是他当年初三的同学沈宝新，两个人合办了一份报纸，叫《明报》。《明报》办起来，用陈毅元帅的一句诗，叫"创业艰难百战多"，真是很艰难。因为1959年那时候，香港已经有很多报纸了，报纸的空间已经满了。我们知道，投资媒体这件事最大的力量就是资本，你有钱，有大量资金投入，强行霸占市场、狂轰滥炸宣传，才能够抢夺客户；

你没有钱、没有背景,又没有权,自己赤手空拳想办报,这是很艰难的。所以说金庸办的这《明报》,现在听起来非常有名气,是世界大报,可当初就跟咱们班里办的班刊一样,两张纸对折,叫《明报》〔众笑〕,就跟中关村发的小广告一样。我觉得讲讲金庸办《明报》的故事也挺励志的。当年谁都没想到《明报》在今天会成为世界大报业集团。

金庸办《明报》,为什么要叫"明报"?有人说这个"明"包含了"光明正大"等意思。这个"明"有很多意思,我们读金庸的文字发现,他是很喜欢"明"这个字的。金庸内心是不是要"反清复明"〔众笑〕?这是可以联想的一个问题。因为我第一次课讲过,有人说金庸为清朝的文字狱、为康熙这些人唱赞歌。这些事我们到底怎么看?我们还可以从他使用"明"字上,来获得一些启发。

金庸在《明报》连社长兼主编,一干就是三十五年。《明报》在他手里从两张变四张、八张、十六张、三十二张,由一份报纸变成一个增加刊物,加这个、加那个,加一大堆,再变成一个庞大的企业集团。现在《明报》不但是香港最有影响的报纸,也是全世界数得着的一个大报业集团。所以说金庸有多种身份,是作家,是报人,还是企业家,或者说是资本家。

从此之后,金庸就给自己打工了。写那么好的小说,如果他不自己办报,如果不破釜沉舟,如果抱着一个铁饭碗,他不会发财的。我们从个人庸俗的愿望出发来想这件事情,想到的结果就是,他不会发财的。他怎么成写作的人里最有钱的人之一?我们知道,一个写作的人写得再好也是给别人打工,再优秀的作家也属于无产阶级,因为你最大的那一份,是给老板拿走了,是被出版社拿走了。作家版税最高的也就百分之十几,一本书比如说定价三十块钱,作家拿百分之十的话,他一本书才拿三块钱,是个可怜的打工的人,而且一般的作者百分之十的版税都拿不到。所以金庸破釜沉舟,他从此给自己打工。接下来他最重要的小说

《神雕侠侣》《倚天屠龙记》，不再登在别人的报纸上，他登在自己的报纸上。我们也就知道了金庸的报纸为什么能够越办越大，一个重要的原因是：想看我的小说吗，就在我的小报儿上〔众笑〕，得看我的小报儿。所以我们也可以从这里看到金庸作为一个创业人给我们带来的启迪。

"中年游艺"，今天就讲到这，我们下次继续。

〔掌声〕

第五课

授课：孔庆东
时间：2014年3月18日火曜日申时
地点：北京大学理科教室108
内容提要：双笔格局，一手写武侠，一手写社论
"晚年游仙"

我们今天继续来讲金庸，"金庸者谁"。前面我们讲过了他从"少年游侠"到"中年游艺"，越往后经历似乎越简单，可是里面包含的意义却似乎越来越复杂了。看上去很复杂的他的家族的材料，其实本身所包含的意义没有那么深刻。但是，随着查良镛先生本人人生不断地展开，我们发现他要处理越来越重要的人生困境、人生难题。上一次我们讲到进入20世纪60年代，他的笔下充满了刀光剑影，这个时候他已经形成了双笔格局，一支笔写武侠小说，一支笔来写他的《明报》社论。他成为一个一流的或者说超一流的武侠小说大师之后，从普通人的角度来看，他不愿意自己被别人剥削——我这么优秀的人凭什么被别人剥削呢？可人活着，我个人觉得是难免要被人剥削的，越有本事的人、越有成就的人就越被人剥削，百分之百地想逃脱"剥削"是不可能的。所以被"剥削"要看被谁"剥削"，为什么被"剥削"。我们每个人都愿意被自己的家人"剥削"，被自己家人"剥削"的时候还觉得有点儿幸福感。那你被同学、老

师"剥削"的时候你愿意不愿意？在为广大的人群"剥削"的时候你愿意不愿意？我们大多数人都不愿意被资本家剥削。所以查良镛先生处在那个环境里面，他不愿意自己写了这么好的小说，给资本家剥削。所以他要自己创业，自己办报纸。

他自己办报纸，取名叫《明报》。我上次问了大家这个"明"怎么理解，有多少种意义，我们越是听一个高人讲话，就越不要仅仅理解他字面的、表层的那点儿意思，字面的意思可能是很浅的，甚至是错误的，甚至是故意地误导你，这就是研究语言文学要讲究技术、讲究专业的原因。

可是他自己办了报，他自己就成了资本家。人就是这样复杂。我们往古代看，最有骨气的不是满脸胡须的猛张飞似的大汉，而是一个一个很文弱的书生。我们经常批评书生空发议论，可是还有一句诗："莫道书生空议论，头颅掷处血斑斑。"我们也不能因此得出结论，说书生最有道德，那又错了。所以陈独秀在"五四"的时候，他就感叹，说这青年人太难教导了，你刚把他从东边扶起来，他就往西边倒下去；从西边扶起来，再往东边倒下去。这就是中庸之道之难。中庸之道是非常难的。我前一次特别强调金庸对他父亲被枪毙这件事情的态度和胸怀，是非常值得反思的。

我们说他办了《明报》之后，他借着《射雕英雄传》的神威，继续写了两部巩固他神圣地位的伟大的著作：《神雕侠侣》和《倚天屠龙记》。三部小说合起来构成所谓"射雕三部曲"。有了这三部曲金庸可以说睥睨天下英雄好汉，起码是前无古人，后有来者也是很渺茫的——有谁还能写出这样一个伟大的三部曲？看上去是令人绝望的。三部曲的后两部写爱情这个问题写得尤其超凡入圣，我曾经说《神雕侠侣》是人类文学史上的"爱情百科全书"，所有的爱情模式、爱情心理，在《神雕侠侣》里面几乎全部涵盖，欢情、孽情、惨情、悲情，什么情都有。

在侠义的主题思想上，它从《射雕英雄传》又往前走了一步。《射雕英雄传》充满了儒家的阳刚之气，那个底蕴是阳刚的，你会觉得郭靖、洪七公代表的是《射雕英雄传》的主体的色彩。它里面有豪迈气概，那个豪迈也是儒家的豪迈，是站在广大人民的立场上，站在整个中华民族的立场上看待历史的。特别是结尾的时候，郭靖和成吉思汗的对话。成吉思汗建立了历史上疆土最广大的国家，觉得自己伟大无比，但是郭靖这个傻小子随随便便说了一句话："依我看，杀的人多，却也算不得什么英雄。"这一句话竟然把成吉思汗气死了。当然，成吉思汗本来就身患重病，当晚就是想不明白，在帐中一口气没上来，呕血而亡。我们想，成吉思汗活到那个境界，他还需要什么？他什么都有了，他就需要天下人永远承认他是英雄："我这样的人还不算英雄吗？杀了这么多人，纵横无敌，我的帝国从中心骑马走到东西南北任何一个边界都要走一年，世界上还有这么伟大的国家吗？我不是英雄，谁是英雄？"他不知道若干年后有个人说，你这小子"只识弯弓射大雕"〔众笑〕，你算啥英雄？你不算英雄。我们看郭靖的这番话里面就有人民思想，说你杀人多不算英雄，占的地盘大不算英雄，按照郭靖的想法，救了多少人才是衡量英雄的标准。由于你的存在，有多少人本来会死但是没死；本来活得不好但是现在活得好，这样你才叫英雄。所以毛泽东才说"数风流人物，还看今朝"，他才有资格说那个人"只识弯弓射大雕"。我们说《射雕英雄传》充满了儒家的阳刚之气。

可是金庸所秉承的，他所学习的，不仅仅是儒家。在《神雕侠侣》和《倚天屠龙记》里面，我们感到了道家精神。我们不能都鼓励大家成为郭靖和黄蓉这样的宁死不屈的、与城池共存亡的英雄，他们了不起，但是多数人做不到。如果做不到，或者是稍微差一两个层次，这样的人是不是英雄？这样的人怎么去评价？我们一方面要弘扬社会最正的能量，最阳刚的那个东西要弘扬，发现有这样的人赶紧要表扬、推崇；可是多数人不是这样的，对那些多数人怎么办？对那些越来越坏的人怎么办？得有各种处理方法。

那么"神雕"和"倚天"里面有两个主人公，一个是杨过一个是张无忌，按照儒家的标准评判，他们显然不是最英雄的，他们没有为正义事业而献身，他们都干过轰轰烈烈的正义事业，但是在最后他们都"走了"。这个"走"也是文学作品中一个很普遍的主题，"走"和"死"是两大文学主题。他们"走了"，那他们是不是英雄？杨过帮助郭靖守襄阳，但是他最后不是死在那里，他最后和自己的心上人走了。张无忌也是，按照书中原来的逻辑，张无忌应该是明教教主，他应该顺理成章地成为大明国的开国皇帝，没朱元璋什么事，是吧？可是由于张无忌个人性格的特点，他不喜欢政治，也不擅长搞权术，而朱元璋同学喜欢这个〔众笑〕，人家愿意玩这个，玩得比较好，而且完全控制了张无忌的心理，几个回合就把他拿下，所以最后是朱元璋成了大明朝的开国君主。那张无忌这种选择算什么呢？这是一种道家的选择。道家的选择是不同流合污，也不同归于尽。道家是有所不为，坏事我坚决不干，我干好事，但不把命搭上。

所以中国的文化选择是多样的，是推崇、崇拜那种大英雄，但是给其他的人也留下了丰富的选择，你可以选择道家。我们站在儒家的角度说，道家好像略逊一筹，但是在人家道家看来，他们这才是高境界，你郭靖傻小子才是二流境界，你为襄阳城而死，你救了襄阳了吗？你救了大宋朝了吗？还不如活下来等待机会呢，是吧？它各有各的道理，就看你站在哪个角度上看问题。所以我说我们人活着就会陷入儒和道的纠葛，在处理很多小事上都面临这个纠葛，是选择儒家还是道家的处理方式。

接下来就到了1959年这个时候，新中国成立十周年，新中国文学也达到一个繁荣的时期，脍炙人口的一些文学作品基本上产生在这一时期，1957年、1958年、1959年、1960年、1961年、1962年，一大堆我们耳熟能详的优秀的红色经典："三红两创""山青保林"[1]基本都是在这个阶段创作的。这个时期港台武侠创作也是一片繁荣，我们这边写的都是革命战争题材的，他们那边是冷兵器题材的，但都是刀光剑影，都很好看。我上次比较了《雪山飞狐》和《林海雪原》，还有一大批作品可以比较，这个课题做起来比较好玩儿。

在 1960 年的时候，金庸办了一本杂志，叫《武侠与历史》，这个名字体现出金庸的一种取向，他写武侠是跟历史结合在一起，他真正的兴趣是在历史上。我们看，一个人最擅长的东西可能不是他最感兴趣的东西，就好像我们看见一个人做包子特别好，"京城包子第一"，我们就认为他一辈子的兴趣都在包子上，你可能永远不知道他半夜的时候一个人在院子里拉小提琴〔众笑〕，所以不要看见一个卖包子的就以为不能跟他讲音乐常识，你怎么知道人家在音乐方面就不是大师呢？

金庸创办了《武侠与历史》，他自己要支撑这个刊物，在这刊物上写了《飞狐外传》。这个刊物很了不起，金庸还把古龙也拉过来，古龙在这个刊物上发表了他著名的《绝代双骄》。金庸这个人是很有统战才华的，你看像古龙和梁羽生，在金庸如日中天的名声笼罩和刺激下，他们在不同场合都发表过对金庸"不客气"的言论，那个言论今天从胸怀上看起来多少有点问题，可是金庸都没有予以回复，没有予以回击，而是有机会就拉他们一起做事。这次金庸和古龙的合作是武侠史上的一段佳话。古龙曾说金庸那套东西太好写了，他为了证明，还模仿金庸的笔法："你看我会这么写，我不是不会，你看金庸就不会像我这么写了。"〔众笑〕金庸没有为了回复他模仿一段古龙的写法，他不会做这样的事情。

---

[1] "三红两创"为《红日》《红岩》《红旗谱》《创业史》《李闯王》，"山青保林"为《山乡巨变》《青春之歌》《保卫延安》《林海雪原》。

1961年的时候，金庸写了他的两个中篇小说《白马啸西风》《鸳鸯刀》，这大概算是金庸全部著作中水平最低的作品了。但就是这两部在金庸笔下算是最差的作品，放在整个武侠史上仍然是一流作品，突破武侠，放在整个文学史上仍然是一流作品。《白马啸西风》不是一流作品吗？仍然是一流的爱情小说，写得回肠荡气，甩琼瑶一万多里〔众笑〕。伟大人物三流的东西放到你家里都是超一流的，金庸不过是写着玩玩。

　　可是就在这个时候，金庸的才华和精力达到顶峰，他不仅仅写武侠小说，他为了他的报纸，每天要写社评。他当然是用武侠小说支撑自己的报纸，但是一份报纸只靠小说能支撑起来吗？我们知道文艺永远是报纸的副刊部分啊，真正的报纸是要做新闻的。而新闻只靠"八卦"是不行的，大报纸没有靠"八卦"的，新闻要有立场，说来说去，也就是说好报纸的骨架是什么？是政治，是政治立场和政治眼光。所以金庸是用武侠小说给自己拢了一些读者，把人气拢来，拢来之后干什么，你不能成天老谈武侠，于是他开始写社评。金庸这时每天上午看看世界局势写社评，下午写小说，晚上参加社交活动，多少年就是这么过的。他有数以万计的社评，被看作是"亚洲第一社论家"，这个座次不好排，怎么排第一第二呢？这个称号就是说明他写得好、写得多、写得厉害吧，反正他天天写，那别人首先在数量上就超不过他。我们《人民日报》的评论员不是一个人，可能是很多人合起来都叫《人民日报》评论员，所以《人民日报》评论员也比不上他。另外，你看他的社评你就不能低估香港报纸的能力了，他的社评充满了深刻的洞察力、高超的判断力。

　　到了1963年，金庸开始写他的一部被很多人认为是他最高武侠水平的代表著作，叫《天龙八部》。我昨天去浙江，在浙江认识了一帮朋友，建立了一个微信群，然后很快就看到这个微信群里有两个人在争论"天龙八部"是哪八部书〔众笑〕,这俩人争论还挺热烈。后来我实在看不下去了,只好出来给他们普及一下,说"天龙八部"不是八部书,你俩说的都不对,既不是"飞雪连天"也不是"笑书神侠"〔众笑〕,不是这么回事。"天龙八部"简单地说就是佛教里面八类神道怪物。它有一个象征意义,象征着芸芸众生,象征着生命,"天龙八部"就是从佛家眼中看的各种人生。我们看大家都是人,这是因为看惯了,"其言不察"了,你再仔细看,你发现这些人有的猴头马面,有的獐头鼠目,你要能够看出他的本相来,看出本质来。《西游记》里说孙悟空棒一打,妖怪现出原形,这是他打完了我们看到原形了,孙悟空不打的时候他自己能看出妖怪的原形来,一看就知道这是什么变的,这就是鲁迅、周作人主张的要看出他原来身上的那个"鬼"。我们能不能"炼"出这样的火眼金睛来,一眼看出这个人的本质?我们知道很多古人有这个本事,能看出一个人的本质来,说,"我看这个人长得像狼""我看这个人长得像个鹰",他真看出那人原形了。

《天龙八部》被拍成电视剧的次数可能最多,或者是最多次之一,因为它的魅力太大了,魅力无穷。那么,还没有看过原著的,我建议大家一定要看,有些朋友可能没有读完金庸全部的小说,我建议一定要读《天龙八部》。为了刺激大家,我夸张一点说:"《天龙八部》是人类文学史上最伟大的作品。"〔众笑〕我再说夸张一点:"把人类的书都烧了,就留下一部《天龙八部》可以恢复全部人类文化〔众惊叹〕,人类文化全部埋藏在《天龙八部》里。《射雕英雄传》都可以烧了,就留《天龙八部》就可以。"

《天龙八部》的了不起,从许多方面都可以来谈,或者说是谈不尽的。世界上没有结构如此宏伟的小说。就说结构吧,太宏伟了。涉及的政治集团:宋、西夏、契丹(辽)、女真、大理、吐蕃,还有慕容复朝思暮想要恢复的燕,所以《天龙八部》是七国演义,比三国演义多一倍还多,政治斗争是非常复杂的。它的主题在我看来是真正的战争与和平，托尔斯泰那个书标榜"战争与和平"，但我看主要写的是战争，在战争中思考和平，没有太深的哲理深度。我们不能在文学作品里边长篇大论，不能塞进去一些论文，借主人公之口说出来。主人公躺在战场上仰望星空想着和平问题，这是作家把你的主人公当成工具，当成自己的传声筒，这是文学作品的一个大忌。安德烈躺在战场上想着和平问题想了一千多字，这不算本事。文学要以形象、以故事来传达道理，不能让主人公替作者说话，不能让主人公搞演讲。包含在故事里的哲理，才是最深入人心的哲理。

很多人都指出《天龙八部》里面包含着佛教思想，这个我在别的场合也都讲过了。我另外强调一点，《天龙八部》与存在主义的关系。我们至今没有找到，也许是我们没有发现，金庸对存在主义哲学的阅读，我们不能直接说金庸受了存在主义思想家的影响来写《天龙八部》，我想也不会有那么简单的事情。但是存在主义，从20世纪初诞生之后，经过几十年发展出了一系列大师，到了20世纪五六十年代，存在主义确实在西方已经影响很大。而存在主义的大师们对东方都表现出不同程度的亲近。比如海德格尔的思想，在很大程度上受了老子的影响，海德格尔重点强调人生的有限、人生的有限性，海德格尔发现了人对死亡的自觉。那么动物呢，它是直觉地、模模糊糊地知道有死亡这件事，它看见其他动物死了，看见自己同伴死了，它就知道这是一个事儿，这个没啦，这个停啦。那么，人之所以面对动物成了神，是人把死亡这件事联想到自己身上，人终于知道了我也会这样。对于人来说，死亡不在远处，我们每分每秒都可能死亡，生命随时会终结。除了存在主义公开这么讲，其实共产主义者最敏感地意识到了这个问题，大家学过奥斯特洛夫斯基那段话：生命只有一次，人生最宝贵的是生命，只有一次生命给我们。下面就有一个问题——既然生命只有这一次，怎么活着？我们每时每刻都可能跟世界上其他的人失联，失联了之后怎么办？失联时间长了，对于那些人来说你就等于死啦，也许你觉得你还没死。也可以反过来想，我们通常意义上的死亡，能不能理解为失联？很多人埋怨，说政府怎么用这么一个词呢，失踪就是失踪，干吗非得叫作"失联"呢。我不谴责，我觉得这个词用得很好，你怎么证明那些人就没了呢？失踪是要证明这些人没有踪迹啦，我们现在能证明的确实是失联——失去联系啦，这是铁板钉钉的事儿。所以有些人会想，我将来那一天到来的时候，我不是死了，不是我这个生命没了，我是转移到另一个时空中去了，跟这个时空的生命失联了。海德格尔讲，我们每个人既然都意识到每时每刻我们都可能死，所以我们就意识到生命的有限性，生命是有限的。意识到生命是有限的再去追求无限，如果这个意识很清晰的话，你就是走在成佛的路上。什么是佛？鲁迅在他临终前不久，重病的时候说："无穷的远方，无数的人们，都与我有关。"这句话就是佛的语言。无穷的远方，无数的人们，都跟你有关，跟你有什么关系啊？但是一个生命他自觉到这些跟他有关，他就是佛了。当然，你模仿他也说这么一句，那不算数，模仿说的不算。

那么，就在《天龙八部》连载期间，著名的存在主义大师、最有影响的法国的存在主义哲学家萨特，1964年获得了诺贝尔文学奖。我曾经写过《萨特评传》，对萨特略有研究。萨特对共产主义国家非常友好亲近。他来我们中国访问，跟毛主席等人一起在天安门城楼上检阅，他对社会主义充满了肯定。但是后来他去了苏联，对苏联了解得多了，他又反对苏联霸权主义，晚年反对苏联出兵入侵阿富汗。我这代大学生上大学的时候都抱着萨特的《存在与虚无》，懂和不懂的都使劲读〔众笑〕。同学你们今天还有没有兴趣去读萨特，去读海德格尔？不管懂不懂，你读它一个下午，你看看存在主义是怎么回事。存在主义就是揭示了人生的荒谬与荒诞，人活着是很荒谬的，是很荒诞的。谁也没跟你商量过，就把你扔到这个世界上来了。谁征求你的同意了，就给你上了户口，就给你取一名儿？当你有了自我意识的时候，你已经存在了，这个事实不可更改。世界上哪有民主啊，有民主应该事先跟你商量，是不是〔众笑〕？"你到我们世界上来一下行不行？"没人跟你商量，这是非常残酷的事实，不管这世界好还是不好，年份、时间你都不能选择。所以存在主义的一个定理是：存在先于本质。你还没有本质的时候你先存在了，所以有些事我们是不能想的，越想越荒诞，越想越荒谬。

一个叫乔峰的同学，把他的公司领导得好好的，好生兴旺！建立了著名的"国际商贸丐帮公司"〔众笑〕，生意兴隆，忽然有一天他被告知，你不是大宋人，你是契丹人。他招谁惹谁了？他没招谁没惹谁，祸从天降。那这个祸是本来就存在的吗？我们可以像公安局破案那样，找出一件事情具体的起因，可是这些具体的起因不能最终解释这个事为什么会发生。对于这个叫乔峰的人来说，这些事情就是荒谬的。这些荒谬的事情用一连串荒谬的情节来体现了，这些情节即使写得不那么离奇，写得再平淡，这个事情也是荒谬的。

萧峰是荒谬的，段誉也是荒谬的，段誉来到这个世界上就是荒谬的〔众笑〕。那就用自己的修行、用自己的善良温暖自己的人生吧。段誉是个喜欢寻找温暖的人，他看见一个漂亮的女孩子就感到很温暖，是不是〔众笑〕？可是温暖着温暖着就坏啦，发现这是自己的妹妹〔众笑〕。天下没有比这更荒诞的事情了，一而再，再而三。

再想想第三个主人公虚竹，虚竹的生命，也是这么的荒谬。他在少林寺长大，长到二十多岁，是个小和尚，长这么大没见过父母，真是可怜，幸亏是和尚，要不是和尚，这就是个救助对象。好在他是在少林寺长大，修炼吧，可以修炼得清心寡欲一点儿，不想父母。但想父母是人的本性啊，怎么能完全不想呢？到二十多岁的时候，一个突然的机缘，他终于知道了自己的父母是谁,其实自己从来没有离开过父母,父母一直在自己的身边,只不过自己不知道而已。在那一天他终于知道自己的父母是谁了,获得了人生的大欢乐、大欢喜。可是大欢喜就是大悲伤,见到父母没一会儿,他父母双双自杀。那人还要不要活下去?著名学者陈世骧读完金庸的《天龙八部》,说:"无人不冤,有情皆孽。"[1]这八个字概括得非常好,《天龙八部》的本质是无人不冤,有情皆孽。

我们看书中的人是这样,我们从书中跳出来想想自己,你冤不冤?你有没有孽?大家想想。所以,有的时候我们讲,佛教讲得很厉害、很深刻。我们平时会回避这些概念,可是你会发现,有的时候,特别是在你小的时候,你父母因为你不听话特别生气,骂你的时候,他就把真话说出来啦:"孽种啊!冤孽啊!"他可能不信佛,他不自觉地,就把这些话说出来了。其实这个时候他心里边儿一个东西打开了,他看见人生的本质了:"这么不听话的孩子我还得养活他,我这不是造了孽吗?"老百姓说的大白话里面是包含着哲理的。做父母的看见孩子不如自己意会很悲伤,他会觉得很冤,他想到自己对你的那些付出会觉得很冤,可是对他来说这事儿也是存在先于本质的。父母都想给孩子起个特别好的名儿,寄予美好希望,可是孩子长大之后往往不是那么回事,这是人生常态。

可是《天龙八部》里边的主人公,向荒诞与荒谬发起了反抗,就像萨特本人一样。我们看萨特对共产主义国家、共产主义运动的友好,其实包含着一种他自己要摆脱自己绝望的挣扎。我刚才在未名湖边远远看见钱理群老师走过来,笑得非常灿烂,特别高兴,但是我老想到的是当年听钱老师上课,他讲鲁迅,他讲鲁迅喜欢用一个词儿——挣扎。鲁迅的命运是挣扎的。"挣扎"这个词很好,人生充满了挣扎。鲁迅在很大程

---

[1] "无人不冤,有情皆孽",出自陈世骧先生1966年致金庸的一封书信。——编者注

度上也可以看成是一个存在主义哲学家。我们发现了人生的那些苦难、那些荒谬之后怎么办？有些人就沉沦了。那么鲁迅最后选择了战斗！这个战斗，是挣扎的战斗。挣扎的战斗可能才是更伟大的，它不是瞬间就同归于尽了，瞬间就死亡了。挣扎要日夜忍受痛苦，日夜转移痛苦，日夜找些快乐，找快乐本身就是痛苦。

所以我们看，萧峰也好——由乔峰变成萧峰了，段誉也好，虚竹也好，他们都纷纷地反抗了绝望，他们不认命。首先他们不得不直面这个命，命确实这样。萧峰不愿意承认自己是契丹人，成长了这么多年，大宋的好好的一个领袖，"大宋朝十大杰出青年"〔众笑〕，怎么就成契丹人了呢？这不能接受，不像我们今天弄一绿卡挺高兴，这不能接受啊。我年轻的时候有一个朋友，突然有一天被告知，他是日本人〔众笑〕。大家想一想，这事儿落到你身上，你还能不能支撑下去？你明天正准备去参加北大学生会主席竞选，今天晚上突然有人来告诉你：孩子啊，你其实是日本人〔众笑〕！这打击太沉重了。萧峰不愿意承认自己是契丹人，当然最后，他承认了，接受了。接受了之后他有一个超越——他这个时候发现，我是大宋人还是契丹人，有这么重要吗？别人都认为很重要，一直到他为天下人民而死，天下人民都还不理解他。对于萧峰的死，你看看大众是怎么评论的？一种声音说：他这么英雄，肯定不是契丹人！肯定还是我们大宋人。一种声音说：哦，原来"契丹狗"里边也有好人啊！这是第二种声音。第三种声音说：虽然他是"契丹狗"，但是是我们大宋人把他教育成长的，所以他才能这么英雄。我们看，三种声音基本都是错误的，都是盲目的语言，不是极"左"就是极右，都是不能理解他。还是回到刚才我举的那个例子上，假如有人告诉你，你是日本人，你经过了最初的惊愕、不解、愤怒之后，你怎么对待这个事情？这是一个挺有意思的话题。

《天龙八部》，除了我们前边想要赞美它说的战争与和平之外，它在哲学意义上是一部探讨自由的名著。什么是人的自由？几大主人公都陷入了自由与不自由的矛盾中。人越有本事我们会以为他自由度越大，可是自由跟本事没有关系。不是武功最高的人就有自由，不是智慧最高的人、学问最高的人就有自由，不是这样。人只要不觉悟，那些本事，反而成了名缰利锁。我们知道，皇帝可能是最不自由的，其次是大臣。怎么获得自由？《天龙八部》的主人公是在求道的路上往前走，求自由之道。

其实在不同的社会发展阶段，不同的阶级，他们有没有一些共同的追求呢？我觉得自由可能就是。如果说人生有共同的追求，那么，不论资产阶级，还是无产阶级，他们总是要追求自由的。只不过资产阶级他会骗人，他把想奴役你的欲望说成是自由。我们要戳穿这种谎言，但这并不等于说资产阶级的人就不要自由了，谁都想自由，谁都想活得更自由一点。但是自由，是要通过反抗来获得的，没有反抗，就没有自由。反抗的过程本身，是一种自由。这样说下去咱们的课会变成哲学课，我不再说下去了，接着说《天龙八部》。

在《天龙八部》写作过程中，金庸曾去了欧洲一趟，可是小说要每天连载，这怎么办呢？他就想到一个人选，替他写。他找到他的好朋友，香港著名的小说家倪匡先生。说到倪匡，他写小说的笔名叫卫斯理，这儿可能有的人读过卫斯理的小说。他也不光写武侠，侦探、科幻都写过，是个非常有才华的人。我们看各种评论，他是朋友很多，为人非常好的。金庸说："我要出门一趟，《天龙八部》还要连载，就麻烦兄替我写了，替我每天写一段。"倪匡非常高兴，觉得金庸这么看重他，不找别人，《天龙八部》找他来写，这是多么深的友情，对他多么看重！就说："那我怎么写啊？像你写得这么好，我怎么能够写得达到你的水平、对得起你呀？"金庸说："你不用多想，就随便写好了，不用考虑我原来的情节、人物什么的，你自己另起炉灶，想怎么写就怎么写。"金庸这话说得很客气。但这样说，倪匡就很明白了,这意思是我写得特别臭啊〔众笑〕,我爱怎么写就怎么写,意思是将来我写的这些不算数,只不过是为了糊弄读者。这一盆冷水泼下来,就是说金庸看不起他,所以才让他随便写。如果真正看得起他,金庸会非常细致地告诉他怎么写,甚至会搞个提纲给他。什么都没有,你随便写,意思是他回来之后再重新写,你这些都不算数。然后金庸又对倪匡提起了另一个人,说:"有个先生,他的文笔特别好,你写完之后,拿给他看一看,把一把关,然后再发表。"〔众笑〕倪匡心说,找什么人去啊这是,第一句话证明我情节不行,第二句话证明我文字也不行〔众笑〕,情节文字都给我否了。第一,让我随便写,第二,写完了文字还得再找一个人给把把关。但通过这个事情我们可以看出两个人交情特别好,金庸才敢这么伤害他〔众笑〕。但是呢,我觉得好朋友就是这样的,好朋友是不回避、不虚伪、直接,有事值得相托。然后倪匡就这样给金庸写了一段《天龙八部》。后来这成了倪匡终生的一个幸福。香港有个著名的剧作家叫张彻,倪匡曾经替他写过剧本,倪匡把这也看成是人生的重要经历。倪匡家门厅挂着一副对联儿:"屡替张彻编剧本,曾代金庸写小说。"人生干了这两件事也值了〔众笑〕。你家门口要是也贴这样一副对联儿也很牛。他干的这件事的意义甚至超过了自己写小说。

后来金庸回来,果然另起炉灶,在把《天龙八部》连载本变成单行本出版的时候,他把倪匡所写的部分全部删掉,全部自己重写。但是倪匡毕竟是有才华的人,有一个重要的情节金庸没有删掉,就是倪匡把阿紫的眼睛写瞎了。这并不是金庸告诉他要这样写的,不是金庸原来的计划,但是倪匡写得很简单,他说我特别讨厌这小坏丫头,太坏了,然后越写越生气〔众笑〕,倪匡就把她弄瞎了。但是金庸回来一看,说:"哎,这个写得好啊!"金庸就利用这一点大做文章。所以我们看阿紫眼睛被弄瞎之后,再往后看,这个人物是大放光彩,很多重要的情节都和阿紫的眼睛瞎了有关系，金庸巧妙地利用这一点。倪匡不过是泄愤〔众笑〕，而金庸写阿紫眼睛瞎，是从生理上的瞎，写到人的心理：她是一个盲目的人，看不见人生、看不见爱情、看不见人生真正有价值的东西。阿紫后来虽然眼睛好了，但是她是个没看清过人生的一个活在冤孽之下的女孩子。她一辈子没有看清真正的人生，做的全是错误的判断，她不知道自己心里产生的这是什么感情，不知道自己要什么，有一点朦朦胧胧，明白之后，又不知道怎么去做。所以倪匡这一点处理得歪打正着。

到了1963年，金庸写了一本很奇怪的书叫《连城诀》。在文化艺术出版社出的"评点本"《金庸武侠全集》中，我评点的是半本《连城诀》。我觉得这部《连城诀》是人类文学史上一部奇书，没有其他的一本书把人生写得如此黑暗。按理说武侠小说要写仗义行侠，总要有阳光，可是你看《连城诀》里边儿全是坏人。不是坏人的这两个主人公呢，是两个窝囊废。那这人生很惨，要做好人就倒霉，要么就得做坏人，一个比一个坏，人和人之间任何关系都是不可相信的。这个人生之悲惨远远超过《天龙八部》。《天龙八部》只是荒谬，《连城诀》绝对是阴险毒辣，无奇不有：师生关系都不可信，你认为最好的老师，正是最坑你的大奸大恶之人，亲情是不可信的，爱情是不可信的，人与人之间像最极端的存在主义讲的那样，是狼的关系。看了《连城诀》之后会让人毛骨悚然。梁羽生写文章批评金庸，说他把人生写得最黑暗，举的例子就是《连城诀》，说哪有这么黑暗的人生，这对青少年有严重误导〔众笑〕，不鼓励青少年积极向上。我觉得梁羽生是非常弘扬正气的，他特别不喜欢负面的东西，他看金庸这么写很生气，是批评金庸的，他觉得自己站在真理的一面。

到1965年，金庸又办了《明报月刊》——《明报》现在慢慢有了一个集团化的规模——写了《侠客行》。《侠客行》，我们不需要分析就能看出来它是受佛家思想统摄的。《天龙八部》还需要分析，因为它结构庞大，《侠客行》就是简单地讲了一个无相的问题——无相，无我。这里面的主人公到底是谁，我们都不知道。神功，到最高境界就是一切都无，破所有的我执。越有文化的人越破解不了《侠客行》的武功图谱，最后是没有文化的人、不执着于文字的人，才能够懂得真理。金庸写《侠客行》、写《天龙八部》的时候，我觉得他把握到了佛家的真髓。可是金庸说他这个时候，没有真正好好地去学佛、去读佛经，他是以后才大规模地去研习佛教思想。特别是在他的孩子自杀之后，他陷入痛苦，他晚年学佛，学得特别好。

  我是这样看这个问题的，一个人大规模地把佛教的理论著作当成学习对象，深入研讨之后，恐怕还离佛远了。而1963年到1967年这个时候，我觉得恐怕是金庸离佛最近的时候。我们再想想六祖慧能，当他成了万众都供养的六祖的时候，未必是他思想到达顶峰的时候，他的思想到达顶峰的时候可能是他日夜被追杀、人们去抢他衣钵的那段时间。他已经说了"菩提本无树……何处惹尘埃"，说两个偈子的时候，那段时间可能是他思想的高峰。我觉得在"文革"之前，金庸已经达到武侠思想的一个顶峰了，从1955年出道到1966年，前后大约十一二年的时间，他一共创作了长短十二部武侠小说。我觉得这十二部武侠小说足够使他长留在历史上，或者说，让他成为一个永垂不朽的武侠小说大师、文学大师都足够了，他写的东西太辉煌了！几乎没有人不服气，再批评他的人，都是在他的人品上找问题，但对他的小说绝对是服气的。像倪匡这样多才多艺的人，像古龙这样在生活中就是侠客的人，都绝对地佩服他。我觉得这个古龙和金庸是可以做一个很好的对比的，不是说谁好谁不好、谁高谁低，这两种类型我们可以好好地比较一下。

我们下面来谈金庸的下一个重要时期——"文革"时期。谈"文革"期间的金庸创作呢，必须要谈到"文革"期间香港的红色思潮、左翼思潮。香港当时是在英国的统治之下、资本主义制度下，在这里搞"文革"，斗争非常激烈，"左"的极"左"、右的极右。香港这个地方的"文革"充分体现出革命中的种种侧面，它是在香港新华社等的影响下掀起来的。所以它还有被推波助澜、把它弄得更加极端的一面。在"文革"的过程中，金庸和他的《明报》采取的立场是——我觉得可以用1967年5月17日金庸写的一个社评来代表——叫"同情工人，反对骚乱"。金庸写了一系列的社评，这些社评金庸自己认为是不偏不倚、公正的。可是放在那个具体的情况下，他就被看作是右派立场。你说同情工人，可是现在工人要造反；你说反对骚乱，那就等于反对工人嘛，等于反对红卫兵起来造反嘛，反对"造反有理"。所以"左"派就发动了对金庸大规模的攻击，利用查良镛名字的谐音把他叫作"豺狼镛"。好像"查良镛"用香港话读就是"豺狼镛"。报纸的标题叫《最佳汉奸狗胆豺狼镛》，我们看香港报纸骂人是很厉害的，一贯是这样的。这个情况最严重的时候，金庸本人有生命危险。情况最紧张的时候，金庸的《明报》集团总部把大门都焊死了，工人把印刷用的铅字铸成热的铅水，准备用来当武器自卫。我们看这武斗已经很严重了，最严重的情况到了这地步。当然，金庸后来也知道保护自己。可是也就在这个时候，因为金庸坚持这样一个明确的立场，不跟"左"派报纸合作，《明报》的销量反而增加了，《明报》的销量达到了八万份。另外，"文革"的时候，开始有比较多的内地民众逃往香港，逃往香港这个事情是内地和香港两方面都反对的。而金庸站在同情难民的立场上，同情"逃港潮"，他的《明报》还派了人去专门慰问这些从内地跑过去的人。《明报》这个时候的销量是急剧增加的，在这几年里，金庸把他的《明报》扩展成了一个非常宏大的企业集团，办了《明报月刊》

《明报周刊》《明报晚报》《财经日报》和星马版《新明日报》；又办了明窗、明河、明远三家出版社。金庸在这个时候，20世纪六七十年代，成了一个大企业集团的老板。

在"文革"最激烈的1967年，金庸开始写一本也是非常著名的武侠著作，叫《笑傲江湖》。《笑傲江湖》连载期间，香港西贡的中文报、越文报、法文报共有二十一家同时连载。金庸这时候的一举一动都是影响非常大的。也有人认为《笑傲江湖》是金庸最伟大的小说，凡是说这话的人，一般都是特别喜欢搞政治的，特别喜欢搞政治的人一定特别喜欢《笑傲江湖》。《笑傲江湖》也是了不起的伟大著作，但是如果说谈思想深度，那其实没多深，比不了《天龙八部》《鹿鼎记》，甚至比不了"射雕三部曲"。《笑傲江湖》没那么深的思想深度，很多的他要表现的思想在其他著作中都表现过了。好派里也有坏人，坏派里也有好人，这个早在《倚天屠龙记》里展示得淋漓尽致了，《笑傲江湖》也不过是重复。你说令狐冲追求个人自由，杨过都追求过了，在这方面没有更深的突破。它更深的突破，是讲政治阴谋，把权术阴谋讲得深刻，讲得全面。《笑傲江湖》还有一个突出的问题是：批判个人崇拜。尽管金庸不承认，但是我想大家都看得出来，联系他的创作年份，就知道这是对"文革"的批判，对"文革"中盲目个人崇拜的批判。

1969年这个时候，不知道查良镛先生处在一个什么心理状态，你让他继续写武侠吧，他没什么可写的了，趁着"文革"高潮写了一部《笑傲江湖》。所有的武侠精神他都写尽了，那还要再写，写什么？没有人能替他想出来。我们如果没有看过《鹿鼎记》，我们事后替他想也想不出来。因为看过《鹿鼎记》了，我们才知道什么叫"伟人之上的伟人"。他竟然写了这么一部书，用这一部书摧毁了以前的十几部书。他用以前的十几部书建了一个伟大的武侠王国，在这里武侠精神高入云端，有一系列的英雄人物，可歌可泣，郭靖、萧峰、令狐冲、杨过，一个一个特别伟大。他没法再写了。谁都没有想到伟人有这一招，"啪"一下写了一部《鹿鼎记》，一切英雄尽粪土，天下高人是小宝〔众笑〕。这伟大的东西只有当它出现时，你才理解这是一回事情，"原来这样啊"。什么叫伟人？伟人不是敢建大楼的人，是敢建了大楼之后再把大楼一脚踹倒的人，这叫伟人。这个时候我们才明白《鹿鼎记》的伟大，《鹿鼎记》一部书等于金庸那十四部书！那十四部书是从一个方向去建构一个大厦，然后他搞了一个《鹿鼎记》给你把大厦摧毁。《鹿鼎记》告诉我们：再厉害的武功也没用，再伟大的英雄也没用。《鹿鼎记》里边有一个武功超群的人，叫陈近南，陈近南多英雄啊！说是"为人不识陈近南，纵是英雄也枉然"！就是厉害，活着必须见陈近南。可是陈近南在这个书里边，我们都知道是一个窝窝囊囊的形象，一事无成！他不但像陈家洛一样一事无成，而且莫名其妙死在一个宵小之辈手里，然后这边衬托的是不学无术的韦小宝光芒万丈〔众笑〕，越活越好！所以《鹿鼎记》所包含的是一种"反侠"的哲理，完全反过来。这里不是什么儒侠、道侠、佛侠，都不是，是一种反侠！就在韦小宝的身上，金庸让你看见了人生的真面目！我们无比崇拜和喜欢什么萧峰啊、郭靖啊这样的人，也有人喜欢令狐冲这样的人，喜欢什么的人都有——我喜欢金庸笔下许许多多人，还喜欢一些恶人——可我们可能不会喜欢韦小宝这个人，但是你不喜欢的人可能是最伟大的文学形象。

我研究现代文学，我列举一下一百年中国最伟大的文学形象，第一个就是阿Q，第二个就是韦小宝。这是现代文学画廊中两个不朽的形象，把中华民族国民性展现得淋漓尽致的两个不朽的形象，这两个形象又是有密切联系的。《阿Q正传》由于篇幅小，它展现得不是那么丰富，但是鲁迅写得非常深刻。我们没有人喜欢阿Q，也没有人喜欢做阿Q，但是我们都不得不承认阿Q是最伟大的现代文学形象。现在继阿Q之后又有一个韦小宝。由于《鹿鼎记》篇幅浩繁，韦小宝走遍天涯海角，遇见了几乎所有的我们想遇见而没遇见过的事情，他就把我们心底的很多隐秘，都代我们表现出来，表演了一遍。韦小宝展示了中华民族最丰富的各种劣根性。而且金庸特别会把握分寸，他没有把这个人物写得特别可恶、坏，他经常把这个人物写得有点可爱，非常好玩，留了很多情面。特别是他还通过最后这一次修改，又进一步调整了这个形象，说是怕误导青少年。那按照他的思想，我觉得鲁迅应该修改《阿Q正传》，是不是啊？《阿Q正传》对青少年"毒害"很大的！所以《鹿鼎记》之后金庸没有新的突破就是可以理解的了！

1970年，《鹿鼎记》还在写作阶段的时候，金庸同时写了一个小玩意儿，叫《越女剑》。本来他是想写"三十三剑客图"，没有写完，只写了一篇就是《越女剑》，其他的都作为附图放在那里。《越女剑》这么短小的一个小说，我们仍然能够看到它的大格局，我上次说的，是从朝廷到江湖的大格局，有爱情、有人生、有惊险、有卧底等，什么都有，麻雀虽小，五脏俱全。

到1972年年底，金庸宣布：如果没有什么意外，《鹿鼎记》是我最后一部武侠小说。他的人生很清楚，这么多年来一直有人说，金庸再写一部吧，再写一部！他都没有写。我们想想他还写什么呢？没有必要重复自己了！他的小说是互不重复的。别的作家写小说都是重复自己，我们可以理解，作家要吃饭，要稿费什么的。可是金庸自己就是资本家了，他可以剥削别人了，他不需要用重复自己的方式，毁自己名声赚那么一点小钱！不算他办报，他也是用写作赚了最多钱的作家之一。

不写就不写了，你就办报吧，不，我们看他很看重他写的这些文字。他说"不在乎，不看重"，说"我就是个说故事的"。所以我们一定要分清哪个是叙述者的话,"我就是个说故事的人"就是叙述者的话。你要记得,你心里边展现出来说故事的那个人是个"假"的查良镛,那是个叙述者,叙述者说的话不能够全信。现实生活中这个叫查良镛的人,现在又进入了新一轮的疯狂,他干吗呢?他每天在家里修改他已经写的这十几部小说,这是一个不寻常的举动,世界上几乎没有人这样做过。我们听说有一个人做过,叫"曹雪芹",但是曹雪芹是饿的、是闲的,他没有什么别的可干!他是举家吃粥,而且就写一部书,用十年时间反复修改这部《石头记》。查良镛跟曹雪芹不一样,查良镛衣食无忧、名满天下,他就是不修改他写的那些小说那也都是杰作啊!可是他却用十年的时间,修改他的书!所以我说这是一个伟大的艺术家的态度,其实他心里是无比看重这些书的!不要听一个人说什么,要看他怎么做。金庸用自己宝贵年华成天干这个,用这个时间写新书能赚很多钱啊。他没有新写,他要把他写的小说经典化,亲自打造成经典。

金庸从哪些方面修改呢?这么几个方面:义理、考据、辞章。我觉得考据方面首先要讲究,这个修改是最难的,也是我最鼓励的。考据方面包括修改基本的史料错误,因为你这些书是以历史为背景的,修改史料错误是应该的。其次是辞章,辞章能不能修改?我们也是支持的,精益求精嘛!写得更好一点,这一方面我们也看到了金庸的努力。

义理方面恐怕是可以商榷的。怎么把义理修改得更正确?天下什么思想更正确?是不是今日之思想就比昨日之思想正确?这个需要讨论。我们经常会认为今天我想明白了,昨天我想错了,再过一段我们会发现今天想的这个才是错的。不要轻易用今日之我否定昨日之我!能不能同时平等地看待每个时期的我,"不悔少作"?我们多数人喜欢把小时候写的作文藏起来或者毁了,认为那写得丢人、不能见人,这是人之常情。那我觉得我们能不能有一份勇气,把小时候的幼稚保留下来,展现出来,让人看一看你当年那个幼稚。也许再过一段时间，你会发现那个不幼稚，发现那一次写的是对的，上大学之后写的这些才是胡说八道。很可能是这样，当人第一个阶段觉得自己有学问的时候，那种不可一世，你在事后看看是非常可笑的。你最有学问的时候可能是你没做学问的时候，那时候你人性最宝贵的一些东西没有丧失。所以文学史上作家根据义理来改正自己的作品，有很多不成功的例子。比如新中国成立后很多作家修改自己新中国成立前的作品，认为之前的思想不正确、不够革命，他们把自己以前的作品改得更革命了，后来被证明这样改是不成功的，是失败的。

　　金庸的修改有很成功的方面，大家比较肯定的是改掉了一些怪力乱神，特别是改掉了新文艺腔，这一点是值得很多作家学习的，特别是今天我们那些影视作品要学习。今天的作品充满了一个缺点，就是新文艺腔。你看看金庸的作品，很多人看不出他语言的伟大，包括王朔，王朔说金庸的语言不好，像老师傅做的汤、饭菜，有哈喇味，那都是不懂得什么叫最好的语言。金庸的语言是炉火纯青的，没有新文艺腔。我们看今天，特别是历史剧，最让人恶心的就是里面的人明明穿着仿古的衣服，却满口都是现代话，动不动就说什么社会呀、机构啊、爱情啊，经常喜欢说这些话。古代没有这些词的。你看看金庸笔下的人可有一个人物说出这种烂语言吗？没有。我们说感天动地的爱情百科全书《神雕侠侣》，里面可有一个人说过"爱情"这两个"无耻"的字〔众笑〕？自从我们中国汉语里面有了"爱情"这两个字，大家频频说了之后，好像中国人就没什么爱情了，没有你说的那个东西了。所以我经常很激烈地批评现在的电视剧让人看不下去，演着宋朝的故事，穿着明朝的衣服，拿着唐朝的碗，说着五四运动的话〔众笑〕，真的是这样的。所以，有没有新文艺腔是看作家功力的一个重要的标准。

　　这个时候金庸已经成了香港名人界、政界很重要的一个人物，身份变得很复杂了。1973年，他访问了台湾。也许在这期间，他其实也担任了往来于台湾和大陆之间传递一些信息的工作。具体还有什么工作，我们现在没掌握材料，但我估计他是很复杂的一个人，邓小平既然如此重视他，说明他那十来年也许有很多事我们不知道。

金庸修改作品修改了十年，到1982年，金庸十五部小说三十六册全部出齐，这一年，金庸还不到六十岁，是五十八岁。人生最重大的事情干完了，以后怎么活都是赚的。你看金庸其实很看重这个事。当时，谁也搞不清楚哪部作品是他的、哪部作品不是他的，盗版极多，我第一次课的时候就讲过。所以金庸自己为了广大读者能够鉴别，亲自编了一副对联"飞雪连天射白鹿，笑书神侠倚碧鸳"，包括了他十四部重要作品，然后再加上《越女剑》。

这个对联写得——按照对联的规则是有点问题，平仄等方面有点问题，但是我们如果想编得更好，多少人反复试验，不可能了。因为这是戴着脚镣跳舞——从他的每个作品名中取第一个字，编成一个对联——没法编得更好，金庸已经下了最大功夫。编得最好就是这样，起码"白鹿"还对着"碧鸳"呢〔众笑〕，这已经是非常难能可贵了，让人就记住了。

下面我们开始讲晚年游仙。孔子说"七十从心所欲，不逾矩"。1981年在香港，英国政府褒扬金庸，授了他一个勋。1981年金庸回到内地，受到邓小平、江泽民等接见。1985年他担任《中华人民共和国香港特别行政区基本法》起草委员会委员，1986年被任命为起草委员会政治体制小组港方负责人，这个职位非常重要。《中华人民共和国香港特别行政区基本法》基本就是查良镛先生定稿的，叫作"查氏方案"。那么这时候，他又一次被一些人骂为"豺狼镛"。他不是被"左"派骂，就是被右派骂。这个时候是右派骂他"豺狼镛"，认为他向共产党屈膝投降，出卖香港人民的利益。我们知道香港回归谈判是很激烈的，各派都想达到自己的目的，特别是受港英政府暗中支持的港独派，其实他们的方案就是想让香港成为一个国中之国，那北京方面显然是不能答应的。所以，这就需要一个非常有政治智慧的人，能够熟悉各方底线。一个能搞"五岳联盟"的人〔众笑〕，得了解五岳都怎么想的，你才能当"五岳联盟"盟主嘛。但是你这个人肯定要受到五岳的埋怨，大家会对你都不太满意。金庸就是这样的人，所以他又一次被骂为"豺狼镛"。有人就是以小人之心度查良镛之腹，认为他的目的就是当第一任香港特首，说："你看着吧，香港回归之后，第一任香港特首肯定是查良镛。"很多人是这么去想金庸的，那么这些人就没有好好去看金庸的小说。金庸小说里的人物有一个是这样的吗？他绝不推崇这样的人，金庸笔下的这些英雄人物，下场有两个，一个是死，一个是走。他推崇的是轰轰烈烈做一番事业，然后全身而退，拂袖而去。这是他的做法。

1988 年，他任香港大学文学院中文系名誉教授。1989 年，他起草的香港回归的《中华人民共和国香港特别行政区基本法》方案获得通过，大功告成。1989 年 5 月，查良镛先生在香港召开记者招待会，宣布退出香港《中华人民共和国香港特别行政区基本法》起草委员会。所以这一个行动就说明了一切。

又过了一段时间，他卸任《明报》社长职务，然后到这儿当访问学者，到那儿访问，就没什么大事儿了。这就是我刚才说的"晚年游仙"，孔子说的"七十而从心所欲，不逾矩"。他一个一个把《明报》的职务卸掉。

1994 年，我们北大授予他名誉教授，严家炎老师说他的小说是"一场静悄悄的文学革命"，这个前边讲过了。然后，这儿授予他院士，那儿授予他勋章。1999 年金庸任浙江大学人文学院名誉院长引起争议，前边我们也分析过了。要提出的是，有一颗新发现的小行星，被命名为"金庸星",这会让很多作家嫉妒。我们说,那么多那么伟大的作家都没有星星〔众笑〕,他倒弄了一颗"金庸星"。这是天文学家开会决定的,这起码说明中国的天文学家队伍的主流是"金庸迷",他们肯定都是"金庸迷",不然,这些人要是"鲁迅迷"就会将小行星命名为"鲁迅星",所以他们应该是"金庸迷",很多自然科学家拥护他。

金庸到耄耋之年又做了这么多事儿,其中有两个事儿,就是读博士。他先在剑桥读了硕士,这个读真是认真读的,他不是直接读博,是先读了硕士,写了硕士论文《初唐皇位继承制度》。然后 2010 年 9 月,他以八十六岁高龄完成博士论文答辩《唐代盛世继承皇位制度》,获剑桥大学哲学博士学位。另外一个博士他还没获得,2009 年,就在他当选中国作协第七届全国委员会名誉副主席这一年 9 月,他到北京大学读博,北京大学中文系著名教授袁行霈是他的博导。所以金庸先生现在即使见了本人,也要叫"孔老师"〔众笑〕,因为他是我系学生,我是本系老师。这是开玩笑。但是呢,社会上老传他已经从北大毕业了,网上传了一个什么他的毕业证书,那是假的,他还没有在我们北大毕业。

2010 年,在作家富豪榜上,他位列中国作家富豪第十二名。我估计这是有水分的,金庸的钱肯定比榜上写的还多。2011 年,他又获得澳门大学文学博士学位,2011 年还获台湾"清华大学"名誉博士学位,这些对于他来说多如牛毛,都无所谓。

我们回头梳理一下这个叫查良镛的人和这个金庸的关系。

最后我们说一句,祝金庸先生百岁以后再出佳作,或者是再一次修改他的巨著!

今天我们就讲到这里,好,下课!

〔掌声〕

课后花絮

生：老师，我能不能问个问题？

师：好，你说。

生：我想问，金庸写小说跟创《明报》之间的关系，金庸更看重他的小说，还是更看重他创的《明报》？

师：他肯定更看重他的小说啦。《明报》是为了支持他留名百世，是一个平台嘛，另外是为了解决他的生存问题，他真正能留下去的是他的小说嘛。

生：这个也许是现在才这么判断，但当时他创《明报》的时候，他也是这种出发点吗？

师：创《明报》肯定是为了生存嘛。

生：那就不包含他的一些社会理想吗？我们也知道，创《明报》后，他在里边亲笔写了很多社会评论，写了很多评论文章。

师：是，我们不否定它本身的价值，但是我们现在不是要比较吗？你是比较他办报和写小说哪个更重要嘛。

生：我不是想从我们的角度判断，而是想知道，就在金庸自己看来，他会更看重他的报纸还是更看中他的小说？

师：我刚才不是说了吗，他最多的精力都投入在小说创作上了，他办的报纸再牛，能比得上《人民日报》吗？一万年以后的人只会研究《人民日报》,谁会研究《明报》呢？对吧？《明报》只不过在香港那些烂报里边鹤立鸡群，是一个有价值的报纸。而且他开始主要是为了养活自己，不愿意被人剥削嘛。

功高几许
——金庸小说中的武功

第六课

授课：孔庆东
时间：2014年3月25日火曜日申时
地点：北京大学理科教室108
内容提要：什么叫武功，历史上的武功是什么样的
"纸上武功"的发展路径

　　同学们好，我们开始上课。

　　今天开始，我们讲金庸小说另一个重要问题。前几次，我们讲了金庸者谁，讲了叙述者与作者的关系，一是让大家了解一下金庸的生平，二是通过这个我们可以思考，随着金庸生平展开的这几十年间的许多问题。

　　既然我们研究的是武侠小说，那就不能不谈武侠小说的几个最重要的因素。我们今天开始讲"功高几许——金庸小说中的武功"。绝大多数的武侠小说里最重要的因素就是武功，可也许，武功并不是金庸小说中最重要的内容，金庸小说之所以是一场文学革命，之所以已经超越了一般的武侠小说，之所以过了一个甲子还在继续地热烈下去，就是因为它最有价值的部分，可能不是武功。武功虽不是它最有价值的部分，但金庸小说中的武功仍然是超一流的。大师就是大师，你说大师的代表作我们遥不可及，大师的三流之作我们也遥不可及，没有人写武功写得比金庸更好。我们是带着这样的感性认识,回过头来理性地研究武功这个问题。

现在"武功"这个词已经生活化了，我们在生活中经常用"武功"这个词。尽管我们自己不会武功，我们自己不打架，可是我们经常说练功的问题。有人说，你不要惹孔老师，他武功高超、功力深厚，不动手就能把你撂倒，这都是一种比喻，功夫已经成了我们生活中随手拈来的一个重要的概念。我一开始就说了，我们这门课要进行文化研究，从文化角度来探讨"武功"是什么。幸好我们有一个最好的范本，就是金庸小说，金庸小说展示了琳琅满目的、繁多的、高深的各式各样的武功，我们要把金庸笔下的武功放到整个人类的文化体系中去考察，这样也许会看得更清楚一点。

我们先看什么叫"武"。我们中文系的毛病是要咬文嚼字，每个概念都要从这个字怎么写开始考察。"武"的意思很多，我们先把和"武功"关系远的 pass 掉。首先"武"是一个姓，这个我们知道，我不知道在座有没有姓武的同学。姓武的同学，你们的远祖就是武丁，就是伟大的商朝君主武丁，我讲《红色娘子军》的时候讲过妇好，妇好是武丁妻子中的一位，他们在历史上都是大英雄、大圣贤。历史上有若干姓武的名人，姓武的人总数并不太多，这不是一个大姓，最著名的姓武的人就是武则天了。这是武家最大的荣耀，也是中国最伟大的妇女，人类历史上最伟大的女权运动家，不但有理论，而且有实践，光辉的实践〔众笑〕。男人姓武的也厉害，有一个武松〔众笑〕，被认为是第一英雄，只不过他的光辉业绩被他哥哥给打了折扣——这哥俩加起来就不行了，哥俩一平均就不行，要是武大郎不跟武松平均，武松太厉害了。我们现代还有一个著名的人叫武训，靠乞讨办学，被称为贤人。有一部电影叫《武训传》，毛泽东批判电影《武训传》，认为武训这种不反抗的、屈膝投降的姿态是不可取的，我们在新中国不能够走到处要饭来办学的这种道路了。所以历史上有一个《武训传》批判运动。姓武的不仅在我们中国有，国外也有，最著名的是越南的了不起的将军武元甲。武元甲被称为"奠边府之虎"，东南亚之虎，大家可以看我写的《共和国春秋》。这说的是姓武的光辉业绩。这个"武"字，看上去就很厉害。

"武"的第二个意思是量词，半步为武，大家在学古文的时候老师已经讲过了，走半步是武。但是古人说的半步其实是我们今天的一步，你数学要是不好脑子就混乱了——半步为武，但是半步是今天的一步，你就明白了，迈一脚就叫"一武"，这个得想清楚了。由于它是测量脚步的，又泛指脚步。比如说步武，步武整齐，踵武，行不数武——就是走了没几步。那么由脚步就引申为足迹，在三千年前就引申为足迹了。《诗经》里就有证据，"昭兹来许，绳其祖武"，意思是按照祖先的脚步前进、按照祖先的足迹前进、踏着先人的足迹走。所以我们今天说不出几句新鲜话来，三千年前都被说过了。有足迹就有继承，"下武维周，世有哲王"。

"武"还有一个意思，是音乐用词。《礼记·乐记》里面讲，"始奏以文，复乱以武"，先奏"文"，后奏"武"，用"武"来结束。圣贤给它加注，说"文谓鼓，武谓金"，就是"武"的这种乐器指的是金属乐器。大家对戏曲有点儿了解就知道戏曲的乐队叫"文武场"，为什么叫"文武场"？京二胡、京胡、月琴，这叫"文"；打击乐，叫"武"，大锣、小锣那个叫"武"。合起来叫"文武场"。"文武"有这样一个衍生的意义。这是我们讲"武"这个字，它本来有很多意义，我们先讲了几个跟"武功"关系不大的。

接下来要讲的跟"武功"开始有关系了。"武"这个字，从字形上分析，是由两部分组成的：一部分叫"止"，一部分叫"戈"。可是这个"止"并不是我们今天说的"停止"这个"止"，"止"这个字的原意是什么呢？是脚指头，就是人的脚、人的足。根据甲骨文的会意，"武"这个字的意思是一个人站在那里，拿着一个戈，这个字就是"武"。那这个字是什么意思呢？古文字学界有不同的见解，历代有不同的见解，现在也有不同的见解。那么，我们找不同的见解中相同的一点：反正有"戈"，跟打架有关系，而且不是徒手打架，是高度的暴力，要动家伙。戈是当时最先进的武器，当时手里拿着一个戈，相当于现在抱着一个爱国者导弹、抱着一个单兵导弹，是严重暴力行为。但是"止"在这里表示什么意思？是站在那里不动，还是准备往前走？这就有分歧。有人说是站在这里不动，就拿着这个戈吓唬人家，说"你过来，你过来，我削死你"，这是一个意思；还有人说，不对，这是准备拿着戈往前冲，冲锋陷阵，如果是冲锋陷阵的时候就是动。你觉得这个区别不大嘛，其实它会衍生出区别的。有一种解释是，这个"武"代表出兵以正天下。因为他说"止"上边加一横，就是"正"，不是"止戈"，是用戈来正，通过戈来正天下。这样解释也符合我们古人的思维。

中华文明是一个辩证的思维，中华文明不单独讲事情的一端，它从根上就是既反极"左"又反极右的，极"左"极右都不对。打架的目的是什么？中华文明不反对打架，但是要问目的，目的是要恢复"正"，恢复"正道"。"正道"如果通过其他途径不能恢复，那就只好用暴力恢复，但是不能限于暴力，最后要归于"正"，所以要出兵"正"天下。

所以中国古代关于打仗的词有许许多多，特别丰富，比如说征、讨、伐、侵、袭，这些词大家都知道怎么用吗？都不能随便乱用。比如我们说"日本帝国主义侵略我国"，这个"侵"和"略"都是从古代来的，不能用错，那日本军国主义者要修改教科书，修改成什么呢？修改为"进入"，"皇军'进入'支那"，他们为什么要修改，因为他们知道侵略是什么意思。侵略是非正义的，不是你的东西你想据为己有，这个叫"侵"。

所以古代这些概念都是非常有讲究的，但是"武"字有一点是明确的，就是使用暴力和武器了，这个字就给人一种勇猛的感觉，勇猛的意思就出来了。古代最早的字典《玉篇》里面就说了，"健也"，"武"是"健"

的意思,"一曰威也、断也"。《诗经》里有"孔武有力","孔武有力"今天成了一个成语,不是说孔老师特别有力〔众笑〕,"孔"是"非常"的意思。我前几天在微博上朗诵《国殇》,《国殇》里有一句"诚既勇兮又以武",这个"武"也是威猛的意思。那《诗经》是北方文化,《楚辞》是南方文化,当时交通不便,而它们共同使用"武",都在一个意义上使用,说明当时这个概念已经普及中华大地了。再接下来"武"就引申为"干戈军旅之事",跟打仗、跟部队有关的事情叫"武"。韩非子就说了,"德不厚而行武",这个"武"就是部队的事。

很多人喜欢举下面这个例子,《左传》里面楚庄王说过一句话:"夫文,止戈为武。"以前我讲武侠小说的时候,我也喜欢引用这个例子,这个例子能最好地代表中华文明对战争与和平的理解。止戈为武,止戈就是放下武器,拿起武器还不算牛,最牛的是放下武器。但是你不拿起武器怎么放下武器,是吧?放下武器之前先要将武器拿起来,你一个人什么武器都没有,让人打得满地找牙,你说"我爱好和平",你说"我韬光养晦",这是卖国行为。不能保护自己的人民、不能保护自己的领土,却美其名曰"韬光养晦",这是卖国政权才干得出来的事。你要保护好自己的人民、保护好自己的领土,但是不去欺负人家,在伸张了正义之后不再乘胜进军,主动放下武器与对方和谈,这叫"止戈为武"。这个时候这个人牛,才叫"武",这才叫"武王"。古代很多君王谥号里面带"武"字,它必须包含这一类的意义。你从来没打过仗不叫"武",挺能打仗但是杀人无数也不能叫"武",所以这个"武"是一个中庸之道的表现。当然楚庄王这句话说"止戈为武",是他聪明地解释了这个字,并不是甲骨文中的这个字就是这么造的,造这个字的时候"止"还不是停止的意思,不是中止的意思。

还有人说"夫武,禁暴、戢兵、保大、定功、安民、和众、丰财者也……",你看,他说"武"是干这些事的,我们今天看这不都是为了建设国家，让国家繁荣富强吗？

一个"武"字包含了这么多的意思。你不学汉语，你就不知道人类文明曾经达到过这么高的顶峰，不学汉语等于是拿着蜡烛过了一辈子，还以为自己活得很光明灿烂，其实从来没见过太阳。你哪知道"武"什么意思啊，你不学汉语你能把"武"翻译成任何一种语言吗？翻译不了，没法翻译。你说武侠小说翻译成外语怎么翻译啊，那一翻译不就成打架的书了吗〔众笑〕？打架的书，那有什么意思啊。所以不要只看到侠里面有精神，武本身就是有精神的。什么样的人能被冠之以"武"的称号呢？《周书》里面讲："刚强直理曰武，威强叡德曰武，克定祸乱曰武，刑民克服曰武，夸志多穷曰武。"

不知道在座有没有象棋高手，中国历史上有个有名的象棋残局，名字就叫"止戈为武"。这是"百岁棋王"谢侠逊摆的一个棋谱，有兴趣的同学可以回去研究研究。我先告诉你答案，这盘棋不论怎么下最后都是和棋，这个我上中学的时候就研究过。我上中学的时候没事就琢磨棋谱，那时候不会下围棋，成天下象棋，我下象棋还有很多奇遇，本人的水平一度很高，在街上解开过棋谱，赢了一个老头儿五块钱〔众笑〕。象棋很有意思，过去的高手经常用象棋摆成很难的棋局，特别是操纵对方把棋走成某种字形，这是难中之难，两个人下棋，你想用棋摆出一个字来，对方并不知道你的目的，你要每一步都要引导对方上钩，结果让对方摆出一个字来，这个太难了，这人不但棋要下得好，对对方也得了如指掌，知道你怎么走，他必然怎么应对。谢侠逊大师，在棋史上很有名，大家不要以为他是谢逊的后人〔众笑〕。谢侠逊在抗日战争的时候致力于抗日募捐，有一日周恩来来访，他便跟周恩来下一局棋，他不知道周恩来水平也很高。两人下了一盘棋，也下出了一个精彩的棋谱，下出一个共同抗日的意思。我觉得学会下棋也能很好地掌握武侠的概念。所以我不完全反对玩电子游戏，我觉得我们小时候要会下棋、要会打牌、要会打麻将〔众笑〕，这里边全都有高深的中华文化。好，这是讲"武"的会意。

下面我们讲"功"。什么叫"功"？我们也先把没用的"功"pass掉。首先"功"是一个物理学名词，我们上初中时学过，"力的空间累积效应""做功""做有用功""做无用功"，一个力使物体沿力的方向通过一段距离，这个力就对物体做了功。我们在座如果有理工科的同学会讲得比我更好。我们把物理学的"功"去掉。但是物理学的这个概念为什么翻译成"功"呢？也可见我们中国科学家的国学底蕴是非常深厚的，他怎么不把它翻译成"劲儿"呢〔众笑〕？翻译成"功"就说明我们的那一代科学家很多是大师，翻译成"功"太正确了。

《说文解字》里面讲"以劳定国曰功。从力，工声"。"功"这个字右边是个"力"，左边是个"工"，是形声字，可是有一部分形声字，它的声旁也同时表意，那个声旁不仅是表示声音的，本身也有意思在里边。《广韵》里边讲"功绩也"，这个意思也在三千年前就定下来了。《诗经·豳风·七月》讲"嗟我农夫，我稼既同，上入执宫功"，这篇《七月》是名篇，大家上中学、上大学应该都读了，《庄子》里讲"事求可，功求成"，这都是讲做事。荀子的《劝学》我们更熟悉了，"驽马十驾，功在不舍"，这个"功"就是说你通过做劳力达到的那个成果，这和物理学上的"功"的道理是一样的。由于它有一个通过劳力获得成果的意思，它就有了褒义，它就可以讲成"功德"。孟子劝梁惠王的时候说："今恩足以及禽兽，而功不至于百姓者，独何与？"你对禽兽都这么好，你就不能对老百姓更好一点吗？我也是用孟子的这些道理来去做一些爱猫者、爱狗者的工作。我觉得一个人爱宠物、爱自己家的猫和狗是一种很好的感情，但是有一部分极端者，他因为爱猫、爱狗就不爱人了，他就恨社会了，谁得罪他家的狗狗都不行。我就用这个去启发他："你对猫狗都这么好，对人能不能宽容点,人再不好他毕竟还是个人嘛。"这个"功"的道理包含于此。

好,我们从文字学上把"武"和"功"的障碍解决了一下,下面我们就看看什么叫"武功"。"武功"的含义也很多,我们也把无关紧要的先扫除。第一,"武功"是地名,陕西咸阳有个武功县,秦国的时候就设县了,中间经过很多变化,现在还有"武功县","武功"首先是个地名。你要是说我是武功县县长,这听上去很牛〔众笑〕。第二,"武功"还是个山名,山名好像比这个县名更有名,在江西萍乡有一座山叫武功山,当年陈霸先平侯景之乱的时候,有个姓武的仙人托梦帮他平乱,后来陈霸先就把这山命名为武功山,武功山很有名,上面还有武功金顶。前些年有一个电影叫《武功山别恋》,吴安萍导演的。这个是"武功"的地理学上的意思,但是,地理学上的"武功"恐怕也和其他的概念有关系,不会随便指一个地方。

"武功"很早就指武事、跟"武"有关的事。还是《豳风·七月》中说:"二之日其同,载缵武功。"孔颖达解释这句话的意思说,到了周历二月的时候,君臣和他的老百姓都出去打猎,则继续武事,年常习之,使不忘战也。古代君王率领着百姓出去打猎,其实它真正的性质是军事演习,所以畋猎经常是打仗的一个隐语,不是简单的打猎。你看《左传》里边说"今与将军会猎于此",我今天跟你在这会猎,其实是说两个人要开战,所以畋猎是军事演习的意思。

再进一步,"武功"指军事成就。《诗经·大雅》:"文王受命,有此武功;既伐于崇,作邑于丰。"郑玄笺:"武功,谓伐四国及崇之功也。"而"伐"这里就用的是它的本意,天子打诸侯叫"伐"。天子打诸侯,上打下,正义的打错误的,中央的打地方的、打叛乱的,这都叫"伐"。所以我们历史上有很多叫"北伐"——认为北方错了,我们这儿是正义的,我们这代表党中央,我们要伐你,这叫"北伐"。日本人在伪满洲国去打抗日联军的时候组织了很多"讨伐队",日本人很会用古汉语,他叫"讨伐队",因为他们对外是说不是我们日本人打你,我们是帮助伪满洲国皇帝打你,这个叫"讨伐"。

唐诗里边有"伫见燕然上,抽毫颂武功",这个"武功"是指军事成就,也是武力。苏东坡:"太宗以武功定祸乱,以文德致太平。"明朝的唐顺之:"高皇帝以武功定天下。"曾国藩也讲过以武功平定祸乱。"武功"在历史上没有我们今天理解的这个意思。武功指军事成就,像"胡服骑射"[1]这样的都是武功。乾隆皇帝有著名的"十大武功",你不要以为他有十种打人的技术,"十大武功"指的是乾隆和他的大臣自我吹嘘他有十项军事成就,包括从1747年开始的平大小金川、平准噶尔达瓦齐部、再平准噶尔部(平定准噶尔阿穆尔撒纳之战)、平定南疆大小和卓叛乱、清缅战争、再平大小金川、平定台湾林爽文叛乱、安南之役、两次征战廓尔喀,就是对内对外的十场战争。这里边有吹牛的成分,这些仗不是打得都那么漂亮,有的是规模没那么大、有的还吃了亏,但是合起来应该说乾隆时是中国最牛的时候。

再接下来我们要讲这个"武功"了——我们今天说的"武艺"。"武功"当"武艺"讲的意思在古代是很罕见的,甚至可以说没有,就指一个人打架的能力,技击方面的能力。我今天给大家举的例子是唐朝著名的色情小说《游仙窟》。古人啊,都很会用字儿,他明明去那种地方,他非得说是去仙窟〔众笑〕,不知道的还以为跟神仙有约会呢。哪有神仙啊,他们把那种地方都叫神仙待的地方。大家想想《红楼梦》就知道了,《红楼梦》第五回,警幻仙姑见贾宝玉,都是把这个东西美化了。《游仙窟》这部小说写得确实非常美。我年轻的时候思想比较封建,后来我调整了我

---

[1] "胡服骑射"是指战国赵武灵王时推行"胡服"、教练"骑射"的改革。——编者注

的认识,不一概反对大家去看色情的文艺作品了,我觉得色情文艺作品里边,品位相差很多很多。我年轻时候之所以有封建思想,还是阅读面比较窄〔众笑〕,当你阅读面打开了之后就会发现,《金瓶梅》是伟大的作品,真的是伟大作品。所以要读那些高级的、伟大的色情文艺作品,《游仙窟》我认为是最美的,色情文学第一。但可惜它失传了一千多年,直到五四时期、晚清到民国时代才在日本发现,我们从日本抄回来。所以说日本还有周边的那些邻国,保留了很多我们宝贵的材料。鲁迅、郑振铎等人给予这本书非常高的评价,你一读就知道,写得美极了。里边儿有一段用到"武功"这个词,跟我们这个课有关系,就是主人公去游仙窟,在那里面有两个仙子招待他,招待都是用什么招待?用诗词来招待,都是吟诗作赋,那个诗词写得特别美,但是如果你有比较高的文化修养,你能看出来里边全是色情挑逗,这就是汉语的高妙。(中国古代知识分子为什么容易腐败呢?他把许多智慧都用在这方面啦〔众笑〕。)就是一句话怎么读都行。那么他们正在那儿玩儿的时候,"园中忽有一雉",这个花园里飞来一只五彩斑斓的野鸡,"下官命弓箭射之,应弦而倒",一箭射中,"五嫂笑曰:'张郎才器,乃是曹植天然。今见武功,又复子南夫也。今共娘子相配,天下惟有两人耳。'"五嫂说他文武双全。这里的"武功"显然指的是他刚才一箭就射中,说的是他的武艺高超。你别看古人他是游仙窟,但是他两个人是有真情的,好像谈恋爱一样的那种感情,第二天早晨起来是洒泪而别。正好最近我在腾讯网上讲了一个"青楼文化"的讲座,有视频大家可以去看看。古代的青楼和今天完全不一样,古代的青楼是高雅文化场所,不像今天都太专业啦〔众笑〕。以上是讲"武艺"。这就到了我们今天讲的问题啦。

我们回顾了一下古代的这个"武功",古代不用"武功"来指"武艺",

但是"武功"是存在的，只要有暴力、有打架的文学里面必然有"武功"。

古代涉及"武功"的作品，我们大概可以分这么几个系列：一个是神魔系列，像《封神演义》《西游记》这样的作品，里面的人都是神仙、妖魔鬼怪，这里面描写的武功都是我们向往却没法达到的，我们只能看着过瘾——做梦的时候你幻想自己是姜子牙，但你知道现实生活中没有办法模仿，这是神魔系列的小说。

另一个是历史系列，从历史上真人真事演义来的，以《三国演义》为代表，《三国演义》里边也有很多武功，我们可以在今天阅读了大量武侠小说的基础上，回过头去想，他们的武功是什么样的。我想每个关心武侠小说的人都会心里边隐隐约约有这样的疑问：是今人能打架还是古人能打架？武术水平是越来越高还是越来越低？古人的搏击能力到底达到什么样的高度？不但咱们有这样的疑问，那些练武术的人都有这样的疑问。我原来曾经以为我不明白的问题可以向武术家去请教，没想到他们正等着请教我呢。有一次我在一个电视台做节目，另一位嘉宾就是李连杰的老师，中国体育大学的教授。我俩做完节目坐一块儿休息，然后他说："孔教授，我有一个问题想请教你。"我说："我也有一个问题想请教你，恐怕咱俩的问题是一样的吧？"哈哈，我俩一说出来。果然，问题一样，就是：人的武功可以达到金庸小说里那种高度吗？我说既然咱俩都有这个问题，那答案就出来啦，就是不可能〔众笑〕。一文一武都有这个疑问，说明达到那种高度是不可能的。那么古人达到什么程度，这得需要研究。

再一个系列是传奇系列，就是历史上没有书中写的这些人，或者像英雄传奇这样的也许有一点历史的因素，但主要是虚构的，以《水浒传》为代表。《水浒传》的一个魅力就是武功。我上小学的时候，我们发动了"评《水浒》批宋江"的运动，在继"批林批孔"运动之后。在这个运动中全国印了大量的《水浒全传》，那是我看到的迄今为止最好的《水浒传》版本，特别全。你想想我一个小学生读这个特别过瘾，反正我一读到什么潘金莲的部分全翻过去，这没劲〔众笑〕，我专门读打仗的，把那一百单八将的人名、外号、兵器全都背下来啦，特别特别喜欢这些英雄。我现在有的时候看看"'军迷'网"，看看那些"军迷"上"'军迷'论坛"去聊天，我发现很多喜欢研究武器的、研究战争的，都是五六十岁的人，我想这都是从青少年时候养成的一种习惯。

古代武功，网上有许多人喜欢在那里谈论、比较，我们可以从"八卦"一下古代武功开始。先看看《西游记》里边的武功，《西游记》总体上是神魔小说，那个武功是不一样的。我们首先看《西游记》的几个主人公——孙悟空、猪八戒、沙僧、唐僧——谁武功最高，好像不用争论，是吧。人家孙悟空七十二变，猪八戒三十六变，这好像猪八戒的武功是孙悟空的一半，往往一场大战，孙悟空把主要的魔头消灭了，剩下的那些小妖都由猪八戒一耙子一耙子地收拾啦〔众笑〕，是吧，我每次看到的都是这个。可是孙悟空这么厉害，唐僧能收拾他，哎！唐僧有遥控器〔众笑〕，唐僧首先在孙悟空脑子上弄一个装置，自己心里边有了遥控器，一念这个密码，孙悟空就开始疼痛翻滚。我们小时候都不喜欢唐僧，都觉得唐僧特别坏，人家孙悟空是保护你的，打妖精，你怎么还老念这个紧箍咒来折磨自己的英雄呢？小时候是不能明白这个道理。长大之后才知道，这是必须有的一种平衡，所以他们师徒四人有一个平衡的系统，是这个系统使他们共同完成了取经大业。而在这个系统中，我们一般认为孙悟空最重要，其实还是唐僧最重要，最重要的是唐僧那颗坚定不移的心，不管经历任何艰难险阻，他一心要取经，这才是中华民族的精神——哪怕我不会武功，我被豺狼虎豹吃了，我也要取这个经回来。可是孙悟空这么厉害，他真正能够打死的妖精你统计一下并不多：基本上凡是有后台的妖怪，全让主人带走了；孙悟空如果打不过妖怪，他也去找后台，最后拼的是谁后台硬〔众笑〕；或者后来发现两人后台是一个，就讲和了。我们小时候特别恨白骨精，白骨精太坏了，变化三次才被打死，现在我越来越同情白骨精，发现白骨精没有后台，是个草根妖精〔众笑〕。因为是个草根妖精，所以孙悟空痛下杀手，孙悟空是欺软怕硬，把好好一个草根妖精给打死了。你看黄袍怪就比较厉害，所以说一白一黄，妖精是有不同层次的。

《西游记》里有很多很好玩儿的组合。牛魔王、铁扇公主、红孩儿这一家全是强者，牛魔王跟铁扇公主都是英雄，因为都是强者，所以两个人只好分居了，牛魔王自己又包了一个小三儿。他们一家人的故事很好。还有托塔天王和哪吒的故事，也非常好。哪吒的武功跟孙悟空比怎么样？还有，孙悟空是被二郎神给拿下的，这是不是说明二郎神的武功比孙悟空高？有最高武功的是那些大法师，以这三位为代表：玉皇大帝、如来佛、太上老君。有人说玉皇大帝跟如来佛打起来会怎么样？这就得考虑最高统治集团的关系的问题。我们发现最高统治集团，他们之间是不打的。即使他们有矛盾他们也不打，他们统治的秘密就在于联合。所以玉皇大帝和如来佛他们分明是联合的。

《西游记》里的武功是很让人神往的，我们很多小孩儿希望有一个金箍棒，希望有七十二变的神通，希望一个跟头能飞十万八千里，还希望有《西游记》里边儿的各种法宝，什么乾坤袋之类的。《西游记》里边有很多法宝，让人羡慕，但毕竟这是神魔系列，不是现实中的武功。

我们看看《三国演义》里的武功怎么比？《三国演义》分成三大集团。蜀汉集团：刘备、关羽、张飞、赵云、马超、黄忠、姜维、魏延等人。曹魏集团：典韦、许褚、徐晃、张郃、张辽、于禁、曹洪、夏侯惇、夏侯渊，这都是赫赫有名的大将。东吴：太史慈、孙策、吕蒙、甘宁、凌统、周泰。此外还有吕布、颜良、文丑、庞德。这些人谁武功最高？好像唯一没有争论的，公认《三国演义》里武功最高的是吕布。怎么评论武功高和低？得有实战做例子，得有标准。《三国演义》里有一场著名的刘、关、张"三英战吕布"，刘备、关羽、张飞三个人战吕布都拾掇不下他。也有人说刘备不上去搅和也许他们就打过他了〔众笑〕。刘备起了副作用了：张飞跟吕布打了五十回合，关羽来夹攻，又打了三十回合，快把他拿下了，刘备上去又搅和了十回合，吕布恢复体力了〔众笑〕。但其实刘备也是能打的，只不过后来他当了领袖，不用亲自出马了。

　　在评《三国演义》武功这个事儿上，毛泽东也有他个人意见，所以我说毛泽东他对历史名著都是有个人见解的。毛泽东去河北正定县，曾亲笔题词："正定是个好地方，那里出了个赵子龙。"〔众笑〕其实这不是毛泽东个人见解，很多老百姓都这么认为。老百姓不见得读《三国演义》这本书，可老百姓看戏，他们喜欢看三国戏。各地草台班子到村里、到乡里、到县里去演"三国"，扮演赵云的演员经常会把良家妇女"拐"跑，很多良家妇女去看，就为了看赵云。看完赵云、看完戏，也许就跟他跑了。所以赵云是具有魅力的，是很多女性的偶像。大家可以比较一下赵子龙和马超，到底谁武功更高。举例说赵子龙武功，最著名的例子就是"长坂坡"：长坂坡杀得七进七出，血透盔甲征袍，怀里还揣着个孩子——怀里揣着个阿斗呢——这个最难。也有人说是曹操不忍心杀他，留他一条活路。可就算是曹操不忍心杀他，那也就是最后留他一条命，还是要把他拿下吧。但是赵子龙如入无人之境，斩杀曹操手下五十多员大将，那这是天神级的人物！他有这么高的武功，却没有担任方面军总司令，而是长期担任刘备个人警卫班班长〔众笑〕。（实际的职务是警卫班长，很少出来独当一面，独当一面的是其他那几位。）所以一般人们会说"一吕二赵三典韦"。

下面就不好排了，到底谁第三、第四、第五？很多老百姓这么说，"一吕二赵三典韦，四关五马六张飞"，张飞排在第六名。有人说这个不公平，张飞的武功被压低了，说张飞的武功其实非常厉害。他举了很多战例：张飞都是跟一流的人物打五十回合，打多少回合的。

那么，给我们印象很深的是关羽的武功高，因为关羽后来已经被神话了，是中华民族的战神。关羽功能很多，有学者专门研究关羽。关公是神，不能随便说的，在戏班儿里边，演关羽的演员，他只要一扮上，把这脸一勾好之后，他就不说话了。别人也不能跟他说话，他现在就附体了〔众笑〕，谁也不能得罪他，他的东西不能动，不然这戏班要倒霉。他是神，是战神，还是财神。我们很多人家希望发财，都是要摆一个关公，他保佑很多很多事情。

可是我们仔细查历史也好，看《三国演义》也好，关羽的武功似乎并不比张飞、马超、黄忠更强。他有很多神话传说，比如说"斩颜良诛文丑"。颜良、文丑是河北名将，功夫是很高的，但是转瞬之间，关羽就把他们杀了。那这儿有人分析，关羽其实采用的是"突袭"的办法，不是正面打几十回合最后把对方干掉了，所以史书上一个字用得非常准确，叫"刺"。古人用春秋笔法啊，这个"刺"并不是拿刀扎的意思，而是里边含着偷袭的意思——刺客的"刺"。关羽趁对方不注意，从山坡上迅速冲下，他的赤兔马太厉害了，速度太快了，转瞬之间关羽到了对方身边，把颜良杀掉。还有"过五关斩六将"，有人说他过五关斩的六将都是三流角色，都很容易杀掉。所以虽说关羽也是一流高手，但有人认为单论武功他不应该排在张飞前边。还有他去战老黄忠的时候——"战长沙"，(《战长沙》这段子是很多曲艺都有的，我推荐大家听听评弹《战长沙》，张调的《战长沙》,非常漂亮[1]。)关羽正在盛年,老黄忠都六十了,两个人不分胜负,然后关羽还得使"拖刀计",使出自己的绝招,假装败走,然后回马一刀,正好赶上黄忠马失前蹄,关羽不忍杀他,让他回去换马再战。第二天黄忠为了报他不杀之恩,回头一箭射中他的盔缨,(黄忠是神箭手)这里写得非常精彩。那也就是说黄忠如果第一天射他,他就没命了〔众笑〕。

所以关羽被神化,其实不在于他的武功,关羽被神化主要是在于他诠释了中华民族最重要的一个理念,叫"义"——千秋忠义,也是侠义的"义"。关羽的"义"是可以分析的。曹操对关羽那么好,可关羽依旧对刘备忠心不改。古人老夸他,说是他和两位嫂嫂被曹操关在一座房子中,关羽秉烛读《春秋》。还有,后来他该不该华容道放曹操?诸葛亮都算到了曹操要从华容道跑,让关羽去阻击,他算到关羽在那里能够截住曹操。曹操已经被埋伏多少回了,如惊弓之鸟,完全打得筋疲力尽了,关羽当场可以把他拿下,但关羽把他放了。这个"放",也叫"义释",关羽放人这叫"义释"。该不该放曹操?从政治角度说,这是错误,这是严重的政治错误。他要是当场杀了曹操,历史就改变了,从他们国家政治角度上说这是错误。但是中国人超越于政治之上有一个更大的理念——义,我说了要饶你几次就得饶你几次。因此他成神了,他要是不放曹操,他还成不了神。这是《三国演义》的武功。

我们来看看《水浒传》的武功吧。《水浒传》比较乱,人也太多。水浒梁山上一百单八将,多数会武功,这个怎么排?《水浒传》谁武功第一?单说梁山,好像公认的是卢俊义,卢俊义太厉害了,棍棒天下第一。卢俊义在梁山座次排第二,是当之无愧。他本来有排第一的希望,但是由

---

1 张调:张鉴庭所创"张调"的特点是刚劲挺拔,火爆中见深沉,韵味醇厚,是流传极广、影响极大的评弹流派唱腔之一。其说表顿挫显著,强弱分明,以有劲、传神、入情见长。——编者注

于革命历史不如宋江资深，所以只能排第二。宋江太厉害了，不管谁上山，他纳头便拜，让人家当一把手〔众笑〕，那谁好意思接受啊，第一天拒绝，以后就没戏了〔众笑〕。宋江的领导技术是最高的。那么卢俊义下边排谁，有点不太好说。

但是大体上我划分的这些集团内部，武功是差不多的。比如关胜、林冲、花荣、张清这四个差不多。《水浒传》还有一个问题，他的将领分三种：一种是马上将领，一种是步下将领，一种是水军将领。这个怎么比？马上步下都厉害的，可能是鲁智深。鲁智深马上步下他都不惧，对方是骑着马的高手，他也照杀不误。鲁智深所在的这个集团包括：鲁智深、武松、杨志、呼延灼、霹雳火秦明，这几个。再下来：急先锋索超、双枪将董平、扑天雕李应、浪子燕青、金枪手徐宁，这几个。下面这些史进、朱仝、穆弘、孙立、刘唐就略差一点。刚出场的时候史进还挺厉害，等上了梁山我们发现史进很普通了。下面这几位呢，更有名，但是武功不一定高：石秀、李逵、雷横、杨雄。他们有很多精彩的故事。你别看李逵很猛，他动不动杀得兴起，两把板斧排头砍去，不管军民老少，见人就杀、见活的就砍，这个是杀红了眼的。这说明他心里没有很多我们这些道德观念、是非观念。有很多学者批判李逵，我觉得那个批判也是不着调的批判。把李逵界定为一个受过现代教育的人来批判，这就错了。我们不赞成李逵这种做法，我们也不会这么做，但是不能批判他，批判他就像批判一个学龄前的孩子一样，是没有意义的，他代表了人的天性。李逵的功夫其实并不高，他遇见高手，战绩就不行。

在梁山之外有很多高人，比如王进，也是禁军教头；栾廷玉、史文恭，都是令梁山好汉很胆寒的；梁山好汉再后来"平田虎王庆征方腊"、去征辽这些过程中遇到很多高手——孙安、卞祥、阿里奇、兀颜光……方腊一方高手如云，像邓元觉、石宝、司行方、厉天闰、方杰、王寅，这都是很厉害的。梁山好汉主要都折损在征方腊这个过程中,失了几十员大将。但方腊国这些人虽武功很高,可《水浒传》写他们性格写得不生动、不丰满,也没有给他们那么多的篇幅,他们没什么故事,所以并不著名,但是他们的功夫有的时候是很吓人的,比如郑泰、李助的武功。有人说李助(王庆的军师)的功夫比卢俊义还高,这个大家可以去比。《水浒传》的功夫可以作为一个研究的话题。

可是无论《水浒传》也好《三国演义》也好,他们的武功都描写得很简略,我们基本上没有看到人物练功的情节。现代武侠小说经常告诉我们人物要练功,我没看到《水浒传》《三国演义》的人物练功,不知道他们的功夫是怎么会的。有的说师承,有的没有说师承,有的说从小他们就在这里打家劫舍。这好像在告诉我们这样一个道理:有些人打架可能也不需要学〔众笑〕,直接在实践中学,而且那些专门学了的,还不见得能打得过那些野路子的。

说到武功排行,还有更好玩儿的书,"隋唐",有《说唐演义全传》《隋唐演义》。"隋唐"里面直接就给好汉排了名了——天下第一好汉、天下第二好汉。所以小孩读这个书很过瘾,它的文学价值不如四大名著,那差多了。但是就武功这一点来说更能吸引人,因为小说里直接说谁是第一条好汉、谁是第二条好汉,版本不一样,我整理了一个人物数比较多的版本。天下第一好汉,没说的,是李元霸,就是李世民的小弟弟。这李元霸在小说里写得很奇怪,说他身材非常瘦小,骨瘦如柴力大无穷。这个我们小时候很难想清楚,一个人怎么骨瘦如柴,但力大无穷?他手里拿一对锤,都三百多斤〔众笑〕。这人太牛了,打谁谁死,这个厉害。李元霸是天下第一好汉,没有人能打死他,最后是天把他打死的——他这一柄大锤上去,掉下来把自己打死了。李元霸是人间武力的一个代表、一个象征。第二是宇文成都,手使凤翅镏金镗。第三个也是使锤的,裴元庆。裴元庆使的是八十斤一只的八卦梅花亮银锤,这个在《隋唐》评书里说出来是非常好听的。第四条好汉叫雄阔海,雄阔海手使熟铜棍,最著名的事迹是力举千斤闸——敌人把千斤闸(城门)放下来,他一个人托起这个千斤闸,掩护部队出来。雄阔海托千斤闸的故事是小说里虚构的,中国历史上只有一个人真的托过千斤闸,掩护部队撤退,这就是我们家老祖宗,是孔夫子的父亲。在一场战争中,敌人放下城门,孔夫子的父亲他力敌千钧,死死地扛住千斤闸,掩护部队安然撤退。人类历史上记载的只有这么一次,作者把它安到雄阔海身上了。第五条好汉是伍云召"亮银枪";第六个是伍天锡。《隋唐》里著名的英雄罗成其实是第七条好汉,罗成也是少年英雄,是很多女孩的心中偶像。不过罗成下场比较惨,他力杀四门,被奸臣所害。第八条好汉是杨林,使一对水火囚龙棒,杨林岁数很大了,依然威风凛凛。第九是花刀帅魏文通,第十是尚师徒。这几个名气都不那么大。后面的新文礼、定彦平、左天成、来护儿、梁师泰,都不太著名。接下来最著名的是秦琼秦叔宝,其实秦琼才排第十六,是第十六条好汉,但他是《隋唐》第一英雄。可见我们古人不以武功高低来看谁英雄,李元霸那么牛,古人只是认为他是一个能打架的人,是莽汉,第一英雄是秦琼。秦琼为什么是第一英雄?还是因为一个"义"字。讲义气才是英雄,对别人好,才是英雄,不看你能杀几个人、打多少人。挨着秦琼的是尉迟恭,尉迟恭双铜。尉迟恭跟秦琼应该功夫差不多,他俩打过的,"三鞭换两铜"。后来有一个传说,说唐太宗睡不着觉,大概有失眠症、抑郁症,可能因为杀的人多,老觉得夜里闹鬼,怎么办?秦琼和尉迟恭两个人站在他卧室门口,给他站岗,他就睡着觉了,睡好了。这就是"门神"的来历。现在很多地方贴"门神",贴的都是秦琼和尉迟恭。有的地方贴关羽张飞,可能贴错了,刘备睡觉的时候不用他俩站岗,而且他俩在外面,并不负责保护刘备。但是时代变化了，也许老百姓把门神改一改，也可以。排十八的是单雄信单二员外，单二员外使一个"金钉枣阳槊"，这也是故事很多的人物。还有王伯当，《隋唐》中，"勇三郎王伯当，神射将谢映登"。但是最搞笑的是第二十条好汉程咬金，这是当过皇帝的。程咬金的三板斧，这是他最厉害的，程咬金其实没有什么高深的武功，他一个是力气大，一个是脾气莽，另外是三板斧，他遇见人高举一斧就劈过去，那人必然是举起兵刃来抵挡，他的板斧在接触兵刃的时候把劲一收，沿着兵刃左边一下右边一下，把对方手指头都砍掉〔众笑〕，这就是他的三板斧。这三板斧如果还不能够把对方拿下，在两马一错的时候，他一捅你的马屁股〔众笑〕，这是程咬金的绝招，遇见大部分的敌人都能拿下对方〔众笑〕。

这是魅力无穷的《隋唐》。《隋唐》可以永远演下去，但是由于原作文学水平不是特别高，所以现在好多《隋唐》改编的电视剧也拍得比较"水"，起码武功的神威都没有展现出来。影视作品，很难把武功的神勇之处展现出来。我觉得这个技术难关要攻破，要想办法突破。怎么去展现神威？文字，因为它可以给你提供想象，你在想象中完成，它就达到目的了。影像是直观的，它就不容易展现武功的神威。你说关羽"斩颜良诛文丑"怎么展示？你说赵子龙长坂坡杀得七出七进，怎么用手段去展现？怎么展现都觉得没有这个味道。你说张飞大喝一声，这个桥就喝断了，在文字中可以想象那个美啊，你现在在影视中怎么展现？这人喊一声，镜头一摇，桥就断了〔众笑〕，一点魅力都没有了。所以这个要进行技术攻关，我觉得这是影视界的任务。

那么到了现在，这个武功是个什么样子？我写过一篇文章，讲赵焕亭的，我这里边是从"武功"这个词来说。提起"武功"这个词，今天华人世界都知道，指武术功夫，就是所有跟人打架肉搏的能量和技巧的总称。这种对武功的理解来自林林总总的武侠小说和影视。古代也有"武功"这个词，但是跟今天的"武功"无关，是"文治武功"的后一半，是统治者用武力建一个功业。比如光武帝、汉武帝、魏武帝，不是说他武艺出众，而是说运用军事力量干了许多光辉业绩。乾隆号称有十大武功，并非是跟陈家洛学了"百花错拳"，跟陈近南学了"凝血神抓"，跟韦小宝学了"神行百变"，指的是他发动了十大辉煌战役。

那什么时候中国人把"武功"的意思变成了"武术功夫"呢？希望大家记住一个人，这个人叫赵焕亭。现代武侠小说不是五四运动期间开始有的，是五四运动之后的1923年，这一年有一个叫平江不肖生（向恺然）的写了《江湖奇侠传》，但是同年还有另外一部作品人们没注意，就是赵焕亭的《奇侠精忠传》。近代中国文化启蒙从南方开始，所以文人也是南方多，特别是鸳鸯蝴蝶派到革命文学作者，很多都是南方人。武侠小说开始也是南方作家耀武扬威，我列举几个人：平江不肖生、姚民哀、顾明道、文公直，都是在长江流域出没，组成一道"铁索横江"的四门大阵。北方作家20世纪30年代才崛起，抗战以后才后来居上，而北派武侠鼻祖，我认为是与平江不肖生齐名的赵焕亭。现在很多人都不知道这个名字，我认为他是北派武侠的鼻祖，因为当时的武侠是以南方人为主。他跟向恺然合称"南向北赵"。赵焕亭，1877年生在河北玉田，自幼博闻强记，1923年推出《奇侠精忠传》，立刻与向恺然的《江湖奇侠传》一道轰动，史称"南向北赵"。这"南向北赵"现在是一个词。

赵焕亭的功绩很多。首先，他创造了一个新的概念，他把所有技击、腾挪、修炼之术，统称为"武功"。前面我虽然说过《游仙窟》里面用过"武功"这个词，但那是随便一用，正式地以做学问的态度将一些术统称为"武功"的是赵焕亭。他又大讲这里边的一些子概念，什么"罡气""内力"。我们看"武功"这个概念显然超越了武艺和武术，打通了古代哲学和现代科学，在此基础上，再分"内功""外功""轻功"等，还有讲"玄门罡气""先天真气"等，还有服用千年灵芝可以增大功力〔众笑〕。他以后的作家都从他这受了启发。我们没看见李逵吃什么东西——吃条鱼——就功力大增，没有。其次，他善于写世态人情，这是说他另外的区别。赵焕亭完整的武侠著作只有十三部，抗战时期他淡出武林，有时候就卖字。因为到抗战时候，"北派五大家"（李寿民、宫白羽、王度庐、郑证因、朱贞木）已经群雄并立了，老作家可以退场了。1951年赵焕亭七十多岁，退隐了。而他的去世，恰好象征着现代武侠小说又一轮"北派退隐，南派崛起"，港台新武侠即将诞生。就是现代武侠开始是南派，后来北派崛起，到了新中国成立之后又是南派崛起，以港台为代表。我觉得现在是不是又该轮到北派崛起了？有谁啊？没看到啊〔笑〕。我希望我们这北派啊，崛起新的武侠之作来。几十年过去了，今年（2014年）金庸先生都九十岁了，应该"江山代有才人出"。

再讲一个跟"武功"有关的人，叫"阳刚铁汉郑证因"。郑证因，原名郑汝需，天津西沽人，自幼家贫，广读诗书，曾任过塾师。他最大的特点是他是武侠小说作家中会武术的。绝大多数武侠作家不会武术，而且我们发现好像越不会武术的写得越好。他这会武术的，曾在"北平国术馆"门下学太极拳，能使九环大刀，并曾公开献艺表演。但是我们不要夸张，认为他武功就多么高，他只是会而已，算是内行，知道这里边的门道。当初白羽邀他代写《十二金钱镖》，写到一半他又去另外谋生去了，经营失败又回来。他1941年以《鹰爪王》一举成名。郑证因的代表作是《鹰爪王》系列，他所作八九十部小说都是"鹰爪"系列的。后来他在北京、保定工作，1960年病逝。这是著名的"阳刚铁汉郑证因"。

白羽文学功底好，郑证因文学功底不足，所以他俩就结合。郑证因的特点是发扬精通武术、熟悉江湖的优势，光大纸上武学。他把平江不肖生的佚闻、姚民哀的帮会、还珠楼主的想象、白羽的文采熔为一炉，形成一种地道的江湖文学，特别是他的小说里直接运用天津方言，是文学史上的创新尝试。最早有一些学者开始研究武侠的时候，读不懂郑证因的小说，以为书里面的字都印错了，其实有些话没有印错，他写的是天津话，按天津人的发音写的。比如说办案，办案的"案"字，小说写的是"难"字，办这个"难子"。这个"难"是天津话，不是印错，天津人就把"案子"叫"难子"。这是一种尝试。这个时候他不太重视新的技巧，而是要发挥武侠本身的绝活，建立新的一套武学——"纸上武学"系统。白羽、郑证因拿着一本《武术汇宗》展开想象，广泛描写了各种拳：太极拳、五行拳、通臂拳、八卦拳、铁砂掌、劈挂掌等通行武功，我们看这些武功都是武术界真有的，现在还有人在练，我们都知道。在此之上加上个人独创，他们发明了一些生活中没有的，郑证因发明的武功有绵掌、混元掌、排山掌、劈空掌、大力金刚掌、小天星掌力、牵缘回环掌、先天八掌、龙形八掌、云龙三现掌法等，令人眼花缭乱。这些掌并不是武术界有的，也不是自古有的，是从他们这儿才开始被发明的。

其实人和人之间，包括老虎和老虎之间就是随便打，哪有什么掌法啊！两只老虎看着对方别扭，"给你一巴掌"〔众笑〕，它哪会想我这是什么拳、什么掌啊，它们没有什么拳法，就是说："不老实，吃我一掌！"

这些功夫有的属于内功，有的属于外功，有的内外结合，与人物性格结合，平添了无穷魅力。我们举一个"三阴绝户掌"的例子〔众笑〕。郑证因写"三阴绝户掌"这么写的：

> 这种掌力使出来是一连三手，能够在五尺内致人死命。按人身穴道和脏腑的部位，以心、肝、脾、肺、肾五种力量打五个部位。这是伤中盘最重的地方；有当时毙命，有三日三夜准

死，有一年三百六十五天才送命，有能落一生残废，形如痨病鬼。打上盘能够使人双目震瞎、两耳震聋、脑袋震昏。至于立即毙命的是太阳穴、玉枕骨、天突穴。打下盘最轻：皮不伤肉不破，骨断筋折，终身残废。

这个"三阴绝户掌"是够阴毒的。我们看他写得这么阴毒，可以想想金庸笔下的"七伤拳""凝血神抓"，很阴毒的招法，它们是有一个发展脉络的。金庸是从这类奇功中获得的灵感！台湾的武侠小说研究专家研究发现：金庸、梁羽生笔下的很多武功，都是在前人基础上再发扬、再精细化，并不是一开始他们就能够想出来那么精妙的武功。这是举一个郑证因的"三阴绝户掌"的例子来讲这个事情。

轻功方面，郑证因发明了：草上飞、云里翻、追云赶月、八步赶蟾、飞鸟凌波、蜉蝣戏水等。我们想想《水浒传》里的轻功太简单了，时迁绰号"鼓上蚤"，就是说"鼓上蚤"会飞檐走壁，我们以前不能明白什么叫"飞檐走壁"，因为它没有轻功这一说，现在有轻功我们就知道了。现在的小说里写的轻功都有声有色，有根有梢的。我们就想知道人家的轻功"轻"到什么程度。我觉得NBA球员就是会轻功的，他们自己不知道那叫轻功，能够跳起来到空中飞行七八米，同时还把篮扣中，这不是轻功吗〔众笑〕？其实不是一连飞行七八米，而是三步上篮啊！武侠小说中什么"飞鸟凌波"，都是从古代的某个词想象出来，加以发挥的。人体真能做到这样吗？我觉得人体能做到优秀的篮球队员那样已经很不容易了，因为他们需要每天练习，每天练习这种"轻功"。

在兵器方面郑证因发明的有：日月双轮、九连钢环、离魂子母圈、双头银丝虬龙棒等，而且他写得很详细，这兵器怎么做、结构、功能、用法、来历都有详细说明，还要尽量写得合乎物理。兵器里有一类叫暗器，是通过投掷伤人的。暗器他发明了很多：梅花夺命针、七星透骨针、金刚燕尾镖、沙门七宝珠……或单打，或连发，或后发先至，或声东击西。于是我就想到古代怎么没有发明这么多的暗器、武器呢？他发明这些武器的时候是什么一个文化背景呢？恰好是在第二次世界大战时，也就是在现代战争背景下，在热兵器极度发达的情况下，小说里的冷兵器也高度发达起来了。在"二战"大的背景下，武侠小说家大规模改进和发明兵器，冷热兵器之间是什么关系？这是值得我们思考的一个问题。我们首先知道现实武术中没那么多暗器，没他写得那么五花八门，但是热兵器却五花八门。现在连一个普通的步兵配备的武器，就达几十种，一个师级单位配备的武器达到上百种。现在培养一个指挥员为什么要花那么大的成本？哪怕就培养一个班长，成本都要超过我们大学里培养一个研究生，因为他要掌握的知识是非常多的，他要能操纵几十种武器，还要能指挥。而他学了那么多的学问，你才让他管十来个人，那多亏啊，才当一小班长。这是关于部队建制方面的事，我们不去管了。

我们直接看看新派武侠，梁羽生先生他的笔下写的武功，我们举一些例子。《狂侠天骄魔女》里边他写过：阴阳五行掌、化血刀。《鸣镝风云录》里有：天魔解体大法、修罗阴煞功、惊神指法、七煞掌。《萍踪侠影录》里边有：玄功要诀，（这里边功夫最高的是不是彭莹玉啊，彭莹玉的功夫叫"一理通、百理融"，讲到这可以跟大家提个问题：梁羽生和金庸之间有什么关系？在讲武功方面，是不是有相通点？）还有元元玄机剑法、穿花绕树身法、凤点头、盘龙绕步、搂膝拗步。（这个比较笨，写得太形象了就反而比较笨，不潇洒了）《白发魔女传》里边有：天山剑法、阳极阴极、阴风毒砂掌。《冰川天女传》里边有：颠倒穴道奇功（我们看这跟欧阳锋有没有关系）、阴阳五行掌力（可以分心二用，这和空明拳有没有关系？他俩到底是谁启发了谁，谁学习了谁？）。《云海玉弓缘》里边有：玄女剑法、冰川剑法、伏魔杖法、子午流闭血法、天遁传音、修罗阴煞功。比如"天遁传音"，是腹语，从肚子里说话，你让谁听见谁就能听见，你不让谁听见谁就听不见，段延庆会这个。这个我也想找物理学家探讨，我觉得这不可能。（我这儿专门有一频道，只给下载了我的客户端的人听见，你没下载我这个客户端你听不见，人说话能不能做到这样？我说话只给倒数第三排左边第七个同学听，能做到这样吗？）《武当一剑》里有：三光奇功、金光云浮、金钟魔罩。《游剑江湖》里边讲的：金刚六阳手（"金刚六阳手"跟金庸的"天山六阳掌"有没有关系？梁羽生的武功从一个侧面帮助我们去理解金庸的武功）。

梁羽生笔下谁武功最高？这个我没有发言权，我对梁羽生读得不是那么细，特别主要的武功都读得不细，（我不知道在座有没有熟悉梁羽生的）那么我把一些高手列出来，我觉得武功最高的就在这些人里边：金世遗、凌未风、白发魔女、杨云骢、吕四娘、张三丰、（怎么都押韵呢〔众笑〕？）乔北溟、晦明禅师、龙叶上人、玄机逸士、独臂神尼、上官天野。这些人好像都各有各的绝活，都是一代大师。我们现在都喜欢聊无聊的"八卦"，老希望他们在一块儿PK，他们在一块儿打，所以我就越来越佩服侯宝林先生说的相声《关公战秦琼》。其实人们心里都喜欢关公战秦琼，虽然他俩不是一个朝代，让他们打打，比比看看谁更厉害。侯宝林的那个笑话是在批判、讽刺军阀，说大军阀不学无术，非得让关公战秦琼，他带有时代特点。后来我想，这不是大军阀一个人的想法，我们都有这想法，我们都心里偷偷地想，关公和秦琼谁厉害。那在金庸、梁羽生笔下同样存在这个问题——谁的武功最高？不要以为这个问题无聊，看上去无聊搞笑的一个问题背后需要很多学问，帮助你打通很多知识关卡。以上讲的是梁羽生。

我们再看看古龙笔下的武功。我觉得古龙这人活得很真，他生活中就这样，所以他写的也都是这种浪子，他自己就像他笔下的人物那样不幸。他不是梁羽生、金庸这种的带有绅士风度的、自己生活过得很好的人，他不是。古龙笔下的武功都很绝，但不多。比如陆小凤的"灵犀一指"、李寻欢就一招"小李飞刀"（飞出去你必死）、沈浪的"踏雪无痕"、燕南天的"嫁衣神功"、燕十三的"夺命十三剑"、花满楼的"流云飞袖"、巴山顾道人的七七四十九手"回风舞柳剑"，还有唐门的毒药暗器。唐门很厉害，我到四川我就问四川人，你们真有个唐门吗？有一次我遇见一个四川的姓唐的哥们儿，我说："你们家是不是唐门的？"〔众笑〕他很生气，他说古龙瞎说。

古龙笔下的人物要是到了梁羽生、金庸的作品中，能排在什么位置？他的武功能排什么样的位置？这也是挺有意思的一个话题，因为在古龙这武功都写得很神。如果他自己的人物比起来是个什么样子？古龙笔下谁武功最高？我也列一些人，武功最高的也就在这十几个人里面：沈浪、叶开、李寻欢、西门吹雪、王怜花、燕南天、阴姬、铁中棠、木道人、阿飞、荆无命、陆小凤、楚留香、花满楼、上官金虹。著名的武侠研究家、我的大学同学蔡恒平，笔名叫王怜花，他是我们班最早读武侠的，我写过一篇文章，叫《多情最是王怜花》。三十年前我们住在一个宿舍里，床挨着床。我受他的启发很多，他写了一本《古金兵器谱》，写得很好。他就用王怜花做他的笔名。好像古龙自己没有意思去比谁的武功最高，他努力地去写出一种人和命运之间的关系，写一种氛围，特别是写一种英雄很潇洒但过得不好的那么一种心情，或者简单地说要写一种劲儿。古龙的小说来源比较杂，他受的影响比较多，同时他也有自知之明，他知道自己按照梁羽生、金庸那么写一辈子都出不了名。古龙年轻的时候是给别的人当枪手，给台湾另外几个著名的武侠小说家当枪手，他熟悉那个路子,那个路子他不是不能写,也能写,可他知道自己这么写下去是没有出息的。他后来之所以能一举成名就是因为改变了路子——你们写散文,我不写散文了,我写诗;你们写旧体诗,我写新诗;你们一行二十个字,我一行两个字——他是找到了适合自己这样的一条道路,当然也是为了更多地赚取稿费。因为算稿费是按着页算的,一页多少钱(按着一页写满了算的,不写满也算一页),古龙是有多方面考虑。古龙小说的存在给我们武侠家族添了一个不可替代的品种。我知道很多人喜欢古龙,我有的时候去观察和思考什么人喜欢古龙,喜欢古龙的人一般是对社会很不满的、个人经历有挫折的,或者有点怀才不遇的、还没有成功的。其中有一部分人慢慢地会改变,有一部分人不会改变,有一部分人对古龙就永远喜欢下去了。所以,研究武侠的读者也是很有意思的一件事。

那么,我们看这个武功,从古代,从没有武功发展到有武功,一直到有纸上武学、有体系,从旧派发展到新派。梁羽生和古龙可以说是代表了两种呈现在我们眼前的武功套路,梁羽生是向着科学化、博大精深化去发展,古龙是向着诗意化、诗情画意、写意的方向去发展。

金庸笔下的武功是个什么状态呢?咱们下一次再讲。

〔掌声〕

第七课

授课：孔庆东
时间：2014年4月1日火曜日申时
地点：北京大学理科教室108
内容提要：金庸笔下武功的特点
《书剑恩仇录》《碧血剑》《雪山飞狐》《飞狐外传》《连城诀》《侠客行》《白马啸西风》《鸳鸯刀》《越女剑》中的武功

同学们好，我们开始上课，今天是一个严肃的日子。我们今天争取把课上严肃一点。

我们还是学习金庸小说写作的方法，很随便地开头——我非常喜欢金庸小说的一个原因是，他作品的开头都是不端着、平平淡淡的。你不知道即将进入一座伟大的宫殿、一片宏伟的森林，这是你不知道的。它从来不先声夺人，从来不开门见山。我们在中学的时候，老师老教育我们写作文要开门见山，这是最恶劣的一种写作方式。写新闻要开门见山，写文章不能开门见山。而我们现在正好搞反了，现在是新闻最重要的事情不告诉你，新闻写得跟小说一样，而真正的艺术却不会创作了。

我们上次讲"功高几许"，回顾了什么叫武功、历史上的武功是什么样的、武功怎么跟武艺发生联系的。我们又"八卦"了一些古典文学作品中的武功的情况，这样我们就明白了"武功"这个词，它的来源，到现代武侠小说中武功它是怎么奠基的，怎么分了内功、外功。然后我们就进到港台新武侠中，概览了一下梁羽生先生笔下的武功、梁羽生笔下武功谁最高。最后讲到古龙的武功，古龙笔下武功谁最高。很多同学还想继续听金庸笔下的武功的时候，上次课我们就结束了，很遗憾。

上个星期我们在日坛饭庄（日坛会馆）举办的一次活动，叫"金庸武侠与中国梦——百度贴吧'金迷'群英会"。我不知道在座有多少同学上百度贴吧，在百度贴吧里去不去跟金庸有关的吧。他们最近策划了一个活动，庆祝金庸先生九十诞辰，庆祝寿辰就举办了这么一个群英会，请了很多很多跟金庸有关的人，还有"金迷"，特别难得的是这次活动虽然不是那种大型国际研讨会，但是我们请来了查家的亲属，一共有六位。来自海峡两岸的查家亲属一共有六位，这是非常难得的，在这个早春季节。我就简单介绍一下这个会。

在这次活动中有一个非常令人激动的内容，是为了纪念金庸先生的九十诞辰，来自全世界的"金迷"们，他们发起了一个活动，叫"'金迷'巨献——手抄《金庸全集》"。这个活动征集了几百个"金迷"，最后大概录用了三百多位，每人抄金庸小说大概一两万字，每人抄一回或一章，把三十六卷《金庸全集》全部抄写一遍。他们说一共是八百多万字。这些"金迷"，这些小孩儿其实很认真，他们是一个字一个字按实际字数统计的八百多万字。其实按照我们出版习惯，不是一个字一个字统计，是按页统计的，比如说一页全版 625 个字，你如果有一页只写一个字也算 625 个，你写 600 个字也算 625 个。按照出版的统计，《金庸全集》应该是一千万字以上，绝对是一千好几百万字。那么这样一份礼品，是人类文学史上从来没有过的，除金庸外任何一个作家都没有得到过这样的荣耀，它不来自政府、不来自大学、不来自任何一个民间机构，它来自千万颗"金迷"的心。说实在的，凡是当作家的、写过东西的人，可以说无不羡慕。你想,当那么多字体不一样的字、一颗颗青少年的心都体现在里边,这样三十六本书寄到金庸先生手上的时候,我想,尽管他已经九十岁了,可他肯定会激动,甚至会流泪。我就想起他笔下写的张三丰,已经一百岁了,见到张无忌的时候,他的眼眶湿润了,用手去擦眼睛。一百岁修养到了神仙的境地了,他也是有情的,他也会感动的,只要这个情是真的。

这个发起人叫"留贻襄女",一个苏州女孩子,在重庆上大学读化工专业的,很感人。手抄本《金庸全集》每一回的抄写人是不一样的,他们的网名奇奇怪怪的,哪有一个作家的作品有这样的版本?也许以后这个版本就会成为学者的一个研究对象。我有幸得到一本馈赠,一本《神雕侠侣》第一册。我拿到手里之后都替金庸先生感动。

虽然在这个年代,我们总体的金庸读者数量下降了,多数人都去看电视剧去打网游了,但是由于中国人口数量巨大,还应该说至少有数百万人是完整地读过《金庸全集》的。这数百万人里边哪怕有百分之一的铁杆"金迷",也足够发起这样一项活动了。

好,那我们今天就来讲金庸笔下的"武功"。

上一次我们讲到了梁羽生和古龙先生笔下的武功,作为一个参照,回过头来我们看看金庸笔下的"武功"有什么特点。金庸笔下的武功是个说不完的话题。

我在讲金庸笔下的武功之前还要介绍百度贴吧的一个数据。百度的朋友给了我一个大的数据,叫"从贴吧大数据看——金庸'粉丝'文化"。

这个百度贴吧,我也浏览过很多次,这些"粉丝"的热情给我很多鼓励,也给我一些启发。我们看看"贴吧'金迷'群体像"。

这个百度贴吧里面男性"金迷"是女性"金迷"的 1.56 倍,也就是说有100个女"金迷"就相对应有156个男"金迷",这是男女比例,我看这大概是靠谱的,这个比例是正常的。按照地域来比,南方"金迷"比北方"金迷"多出近三成。它的南方北方不知怎么统计的,我想我们首先要知道南方和北方人口的比例是多少,如果南方的人口正好比北方多出近三成,那等于南北的"金迷"比例是一样,不多不少。

按省统计很有意思,江苏省的"金迷"最多,我们看,并不是浙江省"金迷"最多,最多的是江苏省,江苏并不是人口第一大省啊,虽然也是人口大省,但不是最大的;山东其次;陕西第三;再往后是河北、广东。这个很有意思。

"'90后'是贴吧'金迷'的主力人群",我们一方面说"90后"不读原著了,可"90后"占绝大部分,是主力,很有意思呵。

"近七成贴吧'金迷'是学生",所以,谁说学生不上网,他们成天都在贴吧里面。

再看,跟金庸有关的贴吧特别多——不像很多其他作家,比如鲁迅,就有"鲁迅吧"——跟金庸有关的"吧"数以十计,跟他有关联的甚至上百。最多的是和《笑傲江湖》相关的吧,其次是《神雕侠侣》《天龙八部》,然后是《倚天屠龙记》《射雕英雄传》。我们看,基本上排前六位的正好是他的六部杰作,是公认的他六部最伟大的著作。

贴吧里的"金庸江湖"讨论哪个词最热?有这些词:"原著""剑""武功""黄蓉"和"结缘"〔众笑〕。你们看"黄蓉"是个热词,看来是最受欢迎的一个名字,其次还有"张无忌",看来张无忌也是非常受欢迎的。

这些数据,反过来支撑了我们对武功问题的探讨。在与金庸有关的贴吧里几乎每一个细节都有一群人来探讨,探讨得多了就成了一个贴吧。从这个角度看,金庸比鲁迅厉害多了——有"鲁迅吧",但是没有"祥林嫂吧"〔众笑〕,是吧,金庸笔下很多人物都单独有一个贴吧,比如说有"赵敏吧",这个不得了。

我们单看武功,金庸笔下的武功,第一个特点是琳琅满目。多,太多了!有人统计过,金庸笔下武功有五百种;跟这个人的版本不一样,另外还有一个人统计有五百种,这就说明总数大于五百。还有第三个版本、第四个版本,金庸写过的武功肯定是大于五百的。当然,如果要进行学术研究那就得非常严谨细致,这要仔细看,哪些武功还可以合并,有的是不是还可以分开,是不是把套路和招式混在一起了,这都可以仔细探讨,但总之是琳琅满目的。我们前面说了郑证因写了那么多武功,到金庸这里集大成了,因为他一个人笔下写过五百多种武功。

第二个特点是博大精深。金庸对中国文化的展示并不是像学者那样在那里空洞地讲理论、讲道理,而是通过武功展示出来,金庸笔下的武功是体系化、理论化的,他不仅仅是写一个招式让你去想。比如我们就算没有读过武侠小说,从小也听过一些打架的招数,比如黑虎掏心,然后我们自己去想什么叫黑虎掏心,为什么不是白虎掏心呢?那说明这一招比较黑〔众笑〕,所以叫黑虎掏心。但是它没有理论,它一招就是一招。我们听过扫堂腿,可以想象这是一个什么样的姿势。但是金庸笔下的武功完全是理论化了,彼此呼应,形成一个一个的子系统,子系统加起来是母系统,不同的作品之间还有互相呼应,所以它存在着不同作品之间的武功可以比较的问题。

第三个特点是登峰造极。金庸的小说写到难以逾越的程度,为什么不说不可逾越呢?因为文学这东西可能性太多。以往的读者读到还珠楼主笔下的武功时,认为这就是登峰造极了,不可逾越,按照还珠楼主的模式确实是不可逾越了,因为他把人都写成神仙了,写成神仙之后那就没办法超越了。但是金庸没有把人写成神仙,人还是人,他的原则是不能把人写到神仙的地步,他写的武功在人的能力范围内,在基本合乎物理学道理的情况下，让你觉得已经不能逾越了，再逾越就不是人了。有些武侠小说作家写的神功，已经不可信了，比如说一掌能把雪山打融化了，一掌把一个湖给打沸了，这些我们就不论了。比如说未名湖里边同学正在滑冰呢，他一掌过来，冰全化了，这种功夫是不可信的，这是不能用物理学道理来解释的。

那么，金庸写的武功最了不起的一点在于它不是打架的招式，不是武术套路，武术界的人都不能理解金庸的武功，他们的理解并不比我们更深刻。金庸笔下的武功成了一种生命的隐喻，他笔下的武功是意象化的，像一个诗歌意象一样；它还是哲理化的，去思考金庸的武功，有利于我们自己认识人生、体验生命。你如果把某个武功体验得比较到位的话，直接帮助你学习，直接帮助你为人。

大家可以看我写我导师的几篇文章，我形容我的几位老师都是用武功来形容他们。比如，我形容钱理群老师，我说钱老师的武功就是降龙十八掌，一掌一掌地硬拍出去，里边都是他生命的内功。我形容我的博士生导师严家炎先生，我说严先生的武功就是太祖长拳，一点花招都没有，非常平实，一招一招打出来，他的招你也会，但是你就是打不倒他，最朴实无华，完全靠内功。我们严老师最了不起的一点就是他讲课很枯燥〔众笑〕，基本上就是念他的文章，他写好了文章到课堂上来宣读，所以，要看热闹的人就别听他的课，听他的课的人都是要长知识、长学问的，都是对问题感兴趣的，他的课上几乎没有插科打诨。严老师有时候自己也觉得讲课讲得有点枯燥了，他说："下面我讲一个笑话〔师学严家炎先生腔调〕。"这笑话一点都不好笑〔众笑〕，他这么一说就一点儿都不好笑了，但是我们大家没有不佩服他的，因为他每句话都是内力充沛地放在那里，他说一句话后面都有一百句话做证据，你是打不倒他的，这就是一种武功嘛。所以我们读金庸，这个武功不是用来打人的，而是启发我们去体会人生。

下面，我们来看金庸具体的作品，由小到大、由前到后，慢慢地看看他写的这些作品，看看这些作品里的武功能够让我们"八卦"出一些什么东西来，我们今天就上一个"八卦"的课程。

我们先看他第一部作品，《书剑江山》，又叫《书剑恩仇录》。《书剑恩仇录》给大家留下印象的，应该有两个名词，一个叫陈家洛，一个叫百花错拳。《书剑江山》主人公陈家洛这个人物已经非常典型化了，按照马克思主义文艺美学，这就是典型环境中的典型人物，世界上就有陈家洛这么一种人，智勇双全、条件优越，但最后就是不能成功，大事无成，事业不能成功，爱情不能成功，什么都不能成功，让人感到很可爱、很惋惜，又爱又恨。这种人不是作者硬编的,他的经历是由于种种社会关系造成的。我们不去讲陈家洛的全面的人格啊、性格啊，不去讲，就说他的武功。

陈家洛的代表性武功叫百花错拳，读了《书剑恩仇录》的人再也忘不掉"百花错拳"这四个字，这个名字起得太好了。而金庸先生写《书剑恩仇录》的时间，正好是我们提出百花齐放、百家争鸣的时候，时间非常巧合。对于百花齐放我们怎么理解？是不是什么都可以放？你不是百花齐放吗，那我可不可以骂你，我骂你算不算百花齐放？什么叫言论自由，言论自由包不包括可以污蔑、诽谤？诽谤人算言论自由吗？你如果说诽谤是一种罪过，把诽谤的人抓起来，那又怎么解释言论自由？看上去很好的话后面都还有玄机，你说"百花齐放"，但你又把某一种言论查禁了，这怎么办？那你就得解释哪种言论不算"百花"。我想金庸先生自己，应该对百花齐放有深刻的理解。他写的百花错拳在书中不是陈家洛发明的，是书中的一个高人叫袁士霄发明的，江湖上的外号叫"天池怪侠"。天池怪侠袁士霄创了一个独门拳术叫百花错拳。很多"金迷"认为袁士霄是《书剑恩仇录》中的第一高手，当然也有人不同意。如果把金庸小说全部的高手排个名次，好像袁世霄也能够进入前一百名〔众笑〕。进入前一百名很难了，比如大家都知道萧峰那么英雄，可他排得很靠后，可能进不了前五十名。讲到后边你们就知道了，在金庸小说里边高手如云〔众议纷纷〕，这里边越讲越玄，能进前一百名已经是第一流高手了。

我们来看，一个一个往下看，什么叫武功高？衡量武功高低，《书剑恩仇录》里边有一个很重要的人物，反派高手张召重，外号"火手判官"，他出身于名门正派，堂堂的武当派三弟子。金庸在他的第一部小说里面就写了正派出坏人，这是他了不起的地方，非常了不起。他从20世纪50年代开始，一直写到后来都这样写，这是金庸的一个拿手好戏，正派出坏人，邪派出好人。金庸的第一部小说里就有张召重这个形象，武当派代表中华武术正宗，他比少林寺更能代表，少林寺还是融合了西方文化的产物，这武当派是本土的。本土武当派就有一大坏蛋，是武当派三弟子，但是不能因为他是坏人我们就贬低他的功夫，他功夫极高，他不但能害师傅，俩师兄也打不过他，也就是说功夫最高的人可能是坏人。当然，他为什么成为坏人是有道理的，他热衷于名利。这也很简单，没有必要挖很多曲曲折折的缘由，一个人利欲熏心，为了好好当官，在朝廷里往上爬，他也会好好练功。就是说，人为了一个坏的目的，为了恶的目的，也可能在专业上造诣很深。所以看事物一定要用区分的眼光来看，不要因为你恨一个人就贬低他的学问，因为你不同意他的观点你就说他学问不好，这是不对的。坏人可能学问很好，你如果说他学问不好，那你就会继续吃亏，坏人会用他的学问征服天下。打倒坏人的办法只有修炼自己的"武功"，在学问上超过他，用学问来驳倒他。不能是他说的话跟你观点不一样，你就说他的学问不高，那是错的。功夫就像学问一样，你只有打倒他，你才有给他讲大道理的资格，不然就是他打倒你给你讲道理。

张召重呢，可以认为是衡量《书剑恩仇录》一书中所有人物武功的一个最佳坐标，为什么呢？因为他和许多人都交过手，和袁世霄、阿凡提、陈家洛、无尘道长、陈正德、王维扬、赵半山、文泰来、常氏双侠、陆菲青、周仲英这些《书剑恩仇录》中的高手都交过手，所以他就是一个秤砣，衡量出别人的轻重，他就是一个硬通货。你评判一个人武功高不高，就看他跟张召重打的时候怎么样。他差一筹、差两筹？怎么胜他的？大占上风还是略占上风，还是甘拜下风？张召重是一个衡量的尺度。但是也有人认为书中的第一高手不是袁士霄，另外有一个高手武功最高，就是阿凡提。这本书中有一段，阿凡提打张召重。张召重是高手，一般人都打不过他，他突然就遇见阿凡提啦，他们中间是这么打的：

突然间阿凡提左腿飞起，锅子横击。（阿凡提的武器是一个锅，在后背上背一个小锅。）张召重无处躲避，急从锅底钻出，不料阿凡提左掌张开，正候在锅子底下。张召重待得惊觉，已不及闪避，当下左拳一个"冲天炮"，猛向锅底击去。阿凡提叫道："吃饭家伙，打破不得！"锅子向上一提，随手抹去，张召重脸上已被抹上五条煤烟。

这一个细节就说明阿凡提打张召重，举重若轻、游刃有余，他能够随便在他脸上抹五条煤烟，也就已经可以把他置于死地，你有抹他煤烟的功夫，当然可以把他的喉咙掐碎，可以把他的鼻梁骨打断，你想在他脸上、喉咙上干什么都可以了。但是阿凡提不想杀死他，另外，这里要表现阿凡提的幽默性格，是为了跟民间那个阿凡提形象吻合，金庸就写了这个人特别幽默，所以很多人认为阿凡提是第一高手。阿凡提到底籍贯是哪里，我到新疆去新疆人民有不同的说法，几个地方都争，说阿凡提是我们这儿的,我想是跟咱们这儿争诸葛亮是一样的,"诸葛亮老家在我们这儿",人家就争阿凡提。去年我还去了一趟土耳其,没想到土耳其人民说阿凡提是土耳其的,说:"阿凡提是我们这儿的!"〔众笑〕这个阿凡提,是书里面的一个人物。

那我们看看袁士霄,他发明的百花错拳。

> 袁士霄少年时钻研武学,颇有成就,后来遇到一件大失意事,性情激变,发愿做前人所未做之事,打前人所未打之拳,于是遍访海内名家,或学师,或偷拳,或挑斗踢场而观其招,或明抢暗夺而取其谱,(反正是正邪的方法都用了)将各家拳术几乎学了个全,中年后隐居天池,融通百家,别走蹊径,创出了这路"百花错拳"。这拳法不但无所不包,其妙处尤在于一个"错"字,每一招均和各派祖传正宗手法相似而实非,一出手对方以为定是某招,举手迎敌之际,才知打来的方位手法完全不同,其精微要旨在于"似是而非,出其不意"八字。旁人只道拳脚全打错了,岂知正因为全部打错,对方才防不胜防。须知既是武学高手,见闻必博,所学必精,于诸派武技胸中早有定见,不免"百花"易敌,"错"字难当。

这一段论述太好啦,深合马克思主义辩证法〔众笑〕,深合儒家、佛家、道家哲理。所以我建议大家好好体会这段话,我们学任何本事都要有规矩,不学规矩就没法入门,那学了规矩就好了吗?学了规矩是刚入门。高人能自由掌握规矩,更高的人能破坏规矩,立一套他自己的规矩。按照规则做事的人是老实人、是正常人,比这个高的人是熟练地掌握前规则,再高就是能够破坏前规则。你看,他这里讲的一般的武学高手,见闻也博了，学得也精了，你一出招他知道你下边怎么打，他已经形成定见了。所以有的人能够应付"百花"应付不了"错"，"错"就是打破对方的思维定式——你以为我要怎么着了，其实不是这样的。

这是袁士霄发明百花错拳，它的令人难忘之处是，一个人功夫高，但如果这功夫不是你发明的功夫，那好像你还不能算是一个大的武学理论家，理论家应该有自己的发明创造。我们看看，陈家洛从袁士霄那儿学了百花错拳，学了之后，跟一个叫周仲英的对打的时候大占上风，但是后来他遇到张召重了，两个人搏斗的时候，他却占不了上风。为什么呢？因为袁士霄的百花错拳是自己学了百家拳之后，融会贯通，练成了一套百花错拳。而陈家洛差在哪儿呢？陈家洛是直接学百花错拳，他没有百家的拳术做根底，差别在这儿。你看，这里的哲理又深一层。所以陈家洛没有办法击败张召重。这给我们很大的启发。

我们今天很多人在那里高举马列主义毛泽东思想，他以为读了毛主席的书他就是马列主义者了。这就跟陈家洛是一样的。直接学毛主席的著作是必要的，但你跟毛主席差十万八千里。毛主席的思想是怎么来的？是他走遍千山万水，打了很多仗得来的。而你是读他的书知道了一点儿道理，这就是陆游说的"纸上得来终觉浅"。

所以陈家洛只是直接学百花错拳还不行，他后来怎么武功大进的呢？是因为他后来读了庄子。读了《庄子·养生主》里边的《庖丁解牛》，悟出了庖丁解牛掌，这个掌法与音律相配合，才终于击败了张召重。大家学过《庖丁解牛》，《庖丁解牛》为什么这么吸引人呢？现在还有没有这样的解剖师？我不知道。庖丁能够瞬间杀一头牛，就跟这牛没有骨头一样，"謋然已解，如土委地"，三下两下这牛"哼"就倒了，看上去好像牛都不痛苦，像跳舞一样。有一个形容词叫"以无间入有隙"，就是这个道理。看上去没有破绽的地方，其实是有破绽的，在于你有没有办法发现这个破绽、进入这个破绽,进入这个破绽你就赢了。而《庖丁解牛》讲的就是这个道理。陈家洛通过庖丁解牛掌,把掌法与音律相配合,最后才打败了张召重。这是金庸的第一部小说,它的武功,当然跟后面那些精彩的没法儿比,但是已经写出了我觉得是空前的道理。就一部《书剑恩仇录》,它的武功已经超出了梁羽生。

那么,如果把金庸本人的艺术比喻成武功的话,我们看金庸是不是也是从百花错拳到庖丁解牛?金庸的学问从哪里来的?也是采纳百家之长,慢慢地形成他的百花错拳。很多学者发现了金庸作品中这个跟那个相似,这个地方跟那个地方相似——这是学还珠楼主的,这是学白羽的,都能被发现。我还能发现他学鲁迅的、学曹禺的、学郭沫若的,但是你不能说他剽窃,不能说他抄袭,因为他创出了自己的百花错拳,似是而非。所以金庸还可以随口否认,你说他受谁影响他都否认。金庸是很高傲的,他不愿意说自己受什么人影响。比如我们说《雪山飞狐》受了《罗生门》的影响,金庸说没受《罗生门》影响,是受《天方夜谭》的影响,也行,因为他受谁影响全都是似是而非。似是而非这是一个很好的战术。好,这是《书剑恩仇录》中的武功。

我们再来看看下一部作品,叫《碧血剑》。《碧血剑》的主人公叫袁承志,按照故事发生的年代,它早于《书剑恩仇录》。所以有好事者考证,说袁承志是袁士霄的父亲。有人说不可能啊,袁承志后来不是携着温青青到海外去了吗?袁士霄是天池怪侠,袁承志怎么有这么一儿子呢?有人说那没准后来他在海外生了儿子,又把儿子送回来,送到天山去了。这可以不断地"八卦"下去。

袁承志会的武功比较多。所以我说袁承志是转艺多师。一方面他秉承的是华山派华山剑法,但是在袁承志江湖生涯中,他接触了很多的武功、混元掌、伏虎掌、破玉拳、两仪剑法、独臂刀法、金蛇剑法、金蛇锥法、金蛇游身掌、华山剑法、棋子打穴、神行百变、五行拳、十段锦。这里面有常见的武功，还有非常奇怪的武功，有内功、有招式、有轻功、有暗器。比较有特色的除了"金蛇"这几个武功之外，还有棋子打穴，这样就把围棋文化给结合起来了，因为围棋可以当暗器。大家知道围棋三百多个子儿呢，这暗器是使不完的。神行百变是一种很好的轻功，后来韦小宝也学了，在《鹿鼎记》中。五行拳、十段锦是常见武术，但是袁承志这种高手使起来就不一样了。他还教了一个人一路独臂刀法。袁承志的这些功夫，看上去好像没有特别令人振聋发聩的，所以大家容易忽视袁承志功夫之高。很多人列金庸笔下一流高手的时候，没列袁承志。但是我们如果仔细看一看《碧血剑》里面的一些战斗场面，看看袁承志都干了什么，就知道袁承志的功夫应该是一流的，甚至是超一流的，正宗的华山功夫加上金蛇功夫，正邪融为一体，内外正邪都融为一体。特别是他的混元掌，混元掌是天下最厉害的一种掌法。

袁承志并不是书中真正的主人公，真正的主人公有两个。金庸自己说真正的主人公是袁崇焕，可是袁崇焕并未出场。还有一个暗线描写的人物叫金蛇郎君夏雪宜，这个暗线的人写得比明线的袁承志要感人得多，要令人印象深刻得多。金蛇郎君夏雪宜一身血海深仇。本来凭他的功夫，可以报和温家的人的深仇大恨，但不幸的是他爱上了温家的一个姑娘，为了这份爱，他就上当了。结果温家的人给他下了药，把他的筋脉都挑断，废了他的一辈子。他对温家的人恨入骨髓。所以不论这部小说怎么改，改成粤语版的、普通话版的，里边儿都有一句惊天动地的话，叫"凡是温家堡的人都该死"〔众笑，掌声〕。这得是多么大的深仇大恨！

这个人因为身体残废了，不能直接报仇，他就在被囚禁的地方苦思冥想，功夫大进。他的功夫并不是他直接传给袁承志的，是用间接的方法传给了袁承志。金蛇郎君的金蛇剑法要配他的金蛇剑来使用。书中介绍，金蛇剑法的怪异之处，就在于这柄特异的金蛇剑，剑尖两叉既可攒刺，亦可勾锁敌人兵刃，倒拖斜戳，皆可伤敌，比之寻常长剑增添了不少用法，先前金蛇剑法中颇多招式甚不可解，用在这柄特异的金蛇剑上，尽成厉害招数。那么，有人就根据书中的描写，去制造金蛇剑，《碧血剑》电视剧中用的金蛇剑，是特别请了国内的铸剑大师，根据金庸的描写制成的。有的时候一些功夫是配合着特异的兵刃使用的。而金蛇剑，它的形状，它的招数，其实就是金蛇郎君的人格化。人物使用的兵刃合乎这个人的性格，这是我们古人发明的。大家想一想《水浒传》，想一想《三国演义》，那里面的人物所用的兵刃是不能更换的。李逵就必须使用两把板斧，你说李逵使个金蛇剑，这叫什么玩意儿〔众笑〕？李逵不能使金蛇剑，一使金蛇剑性格就破坏了，他只能使两把板斧，就是说兵刃与人是统一的，这就是中国天人合一的思想。所以我们虽然没有直接看到夏雪宜，但能从金蛇剑中看到这个人，他的聪明智慧、他的狠毒、他的深情等，都在这里边。所以兵刃是有性格的。现在很多收藏家喜欢收藏不同的东西，你看他喜欢收藏什么，也能看出他的性格。

我们再看看混元功，好像真有混元功这种功夫。现在我看武当派宣传他们的混元掌，说混元掌属道家武当派内功绝学，是《残阳秘笈》十大奇功，此技乃纯至秘，可谓是神奇而真实，高绝又可攀，修习者若练之得法，两年时间，即能练出令常人难以置信的功力，如掌开顽石、指碎砖块、抖手发功即可抛敌于丈外。我们有机会看到这功夫表演，武当派现在就练这个混元掌，可以做到一些掌开顽石什么的。那么，武侠小说里面描写的混元功显然比这要厉害得多了。袁承志练了混元功之后，有一段描写，说他可以接住铁锚：

> 袁承志提起铁链，"混元功"内劲到处，一提一拉，那只大铁锚呼的一声，离岸向船头飞来。荣彩和温青大惊，忙向两侧跃开，回头看袁承志时，但见他手中托住铁锚，缓缓放在船头。

这个力气大得已经很惊人了，对于一般人来说，这是难以置信的。他能把大铁锚接住，缓缓放在船头。有时候一些很寻常的场面，你没注意，可如果仔细一分析，也是非常惊人的。我们找一个这样的场面，袁承志抛铁箱，十个铁箱里面都装满了金银财宝：

> 袁承志吸一口气，已运起了混元功，提起十只铁箱，随手乱丢，一只接一只地叠了起来，几达三丈，说道："比就比！可是我不大放心。你们这些人贼头贼脑的，别乘我打得起劲之时，偷了箱子去。"

我们来分析这些铁箱，它应该是多重。我们把重量计算一下，十只铁箱装的都是玛瑙、黄金、白银之类的贵重物品，这是已知条件。书中说十只铁箱几达三丈高，以此可知，每只铁箱应该是几达三尺高吧。这是目测，咱们往少了算，算二尺五，那么明朝一尺约是31cm，两尺五大概是78cm，假设这个铁箱子长宽高分别是0.8m、0.4m、0.75m（我们都是尽量往少了算），那么每只铁箱的体积是0.24m³。我们把厚度去掉，算它的容积，容积算0.2m³。我们再看里面装的物品的密度，黄金的密度是约是19.3g/cm³；银约是10.5g/cm³；铁约是7.8 g/cm³；玛瑙最少，咱们不算。原文说的是："却见下半箱叠满了金砖，十箱皆是如此。"下半箱重量是多少？咱们就算1/4箱装满金砖，除掉空隙，算金砖占总体积1/6，也就是说，一箱子里约有0.03m³黄金，体积乘上密度，黄金将近有600kg。

一箱子里的黄金是600kg，加上其他物品和铁箱自重，少说一个箱子也有800kg吧，袁承志可以随意将800kg上抛数米，这不是天下第一大力士吗？有人说袁承志跟郭靖、杨过相比是不堪一击的，这不可能。郭靖、杨过有这么大力气？有哪一段描写说郭靖、杨过、萧峰能把800kg的东西随便抛上八九米去？你只能用其他的情节来驳倒他。单说这力气，大家可以算算这需要做多少焦耳的功〔众笑〕？这算起来不得了啊。800kg的东西随手乱提，最后得扔到八九米这么高，那可见他一身的力气是多少。所以不算不知道，这一算吓一跳，混元功不得了。袁承志武功不可小觑，特别是他练会了混元功之后，再会了金蛇剑，内外俱达上乘。有人说袁承志到了《鹿鼎记》里面，功夫更高了。也有人问袁承志在《鹿鼎记》里面是不是可以打遍天下无敌手。

好，我们看下一部作品。《雪山飞狐》加上《飞狐外传》，我把它叫"胡家刀法高精尖"。胡斐这个人和其他的一号人物不一样。首先他没有很多奇遇，他没有遇见那么多师父给他内功、给他外功，教给他很多武功秘籍。胡斐少奇遇，他之所以成为一代大侠"雪山飞狐"，靠的是家传与天赋。家传还不是他父亲手把手教给他的，就是有一套刀谱，可见他们家这个刀谱的厉害。一套胡家刀法，加上他的天赋，他就悟出来了。书中有一个地方介绍这套刀法的诀窍是："与其以主欺客，不如以客犯主。嫩胜于老，迟胜于急。缠、滑、绞、擦、抽、截，强于展、抹、钩、刹、砍、劈。"你们不要用这个诀窍去练功夫，你们得用这个去想怎么学习、怎么读书，怎么与人斗、与天斗、与地斗，去体会什么叫"嫩胜于老"，什么叫"缠滑绞擦"。你把这些道理悟通了，才是懂得武功。那么，胡斐当然还会一套胡家快刀，快刀比快，不是他父亲讲的这个"慢"；他还会春蚕掌法、八极拳、西岳华拳；也有轻功，四象步、飞天神行，要不怎么叫雪山飞狐呢；

还有暗器的功夫满天花雨；大擒拿手。这是胡斐的功夫。

胡斐刚生下来不久，他父母就双双死去。其实《雪山飞狐》里写得最好的是胡斐父亲胡一刀，金庸通过众人之口，写出了一个顶天立地的汉子。这个汉子长得特别猛恶粗豪，但是内心有无尽的爱，在最关键的时刻是不忍心杀人的，所以他说希望自己的孩子在长大之后心肠狠一点儿，他知道自己的心肠不够狠是个缺点。那么，跟胡一刀拼得你死我活的就是号称打遍天下无敌手的金面佛苗人凤。苗人凤的形象也塑造得非常好，他的家传绝学是苗家剑法，招式繁复而严谨，变幻莫测，刚中带柔、柔中带刚，更兼狠辣异常，实乃绝世剑法。胡一刀跟他打了五天五夜，真是表现出英雄气概，他跟苗人凤打了一个白天之后，晚上奔跑了八百里，去给苗人凤报仇。更了不起的是他给苗人凤报仇的时候使用的不是胡家刀法，而是苗家剑法，用对方的武功为对方报仇才算真正的报仇。所以他俩白天打，是敌人；其实双方早都心心相印，发现对方是自己最好的朋友，真是知音。要不是两个家族积了百年的深仇，何必打这一架呢！但是为了家族的深仇这一架又必须打，可在此之前又要尽朋友的情分。胡一刀夜里去取回了商剑鸣的首级，他跟苗人凤说用的是苗家剑法中"冲天掌苏秦背剑"这一招，破了商剑鸣八卦刀法的第二十九招，证明当年苗家四人之所以受害，是因为受害者所学非精，并非苗家剑法输于八卦刀法。胡一刀如果用胡家刀法给人家报了仇，是欺负人，证明苗家剑法不行，用苗家剑法给苗人凤报仇，才是真正对得起朋友。所以什么叫朋友？这种深情厚谊才叫朋友，现在哪有这样的朋友？！

因为他们两个人的悲剧，加上胡一刀又中了小人的奸计，胡一刀夫妇不幸惨死，苗人凤念及百余年来"胡苗范田"四家子孙（李自成的四大卫士为了保护李自成，四家产生了误会，百年仇杀。四家子孙冤冤相报、辗转报复，没一代能得善终），立下一条家训，命自他以后的苗家子孙不得学武，苗家剑法及其他武功也就逐渐失传。苗家剑法是非常严谨繁复、几乎没有漏洞的，但是苗家剑其实还是输在了胡家刀下。不仅是比人格胡一刀更高一筹，就是比武功，胡一刀本来也是应该胜利的。他们两个人比了几天几夜，胡一刀的夫人胡夫人（这也是一流的侠女，很多人评论金庸笔下的女性人物的时候，会忘了胡夫人，其实胡夫人之伟大应该是第一的）曾向胡一刀提过，苗人凤除了在用"提撩剑白鹤舒翅"这一招反击之前，背心必定微微一耸之外，其余所使的剑路，门户严密，并无丝毫破绽。苗人凤只有这一个破绽，被胡夫人看出来了。就在苗人凤露出这个破绽的时候，胡一刀几次都不忍，他本可以杀掉对方，可他不忍心，因为他认为这是他夫人发现的破绽。可是如果他不杀掉对方，他自己又会死，就在这个时候，胡夫人使劲掐胡斐这个孩子，把孩子掐哭了，用孩子打动胡一刀，意思是你不为孩子着想吗？所以胡一刀最后下了决心，迅速地封住了苗人凤的剑路。但是没想到苗人凤还能死里逃生。

那一场斗写得精彩无比。后来胡一刀问苗人凤怎么会有这一招的破绽，苗人凤说因为他父亲教他的时候，背上突然有跳蚤咬他，他不敢伸手挠，只好耸一耸后背，结果却被他父亲误会了，被打了一顿，自此之后每当使到这一招，背上不由自主发痒，背心便会微耸，露出了破绽，可见这是苗人凤少年练剑时留下的阴影。若无此阴影，那么"提撩剑白鹤舒翅"这一招便可免除背心微耸这一破绽，整套苗家剑法或许真可算是毫无破绽了。书里边写出这个破绽是怎么来的，一般一个完美的套路不会有这么严重的破绽，这个破绽恰好符合心理学上说的条件反射，高手也不能够免俗，高手也不能回避，每个人可能都有每个人的破绽，这个破绽会有深刻的心理原因。因为这个心理原因人们会做出一些反常的事来。

前面我们说过，金庸年轻的时候，据说爱慕夏梦，后来夏梦移民到美洲去了。过了很多年夏梦回到香港，那是早就过气的老明星了，一般的人、一般的报纸也就报道一个消息就行了，金庸的《明报》连篇累牍地追踪报道〔众笑〕，这就属于失态。少年时候心里有"病"，才能做出这种反常的举动。任何人都是有破绽的，而破绽必有原因。这是金庸写武功不胡编乱造的一个例证。

我们来看下一部作品，《连城诀》。《连城诀》写得太凄惨、太阴暗了，人间地狱《连城诀》啊。《连城诀》里面所有的人际关系都是恐怖的，家庭成员之间不可信、师生感情不可信、朋友之交不可信，都是互相残害。像西方哲学说的人和人之间是狼和狼的关系，其实狼和狼之间的关系，哪有这么坏啊？只有人和人之间才这么坏呢。我们说它的武功，这里面最厉害的一种武功叫神照功，据说有起死回生之效，是天下第一精纯的内功。如果把它放在金庸全部小说里论它的层次，《神照经》的神照功当与先天罡气、《九阳真经》《易筋经》等里面的武功并论，属于绝世武功。因为大家主要注意《连城诀》的那个阴暗凄惨，注意人性之恶了，对武功可能注意得不够。其实《连城诀》的武功描写得也是非常深厚的，招法非常厉害。神照功就是一种很厉害的功夫，而且它是精纯的内功，不是旁门左道的功夫。

可是《连城诀》里面给人留下深刻印象的不是这个神照功，而是其他的东西，比如说血刀老祖，我把他叫"神勇血刀"。这个血刀老祖是一个大恶人，我在评论《连城诀》的时候就说，这是金庸小说中光彩照人的大恶人、顶天立地的大恶人。人当然要做好人，但是坏人跟坏人是不一样的。坏人里面有的装好人，即所谓的"伪君子"。那么，还有真小人，真小人里面还有有所不为的真小人，和什么坏事都干的、无恶不作的真小人。有的坏人只做某种固定的坏事，有原则〔众笑〕，还有的为了维护他那个破原则宁肯牺牲生命。所以，坏人和坏人不一样。血刀老祖我认为就是一个顶天立地的坏人、赤裸裸的坏人,跟着他的,"咱们就是干坏事的"〔众笑〕。你要想干好事那就是背叛,就是叛徒。天天干坏事,这很难啊〔众笑〕。一个人做一两件好事很容易,难的是一辈子做好事。反过来一样啊,谁能天天做坏事啊?你一辈子做坏事看看?这血刀老祖就是天天做坏事的,而且教他的徒弟都这样做。他这个人真是智勇双全,在绝对劣势的情况下,既是神勇无敌,又是智慧无敌,他把追杀他的中原好汉"落花流水"四大侠全部打得落花流水,一个一个全部干掉——最后血刀老祖已经内力耗尽,对方还剩一个人,这一个人过来轻轻给他一刀就能杀死他,他却用"空城计"逼降了这个人,而且使这个人由好人瞬间变成坏人,把他心底里的人性恶给激发出来了,那个人由一个铮铮铁汉瞬间变成一个无耻之徒。所以"血刀老祖"这个形象是人类文学史上独一无二的,金庸写出了恶的爆发力。恶是具有强大爆发力的。血刀老祖有《血刀经》,上录内功、刀法,他的血刀刀法怪异至极,每刀都是在绝不可能的方位劈砍。它跟百花错拳不一样,百花错拳虽也是让你想不到,但它是先把你迷惑了,你以为它要怎么样它却不怎么样。血刀的招法是让你根本就想不到,你认为人的骨骼、手脚四肢是不能从那个方向砍杀过来的,它却正是从那个方向砍杀过来的。所以说血刀老祖的功夫带有神秘色彩。血刀老祖我认为是金庸笔下的很漂亮的一个坏人。我曾经专门论说金庸笔下的几大恶人,这几大恶人我都很欣赏,最欣赏的是血刀老祖,第二就是田伯光〔众笑〕,采花大盗田伯光,虽然所作所为的是坏事,但是有原则,够朋友。人只要有原则就能改邪归正,就怕这人没原则,就怕这人天天口头上讲仁义道德,这种人最坏了,最难挽救。我欣赏的恶人还有一个就是南海鳄神〔众笑〕,这都是非常可爱的恶人。

那么,比血刀老祖给人印象更深刻的是连城剑法。本来叫唐诗剑法,是根据唐诗优美的意境发明的,可是《连城诀》里面的这些师父都是些坏师父。我们中国民间本来就传说老师教徒弟总要留一手。我小时候就想，要是每个师父都留一招，怕徒弟超过自己，这功夫不就越来越差了吗？《连城诀》把这个发挥到极致，师父教徒弟不是留一招的问题，他从开始就给你教错，把你引上邪路。《连城诀》里面有一帮这样的师父，这里面有一个师父叫戚长发，人送外号"铁索横江"，看来这人功夫很厉害。他为了掩人耳目，把"唐诗剑法"蓄意讹传为"躺尸剑法"。这人好像是湖南人，根据方言，他说这是"躺尸剑法"〔众笑〕，然后徒弟就根据"躺尸剑法"去学。他把里面的招数名称都改成谐音字，或者同声异形字，小说的主人公狄云就跟他学了这个"躺尸剑法"。戚长发的师兄万震山，也把这剑法教给别人——凌退思。这几个师兄弟在带徒弟的时候不约而同地都往坏了教，这是人间的恶得至极。我下面写的这些就是"躺尸剑法"一些招数的名称，大家自己去想它本来应该是什么功夫：

"哥翁喊上来，是横不敢过。"

"忽听喷惊风，连山若布逃。"唐诗熟不熟，能不能猜出原来是什么句子？

"落泥招大姐，马命风小小。"这能猜出来吧？这应该能猜出来。

"饭角让粽臭，一官拜马猴。"这个不容易猜出来。

下面这个容易了。"闯前门越广，疑尸地上爽。举头亡命也，低头死故乡。"〔众笑〕唐诗全都被改成这样了。对于一个没有文化的少年来说，老师怎么教他，他就怎么背，而且他还觉得很有道理，根据这个道理去使剑。

"白日一扇近，长活如海流。鱼穷千里谋，跟上一层楼。"

"两个黄梨拧脆了，一行白骆丧今天。"〔众笑〕

戚长发不但都往坏了改，而且他改了之后整个美妙的意境全部给破坏了。当然，这些作恶的人最后也都没有好下场。《连城诀》里面写万震山害死人之后把人砌在墙里边，那一段写得很阴森恐怖。万震山因此就有了病，心里面有巨大的阴影，后来他就有了夜游症。小说里没有这么写，小说里写他有个怪异的动作，用今天的心理学分析就是夜游症。他夜里起来砌墙，在幻觉状态下去砌墙，他老觉得那个墙砌得不结实，怕这个阴谋会暴露，所以他在幻觉状态下要起来砌墙。就是说，人做了大坏事，自己心里面就会受伤害。

好，我们看下一部作品《侠客行》。《侠客行》的主人公叫石破天。大家对石破天有两种判断，一种说他是"脑残"，一种说他是天才。我说这两种判断都对，他是"天才'脑残'"石破天。人是"脑残"不可怕，你继续"脑残"，"脑残"到石破天的程度，你就是一代大侠。我们现代的人可怜之处就是"局部'脑残'"〔众笑〕，程度很低的"脑残"，然后肚子里还有些正确的知识，这就坏了，怕的就是你这半瓶子醋，半瓶子醋"脑残"是最有害的。你完全"脑残"，什么都不懂，心地一片光明，有一颗赤子之心，你这个"脑残"其实是天才的材料。所以石破天这样一个人完全无欲无求，没有任何坏心眼，从来没有企图拿人家任何一个东西，一块饼都不拿，他也不认字，没有受过任何知识的污染，不要说没有现代知识的污染，就是古代知识他也都不懂，什么都不懂，这样正是合佛心的一个人。石破天也被弄到侠客岛上，侠客岛岩洞洞壁上刻着李白的诗《侠客行》，多少高手就在那个地方日夜研究，研究这里边的武功，由此还成天争吵打斗。因为那诗有意象、有意境啊，就像我刚才说的"唐诗剑法"一样，每个人都在想"白日依山尽"是什么武功，两个人就争论。所以我一读到那个情节，我马上就明白这写的不就是学术界吗？一帮学者成天争论这是什么意思，那是什么意思，产生了很多流派，每个人再培养一堆博士，这些博士再互相继续"残害"，这就是学术界。结果他们都没有发现武功的秘密，谁都发现不了，水平越高的人、越有文化的人就越发现不了。最后是"天才'脑残'"石破天发现了。他怎么发现的呢？就因为他不认字。那些人一看，这都是字啊，认识字就去解释这诗，一解释这诗就误入歧途。而石破天不认识这些字，他一看，这不是字啊，他看到的是画，他看见的是一个一个小人在那里打架，一个人在那里练功、一个人在那里使剑，他一看就懂啦，不用去悟了。哎，这正好是禅宗说的"不立文字，直指人心"。我们人为了进步发明了文字，文字给我们带来了多少方便和幸福，但是，时间长了人们发现文字本身是个祸害，不见得只带来幸福，也带来了很多不幸。我们悟到了这个道理，禅宗里才有了这句话："不立文字，直指人心。"可是我们不幸已经认字了，已经知道这么多道理了，怎么办？《侠客行》给了我们很大的启发。我们有时候要不要废掉自己的功夫？完全都废了，彻底废了，那太可惜了，学了这么多年了。但在一个具体的问题上，有的时候要不要废掉功夫，完全不在乎自己像一个傻子那样活一会儿？别动心眼行不行？不动心眼又能怎么着，能吃多少亏？比如说，谈恋爱的时候要不要不动心眼？我就宁可被他坑一回又能怎么样？顶多被坑一辈子呗〔众笑〕！当你这么想的时候，人还有什么亏可吃？没什么亏可吃！有的时候越动脑筋反而越没有那个境界。

这里边讲，罗汉伏魔神功乃少林派第一精妙内功，兼阴阳刚柔之用，它比《易筋经》之类的内功要精妙，但是修习门槛极高，这门神功集佛家内功之大成，第一步摄心归元，摒绝一切俗虑杂念，十万个人中便未必有一个能做到。"聪明伶俐之人总是思虑繁多，但若资质鲁钝，又弄不清其中千头万绪的诸种变化。当年创拟这套神功的高僧深知世间罕有聪明、纯朴两兼其美的才士……"所以你说，这是讲功夫吗？这不就是讲哲学吗？所以我说，学哲学的人必读金庸小说，金庸讲的就是哲学，是打通了人类所有哲学门派的哲学，打通儒、释、道，打通中、西哲学，道理都在这。石破天练好了这个之后，"其时剑法、掌法、内功、轻功，尽皆合而为一，早已分不出是掌是剑。"我们看那些绝顶高手，他什么都是超一流的，只有那个一流以下的高手，他才是某项功夫强，某项功夫弱。比如他拳脚强、器械弱，或者暗器好、轻功弱，超一流高手没有弱项，都融会贯通了。因为金庸也没有把《侠客行》的武功写得特别详细，我们只能去悟，我想，金庸后来自己也在悟这个东西。

介绍一下《侠客行》的后记。《侠客行》后记里这样说：

> 由于两个人相貌相似，因而引起种种误会，这种古老的传奇故事，决不能成为小说的坚实结构。虽然莎士比亚也曾一再使用孪生兄弟、孪生姊妹的题材，但那些作品都不是他最好的戏剧。在《侠客行》这部小说中，我所想写的，主要是石清夫妇爱怜儿子的感情……

读到这里你就知道，这感情其实是金庸自己悼念儿子的感情，"以及梅芳姑因爱生恨的妒情"。对这两种感情我想金庸有深深的体会。

> 所以石破天和石中玉相貌相似，并不是重心之所在。
> 一九七五年冬天，在《明报月刊》十周年的纪念稿《明月十年共此时》中，我曾引过石清在庙中向佛像祷祝的一段话。此番重校旧稿，眼泪又滴湿了这段文字。

金庸是轻易不流露个人感情的人，竟然在一个后记里忍不住说自己"眼泪又滴湿了这段文字"，可见他多么重视这个感情。当一个人最心爱

的亲人没有了,那是写多少小说也挽回不了的,只能缓解悲痛。后记里又继续讲"破名相"的问题,这段话也很重要:

> 各种牵强附会的注释,往往会损害原作者的本意,反而造成严重障碍。《侠客行》写于十二年之前,于此意有所发挥。近年来多读佛经,于此更深有所感。大乘般若经以及龙树的中观之学,都极力破斥烦琐的名相戏论,认为各种知识见解,徒然令修学者心中产生虚妄念头,有碍见道,因此强调"无着""无住""无作""无愿"。邪见固然不可有,正见亦不可有。

大家好好体会这句话:"邪见固然不可有,正见亦不可有。"这和我们大多数人的想法是不一样的,我们大多数人是要破邪立正,我也经常做这个工作,我们要打倒那个邪恶的东西树立正义的东西。我们觉得这么想没错啊!可是这还不是最高境界,最高境界是那个"正见"都不可有,因为一旦你认为自己是正义的,掌握着真理的时候,危险已经潜伏在其中了,你已经有杀人的可能,杀害无辜的可能。

"《金刚经》云:'凡所有相,皆是虚妄''法尚应舍,何况非法'。"非法固然不对,法就对了吗?要这样去想。这段话应该给法律系的同学读读,"法尚应舍,何况非法"。"如来所说法,皆不可取,不可说,非法,非非法。"大家读读《金刚经》就明白了,佛给大家讲了半天道理之后,佛说:我讲的这些也毫无价值,你们通通给我忘掉。佛要自我否定。金庸说他理解这个意思,可是有一个奇怪的现象:

> 写《侠客行》时,于佛经全无认识之可言,《金刚经》也是在去年十一月间才开始诵读全经,对般若学和中观的修学,更

是今年春夏间之事。此中因缘,殊不可解。

一九七七.七.

金庸觉得这事挺奇怪的,他当年写《侠客行》的时候没学佛经呢,还写得这么好,这怎么回事呢?我说,这正好合乎佛家讲的道理,当你对佛教类的知识学得比较多了,了解得比较深了之后,说不定你离佛更远了,这正是他在书中早就写到的"石破天"的道理,石破天才离佛最近,甚至我们可以说他就是佛。你把佛的知识学得滚瓜烂熟之后,你已经离佛很远了,不要以为你离佛更近了,恰恰更远了。

我上中学的时候,就开始喜欢听西方的交响乐,西方的音乐,我听得非常好,听得非常感动,但有一个遗憾,就是觉得自己听不懂。这曲子到底啥意思呢?听不懂。上了北大之后,北大有一门通选课叫"西方音乐史",我特高兴,每个星期六去办公楼礼堂听西方音乐史,全都听明白了。巴赫怎么着,贝多芬怎么着,这莫扎特、李斯特、柴可夫斯基怎么着……全听明白了,可以给别人白话了,可以给别人炫耀了。可是最后我突然发现我不感动了,我再听这种音乐的时候,心里边那种快感和幸福感没有了,我才知道被坑了〔众笑〕。比如,现在我一听柴可夫斯基《1812序曲》,马上想起拿破仑,想起库图佐夫,想起一幅宏伟的战争画面,可是那个音乐我忘了,我听"老柴"等于看托尔斯泰一样,所以知识有好处,但是也有坏处,所以我无比怀念我没有这些知识的高中岁月。我怀念随便听一首莫扎特,那种身体上的舒服,像躺在一只小船上,漂在河上的那种舒服,可再也没有了。我也没有办法废掉这个知识〔众笑〕,真是苦恼。

后来我再读一些佛教的理论,深刻感到圣人的伟大,他们怎么在几千年前就知道这些东西了,我们想了半天还不过是在印证他们的说法而已。所以，破名相。司马光为什么能砸缸，就是他敢于破掉一般的逻辑，所以小孩有时候能做出一个大人做不出的举动来，他打破了惯常的思维逻辑，才能把孩子救出去。鲁迅说："救救孩子。"怎么救？用以往的思路是救不了的，要破，破了才能救。

好，我们来看另外几篇小说，在金庸作品中属于最末流的小说，特别是武功方面。有一个作品叫《白马啸西风》。《白马啸西风》里面的女一号叫李文秀。李文秀的武功如何呢？我想大家都可以公认，她的武功是三流的，但是丝毫不影响有很多人是"李文秀迷"，很多人挚爱李文秀。最近有一个女企业家，一个女强人，让我给她推荐一部作品，我就推荐她读《白马啸西风》。我说你凡事不要强求，你读读李文秀——得不到的就算了，这样才能获得幸福。那么，李文秀的功夫如何呢？李文秀在书中有一个师父瓦耳拉齐——华辉，外号叫"一指镇江南"，在书中算天下无敌了。李文秀不能够跟师父比，但是她跟他"学了几个时辰就打败了几个一流好手，可见其武功"。这话不是我说的，我是带引号引的一个"金迷"说的话。他说，"后来又增强了不少"，所以他个人估计李文秀的武功在郝大通和王处一之间〔众笑〕。大家想一想《神雕侠侣》，郝大通和王处一，是全真七子里的两个，《神雕侠侣》里很次要的人物，他说李文秀的功夫在他俩之间。我觉得这好像都有点拔高，但是因为我们喜欢这个形象，尽量往高想一想，她的功夫也不过就是这个水平。我当年论《白马啸西风》的时候，说这部书中的武功甚至都可以忽略不计，这部书可以改成非武侠小说，要不要武侠都一样，不损害它任何文学价值，一样感人，它是一个一流的爱情故事。一个《白马啸西风》可以"毙掉"百分之百的琼瑶作品。琼瑶作品捆一块儿不如一《白马啸西风》，因为它讲出了爱情的真谛。《白马啸西风》是金庸所有著作中武功最低之书，有人说《天龙八部》中的左子穆可以称霸《白马啸西风》〔众笑〕，左子穆就是无量派东宗的掌门，出场次数很少。也有人说李文秀的功夫跟钟灵差不多，李文秀可以 PK 钟灵，跟钟灵打一架。

金庸的两部以女性为主角的小说，一个是《越女剑》，一个是《白马啸西风》，这两个主人公的功夫可是天壤之别。《越女剑》里的阿青武功盖世，而李文秀武功平平，她们什么地方相同呢？是都没有得到她的所爱。李文秀说："那都是很好很好的，可是我偏不喜欢。"这个平平淡淡的一句话说出了真理。

我们再看他下一部书，叫《鸳鸯刀》。我认为《鸳鸯刀》的文学价值不如这个《白马啸西风》，但是它里面的功夫好像比《白马啸西风》明显要高。《鸳鸯刀》一共出场了十五个人物，我们按照武功列出十大高手。十大高手应该是哪十个？第一个肯定是萧义，萧半和，他是一个非常有侠义情怀的太监，因为这个太监救了两位忠臣大侠的后人，保护了忠臣的两位夫人，他把他们的两位夫人都娶了。因为他是太监，所以不会辱没她们的名声，他做的事情很有智慧。第二个应该是大内高手卓天雄，他有呼延十八鞭。第三个就是袁大侠之子袁冠南。后面是萧中慧，本名杨中慧。这两人是袁杨二家之后，后来他们成了情侣。后面还有一对夫妇，叫林玉龙、任飞燕。这对夫妇吵架吵了一辈子。（《鸳鸯刀》这部书是喜剧作品，但喜剧作品里面讲了很深刻的道理，吵架吵了一辈子的夫妻可能恰恰是好夫妻，是真夫妻。有的人动不动就说，我爸和我妈感情特别好，一辈子没红过脸，那未必是好夫妻，你很可能不知道你爸你妈有什么秘密〔众笑〕，完全有可能。很多夫妻都是吵架吵了一辈子，甚至天天说离婚，其实他们谁都离不开谁，而且谁都离不开吵架的这种方式，这就是他们沟通的一种方式。）那么，再后面这几个人外号都很牛、很吓人："烟霞神龙"逍遥子；总镖头周威信叫"铁鞭镇八方"，看这名很吓人，其实连半方都镇不住〔众笑〕；常长风叫"双手开碑"，他去劫路，在马路上放一块大石碑，表示自己能开碑，所以，我们遇到这样的人都不用害怕；还有花剑影，号称"流星赶月"；名头最响的是盖一鸣。本来一般人姓这个姓，这个字应该读 gě，gě 一鸣，可在这本书里面应该读 gài，因为他后面的外号中有个"盖"字读 gài，他的外号是金庸小说里最长的，叫"八步赶蟾、赛专诸、踏雪无痕、独脚水上飞、双刺盖七省"盖一鸣，这个外号能把人吓"死"。但是，金庸通过这个告诉我们，凡是外号这么猛的，一般都是徒有其表。我们今天是不是看到很多人名片上印了十来行，这个副会长，那个副秘书长，这个什么什么，印了一大堆，这样的人你都不用在乎他。牛人都不印这些名头，只印很简单的电话、单位就行了。最牛的人是没有名片的。还有一个未出场的人物叫五毒圣姑，书中只是介绍一下。在《鸳鸯刀》的最后，这个鸳鸯刀的秘密终于出来了，就是上面印的四个字：仁者无敌。

那么，这里面有一个有趣的刀法值得介绍一下。刚才我说过的，一对夫妻林玉龙和任飞燕，他俩老吵架，有一个和尚看见他们老吵，不忍，就传给他们一路刀法叫夫妻刀法，本来希望用刀法来调解他俩的感情。"这路刀法原是古代一对恩爱夫妻所创，二人形影不离，心心相印，双刀施展之时，也是互相回护。只是这路刀法有一桩特异之处——伤人甚易，杀人却是极难，敌人身上中刀的所在全非要害，想是当年创制这路刀法的夫妻双侠心地仁善，不愿伤人性命，因此每一招极厉害的刀法之中，都为敌人留下了余地。"你看，和尚给他们传这套刀法是为他们好，可是他俩却使不好这夫妻刀法。他俩一边用这个刀法一边吵，"林玉龙骂道：'都是你这臭婆娘不好，咱们若是练成了夫妻刀法，二人合力，又何必怕这老瞎子？'任飞燕道：'练不成夫妻刀法，到底是你不好，还是我不好?那老和尚明明要你就着我点儿,怎的你一练起来便只顾自己?'两人你一言,我一语,又吵个不休"。所以,这个刀法他俩是练不好的,后来他俩把这个刀法传给了袁冠南那对情侣,那对情侣本来还没有产生爱情,因为使用夫妻刀法,反而心心相印了。所以一套刀法,合适的人使了,它的威力是倍增的,如果不合适的人使了,还不如一个人单打独斗。大家想想很多家庭不就是这样吗,夫妻如果同心合力,他们两个人加起来的效率是四个人的效率;如果每个人都只想着自己,不照顾对方,甚至同床异梦,那还不如自己过更好,这样的两个人在一起,家庭的效率会降低。这是夫妻刀法讲的道理。

我们再看一下《越女剑》这个短篇。《越女剑》里这个越女的功夫到底高到什么程度?小说最后一段:

"范蠡等了很久,始终不见阿青现身。"阿青要来杀他和西施,"他低声吩咐卫士,立即调来一千名甲士、一千名剑士,"两千名,差不多两个团的人,"在馆娃宫前后守卫。"……"蓦地里宫门外响起了一阵吆喝声,跟着……",你看金庸特别会写,他不正面去写,他写的是声音,像广播剧,"呛啷郎、呛啷郎响声不绝,那是兵刃落地之声。"从声音讲,"这声音从宫门外直响进来,便如一条极长的长蛇,飞快地游来,"声音像蛇,你听这声音是一条长蛇飞快地游来,"长廊上也响起了兵刃落地的声音。一千名甲士和一千名剑士阻挡不了阿青"。当然,我们有的人说她不可能同时遇见这一千个人,但我们想,这一千个人怎么也得分出一百个、几百个人去阻挡她吧。"只听得阿青叫道:'范蠡,你在哪里?'范蠡向西施瞧了一眼,朗声道:'阿青,我在这里。''里'字的声音甫绝,嗤的一声响,门帷从中裂开,一个绿衫人飞了进来,正是阿青。她右手竹棒的尖端指住了西施的心口。"突然,她因为看西施长得太漂亮了,就不忍下杀手。阿青真是拿得起，放得下，她知道了范蠡为什么爱西施，自己飘然而去，"阿青这一棒虽然没有戳中她，但棒端发出的劲气已刺伤了她心口。"大家知道那个典故怎么来的了吧，"西子捧心"，原来西施心脏受伤了〔众笑〕，被阿青戳伤了，还不是直接被戳伤的，是劲气戳伤的，所以才有"西子捧心"。《越女剑》结尾处理得非常棒。那么，阿青的功夫到底高到什么程度？有些阿青的"粉丝"——阿青的"粉丝"很多——说阿青是金庸小说中第一高手。因为没有人能像她这样，瞬间冲破两千名甲士、剑士的大阵，瞬间到达此处，她的剑法快得不可思议，超过独孤九剑。阿青的功夫为什么这么高，是不是金庸故意的？金庸写《越女剑》的时候已经是20世纪70年代了，他已经写过许多武功高超的人物，所以在这就留下一个让大家PK的课题：阿青是不是金庸笔下的第一高手？

越女剑的剑法，它的传人是谁？阿青首先传给了一些越国剑士，但这些越国剑士没有人能学到她真正的功夫，他们看得都眼花缭乱，看到的只是一些影子，然后他们就互相交流这些影子，越国的剑士就变成了一流的剑士，最后帮助勾践完成了报国雪耻，灭掉了吴国——根据影子就能学成上乘的武功。柏拉图说，"生活是真理的影子"。你说这个文艺作品是影子的影子，影子也许更吸引人。那么，《射雕英雄传》里有个人物叫韩小莹，她就用越女剑，韩小莹是不是阿青的传人？

我们今天说的这些武功，不是金庸最著名的六部作品中的，是六部作品之外的。"六杰作"之外的高手有哪些，我们总结一下。《白马啸西风》里没有一流高手，《鸳鸯刀》里没有一流高手，其他的都有，你别看这些作品不是杰作，都有一流的高手在里面。《越女剑》里有阿青；《侠客行》里有石破天，有龙、木二岛主；《连城诀》里有狄云、丁典、血刀老祖；《雪山飞狐》《飞狐外传》里有胡斐、胡一刀、苗人凤；《碧血剑》里有袁承志、夏雪宜;《书剑恩仇录》里有陈家洛、阿凡提、袁士霄。即使金庸没有"六杰作",就这些人物所组成的这个阵容,已经是中国武侠小说史上超一流的武功阵容,李白、张飞来了都不是他们的对手〔众笑〕——啊,说错了,李逵、张飞来了都不是他们的对手。可见天外有天,金庸在这之上,还能写出"六杰作"。

"六杰作"的武功,我们下一次再探讨。祝大家愚人节快乐!
〔掌声〕

第八课

授课：孔庆东
时间：2014年4月8日火曜日申时
地点：北京大学理科教室108
内容提要：布置期中作业，请同学们写一段武打场面
《射雕英雄传》《神雕侠侣》《倚天屠龙记》《笑傲江湖》《鹿鼎记》
中的武功

我们今天继续来"八卦"武功。我们"八卦"了两次，大家已经知道武功绝不仅仅是打架的功夫问题，那个问题我们也讲不了。那么，我们为什么要多讲武功呢？武功是武侠小说的核心内容，我们通过讲武功，来把它当成一种象征，实际上讲的是武侠小说最核心的文化内涵。

上次讲到这之后，有的同学说，老师你不是说4月份要布置期中作业吗？是的，我们这次就布置期中作业给大家，很简单，请写一段武打场面。要求如下：第一，字数300至500字，不许写多了，写多了我看不过来，给我打晕了，这个是有要求的。第二，武打场面的人数、空间、时代均不限，可以随便写。硬要求没有，有软要求。希望努力做到三个"打出"：打出性格，打出文化，打出哲理。这三个"打出"将作为评分的主要依据。有一个不讲理的、蛮横的规定：因人数众多，难于鉴定，凡疑似抄袭者，一律零分。这是一个法西斯主义规定，因为我很难鉴定你是不是抄袭的，我觉得是抄袭，就是抄袭。用这一条逼迫你写出自己的特色，

你必须让我觉得你这一段不是似曾相识。这软要求要求得比较高。别看作业字数少,还是有一定难度的。你恐怕先要阅读一部分武打的内容,武打的段落,才能写出你的武打。我们下个星期停课一次,下个星期4月15日上课的时间用于同学们完成作业。

我本来希望有同学自告奋勇来讲一次课或者两次课,但是好像同学们没有这个勇气。我以前开讲金庸的课时都有同学来讲,这一次同学们没有这个勇气,我们下面还有很多课,如果有同学有准备的话,还是鼓励同学们来报名。作业的电子版和纸质版请于再下一周之前交给本课的助教。我觉得时间是绝对充裕了,一共两个星期的时间,足够你写好了。这份作业的分数占最后总分数的比例,我要看了作业之后再决定。如果作业的平均水平比较高,那占的比例多一点,我们可以占50%或60%;如果普遍写得比较差,我很不满意,那占的比例得少一点,占40%或30%。这算入最后的总成绩。

让同学们来写一个武打场面,是我多次布置过的作业。早在二十多年前,我在某两个中学当老师的时候,就将这个作业布置给我班上的中学生,让他们写武打场面。我成功地扭转了学校的领导和老师动不动没收同学武侠小说的恶劣风气。本来学校书记交给我任务,说咱们学校同学老读武侠小说,孔老师你给他们讲一讲,让他们读点儿高雅的文学作品。然后我就给他们讲了一讲,我的讲法是,要看武侠小说不许在下面偷偷看,而是要公开地看,看完之后各班还要开班会公开讨论,下一步就是自己写。所以我的做法同学们非常欢迎,不但没有影响大家的学习,还提高了大家的写作水平。大家写自己爱写的,但是具体写出来的武打,真的普遍来说不太成功,多数是让人感觉似曾相识,模仿痕迹很重。当然,这也可能是因为前辈大师太厉害了,你随便想一场武打,就很难不落入他们的窠臼,很难独出心裁,这是一个原因。还有一个原因,现在的孩子们从小就不打架,这又是一个重要原因。

当然,有的同学会写得好,写的武打场面打出了性格、打出了文化、打出了哲理。也许还会有同学问,写现代热兵器的武打行不行?这是一个挑战性的话题。用热兵器打怎么算武打,你不能说三大战役算武打吧,那肯定不算,必须得写具体的肉搏。拿着现代化武器不要紧,但应该有肉搏的成分,不能写两个人远距离,一个拿着冲锋枪,一个拿着机关枪就打起来了,这不能算武打,武打要有身体的接触。实际上,直到现在也不能说在战争中贴身肉搏就完全没用,完全消失了,我们训练那么多的陆军士兵,特别是特种部队干吗?就是要用肉搏来解决问题。

好,这是期中作业,就跟大家交代一下。

我们上一次讲金庸小说中的武功,谈到了金庸六部杰作之外的那些小说,我们还专门把它们中的人物排了一个队。但是金庸小说中最好看的是所谓的六部杰作,从武打角度来看也是。第一高手未必在这六部杰作里,前面也说过有人说阿青是第一高手,有人说石破天是第一高手,这都有可能。但是要讲"第一高手集团",要讲团队作战,那高手肯定是在后面这些皇皇巨著之中。我们现在来看后面这些作品中的武功。后面这些作品结构宏伟、人物众多,我们不能讲得那么细,我们有点有面地讲,点到为止,在讲武功的同时,帮助大家复习一下小说中的一些主要人物。

我们先来看《射雕英雄传》,这是金庸最著名的作品。说到《射雕英雄传》中的高手,这是"金迷"们说不完的话题。借助一些"金迷"的概括、讨论,我们大概可以分出几个集团来。在《射雕英雄传》中有几个绝顶高手,就是"东西南北中"这几个人,著名的"东邪""西毒""南帝""北丐"——"东邪"黄药师、"西毒"欧阳锋、"南帝"段智兴、"北丐"洪七公，还有一个没出场的人，"中神通"王重阳，这里代替王重阳的是他的师弟周伯通，这五个人可能算绝顶高手，也有人把他们叫"五绝"。金庸小说有一个特点，最开始出场的人往往武功不是最高的，不但不是最高的，可能连一流高手都不是。如果一开始就写绝顶高手，会导致人们不相信，人不容易相信有武功这么高的人。在金庸小说中，最开始出场的人往往武功很高，但是是可信的，比如他的刀法很快、力气很大，一般人打不过，来了很多人都打不过他。我们想一下，比如说《鹿鼎记》的开头，茅十八多厉害〔众笑〕，威风凛凛，我们觉得这是一个武功高手了，因为一般的武侠高手都做不到一个人打那么多人。后来他带着韦小宝一路到了北京，进了北京之后我们才知道这茅十八什么都不是〔众笑〕，他在武林里简直什么地位都没有，三流都排不上。一旦前面有茅十八做陪衬，你才能够知道后面的人武功多么高，它像台阶一样，层层拔起。

我们现在就从高往低了说，有人总结，在《射雕英雄传》中，绝顶高手之下的超一流高手有两个，一个叫裘千仞，一个叫郭靖。我们先说郭靖，郭靖在《射雕英雄传》里肯定是不如"五绝"的，他的功夫没有达到"五绝"的高度，但是他也算超一流的高手。"超一流"这个词是日本词，最早是围棋界的词，围棋职业段位有九段，在七段、八段、九段里面有些人是常胜的，被称为"一流棋手"，那么，总有少数几个比这一流棋手还厉害，成为带着仙气儿的人，被叫作"超一流棋手"。从20世纪80年代到90年代，中国能被称为超一流的棋手只有"聂马"两位，聂卫平、马晓春。韩国有几个，剩下的都是日本的，最多的时候日本大概有六个超一流棋手。最近这几年中国围棋界全面开花，拿到了全部的世界冠军，已经全面压倒了韩国。但是现在你说谁是超一流棋手，这很难说，现在是乱战，几个月前大家都不知道的人能够夺得世界冠军，所以现在围棋正处于这样一个乱战的时代。

围棋界的"乱战"很像我们下面要说的这些一流高手间的状况。一流高手这么多，都是一流的，他们之间可能会互有胜负。

比如全真七子，但是有个问题，全真七子是七人分别打，还是七个人一块儿上〔众笑〕？有这么一个问题，因为他们有一个北斗七星大阵，北斗七星大阵拿出来好像还可以跟一个绝顶高手抗衡，比如说跟黄药师，黄药师一个人打全真七子，全真七子列出北斗七星阵来，双方可能打个平手。

欧阳克算是一流的，早期的郭靖打不过欧阳克，见到欧阳克肯定吃亏。其实黄药师是喜欢欧阳克的，黄药师这辈子最窝囊的事就是那么聪明的女儿嫁给那么笨一个郭靖〔众笑〕。没办法，女大不由爹，眼看着她嫁给这么一个"傻子"〔众笑〕，然后黄药师在岛上越看越生气，看他俩感情还挺好，最后实在看不下去了，愤而出走，把桃花岛让给他俩，"我走了，你们俩在这儿过吧"〔众笑〕。为什么？因为郭靖不合黄药师的脾气，黄药师不喜欢这样的傻女婿。欧阳克如果不是那么坏的话，我觉得欧阳克可能更有希望。那么，这里说到欧阳克，因为后边不知道能不能说到他，我就顺便多说几句。欧阳克跟欧阳锋学得很坏是吧，姬妾成群，是比较风流的那种人，但是他对黄蓉的感情好像不一般，他对黄蓉的感情是不是真的？你看他很听黄蓉的话，黄蓉对他态度不那么恶劣的时候，他感到很甜蜜〔众笑〕。流氓、歹徒有没有真情？这是一个比较深的问题。

下边这些人都是被黄蓉给收拾、给调理过的：灵智上人、彭连虎、沙通天、梁子翁，这些人都比较有意思。

陈玄风、梅超风这对黑风双煞，在桃花岛上功夫没学好，据他们自己说只学到师父一成的功夫，学到一成的功夫加上自己勤学苦练就成了一流高手，所以跟什么师父看来确实很重要，上什么学校好像还真有很大差别。这就像一个学生在学校没学好，被北大开除了，在江湖上自己混，竟然也能混成一流高手〔众笑〕。他们的功夫相当于丐帮四老,相当于南帝手下的渔樵耕读。再加上刘瑛姑,他们都是一流高手。

其他的人物就算二三流高手,比如江南七怪。原来我们看着很厉害的人,其实只是二流、三流。黄蓉,这么多人喜爱的黄蓉,武功也不高,黄蓉的武功也是达不到一流的。但是黄蓉很少吃亏,她智商高,多数是以智取胜。另外,她还有一件软猬甲,是可怕的武器,即使你打到她身上也是你会吃亏,她身上有现代化的铠甲,所以黄蓉这种人反而不容易受伤害。再加上她爹太厉害,一般人只要知道她的身份,便不敢惹她。

那么,这些人物合起来组成了一幅武功全景图。《射雕英雄传》的一个巨大的魅力是,在此前没有这样一部书,写了一个完整的武侠世界。我们都知道武侠世界是虚构的,世界上没有这回事,但金庸写出来之后,就以假乱真了,让人感觉真的有这么几股人马组成了一幅全景图。而中国人是非常喜欢看全景图的,你看历代的画家就喜欢画什么什么全景图,很多地方一定要编造出十景、八景来,可能一个地方原来就只有三四个有名的景点,它一定要凑成十景、八景:香山八景、燕山八景、杭州十景、西湖十景。一定要凑这些,凑齐了中国人才觉得心里边很爽,觉得这是一个完整的世界,中国人喜欢一个完美的世界。鲁迅先生曾经批评过这种审美心理,把这叫"十景病"〔众笑〕。因为鲁迅先生是主张实事求是的,你三景就三景、五景就五景,你干吗非得凑成十景。从社会批判、激励中国人进步的角度来讲,鲁迅先生批判得非常深刻。而我们不去批判它,我们承认有这么一种现实,中国人确实有这么一种"十景病",喜欢凑,凑齐了,凑成一个整齐的数字才觉得好,下边还要接着凑上下联,中国人永远要世界不断地完美。而《射雕英雄传》恰好就制造出了这么一幅全景图,你很难再往这幅全景图中加进去别的东西,你加进去的东西很难出彩,它东西南北中都已经有了,层次分明。所以金庸建设的这个世界具有非常大的文化魅力，文化魅力通过武功展现出来。《射雕英雄传》中的这些高手，他们的武功随着故事的发展，和下一部书《神雕侠侣》连在一起，我们还可以把《射雕英雄传》跟《神雕侠侣》联系起来考察，所以在《射雕英雄传》这里，我们不再一个人、一个人地讨论。

我们来看《神雕侠侣》中的英雄谱。《神雕侠侣》里面谁武功最厉害，也没有标准答案。但我看好多人认为郭靖最厉害，郭靖在《射雕英雄传》里边，还不是绝顶高手，那时候他还年轻，到了结尾他把成吉思汗气死了，他那时也是很年轻的，只不过他表达了不同的英雄观。到了《神雕侠侣》里边，有人说郭靖更厉害了，为什么呢？有很多理由，第一个是他数十年练习完整版《九阴真经》〔众笑〕，这《九阴真经》有的人练的是残缺版的，他得到的是完整版的，而且他练习数十年。我们知道郭靖这个人的最大优势就是反复练习〔众笑〕，他是最合格的励志学生，从早到晚练习，人家练一遍他练一百遍。一个人笨不要紧，知道自己笨其实是一种大智慧，就怕不知道自己笨。郭靖在最本原的意义上其实不傻，他知道自己反应迟钝，这就不傻，真正傻的人觉得自己什么都懂，那才是真傻，那样就没有进步的机会了。郭靖永远不满足，永远知道自己恐怕还不行，还要再练，他练到最后，智商并没有提高〔众笑〕，他也不是去练自己的智商，他练的是一种还没有办法概括的身体反应的能力。因为我们一般人处理事情要经过大脑中枢，大脑内有一终端，是中央处理器，我们一般人比的是中央处理器的快和慢。比如你说："我这中央处理器是十八核的。"他说："我的是三十六核的。"比的就是中央处理器。郭靖知道他的处理器不行，干脆不跟你们比这个了，他把这个环节绕过去。到最后他那个中央处理器还是没提高，可他的武功不经过大脑，是通过身体直接感应的。比如说有人打我的左臂时，不论他打到没打到，我的脑子反应到了，然后我的脑子发出指令，指挥我身体其他部位去防御、去反击，这样再快中间也需要一个中介，而郭靖通过几十年的练习，把这中介给pass掉了〔众笑〕，他不需要这个中介，那就叫"一方有难八方支援"〔众笑〕，只要一方有难了，不需要中央下命令，八方自动就冲上去了。你别惹他，他把弱势变成了强势，身体达到了一种神的境界，出招不需要经过大脑了。而这也许是金庸偶然这么写的，但是这又恰好合乎佛法，这里面又有着某些跟石破天的相通之处——经过智力处理的东西总不是最好的，不是真正超一流。

练《九阴真经》是练内功，郭靖还有很多其他的辅助条件，比如他很厉害的是学会了左右互搏。左右互搏是老顽童周伯通发明的，这个功夫一般人很难学会，为什么很难学会？一般人聪明，有一个强大的中央处理器，不允许你左右互搏。我们上学的时候玩左手画方，右手画圆，我有时候在课堂上就整我的同桌，我说你能往大腿上左手画方，右手画圆吗？一会儿我就把他整"疯"了〔众笑〕。越聪明的人越不会左手画方，右手画圆，一般学习不好的同学反而学得快，这是一个事实。说得夸张一点儿这叫自我分裂，左右互搏实际上是一种自我分裂能力。自我分裂说起来好像贬义词，其实高层次的人恰恰能够自我分裂。我们经常说批评与自我批评，人怎么做到自我批评呢？自我批评就必须把"我"分成两个嘛，一个是被关照的、被审视的"我"，另一个是来关照他、审视他的那个"我"。动物是不会自我批评的，人可以自我批评，不是每个人都会，有的人只会说"自我批评"这个口号。真正的自我批评是不用外力的，是你经常地检讨自己。没有这个能力的人，我都建议他们写日记，通过写日记来训练自我批评能力。所以人具有左右互搏的功夫是非常了不起的。孔子说凡事要"叩其两端而执其中"，这就是左右互搏的理论基础，凡事请看看左派怎么说的、右派怎么说的，他们有没有偏颇之处，你自己就演习左派、右派怎么打，然后找到一个最佳的方案。但是找到最佳方案的前提是你能左右互相打。一个人没事的时候，左手跟右手打起来，这本来是周伯通被黄药师关在山洞里常年无聊，自己发明的游戏。

我不知道大家会不会下棋，喜欢玩棋的人在没有对手的时候可以自己跟自己下棋，这就是锻炼左右互搏。比如，我学会围棋的一段时间内，我就自己跟自己下，一开始有一个问题——容易偏心眼〔众笑〕，你绝对容易偏心眼，有时候你喜欢黑棋，就会不自觉地老是让黑棋赢。黑棋老赢，你就得调整自己，说自己不公正，一定有问题。有时候一开始你没有偏心，是很公正的，但当某一方走出一种阵势、一种情况的时候，你喜欢这种阵势，便希望走出了这种阵势的一方赢。比如你喜欢实地[1]，就让有实地的这方赢了；你喜欢外势，便可能让有外势[2]那方赢了。在经过一段时间的训练之后，你才能真正公正，最后能下得两方是半目胜负、微妙的胜负。那个时候你会悟到很多棋盘之外的东西。我有一篇文章的最后一句叫"棋在盘外"，棋不在盘内，你会悟到棋盘之外的很多道理，所以左右互搏是一种很了不起的功夫。

当然，左右互搏需要你对左和右都了解，郭靖就能够左手和右手分别打出两套拳来，一个人相当于两个人，而相比之下，杨过因为只有一条胳膊〔众笑〕，他功夫再高，也不可能左右互搏，也不能打出两套功夫来，所以说这是郭靖超过杨过的地方。郭靖还饮过宝蛇的血，可以百毒不侵，这是因祸得福。武侠小说里常有因祸得福，喝了毒等于喝了宝贝。他还有降龙十八掌，这降龙十八掌说是与黯然销魂掌齐名，我看比黯然销魂掌名气大多了。他还学了全真教的正宗内功，书中说他在实战中能够大战金轮法王、潇湘子等一群高手不落下风。另外，他在蒙古大漠长大，射箭功夫一流，凭着箭术还可以杀掉很多高手。他轻功也不弱，登

1　实地，围棋术语，指已经占有而对方不易攻入的地域。——编者注
2　外势，围棋术语，指在对方实地外面形成一个比较大的势力范围，但还没有取得完全肯定的地域。有了较大的外势，可以构成大模样或开拓较大的地域。——编者注

云梯的绝世轻功，也是在蒙古大漠上练的。特别是到了《神雕侠侣》中，他正值武功巅峰期，五十多岁。根据武侠小说的武学理论，人的武功在五十多岁的时候最高。人在二三十岁的时候一般不可能是一流高手，才刚入门；到四十岁以后才可能有大成；五十岁可能是炉火纯青的时期；以后呢，武学境界可能越来越高，但是体能下降了；到六十岁可能不能成为第一高手了，那个时候人的体能又下降了。所以五十岁左右的时候武功是最厉害的。这一点倒是合乎道理的。我们现在的武术界实战技能最强的也都是五十多岁的老师傅，二三十岁的人还不行。我们平时看打架都是二十来岁的小伙子、十几岁的小伙子在打，可如果真的对拼武功，小伙子是打不过中年人的。好，这是郭靖。

有人说杨过第二，为什么是杨过呢？因为他学了部分《九阴真经》，他学的不是完整版的。但是他又通过神雕习得上乘武功，他有自己武功上的独创——黯然销魂掌。他两次打败金轮法王，还有一个伟大的历史贡献，击毙了蒙古大汗〔众笑〕。大家有时间可以去重庆钓鱼城看看，钓鱼城是书中蒙古大汗被打死的地方，改变世界历史的地方，改变了古代史。我建议在重庆钓鱼城那里放一个杨过的雕塑〔众笑〕，把虚实结合起来。但他毕竟是独臂，被郭芙砍掉了一条胳膊，外加练的《九阴真经》是不全的，所以我们把他排在第二。第一高手、第二高手已经没太大差别。

到了《神雕侠侣》里面，我们认为周伯通可以排第三。左右互搏是周伯通发明的，其实武学大宗师必须有发明，周伯通是有发明的。他会《九阴真经》，外功是空明拳。空明拳是至柔之拳法，是合乎道家原理的，完全是庄子讲的这一套，绝对的以空制明，通过空达到明。他在《射雕英雄传》中可以说是第一高手，但是在《神雕侠侣》中，他已经年龄大了，因为年龄大了，所以把他往后排了。他到桃花岛去挑战，被黄药师给设计关在地洞里边儿，待了十五年。苦练了十余年，他悟到了很多东西，比如说空明拳，以虚击实、以不足胜有余的妙旨，自创出以空柔为主的七十二路空明拳。这空明拳里包含着很深的道理，不足怎么能胜有余？这就是道家的道理。我们看战争史上著名的战例，多数是以弱胜强。我们小的时候学革命战争史，知道共产党的军队总是以弱胜强，我们觉得共产党很了不起，后来再看看整个世界战争史，发现以弱胜强很普遍。这就好玩儿了，原来不是强就能胜弱啊，弱胜强的比例好像更高。这就促使人们去研究战争的道理。打架的道理和战争的道理一样，不足怎么能够胜有余？它这里说空柔，说的都是理论，具体操作起来怎么个空？怎么个柔？大家可以结合一些战争史上的战例。昨天，有人传给我一本书稿，是四川的一个叫双石的人传给我的。他这几年研究红军长征路上的大渡河之战。他以前写过研究红军过草地的文章、研究西路军的文章，最近他专门研究大渡河之战，写了一部书，叫《大河飞渡》，还没出版。我看了之后，感觉写得非常棒，非常好，那个学问做得好！当年红军长征路，很多地方他不知去了多少遍，所有电报他都反复核实过，用事实来证明长征中那些真实的事情。你看看红军长征路上那个行动的轨迹，那个打法，就和很多武功是相通的。红军交到了毛泽东手中之后，那就是左右互搏加上空明拳。你看看红军四渡赤水，那不就是空明拳吗？那就是七十二路空明拳。蒋介石一拳打下去，什么都没有，一拳刚收回来，自己肚子上挨了一拳，这和武功是完全相通的。红军就是做到了以不足胜有余。你看红军就那么点儿人跑来跑去的，被几十万大军围追堵剿，但是红军到了毛泽东手中，你抓他抓不到，他打你一打一个准。

第四个，有人认为是金轮法王。金庸的小说，从第一部开始就有反派的高手武功特别高，甚至有的可能高到一流境界、第一等境界。金轮法王是个蒙古国师，我们知道蒙古是信佛教的，他又是蒙古国师，所以他的武功跟佛教是有关系的，他弄了一个法轮常转。他有五个轮子，材料还不一样,金银铜铁铅,他有一个功夫叫五轮大转,经常是三个轮子飞在空中,他双手还各持一轮。我想金庸是从马戏团学来的〔众笑〕,受杂耍影响。我们看杂技经常用五个瓶子,中间飞三个,不断地倒来倒去。金庸受这个启发,给金轮法王发明了一套武功。但是我想,五个轮子用五种材料制成,五种材料的轮子的飞行速度都是不一样的,这个掌握起来很难。另外他的内功是龙象般若功,他在中原挑战失败之后,就回去苦练,练到了第十重。般若功一共有十三层,他觉得此生不可能练到绝顶了,练到第十重已经可以横行天下了,就回来报仇来了。这个时候他已经力近千斤。金轮法王确实是很难对付的,他曾经一个人抵挡三大高手。我们讲《书剑恩仇录》里边反派高手张召重是一个衡量全书人物武功高低的标志性人物,那么在《神雕侠侣》里面,金轮法王也可以作为一个标志性人物,因为他跟很多人都过过手,通过看金轮法王跟别人比武的战绩,可以衡量别人的武功高下。

下面是小龙女。小龙女的功夫到底有多高?本来她是杨过的师父,肯定比杨过高。但是后来杨过肯定是青出于蓝了。她曾经在重阳宫大战时候力敌金轮法王,又过了十六年,武功应该更高了,但是书中没有展现她后来的武功。我们得知的小龙女的功夫一个是古墓派的家传武功(当然古墓派教育好像也是不完整的)玉女素心剑法。她后来也学了左右互搏。我觉得小龙女如果跟杨过并走江湖的话,他们两个加起来,应该是无敌的。这是小龙女。

我们再看看下面,有人说排第六的高手是欧阳锋。欧阳锋这个形象,我觉得是整个中国文学史画廊中一个独特的形象,金庸塑造的这种反面人物,同时有大宗师气派。这个人很坏,立场绝对是坏的,但是他不随便干小坏事儿,觉得干这个事情有失身份,要干就干大的〔众笑〕。他把这叫"坏人有所不为",坏人是有所不为的。他名副其实合乎西毒这个"毒"

字儿。在《射雕英雄传》中，华山论剑，他曾经得到第一，但是因为他逆练《九阴真经》，因而在没蛇的情况下他未必打得赢周伯通，他有一个办法，有蛇阵。他也会"正宗"的《九阴真经》，但是不愿意使。我们常见的他的功夫是蛤蟆功，这是他最厉害的功夫。蛤蟆功在现代武术中也有。"蛤蟆功"这个词儿，并不是金庸的发明，武林前辈白羽那里就有蛤蟆功。所以有攻击金庸的人说金庸抄袭。"抄袭"这个词儿现在用得有点儿太乱，前面有人发明（金庸也没说是他发明的），他沿用这个名字有什么不可以的呢？我们使用的大部分词都是前人发明的，我们不能说我们抄袭，我们也没有必要说一句话加那么多注解，说这个词从谁那儿来的。所以不能说金庸抄袭这个，应该是说金庸继承、发扬光大。蛤蟆功在白羽那边就是一个名称，到了金庸这里真的把它写得栩栩如生了。好像一般正宗的大宗师，正面的，不会使用蛤蟆功，使用蛤蟆功的都是反派。但是蛤蟆功确实威力无穷，这个威力在周星驰的电影里，得到了最淋漓的展现。以前我们在书上看文字就会想蛤蟆功到底什么样，觉得这很难演，不好演出来，但是周星驰的电影《功夫》把蛤蟆功展现得非常好。另外，欧阳锋还有灵蛇拳法。欧阳锋还是个音乐家，还会弹铁筝，他弹的东西特别难听，能把人弹得神经错乱。他曾经在桃花岛上弹铁筝，把正常人全给搞乱了，最后能抵挡他的只有郭靖，因为郭靖毫无风趣，什么音乐也不懂〔众笑〕。跟郭靖弹什么都等于对牛弹琴〔众笑〕，对他毫无杀伤力，所以郭靖他能抵挡这个铁筝。在这个诙谐中它有道理，一个人不懂音乐，可缺点反而成了优点。欧阳锋还有透骨打穴法，这是他的暗器方法。

　　洪七公是人人敬仰的大英雄，但是单单讲武功，好像跟欧阳锋比还略逊一点儿。他后期和欧阳锋是不分上下的，但是考虑欧阳锋是个疯子，所以欧阳锋的武功打了折扣。欧阳锋这个人为什么写得好呢？原因之一是他的疯也不是一般的疯。欧阳锋的疯是带有哲学家意味的疯，他疯了之后很让人同情，看到疯癫的欧阳锋会让人想起尼采。欧阳锋那不是尼采吗？那不是梵高吗？欧阳锋疯了之后就问一个问题——我是谁？而"我是谁"不就是我们人活着的一个最核心的问题吗？我们每天忙这些庸俗的事，有时候就忘了这个问题了。我相信很多人有空的时候想过这个问题——我是谁。"我是谁"是很难回答的。我记不清楚我是几岁开始问这个问题的，记不清是上小学以后还是上小学以前，反正有一天我忽然就困惑住了，就问我自个儿，我是谁呢？（你要是想过这个问题的人，你知道我说的是什么。你要没想过，你就不知道我说的是什么。就是这三个字，你必须用你的生命亲自体验过。）然后我就去问了我的小伙伴儿。我说："我最近想一个问题想不明白，我是谁？"我小伙伴说："这有什么不知道的，你不就是孔庆东吗？"我说我不是这个意思，他说："那你啥意思？"他没想过这个问题，他不明白我是什么意思。他用很多外在的东西去解释，他认为我糊涂了，想帮助我——你是孔庆东、你是谁谁家的儿子……他告诉我我外在的那些身份。我们要问的不是这个，我们要问的是"我之所以为我"的那个东西——那东西是谁。我们每个人都装在自己的小壳壳里，当这个小壳壳毁灭之后，那个"我"去哪儿了？我们要问的是这个东西。而一般人已经忘了这个事了。恰好在疯子那里，他记着。疯子经常想这些问题。疯子只是我们命名的疯。欧阳锋就想，我是谁。所以他误打误撞，在疯癫的状态下练成了绝世的武功——逆练《九阴真经》。最后他和洪七公比武，竟然破了洪七公的打狗棒，破了洪七公的绝学。可见如果单讲武功的话，正还不如邪。这是金庸很大胆的一点。一般我们都要讲邪不压正，正义最后是胜利的。但是金庸演绎正义的胜利不体现在武功的胜利上，最后洪七公没有胜利，欧阳锋胜利了。所以有一些人就批评金庸，说金庸正邪不分、以邪乱正等。这种批评有没有道理？是不是理解金庸？我看了好多电视剧里边洪七公的形象，觉得都演得不对。很多洪七公演得有点像老顽童，再有一种形象偏于想着他是一个叫花子、一个丐帮帮主，他要么就穿得破破烂烂的，要么就嬉皮笑脸，这都不是洪七公的形象。洪七公是大英雄！洪七公的形象应该是一个落魄英雄，是一个穿得破破烂烂的英雄。"豪迈"两个字是他的骨，是他的精髓，那些演洪七公的都没有演出豪迈来。倒是"洪七公叫花鸡"出名了〔众笑〕。

一灯大师在《射雕英雄传》中就是五绝之一，功力未必最深，但却是最纯的一个。《九阳真经》也好，《九阴真经》也好，它们传来传去，分了很多流派，可能传到少林那一拨儿，少林得到的是最高的功夫。但是像武当的人啊，一灯大师啊，他们这些本土的武术派别的人，得到的可能是最纯的武功。一灯大师也得到《九阴真经》帮助，他的功力应该还有提高，可是我们也没有见到实质性的进展。因为他很少出江湖，很少参与各种江湖争斗。一灯大师给人的感觉是个慈善和蔼的高人，这是一个专门损己利人的人。他的功夫是大理段氏的绝学一阳指。到现在也有一阳指这个功夫，但是一阳指在金庸的笔下被写得特别神，能破蛤蟆功。蛤蟆功是至阴至毒的功夫，一阳指是至阳至纯的功夫。

我们再看看黄药师。黄药师的形象光彩照人，但是论武功，他排不了那么前。黄药师是《射雕英雄传》中的五绝之一，在《神雕侠侣》中功力更深，他的武功还是那几样，并且是五绝中唯一没有练过《九阴真经》的人。这个很有意思，他没练过《九阴真经》，但是他还是五绝，他的功夫太多了。桃花岛上有副对联：桃花影落飞神剑，碧海潮生按玉箫。这副对联非常棒，非常漂亮，读过的人应该不用背，当场就记住了——多么潇洒的一副对联。一个人的家里，门上、堂上写着这样的对联，我们一看这个人就知道他不只是一个武林的人。这是个知识分子的对联。黄药师的形象是知识分子，是大学者，是大儒。他的功夫有落英神剑拳、奇门五转、弹指神通。从弹指神通来看，有人怀疑黄药师是逍遥派的传人。那我们想一想《天龙八部》里那逍遥派，《天龙八部》写的是北宋的，《神雕侠侣》写的是南宋的，黄药师的功夫是谁教的，书里没说。从他的功夫来考证、推断，他有没有可能是逍遥派的传人？会不会有可能是李秋水他们那一拨儿人的后代？黄药师一生的乐趣，和其他的武林人士都不一样，武功只是他全部人生乐趣中的一类，就是一小块。他上通天文、下通地理、五行八卦、奇门遁甲、琴棋书画，甚至农田水利、经济兵略等亦无一不晓，无一不精。他之所以练了一些功夫，是为了防身，也是乐趣，那不是他全部的生命。从全部生命的意义上来讲，他是最高的人。他活得最高级。那么这样的人一定是最孤独的人，没有人能够理解他，唯一能够理解他的是他死去的妻子。所以这样的人他会是最深情的，因为他眼中无人，没有人能够配得上他，他看谁都不顺眼。因此，他也不会有像洪七公那样的热情、爱心，他已经完全看透了，看到的世界是不及格的世界，人都是不及格的。他的心里面就想着他那个妻子，好在这个妻子给他留下了一个闺女，这个闺女给他教育得也很聪明，也很可爱，没想到嫁给了一个"傻子"〔众笑〕，所以黄药师心里一定非常痛苦。大家可以读一读鲁迅先生写魏晋风度的那篇文章，黄药师其实就是竹林七贤式的人物，黄药师是魏晋风度的典型代表。我看见黄药师就想起我们北大一些有这种风采的前辈学者，比如我们现代文学的开山鼻祖王瑶先生，我觉得王瑶先生就像黄药师。鲁迅身上也有几分黄药师的东西、影子，但是鲁迅战胜了黄药师，他把洪七公的东西也加进来了。所以黄药师是真正代表着知识分子的孤独，这在他的功夫中都能够体现出来。

最后一个，第十个排到了王重阳，王重阳是历史上真有的大哲学家、大师。在《射雕英雄传》中被写得像一个神，而且是练过《九阴真经》的，可是死得太早。有人说第一次华山论剑时，他与几大高手战了几天几夜，可见当时与"五绝"的其他几位相比也就相差无几,由此可推论他比不上后期的几位"五绝","五绝"后期还有巨大发展,单论武功可能比他更强。但是我是这么想的,那王重阳假如不死的话,他的功夫也会发展,你不能拿他死之前的武功比现在已经发展了的武学,不能在不同的时空里比较。但是这样比较之后呢,让我们对他们的故事、他们的时代就更清楚一点。全真教,我们北方的道教核心就是全真教,是王重阳一手开创的。

好,这是从《射雕英雄传》到《神雕侠侣》完整的一个谱系,"射雕"是一个三部曲,过了一百年,还有《倚天屠龙记》。

我们再看看《倚天屠龙记》的武功排名。《倚天屠龙记》大概分这么几个层次:看完全书,发展到最后,武功最高的应该是大小二张——张三丰、张无忌,一老一少,这是武功最高的。如果说张三丰、张无忌再PK,他俩谁厉害,这个不好说了。第二层次大概有这么些人,郭襄、何足道("昆仑三圣"何足道)、无色、阳顶天、空见、玄冥二老。当然,这个郭襄是全书结尾时的那个郭襄了,最后已经学成功夫的郭襄,大概这些人是第二层次。再其次是黄衫、"三渡"、成昆。有人把"三渡"作为一个衡量《倚天屠龙记》武功的标志,甚至把他作为一个量词,说这个人的功夫有"一渡",那个人"一点五渡"〔众笑〕。但这"三渡",渡厄、渡难、渡劫三个老头,好像他们之间的功夫也有差别。第四层次是"二使"、空闻、空智、俞二、"河间双煞"。你得熟悉《倚天屠龙记》才知道,他们到底差多少。排在第五等的人在我们看来都是绝顶高手,非常厉害了,比如灭绝师太,在这里只排第五等,还有白眉、谢逊、紫衫龙王、宋远桥。《倚天屠龙记》的武功也是很惊世骇俗的,这些人随便拿出一个来,都是超一流的。前十基本就是大小张,还有《九阳真经》的三大分享者,加上阳顶天、空见、"玄冥二老"、黄衫、"三渡"、成昆这几个争前十。这是《倚天屠龙记》的武功排名。

"射雕三部曲"混在一起，壮观之外加上了驳杂，像天上的星斗一样，你说哪颗星星最亮？排前十个很难，就像从天上找出十个最亮的星来，因为这东西没有仪器来测量啊。那我们把"射雕三部曲"武功排名来排一下。我们先说这个神仙级的高手、没有出场的人，叫黄裳，黄裳就是《九阴真经》的作者，《九阴真经》这么厉害总得有作者嘛。黄裳，历史上真有其人，人称演山先生，福建延平人（今福建南平），高宗建炎三年卒，八十七岁高龄去世的。记载说他"颇从事于延年养生之术，博览道家之书，往往深解，而参诸日用"。皇上让他编《道藏》，他编的时候怕错，所以研究得特别细，结果把书编好了，自己功夫也练成了，然后他处理一些很重要的对外事情时，结下了一些仇怨，后来仇家追杀他，把他全家都杀了，他躲起来去练功夫，功夫练好了出来报仇，结果仇家都死了〔众笑〕，复仇计划落空了。他是编《道藏》悟出的武学至高境界，所以据此来推断，能写《九阴真经》的人应该是神仙级的高手。就像《水浒传》里面要搞一个托塔天王晁盖前辈老英雄是一样的。

黄裳之下的第二个，有人说是剑魔独孤求败。（很多人没有注意黄裳，会推独孤求败是第一高手。）独孤求败也没有出场，在石壁上有人发现了他的题词，他自题说：

> 纵横江湖三十余载，杀尽仇寇奸人，败尽英雄豪杰，天下更无抗手，无可奈何，惟隐居深谷，以雕为友。呜呼，生平求一敌手而不可得，诚寂寥难堪也。

无数的"金迷"读到这一段的时候，"小伙伴们都惊呆了"〔众笑〕，就知道了人生最高境界是什么。最高境界不是打这个、打那个，是没谁可打了，人生最高境界不是求胜，而是求败。所以"金迷"们读到这儿的时候对金庸先生无不佩服，这才是懂得中国哲学的。最厉害的不是成天去欺负人、打人，去找人挑战、踢场子，而是纵横天下没有对手，求败比不败还厉害。从名字上讲，"东方不败"是一种霸气的名字，"求败"就已经超越那种霸气了，恨不得你们谁来揍我一顿〔众笑〕。金庸的小说里边有这种英雄的孤独，英雄的孤独是没有对手。所以大家看我写评论鲁迅的文章里边，我说鲁迅就是独孤求败。鲁迅"下山"之后，纵横江湖十八载，打遍天下无敌手，三言两语撂倒一个。晚年鲁迅，他为什么不好好活着？因为活着也就这样了，他已经看透了，没什么劲了，什么人都经不起他一剑一刀。所以独孤求败"诚寂寥难堪"，宁肯与一只雕为伍，结果这雕都成高手了，成了杨过的师父了〔众笑〕。杨过说四十岁前，玄铁重剑无敌，四十岁后更加领悟到无剑胜有剑，无剑胜有剑也是一个武学境界。

  还有人问《神雕侠侣》中的独孤求败是否就是《笑傲江湖》中独孤九剑，他们之间有什么关系。金庸特别善于写不出场的人，所以我说这都是受了曹禺的影响，曹禺的戏剧有一个非常了不起的地方就是写不出场的人，不出场的那个人是最厉害的，他的灵魂笼罩着全剧，而金庸受了曹禺的影响。独孤求败在"剑冢"中埋了几柄剑，第一柄是青光闪闪的无名利剑，非常锋利，我们想想这剑象征着什么？它象征的是咱们的年轻人——学习不错，高考状元，北大毕业生，觉得自己特牛，到处跟人PK，给人提意见的，一顿乱杀乱砍，撂倒不少，自己也没少受伤。这就是他第一柄剑——无名利剑。第二柄剑是紫薇软剑，独孤求败三十岁前所用，误伤义士，不祥，乃弃之深谷。这个软剑象征着我们工作一段时间之后已经有点成熟了，不再那么锋利了，不再见谁都砍啦。剑变得软了，这时候功夫深了，能够撂倒真正的高手，是有成了，但是撂倒高手之后还可能杀错人。到了第三柄剑与之搭配的才是第一等功夫，第三柄是玄铁重剑。我们有一个词叫"举重若轻",重的举起来好像很费劲,但是在高手手里,他就举重若轻了。这个重剑是无锋的,没有开刃,不那么锋利,大巧不工。能够使用重剑的才是大师,大师必须有重的一面。有一部词学著作叫作《蕙风词话》,况周颐写的,里面概括杜甫的境界是什么,三个字:重、拙、大。我们看,文学艺术的境界和武功的境界是一样的,高的境界不是轻巧,不是锋利,不是聪明。这里面特别有一个字叫"拙",为什么古人推杜甫是第一诗人、是"诗圣"呢?杜甫的诗给人读的感觉是"重",沉重的、"拙"的,是笨的,不是巧的,但是是大的。你们现在肯定是达不到这境界,但是你记住,你要往这个境界去努力、去进发。你到了四十岁以后做事做人要"重、拙、大",去掉那个"小巧"。过了这个境界之后,独孤求败的第四柄剑,埋在"剑冢"已经腐朽了,是木剑。为什么使用木剑呢?因为四十岁以后他已经不滞于物,不再受任何外物的限制,像范仲淹说的"不以物喜,不以己悲",草木竹石均可为剑,到了这个境界什么都是武器了,所以高手超越工具。中国哲学讲的就是超越工具。西方科技就不断地躺在工具上,用工具战胜工具——你这个工具好,我发明更好的工具来战胜你,这是西方思维。中国哲学也重视工具,但是,是在人不够强大的情况下重视工具,人最后要战胜工具,什么工具都一样。我们常说的"飞花摘叶,皆可伤敌",一片树叶拿在手里也是锋利的武器。我们想想东方不败拿一绣花针就可以打败三大高手,在他手里什么都是武器,不用武器也一样。他随便用一武器就能发挥这个武器的功能。我曾经看一个人做报告,他就拿一个曲别针问所有的听众:"这是什么?"大家说:"曲别针。"他问:"曲别针能干什么?"大家说:"别纸、别文件。"大家慢慢说这曲别针能干什么,最后这个曲别针有无穷的用处。就是说你的脑筋要打开,不要想这就是曲别针,它其实什么都是,可以用来干无数的事情。曲别针不能打开锁吗?能够的。

曲别针不能被电解变成一种元素吗？完全可以。在于你的思路怎么打开，人要做到不滞于物。我们的教育，在给我们启发智力、灌输知识的同时，让我们都滞于物啦。比如你是学某个专业的，你很容易就被限制于你这个专业，你以为自己就只能干这一行，其实你能干无穷多的事情。怎么做到不滞于物？

有人说，上面说的这四把剑还不是真正的剑，是藏刀。这个我们不去管它，这是在辩论兵刃。但是独孤求败到了最高的境界，他用不用剑都无所谓，最高的境界就是无剑，"无剑胜有剑"，就是"无"胜"有"。

以无胜有，这不就是道家推崇的吗？为什么说杨过是道家的侠？他的功夫就是道家的，整个套路蕴含道家思想，蕴含"以无胜有"的思想。我们看老子，老子讲，这一个水杯为什么有用？是因为水杯里是空的，水杯要不是空的就没用了。你想多放点玻璃那水杯都被填满了，填满了这就不是杯子了。房子为什么有用？因为房子是空的，我们要用的恰恰是这空的部分。但我们买房子花的钱都花在实的部分了，花在一砖一石、一窗一瓦上了，可是我们用的恰恰是里面空的部分。老子几千年前就讲的道理，西方建筑学现在刚明白。近年来西方建筑学在讨论，房子的重要价值在于里面是空的，这是他们刚明白的。这是"无"和"有"转化关系问题。

我们看看，《神雕侠侣》里还有鼻祖级的高手。一个是林朝英，古墓派的鼻祖。她追求王重阳，王重阳不肯嫁给她〔众笑〕，哦不，王重阳不肯娶她。她就跟王重阳打赌："我要是战胜你，你必须答应两个条件，要么你这个活死人墓让我来住，而且以后一辈子要听我的话，不许违拗（意思就是要王重阳跟她结婚）；如果不答应呢，你就得出家。"这个条件王重阳听得很明白，就是如果我失败了，要么就得跟你结婚，如果不跟你结婚呢，就只能出家，不许跟别人结婚，只有两个选择。所以王重阳干脆就搬出去了，自己建了重阳宫。林朝英一辈子的精力就用在破全真派全部武功上了。他俩的爱情也是很有意思、可以单论的。他们两个都是英雄，这是两个英雄人物不能结合的一个悲剧，他俩谁也不肯屈服，都要以战胜对方来作为嫁妆或彩礼。林朝英的功夫玉女素心剑法，也是她爱情的一个结晶。古墓派传人有李莫愁、小龙女，还有杨过，都是一流高手。因为林朝英没有出场，她的武功我们不论了。还有一个鼻祖级的高手是王重阳，咱们刚才说过了，是全真派鼻祖，第一次华山论剑的冠军，有先天功，为"五绝"之首，临终的时候以新学的一阳指破欧阳锋的蛤蟆功，是侠之大者的先驱。他之所以不跟林朝英结婚，是因为心里边老是忧国忧民，想的是收复失地，所以说他是侠之大者的先驱。

下面讲绝顶级的高手。郭靖和杨过到了后面都被重新排位，被排为"北侠"和"西狂"。"北侠"郭靖到了《神雕侠侣》里面已经成了"侠"的代名词，他师从江南七怪、全真教、北丐，学了桃花岛的功夫。就像杜甫说的"转艺多师"，超一流的高手往往不止一个师父。杨过，人称"神雕大侠""西狂"，有戾气，具有反叛精神。黯然销魂掌容纳了这么多派别——西毒、北丐、东邪、古墓、全真几大派别——的东西。他学《九阴真经》，得重剑，服蛇胆，中年之后江湖再无敌手，金轮法王都死在他手下。（金庸在新版《神雕侠侣》中把金轮法王之死写得有点深度，就是金轮法王把郭襄抓去了，他在高台上被打下来之后，火柱倒下来快要砸到郭襄时，金轮法王为了救郭襄而死。因为他临死时的这段义举，杨过还向他表示了致敬。这个改动我倒觉得改得有点学问，是可圈可点之笔。）

超一流高手张无忌，是明教教主、张三丰第三代弟子、谢逊义子、殷天正外孙，这讲的是他们家的家传、背景；他是胡青牛的单传弟子，还是国医；他身兼九阳神功、乾坤大挪移、太极拳、太极剑、圣火令神功（外国神功〔众笑〕）和谢逊毕生武学。张无忌的武功在《倚天屠龙记》中无人能敌，放眼"射雕三部曲"也只有郭靖、杨过两人可媲美。他们三个人打起来，到底结果怎么样真难说。光明顶那一战金庸写得特别漂亮，在光明顶，张无忌一人独斗六大门派，挽救光明顶。光明顶一战也成了人间激战的象征。他在武当山现学现卖太极拳、剑，在少林寺三闯伏魔圈，武功非常高。但是跟武功有关的是性格，他性格懦弱犹豫。性格对武功是真的有影响的，有些功夫必须配合人的性格才能发挥出来。上次我们讲夫妻刀法，夫妻刀法到这对夫妻手里就不好使，到那对夫妻手里就威力无比，所以张无忌的功夫，如果放到另外一个人手里也许会放出更大的光彩。

周伯通在"射雕三部曲"里面，有人把他排到第八个。他是王重阳师弟、老顽童、后"五绝"之首，其武功，黄药师、一灯都自认略有不及，他有左右互搏、空明拳……刚才都说过了。

一流高手里还有"黄衫女子"，黄衫女子出场也是神神乎乎的，也是要经过"金迷"们的考证推理，他们考证出她是神雕侠侣后人，本姓杨，真名不得知。那么推论一下，她应该不是杨过的女儿，因为如果是杨过的女儿的话，出场的时候应该已经百岁了。她就出场过两次，第一次帮助丐帮平息叛乱，第二次随随便便就打败了周芷若。那她可能是杨过的孙女？外孙女？反正她跟古墓派有关系，金庸写了这么一个仙女一般的人物。

最后是九指神丐洪七公，他是丐帮老帮主，洪老叫花子，《射雕英雄传》中的第一英雄,嗜吃如命。我觉得电视剧、电影里演洪七公的都没演好，他必须是英雄，虽然爱吃，可爱吃只是增加他的豪迈，你不能因为他爱吃，就把他弄得比较猥琐〔众笑〕。爱吃是增加豪迈的，大气磅礴、光明磊落，这才是洪七公的本质。降龙十八掌，尤其是洪七公自创的后三掌，精妙绝伦、威力无穷。他能够自创三招绝妙掌法，便足够列入宗师了，再加上会打狗棒法，还修炼过一部分《九阴真经》，洪七公列入第十名。

这是"射雕三部曲"英雄武功的排名。

"射雕三部曲"建立了我刚才说的"武功全景图"，有一个东西南北中的坐标。我们复习一下这"东西南北中"，前"五绝"：东邪、西毒、南帝、北丐、中神通。黄药师会这么多武功：碧波掌法、劈空掌、落英神剑掌、旋风扫叶腿、兰花拂穴手、弹指神通、玉漏催银箭、落英神剑、玉箫剑法、碧海潮生曲。这是书中说到的。西毒欧阳锋会的，刚才也讲过。南帝段智兴，会一阳指和先天功。北丐洪七公会的，刚才也讲过。这些人会的功夫都没有黄药师多，黄药师最多。后"五绝"变了，东邪没变，其他的变成了西狂、南僧、北侠、中顽童。西狂杨过会的功夫最多，好像比黄药师还要多，他几乎是各家的功夫都拿了一部分；北侠郭靖会的也不少，但是有的是前期学的，未必是绝顶武学，比如跟江南七怪学的东西，是入门级功夫，但是他很孝顺各位师父；中顽童周伯通，会全真教的武功、《九阴真经》、左右互搏、空明拳，这都是一流的功夫。这是"东西南北中"。所以我们看现在写武侠的人，就已经跳不出"东西南北中"这个格局了。我看很多年轻人写的武侠（很多人把他自己写的武侠寄给我看，或者通过出版社寄给我）基本上没有一个崭新的想象。现在我们写的武侠小说要如何破了金庸的格局？（我们很崇拜金庸这个格局，但是很希望我们能够破掉它）很难破掉。反正写来写去肯定还是少林寺最厉害，跟武当山差不多，基本还是这个格局。

好，我们看看《笑傲江湖》的武功。首先是东方不败，尽管很多人不喜欢东方不败，但是他应该是当之无愧的天下第一高手，独斗四大高手仍然大占上风，东方不败一个人相当于四个任我行。这四大高手都打不过他一个，最后他们还是使用阴谋诡计把他打败的。东方不败最后之所以失败还是因为动了情，所以"情"这个字是很害人的，情是好东西也是坏东西，他如果不动情就不会失败了，可他最后关心则乱，对手就利用他心中还有的这些情，抓住了他最大的一个弱点。从武功上讲，其实那样打败东方不败在某种程度上属于"胜之不武"。当然你也可以找出理由来，说他是坏人，跟他不必讲什么仁义道德，但是就这场打斗来说，任我行等人不是靠真功夫打败人家的，本来就以多胜少，再加上让东方不败分心。所以东方不败这个人物塑造的确是独特的，不管我们怎么解释他，这个人物已经牢牢地铭刻在文学史上了，将有很多人去翻写他、翻拍他，东方不败也成为一种比喻。

第二个是任我行，任我行被认为是四分之一个东方不败〔众笑〕。任我行这个名字起得漂亮，其实相对这么漂亮的名字来说，这个形象塑造得还不够丰满，金庸还可以把他写得更深刻、更丰富，更能体现"任我行"这三个字，写出那种霸气，那种唯我独尊。任我行的功夫和少林寺方证大师差不多，他俩在伯仲之间。

然后就是方证大师了，是公认的正派第一高手，高于左冷禅、冲虚道长。

第四个是令狐冲。我觉得影视里的令狐冲演得都不能令人满意，谁演令狐冲好像都有人反对，也有人喜欢，有人喜欢李亚鹏，有人喜欢谁谁谁，我觉得演得都还不够到位，令狐冲确实很难演。单说他的武功呢，练了独孤九剑和吸星大法之后的令狐冲，武功稍低于任我行、方证大师，因为他其他的功夫差了一点，他的内功不是最强的，因为他是剑宗嘛。

风清扬。风清扬是前辈剑宗高手，由于内功未知，精于剑法，令狐冲青出于蓝胜于蓝，所以把风清扬排在令狐冲后面。

左冷禅，五岳剑派中鹤立鸡群，能令五岳剑派其他高手凛然，能以一击多，这不算高估。左冷禅这个人物的塑造是非常成功的，他非常有城府，残酷无情、沉稳、谋定而后动，是一个非常出色的、卓越的政治家。单论政治素质来说，是一流的，和岳不群是一样的。但是，也有人说，到底是左冷禅稍微好一点，还是岳不群稍微好一点〔众笑〕？这是一个问题。

冲虚道长，按理说应该是功夫非常强的，经过推论，我们认为他和左冷禅在伯仲之间，这是经过推论的一个结论。

下面是向问天。向问天这个人写得和任我行好像有些地方有点重复，我认为这个形象也有待充实。"他和冲虚不相上下，面对一群高手数百人围攻，超然自若，比方生要强，他突袭、制服不戒夫妇，一招制住秦伟邦，也是一流的高手。"

第九，有人说是岳不群，这里说的岳不群是练了辟邪剑法之后的岳不群。"他能在极短时间内击败左冷禅，这里有取巧的成分。书中明确说左冷禅剑术根底奇高，只是被偷袭了，可他仍然躲过了岳不群杀招，只损失双眼。""任我行得知岳不群练会辟邪剑法后派属下追杀岳不群，可是，也不见得岳不群真正已经比任我行强了。"这个人分析得很细致，但是我认为，岳不群本来武功就很高。我有时想，这个人如果没有后来的变化，真的把君子做到底，不是很好吗？人有的时候是中间才变化的，不是前半生就埋下了这个底儿，不要认为一个人坏，就拼命地从他小时候去找依据，说他原来就不是好东西。人长大之后一般变化不会多，但是有人会变，比如在遇到一种巨大的诱惑时，像岳不群，他的变化就是有根据的，这种人是不断追求人生高境界的，他要成为天下第一，这个欲望很难抵御。那么，成功就在眼前了，有成功的条件，有成功的可能，别的事情对他来说都很轻了，别的事情他已经不在乎了。所以岳不群就有可能做出这样的抉择，而他没有去想做了这样的抉择之后产生的其他连锁反应、连锁变化，人本身变成什么样了，也许他就不再去想了。所以，岳不群所走的道路是令人深思的，不要把他仅当成一个笑话来看，觉得他离自己很远。我们要把他当成一个象征来看，人生路上都有可能有很多次诱惑来诱惑你"欲练神功，引刀自宫"，我们要把这八个字当成人生的象征来理解。比如，你为了获得一个新的进步，这东西就好像"神功"，为了达到目的，你付出了一个更重要的东西，你可能不知道，你当时认为那东西不重要，可有可无。大家可以想一想，是不是这样？比如你为了上北大，你都付出了什么，有没有付出过不该付出的东西〔众笑〕？比如说跟好朋友绝交了，比如说偷了谁的复习材料了，这个道理不都是相通的吗？道理完全是相通的。你将来为了升迁，为了办一个公司，为了挣一笔钱，都可能付出一些不该付出的东西。拿不准的时候，你想一想"欲练神功，引刀自宫"，应该再多想一句：若不自宫，亦可成功〔众笑〕。一定要想到下句，不要以为必须"自宫"，才能成功。有的事是不必做的。

最后，有人列的是林平之。林平之本来名不见经传，水平一般，但是他练了辟邪剑法之后——可见这个剑法本身就是邪的——就晋升为一流高手了，可是他内功太差，打木高峰还用了二三十招。林平之的人生道路也是颇耐人思索的，好好的一个子弟，家庭遭遇变故，内心里积累了很多毒素。我们就会知道，并不是苦大仇深的人一定能变成好人。我们这代人小时候受的教育，有好的一面，也有过于单纯的一面，我们会认为劳动人民苦大仇深，长大以后就一定是好人，未必。未必是这样的，有苦大仇深却没有正确的引导，也可能走上邪路。因为你身体里积累了很多悲愤，因为悲愤你也会"引刀自宫"，也会去割掉很多人性中正常的东西。所以说，我们不应该去为人生中本来没有的东西付出人性中正常的东西。雨果有句话："在绝对正确的革命之上，还有一个绝对正确的人道主义。"比如，今天你是一个左派，或右派，你是一个爱国者，或卖国者，不管你什么立场，你要知道在这个立场之上还有更基本的人之所以为人的东西。你的立场如果和人性发生冲突的话，你要反思那个立场。如果你觉得自己的立场正确无比，为了这个正确无比的立场你可以为所欲为的话，那你必然会割掉人生、人性更重要的一些本质性的东西。《笑傲江湖》除了讲政治阴谋，里面还涉及了很多人生的重大选择。最后大家为什么觉得令狐冲的选择好，怎么会很喜欢这个人物？并不是因为他身边有美女，而是因为我们觉得人生本来应该这样，应该放弃那些被令狐冲放弃的东西。那些东西是不重要的，那些东西如果是没有条件地放到你手里的还可以，可惜它们都是有条件的，天下没有免费的午餐。而令狐冲是自己看穿了这一点，他不肯付出这些。

好，这是《笑傲江湖》中的武功。排在后面的还有方生大师，这个不能细讲了，他排第十一个。排在第十二的是上官云，能够参与围攻东方不败〔众笑〕——这个评价好像带些批评、揶揄。

我们最后看一下《鹿鼎记》中的武功。《鹿鼎记》是一部宏伟的杰作，但是就武功阵容来说，跟其他几部杰作不能相比，这里面仍然有高手，但是这部书主要写的不是武功。高手有：九难师太；洪教主洪安通，他的功夫当然是一流的；归辛树，也是写得威风凛凛；陈近南，在理论上武功很高，可惜下场太窝囊；还有胡易之，胡易之也是有自己的刀法的，胡家刀法；还有冯锡范，反派高手；何惕守，这是后来袁承志给她改的名。有网友经过精心考证排比，认为洪教主的武功高于或等于归辛树，高于九难、何惕守，高于陈近南，排了这么一个队，冯锡范、胡易之，高于或等于归二娘，高于胖头陀等人。这是经过复杂的推演得出的结论的。

这么推演之后，《鹿鼎记》武功最高的应该是洪教主。洪教主这个人物也是写得很丰满，一个反派的领袖，书中写出了他不平凡、不平面的精神结构,特别是写出了他的孤独感,孤独感之下产生的无望和愤懑,他对于别人背叛他的那种愤怒。归辛树两口子也是写得非常好的,他们武功非常高,头脑比较简单,容易做坏事。胖头陀这几个人又武功高于瘦头陀这几个人。但是你要记住,《鹿鼎记》里边胖头陀是个瘦子,瘦头陀是个胖子,很多人会搞错。我看网上有人骂我,说孔庆东就是个胖头陀〔众笑〕,我说你搞错了,胖头陀是瘦子,你骂我都骂错了,应该骂我是瘦头陀。

下面我们看,《碧血剑》里的袁承志在《鹿鼎记》中也出现过了,前边讲《碧血剑》的时候我曾经说过,袁承志的力气可能是最大的,我们举了他扔那个铁箱子的例子。经过计算,袁承志也有"粉丝",有"袁粉"。在网上争论金庸笔下人物的武功很有意思,有些人会特别崇拜金庸笔下的某个人物,比如有人自认为是袁承志的"粉丝",说袁承志武功最厉害,不同意的人认为他是吹牛,会给他扣一个帽子,管他叫"袁吹"〔众笑〕。网上有很多"粉",还有很多"吹",这些"粉"和"吹"经常打起来。

洪安通的武功,可圈可点的有紫薇心法、化骨绵掌,还有他专门教韦小宝的"英雄三招"。"英雄三招"给人留下的印象很深刻,这是专门为韦小宝随机发明的,也是为了讨他夫人的喜欢。

那么,"六大杰作"还剩下一个《天龙八部》,我们下一次再把它"八卦"完。

好,今天就到这里,下课。

〔掌声〕

第九课

授课：孔庆东
时间：2014年4月22日火曜日申时
地点：北京大学理科教室108
内容提要：《天龙八部》中的武功
　　　　　金庸小说人物武功的总排名
　　　　　金庸笔下武功的深刻生命、文化隐喻

那么今天，我们把武功的问题讲完，今天来谈《天龙八部》。

《天龙八部》可能是被最多人喜爱的一部金庸作品，也是被最多人推崇为金庸小说登峰造极之作的作品，所以我们来谈谈《天龙八部》中的武功。就《天龙八部》中已经出场的人物来讲，大多数人都推少林寺藏经阁那个扫地的老僧是武功最高之人。这里有一个很明显的比较，他可以把两大高手——萧远山和慕容博——同时"击毙"，但是又没有真正把他们打死，其实是把他们打成假死，然后还可以让他们死而复生。为什么让他们死而复生呢？是通过死而复生的过程给他们治病，他把这两个人"打死"之后，提着这两个人奔跑，萧峰打了他一掌，然后追他。从这比较可见，少林寺这个扫地的老头儿，他的功夫已经深不可测，特别是他的出场，事先基本上没什么铺垫，所以显得特别诡异。诡异之后，这个诡异又在你的心中慢慢地被解除掉了。少林寺的扫地僧，最后通过一段讲法，把武功和佛法的辩证关系讲到了一个令人信服的地步。而这个时候，金庸本人可能还没有很好地研究佛经，前一次我讲《侠客行》的时候，说过金庸写到那么好的一个《侠客行》武功境界的时候，竟然还没有很深入地研究佛法，写《天龙八部》也是这样。所以说佛法这东西不是越读书就研究得越深。我们想，佛法功夫最深的是释迦牟尼，释迦牟尼自己是没读过佛法的。

这个扫地的老头是无欲无求的人，心如止水。他最早发现萧远山和慕容博这两个家伙来偷书看时，他心还挺好的，每次摆一些好书在那里让他们看，后来他发现这两个家伙不读好书，专门读怎么练功夫的书。后来他给众人说法说得太有道理了，他说为什么要练武功？练武功本来是为了修习佛法。他说的道理很适合我们芸芸众生。我们为什么要学本事、学专业、学文化？如果你家里穷，一开始可能是为了改变生活，改变生活之后，为什么还要学，还要不断地进取？我们不修佛法的人，学这个学那个是为了求道。为了学佛法，所以要学高深的武功，在高深的武功里领略佛法，可是当你的佛法高到一定程度之后，又不需要这个武功了。所以少林寺有七十二绝技，历代少林寺高僧再有天赋的顶多学到十四五项，学到十四五项就已经超凡入圣了，不需要学那么多，因为学到十四五项的时候已经完全打通了。我们想，一般的人，能够有十几个专业博士的学问〔众笑〕，那就相当于无所不通了，那就不需要再学了，不需要搞七十二个博士了。如果你能有十几个博士学位（不是荣誉博士啊，是真的博士），在理科、工科、医科、人文科学、社会科学，大概十几个专业都能够有博士学位的水平，那你就是神仙了。那个时候你可能真的无所不通，那些你没有拿博士的专业的事儿你一看就懂，那个时候就不需要再学更多的专业了。所以这个扫地僧就把这个道理搞清楚了。

那么，金庸还把这个武功最高的人的身份写为一个少林寺藏经阁看书的，这个人物的塑造本身就是合乎佛法的，他在这里已经达到无相无我了，正因为无，他才达到了最高的境界。但是他又不是妖怪，又不是神仙。金庸为了写明他不是妖怪，不是神仙，于是写他被萧峰打了一掌，还吐了一口血。但是他这不过是皮外之伤，他不会受内伤的，这又写得非常真实。不知道他和《倚天屠龙记》里的张三丰，这两个老头打起来谁占上风，这是一个值得玩味的问题，这恐怕会引起佛道两界的争论。但是其实到了最高境界，你发现，它是相通的。金庸在《倚天屠龙记》里边写的张三丰也达到神仙境地了，但张三丰仍然是人，他仍然会受伤。第一，他武功第一了，但仍然会受伤，你打不死他，但是他也还是血肉之躯；第二，他有感情，不是"太上之忘情"。

《天龙八部》里这扫地僧，占的篇幅不多，但是金庸把他写得太栩栩如生了。这个扫地僧，真人的演员很难把他演出来，只有绘画能把他画出来。我们现在还找不到这样一个功夫深的演员，能够体会到他老人家那个境界。经常有人问我："孔和尚你在庙里干什么？你喜欢干什么？"我说我就想扫地〔众笑〕。其实扫地也是一个很好的修行。你不要以为扫地的工作是低贱的，见不得人的，在扫地中有道，在日复一日的一个简单的工作中可能更能接近那个道。

好，扫地的事说完，我们看看《天龙八部》第二个值得推崇的武功高手，应该是道家的无崖子。无崖子是一个虚出场的人物，不是直接出场的。他是逍遥派的掌门，是虚竹的师父，虚竹的功夫已经达到天人之境了，到后来已经了不得了，而无崖子是虚竹的师父。当然，无崖子不是虚竹直接的师父，虚竹本来是少林寺的。无崖子已经博学到通天的境地了，但是竟然还被他的逆徒丁春秋利用偷袭的手段打入深谷。

我们看无崖子也是非常高的人，他和刚才我们说的扫地老僧，有什么区别？区别就是他特别博学。我们一般人的想法是，不是越博学越好吗？可是，就在这个问题上，佛家显出它的略胜一筹。在佛家看来，不是越博学越好。学问这东西跟钱一样,太多了之后也是一障。知道钱是障,这个不难。但是多数人不知道,知识也是障。我这样跟大家说,很担心你们不好好学习了,对你们来说知识还不是障,知识变成障,对你们来说还太远,你们还是要好好学习。但是你们要提防那些知识特别多的人——我要提防,我要小心我的同事们有一部分知识太多反而还不如知识少一点儿的。知识太多了之后,你没有把它融会贯通,就好像令狐冲被桃谷六仙灌了六股真气一样,那六股真气在身体内乱窜,没有整合为一体,所以还不如没有。特别是那种道听途说来的知识,更为有害。

无崖子显然不是我说的这么低的境界,他是非常高境界的那种博学通天。太博学就容易沉溺,容易玩物丧志,知道的事太多容易玩物丧志,因为这天下好玩儿的东西太多啦。所以博学通天的人,他有很多的喜好,这个喜好容易控制不住。只有高手可以控制住这个喜好。你看我们有些高级领导,他不贪钱、不好色,你用一般的手段去贿赂他,没用,打不动他,他确实没有那些世俗的爱好。你送他房子他不要,送他汽车也不要,送他女人也不要。有的人真可以做到这些,所以就让想办法贿赂他的人很伤脑筋。但人啊,他只要是凡人,他总有爱好,总能找到他的爱好。比如别人发现这人爱好书法——你只要有一个爱好,就是你的一个弱项,人家就能乘虚而入——你不是喜欢书法吗?人家就找到一幅王羲之的字,找到一幅颜真卿的字。人真的碰到自己喜欢的东西,很难不动心。所以我们看,无崖子跟扫地僧的不同,就是扫地僧没有爱好〔众笑〕。扫地僧,你说他爱好扫地,可他本来就天天扫地〔众笑〕,你不能拿扫地贿赂他,对吧?所以无崖子,他就有了这个缺陷,被他的逆徒丁春秋利用,所以他是一个不幸的人。

那么第三个,有人说是枯荣大师,这个人物出场不多,很容易被忽略,有人推崇他的功夫高。为什么叫枯荣大师呢?因为他是半荣半枯啊,荣就是开花的意思。他是不出世的高人，指点段誉习得六脉神剑。这个半荣半枯，显然也是金庸想靠近某种哲学意境而这样写的，他认为全荣不好，全枯也不好，半荣半枯是不是就好？这个想象是不是有点儿僵化？我个人觉得这个意境有点儿僵化。半荣半枯不是真的中庸之道，是在修行的途中遇到了某种障，没能顺利地越过，才造成了半荣半枯的结果。我想，从我们普通人的审美愉悦来说，多数人不喜欢半荣半枯的境界。比如说一个人的脸一半枯了，一半还是正常的，一半血色非常好，一半已经枯了，谁愿意这样呢？这显然是不正常的。即使他是高手，即使他会两套功夫，可我觉得这不是最上乘的人生境界。但是他给了我们一个启发，提供了这样一种可能性，半荣半枯。有没有这样的凡世间的高人，他是半荣半枯的？我还没有想出对应的一个人物来。所以半荣半枯是一个值得玩味的意境。

下面这几个年轻的主人公里，被推崇为武功最高的是虚竹。虚竹的人生幸遇太多了，本来是小小的一个少林和尚，竟然成了灵鹫宫宫主，成了江湖上一个很奇怪的宫主；他还是道家的逍遥派掌门；竟然还成了西夏国的驸马；又误打误撞，破解了那个珍珑棋局；无意中得到了无崖子先生七十年的功力。无崖子算是他的师父，是无崖子强迫虚竹把无崖子七十年的功力灌进虚竹的体内，所以这是一个奇遇。他这一辈子奇遇不断，还得到了天山童姥的指点，习得了逍遥派的各种武功。虚竹背着天山童姥（天山童姥已经九十多岁了，但她看上去是一个十几岁小女孩，是一个没有发育的小女孩，这是一个怪人），天山童姥在这个过程中要恢复功力，后来她跟她的师妹李秋水以死相搏之时，两个人又将毕生的功力，灌进了虚竹的体内。

我觉得研究《天龙八部》，真的可以单独成为一门学问。像研究《射雕英雄传》被称为"雕学"一样，"龙学"也应该是一门单独的学问。可能会有很多的人去研究萧峰，萧峰当然值得研究，但是虚竹这个意象太好了。我发现金庸好像隐隐约约觉得佛教是最高级的。你看佛教，一个普通的小和尚，能够成为其他门派的掌门，就说明少林寺还是最厉害的。金庸的全部小说，武功最高的主人公不一定是少林寺的，但是取集体的平均值，一定是少林寺的武功最高。虚竹就是一个代表，在少林寺中他是一个普通和尚，一旦放出去，就不得了。少林寺一条虫，放出去是一条龙。虚竹这个名字也起得好，他法号叫虚竹，就好像里面可以灌入无穷的功力一样，里面是虚的，这个虚，恰好合佛教、道教的精髓，他里边可以灌进各种东西，因为他是来者不拒的。虚竹天生浑浑噩噩的样子，就有利于他练出上乘武功来，他天生没有那种很固执的我见，天生就把"我"破掉了，在这个问题上他很接近石破天，而石破天好像有点儿智障似的，虚竹并不智障，虚竹是个正常的青年人，他只不过是生长环境好，从小就在少林寺长大，当然是少林寺标准和尚了。而虚竹想的就是成为少林寺的标准和尚。他没有很高的欲求，正因为没有很高的欲求，他遇见奇遇的时候，这个奇遇在他身上会发挥出奇特的作用。他是少林寺的和尚，不能吃肉，人家可以把肉塞进他嘴里，给他灌进去；他不想破色戒，但是人家会想办法让他破了色戒，把这色送到他身边来，让他破掉它。所以这些情节写出来，我觉得金庸是真正懂得佛法的。佛法本来就跟戒律没有关系。我们世俗之人，还有那些不开窍的和尚，他把佛法就理解为戒律了。比如我们大家都军训过，没有军训过你也知道部队怎么训练，立正、稍息、向右看齐、向右转、向左转〔众笑〕，这些东西跟打仗有什么关系呢？打仗的活儿用得着立正稍息吗？是用不着的。那为什么要练习这些，为什么要从这个开始练习呢？练习这些是为了打仗。他们训练的是什么东西呢？训练的是步调一致，听指挥。你只要步调一致听指挥了，这些东西就没用了，这些东西就不需要了。你身为一个军区司令，用得着把营长、军长、师长都集合起来，喊立正、稍息、向右看齐吗？

不用，因为他们已经练过了，练过，这些东西就没用了。我们当一个军人，不是为了立正稍息的。同样，当一个和尚不是为了不喝酒、不吃肉、不近女色的，为什么不让你吃肉、喝酒呢？是为了让你清心寡欲之后，心里一片光明，接近佛法，看见佛。你要真看见佛了，这些都可以不守了。所以大多数人是糊涂的，以为和尚就是不干那些事的，不是和尚的，以为到庙里就是烧香磕头的，两厢都是错误，全都是大错特错，都不懂什么是佛法。

而虚竹恰恰是被动地破了戒之后，成为真和尚，否则就是一个呆和尚。守着那些戒律有什么用啊？对社会有什么贡献啊？人为什么要出家啊？不是为了对社会有贡献，为了救苦救难，为了普度众生吗？普度众生是什么意思？不是要大家都当和尚，而是让那些不当和尚的普通老百姓过得幸福，这才是当和尚的意义。就好像党员是干什么的？不是让全体老百姓都入党，是你们这些当党员的得让那些不当党员的人过得幸福，才让你们奉献，才让你们牺牲，你们才叫先锋队。所以正是虚竹误打误撞，他成了高僧，最合佛法，他也才有这么多的功力。虚竹会的这些功夫合起来是了不得的，如果真以性命相搏的话，恐怕萧峰和段誉合起来也打不过虚竹，当然，虚竹秉性是非常善良的。

下一个人可能就是段誉。段誉相比虚竹来说可能更可爱一点，因为他有更多的人世留恋，他是一个王子——古今中外的人都喜欢王子——而且又是个很善良的王子，大理国爱好和平的一个王子。他是段王爷的养子（其实是养子，不是亲儿子）。一开始他不知道自己亲生父亲是谁，到小说结尾的部分，大家才知道，他的生父原来是四大恶人之首的段延庆——《天龙八部》里面写得非常好的几个恶人之一。因为金庸善于写恶人，所以也受到一些人攻击，说他善恶不分。这些人可能不太懂得什么叫文学，一定要把坏人写得简单、特别坏，坏得不能复加，才叫善恶分明吗？我觉得金庸是善恶太分明了，他清清楚楚地知道人为什么会善，为什么会恶。人之初性本善，一个人平白无故地怎么会成为段延庆这样的恶人？因为他自己苦大仇深。恶人的成因，我们说其实都是社会问题，段延庆就是有大的冤枉、大的冤屈。

当然，段延庆并没有传给段誉功夫，段誉得到的是枯荣大师的指点，练习了六脉神剑。他又有特殊机缘，到了无量洞，习得了逍遥派的凌波微步、北冥神功，他拥有北冥神功之后，吸了很多人的功力，其中吸得最多的是吐蕃国师鸠摩智的功力，在枯井底污泥处，鸠摩智的功力都给段誉吸来了。如果单讲功力，可能只有虚竹能与段誉相比。段誉很好玩的一个功夫就是六脉神剑。六脉神剑并不是他发明的，而是大理段家的绝技，可是六脉神剑在段誉手里，有时候灵有时候不灵，这个很好玩。一门功夫、一门技巧，是不是你学了之后就能随时随地发挥出来？金庸写出了它的一种可能性，一个功夫在某种心情下就发挥得好，在这个心情没到、人在某种精神状态不对的时候，这个功夫就发挥不出来，六脉神剑就是如此。这种情况我们经常会在体育选手身上发现。近三十年来的体育评论，受武侠小说的影响非常大。武侠术语大面积地进入体育评论，特别是球评，还有棋评。这种对抗性很强的项目里边，经常会用到武侠术语，比如说六脉神剑。我们举个例子，某个球星特别擅长发任意球，发任意球有三分之一的概率可以直接破门，可是他可能有一次一脚把球踢飞了，甚至一脚没有踢中。这个时候你就会突然想到，这不就是段誉的六脉神剑没发挥出来吗？这时候他心里不知想什么呢。还有棋手下围棋也是这样，本来已经可以聚歼对方一条大长龙，鬼使神差一招突然出错，就全盘皆输。所以段誉这个人除了他的爱情和性格是统一的之外，他的武功和他这个人的性格也是统一的。这是第五个，我们说的段誉。

第六高手有人提是李秋水，无崖子的师妹，与无崖子生下一女儿，他们的女儿嫁给了姑苏王家，王语嫣是李秋水的孙女辈，李秋水在逍遥派里排行第三，她的北冥神功与小无相功威力无穷。她和天山童姥功夫不相上下，最后两人只差了那么一点时间相继死去，因为她是以假死骗了天山童姥，结果天山童姥死在她前面。她们师姐妹的爱恨情仇金庸写得也是很深刻的，有人说《天龙八部》"有情皆孽"，这也算是她们的一个孽情。但是，李秋水也好，天山童姥也好，这师姐妹俩好像都不太可爱，可同情，让人深深地同情，但是好像不是那么可爱的形象。

下面就是天山童姥了。她自己是一个大帮派的一把手，灵鹫宫宫主，无崖子的师姐。在原版中金庸给她的武功叫八荒六合唯我独尊功，这功夫够厉害的，听着就很吓人。她用这个功夫来练返老还童，不幸被她师妹李秋水破坏了，她在练功的过程中走火入魔，使自己的身体永远不能发育了，所以她很恨她师妹。她自然的年纪增长，但是身体不能发育，这是一个有点恐怖的形象。看上去是个小女孩，实际上她已经九十多岁了。她身怀天山六阳掌、天山折梅手、生死符等超一流的功夫，随便教人一招，这人就能够横行江湖。天山童姥的功夫之高是无可置疑的。最令人感兴趣的是金庸写她这种年龄与身体的差距，这种差距带给人种种冥想。我曾经想，金庸是怎么想出来的呢？我们一般人在青少年的时候也会经常想一些奇怪的带有科幻色彩的事情，但能把它和情节结合得这么好，很难得。我前几天在美国大都会艺术博物馆参观的时候，偶然看到一幅世界名作，画的是西方的一个战神，也是威力无穷，虽然她的身体是个小女孩的，非常短，但是她的功夫是高不可测的，西方人也觉得这很奇怪。我去了见到后就说这不就是天山童姥嘛。我一说，陪同我的两位中国朋友说，对啊，这就是天山童姥啊。

我记得在去美国的时候，在飞机上看了一部电影。我不知道大家看了没有，一部美国片叫《本杰明·巴顿奇事》，可能有同学看过，那电影挺有意思。一个人他生下来就是个老头，满脸皱纹，而且大夫一查说他马上就要死了。全身都衰老，有关节炎，是各种病都有的一个老人，他一生下来他父母就把他抛弃了，给他扔到黑人养老院里的台阶上，一个黑人把他养大了。他生下来时是个老头，可越活越年轻，他是倒着活的，生下来的时候大概相当于八九十岁的年纪。当他长到十一岁，相当于我们六七十岁的时候，他遇见了一个小女孩，他和这个小女孩之间产生了好感。小女孩是从小往高长、往大长，他是从老头儿往年轻里长，然后他俩感情越来越深。当他俩都四十多岁的时候，他俩真的相爱了，轰轰烈烈地相爱了。他们还生了一个女儿。可是他意识到他会越来越小，而孩子长大了之后怎么办啊？所以他就离开了她们。他把所有的财产都卖掉了，留给她们娘俩，他自己去世界各地漂泊。他曾经回来看过一次他的女儿，他女儿并不知道他是她父亲，他回来看她的时候，他已经是个小伙子了。最后他就变成一个小孩，变成小孩的时候，就开始把以前的那些事都忘了，在一个收容所里面，成了一个挺不讲理的小孩，明明吃过饭了还说没吃过。这个时候，他当年的恋人已经是个老太太了，老太太什么都知道，就来照顾他，他越来越小，最后是个婴儿，老太太抱着他，他在她的怀里平静地死去了。整个电影的故事是老太太临终之际讲给她女儿的。这个电影蛮引人遐思的，当然，我们想的不是故事本身的传奇性，而是它让人去思考人与时间的问题，人与时间的奥秘。

那么回到天山童姥身上，我觉得金庸在这个人物身上仍然寄寓了人类想突破时空的这种努力。我们是多么想突破自己的身体、突破时间、突破上苍加给我们的种种外在的先天的束缚，在天山童姥这个人的身上得到了一个印证。我记得我曾经想写一部武侠小说，就是写人活到一百二十多岁的时候开始返老还童，再活就是一百一十九、一百一十八，往回活，一直活到年轻的时候。人能不能突破我们目前身体的极限？我们面对科技上种种的创新，有时候抱着一种很犹豫、很矛盾的态度，很矛盾的心态。我们自己有这样那样的欲求，假如那个欲求的实现是发生在别人身上我们又会感到很恐怖，会感到很恐惧。看小说是好玩儿，假如你身边有这么一位同学，你跟他挺好的，有一天他告诉你"我九十二岁了"〔众笑〕，这不吓死人吗，是吧？这是很恐怖的。这样的形象金庸塑造过，以前别的小说也有，可那是神话小说。把这形象写到现实生活中来，金庸是一个突破。

在《天龙八部》中按武功来排座次，萧峰只能排第八，大英雄武功并非最高。萧峰本名乔峰，丐帮帮主，这些我们都知道，辽国南院大王，这是他的社会地位。他没有什么大的奇遇，没有什么奇奇怪怪的神性般的功夫，他的功夫都很朴实：打狗棒法、降龙十八掌、少林擒龙手、降魔掌等，都是堂堂正正的人间功夫。他靠的就是智勇双全，刻苦练习，把它们练到一流境界，这就是大英雄。所以他的功夫虽然并不是最高，可是这样的人似乎更能获得我们的尊敬。在我们不去排武功座次的时候，我们想象中萧峰一定是第一英雄，这是最大的英雄。我们没有去想，他可能打不过虚竹。但是如果真打的话，他也不会输的。因为书中写了像萧峰这样的人，他的功夫是遇强愈强，敌人功夫越高他越能发挥更大的潜能。降龙十八掌这种功夫就如长江黄河一般，滚滚不绝，后面永远有惊涛骇浪出来，虽仍为血肉之躯，但你感到他好像有无穷的力量一样。所以作者能写出萧峰大战聚贤庄那样惊天地泣鬼神的大战，还有在少室山那一战，"燕云十八飞骑，奔腾如虎风烟举"，萧峰只带了十八个兄弟，那十八个兄弟在天下英雄面前可能也不堪一击，虽然已经是他手下的一流高手了，那场大战也写得酣畅淋漓。通过这几场大战金庸写出萧峰的天下无敌。

再下面才是他们的父辈了。

慕容复的父亲慕容博,大燕后裔,隐身在少林寺里偷学绝世武功。这个人物,金庸在新版中补充了他的很多情节,使这个人物更丰满、更可信。尽管他功夫很高,但是他的所作所为是为人不齿的——为了个人的权欲而置天下苍生于不顾。金庸在他身上写出一个复国的问题。一个国被人灭了,那么作为这个国的后裔,不论你是皇族也好,是贵族也好,是移民也好,反正你忠于这个国,你想复这个国,这本身应该说是具有一定的正义性和合理性的。那么下面一个问题就是,用什么手段去复国?你的政权灭亡了,现在已经建立了一个新的政权,假如新的政权是残暴的、对人民不好的,或者跟你那个政权比是不好的,你的复国就是带有正义性的。可是假如新的政权比你那个政权好呢?政治上的悖论就这样来的。新的政权比你的政权好,或者它已经被现在的人民所接受,你通过什么手段去复国?我们并不是否定一切的"阴谋诡计",复国是政治斗争中的一种,可能难免使"阴谋诡计",但这个"阴谋诡计"它所带来的后果是什么?当时是大宋的天下,真正要恢复大燕国的人有谁?这是老百姓的愿望吗?首先,这个正义性就不能只从皇族或者贵族自己的立场出发去想,因为国是关系到国民的,关系到人民的。人民没有恢复大燕的愿望,而只是你们那些人为了自己家的富贵要复国,为了这个造谣、挑拨政治集团之间的血腥仇杀,代价是人民的大面积死亡,那这样的复国就丧失了正义性。这个问题可能是金庸心中一个很重要的问题、很沉重的问题。我们想,比如说大明朝灭亡之后,清入关建立了新的政权,很多仁人志士到处奔走,组织义军要推翻清政权,这个时候他们的斗争是不是带有正义性?那么再过一百多年,比如到了乾隆的时候,四海都平定了,各地没有造反了,老百姓生活也很好了——我前面讲了"乾隆十大武功",清朝的疆域已经有一千多万平方公里,没有大面积的饥荒,人口迅速增长,粮食产量大幅度增长,物质生活毫不匮乏,四海敬畏,既无内债又无外债,没有内忧没有外患，可能有文字狱，有少数知识分子不满。那么，这些少数知识分子如果现在要反清复明，要推翻清朝、恢复明朝，这个时候对这种行动的评价和清入关之初是不是有所不同？这个时候恐怕会有所不同的。清朝时一直有反清复明的势力，他们在一些时候为什么不能得到人民的拥护？到了什么时候又重新获得拥护了呢？是这个政权又一次出了问题的时候，到了晚清，这个政权本来已经稳定了，可是现在它又丧权辱国，这个时候孙中山的革命才重新获得了合法性。所以金庸写这些有政治野心的人，他是把他们放在不同的历史阶段，用写小说的方式来表现他的一种政治想象。

跟慕容博差不多的就是萧远山——萧峰的父亲。萧峰的父亲当年应该是绝顶高手，在雁门关外一战（那一战也是通过回顾来写的）遭受中原高手埋伏、包围，他还带着妻子和婴儿，竟然连毙多名高手。那种英雄气概可以说是传给了他的孩子，传给了萧峰。当他们父子多年后相见，父子往一块儿一站，面对天下英雄，把胸口一撕，露出胸脯这个狼的时候，那股英雄豪气真是没有第二对父子再能相比！父子都是英雄的，我们还可以找出胡斐、胡一刀这对父子来，但是胡一刀、胡斐父子并没有站到一块，说咱爷俩在这谁敢上〔众笑〕，没有这个事。萧远山、萧峰父子往一块儿一站，那真是让天下羡慕——好一对父子！他们父子俩都身负着血海深仇，又有英雄气概，那真可以说是打遍天下无敌手。平和他们心中这种英雄气概的只有少林寺的扫地老僧，幸亏有这个扫地老僧，才能平息他们心中的怒火。到了他那里，什么英雄、坏蛋啊，都给你摆平了！"王霸雄图，血海深恨，尽归尘土"，那一回的回目写得特别好。"王霸雄图"写的是慕容他家，慕容他们家有这种王霸雄图，萧氏父子是"血海深恨"，到了扫地僧那都"尽归尘土"。

第十一个高手是鸠摩智，吐蕃的国师。他得了慕容博馈赠的少林七十二绝技，而且又强练《易筋经》，偷学小无相功，最终走火入魔。鸠摩智这个人物金庸塑造得特别好，他是天下最聪明的人，能够打通七十二绝技，七十二绝技几乎没人能全学会，他用歪门邪道把它学到了，结果呢，用这种手段学到手的功夫，它就会让人走火入魔。他就印证了我刚才所说的"知识障"，武功学得多之后，它就和我们知识学得多一样，是有"障"的，这个障会使人走火入魔。因为走火入魔，最后他就废掉了一身的功夫，自己的内力都进了段誉的体内。可是世间的事总是"祸兮，福之所倚；福兮，祸之所伏"，福里边有祸，祸里边有福，鸠摩智因为卸掉一身功夫，反而成为一代高僧。

这一次我去联合国，做的报告是"武侠文化与世界文明"，还去了一位教授是北京体育大学的教授，他讲的养生，我俩交流了一个问题。我记得上次给大家说过，我跟李连杰的老师交流过，通过那次交流我知道现实中没有武侠小说中写的这么高的功夫。这一次交流的是《易筋经》的问题〔众笑〕，和上次是很惊人的相像。他问我《易筋经》的功夫到底有多高，然后我也想问他《易筋经》的功夫有多高，因为我看他讲人脱胎换骨的事情，怎么能脱胎换骨呢？我俩就探讨这个《易筋经》功夫到底有多深。这《易筋经》本来是道家的功夫，但是金庸这时候把它写成了少林寺的功夫。《易筋经》是真有的，通过吐纳导引，让人四体百骸都能够舒畅，这真是一种养生导引功夫，但不像金庸小说里写得那般神奇！

第十二是玄慈，少林寺的方丈。一般来说，小说里少林寺总会有那么一两个人会一流功夫，甚至不止一两个人。如果少林寺里没有那个扫地僧，玄慈的功夫就是最高的。他是名满天下的好人，大和尚。但是越是这样的好人，他其实越有私情，他其实是虚竹真正的父亲。这个好人做过大错事，上了慕容博的当，去围攻萧远山就是他带的头，他就是萧峰苦苦追查的"带头大哥"。这种人都是年轻时候为国为民的人。英雄一定会有情的，英雄怎么会没有情呢？而且英雄的情往往还不是一般的情。他跟叶二娘有私情，有私情不能说，还生了一个孩子，孩子后来被人偷走了，偷孩子的人特缺德，把孩子偷走之后就扔在少林寺了，孩子在少林寺当一小和尚，玄慈竟然不知道这个小和尚就是自己的儿子，他们互相都不知道。这害得叶二娘性格变态，天天去抢人家的孩子。多少年之后孩子长大了，有一个机缘，全家三口人相认了，相认之日也就是死亡之时，认识孩子不到一个时辰，玄慈跟叶二娘双双死去，又留下一个孤苦伶仃的虚竹。玄慈功夫是非常高的，会袈裟伏魔功、般若掌、大金刚掌。你看他仁厚大度、万人景仰，《易筋经》修为之深为全寺之冠。他甘愿受罚，因为自己破了寺规（破戒了，他甘愿受罚。以他的内功之深，打他多少杖也打不坏他，打不死他，他顶多受点皮肉之伤。但是他这种人为了表示真正的自责，不用真气护体，不动自己的功力，就活活地被打死了）。所以这是真正的大和尚、好和尚。看到这儿之后我觉得叶二娘也是个好女人，她本是四大恶人之二嘛。叶二娘竟然感动了南海鳄神岳老三，南海鳄神本来跟叶二娘一直争老二来着，人家说他是老三他都否认，他说我是岳老二，这回他看叶二娘死了，他都感动地说："我再不跟你争了，老二让给你便了！"金庸写这些人不但武功写得高，人格都写得栩栩如生。

丁春秋大概排第十三，是星宿派的创始人。他是无崖子的二弟子，后因叛师脱出逍遥派自立门户，善使毒功，自创了化功大法。化功大法很像北冥神功，但它是化掉人家的功夫，属于比较阴毒的坏功夫。丁春秋的功夫是非常高的，金庸在他身上写出了人格不好会导致他武功打折扣。丁春秋的下场很惨，像发疯一样，自己去挠自己，挠得鲜血淋漓。丁春秋这个派别也很好玩，都是溜须拍马之辈，看形势不好赶紧掉转风头。

苏星河，无崖子的大弟子，人称"聪辩先生"，函谷八友之师。他就学了无崖子博学的一面，倒霉就倒霉在博学上。他会的事情多，会的花样太多。世间有很多聪明的人，虽然绝对数并不多，但是你若学习到高层次，会遇见很多一身杂学的人，杂学的人往往到不了一流境界，因为他在路上耽搁的时间太多了。他小提琴学了八年，马上就要成一流大师了，他又去学画画了，画画学了八年，也要成一流大师了，他又对军事感兴趣了。杂学的人往往是非常非常聪明的，这些人很可爱。有时候他们也会辩解，他说我继续学一门也未必能成一流大师，还不如寻找一点快乐，多学几门功夫更好。这都是无可厚非的。总之，人间有这样的人，在很多问题上都是二流，或者在一二流之间，让人感到有点可惜。这样的人可爱兼可惜。有的时候我们很难评价这样的人和那个只在一两个领域里面的绝顶高手哪个更好。

第十五是大理国皇帝段正明，应该是段誉的大爷，段正淳的兄长，真正的一阳指独步江湖，大理国第一高手。我们想《射雕英雄传》里的段王爷，"南帝北丐"的"南帝"，他的一阳指就是从大理国这传下来的。段正明这个人的性格写得比较单一，比较平面。

第十六，段延庆。段延庆这个人写得很让人同情，他是四大恶人之首，但是也没看到他真正做过什么太坏的事，可能就是在四大恶人里武功最高。本来他是大理国的太子，段誉的亲生父亲，被打残了。他身残志不残，以残废之躯，重练家传武功一阳指、段家剑法，还练就一门腹语术。这个腹语术据说真有人会，不但中国有，我听说阿拉伯也有。我物理学得不好，到现在也没琢磨出它的物理学道理是什么。嘴不动能发声，首先这是一个发声技巧的问题。最奇怪的是，他能够设定固定频道，能让谁听到，不让谁听到，这太绝了。就是不用腹语，一般人说话也做不到这样呀。我说，我说话就让后面倒数第三排第五个同学听到，这要怎么做到呢？这频道怎么调呢？这个比较奇怪，这个道理我到现在也没想明白。段延庆这个人物确实写得不错，演他的演员我记得叫计春华，计春华演的段延庆挺不错。

慕容复大概能排第十七位。慕容复长得一看就像金庸的表哥〔众笑〕，看来金庸对高富帅有仇。本来一出场的时候，慕容复威名赫赫，与乔峰并列为"北乔峰南慕容"。根据一般武侠小说的伏笔，肯定等这个人出场，慢慢地描写他多么厉害，好满足前面伏笔给人带来的想象，但是没想到他出场之后是那个样子，金庸善于打破人们的期待。慕容复博览众多武林绝技，特别善于使他们家的"以彼之道还施彼身"。这个功夫很合乎江南文化，就是四两拨千斤，独步江湖。可是他实际的功夫并不高。他最让人讨厌的还不是实际的功夫不高，而是他经常弄巧成拙，自以为聪明，制造阴谋诡计，不顾人间基本的伦理道德，连跟随他多年的那几个兄弟，包不同那几个，他都敢痛下杀手，而他不过是为了自己空虚的政治野心。我们看，有一种人是像扫地僧那样，通过修炼，去掉种种人间的欲望；有一种是像慕容复这样的，为了一个疯狂的野心，不要友谊，不要爱情，什么都不要。这是两个极端，一个是通过修炼消欲求，一个是为了另一个更大的欲求。所以小说看到一半，我们就知道南慕容是浪得虚名。特别是少室山一战，他搞阴谋诡计，结果还败露了，被萧峰一把抓起，"啪"地扔出去了，萧峰断喝一声，喝的不是慕容复，喝的是自己，说："萧某大好男儿，竟和你这种人齐名！"〔众笑〕那一句喊得特别悲愤，真是惊天动地，特别过瘾！

说完《天龙八部》，我们看看金庸小说人物武功的总排名。进行总排名之后，我们发现前面说的好些英雄好像都不在里边。

有的人说功夫最高的是达摩祖师，我不知道大家同意不同意，为什么呢？因为他是《九阳真经》的作者、《易筋经》的作者、《少林七十二绝技》的作者，将佛教带入中国的布道者、中国佛教开山祖师爷，谁敢说达摩祖师不是武功最高的人呢？虽然金庸在书里只提了一笔，并没有真正地写达摩祖师。达摩祖师起码在历史记载中被说成是"一苇渡江"，那么武林中把"一苇渡江"实体化了，其实"一苇渡江"是一个比喻，是说达摩祖师坐着一叶小舟过长江，武林就把他"一苇渡江"说成是他踩着一根芦苇过长江，那这轻功太厉害了，这一调侃就是铁掌水上漂了〔众笑〕，这太牛了，轻功再高的人也不可能踩着一根芦苇过长江。

第二个是真正出场过的，我们前边说过的，少林无名老僧。

第三个是逍遥派的祖师，就是刚才我们说的无崖子的祖师。这个祖师应该是拥有更多神奇功夫的人，后来逍遥派的功夫肯定都是他传下来的，拥有这些功夫的人应该是一流高手。

再一个是黄裳，我们前边讲过，他是《九阴真经》的作者。

再下来是独孤求败，不用讲了，前边介绍过了。

第六个，这个人是《葵花宝典》的原创者〔众笑〕，前朝的一个太监。

第七个就是阿青。

这七个人，他们的顺序可不可以再换？我觉得这排名好像也不能固定下来。比如说把达摩祖师排在第一，我觉得完全是因为人们对佛教的无比尊仰。佛教太伟大了，达摩祖师太伟大了，所以把他排在第一。后面那几个，也很难说不能动。比如说根据我们看到的《葵花宝典》的可怕效果，我们觉得东方不败像鬼魅一样，前朝的那个《葵花宝典》的作者，功夫得高到什么程度啊。《葵花宝典》的作者，真的遇到达摩祖师，真的遇到无名老僧，他有没有办法赢？很难说。我还看到网上一个爱好者的考证文章，他考证《葵花宝典》的作者到底是谁〔众笑〕。根据他很缜密的考证，最后得出的结果很有意思。首先他考证出《笑傲江湖》的背景是大明朝，是明朝中后期，那么他根据小说里重重的蛛丝马迹考证出，前朝创造出《葵花宝典》的这个太监,他的名字叫郑和〔众笑〕。大家知道，就是"三宝太监"。这个网友认为,郑和能够七下西洋,是因为郑和本身是身怀绝世武功的,他带领的这支队伍不是一支简单的外交官队伍,而是一支贸易大军,也是一支武装工作队。那篇文章大家可以去找找,写得很好玩儿。

那么阿青的功夫,小说中没有说她有多么深的内功,但是光看她的快,那已经是超出人类想象的快了。其实功夫,不就是力量加速度吗?我们想一想爱因斯坦的那个著名的公式,功夫其实就是质量加速度。而练内功不就是要把这个力量练得大一点吗,但是如果速度足够快的话,那和力量大的效果是一样的。比如说一个小小的粉笔头,当它运动达到一定的速度时,它可以穿越任何物体,可以穿越钢甲;那么一个钢甲,它如果没有一个足够的速度,它也打不破这个粉笔头。所以速度和质量是相辅相成的。阿青的攻击速度如果那么快的话,她已经不需要练什么高深的内功了。所以华山派分"气宗"和"剑宗",分两派,其实各有道理。当你的剑法让人眼花缭乱的时候,也就不需要多么深厚的内力了,或者说,内力肯定是有的。

除了这七个人之外,有人列出超一流高手有十二人。《天龙八部》里占的最多,段誉、萧峰、虚竹、萧远山,这几个人是超一流高手;《射雕英雄传》里边有一个王重阳;《倚天屠龙记》里有两个,张三丰和空见(也有说是张无忌);《笑傲江湖》有一个东方不败;《侠客行》里有一个石破天。这是小说中实际出场的人,有十二个超一流高手。

一流高手有二十四人。还是《天龙八部》最多,里边有九个,这里面除了我们前面讲的,还加了游坦之、黄眉老僧;《射雕英雄传》里有五个人,东邪、西毒、南帝、北丐、中神通;《神雕侠侣》里有四个,郭靖加上杨过、金轮法王、林朝英;《倚天屠龙记》里有张无忌;《笑傲江湖》有三个,令狐冲、方证、风清扬;《侠客行》里的两个是龙木二岛主。

你看，这些人就已经四五十人了，还有准一流高手：段正淳、裘千仞、梅超风、丘处机、黄蓉、小龙女、公孙止、李莫愁、少林三渡、光明二子、四大法王、玄冥二老、任我行、岳不群、向问天、林平之，《侠客行》里的张三、李四、谢烟客……这些只是准一流高手。

这已经六十九个人了。你如果是一个金庸小说读者的话，至少要能记住六七十个人。

最后说说，金庸笔下的武功都是有着深刻的生命和文化隐喻的。不论降龙十八掌也好，降龙二十八掌也好，他隐喻的是一种堂堂正正做人的姿态、做人的道理、做人的功夫，靠自己阳刚之力去开拓自己的事业空间，所以它叫"降龙掌"。打狗棒法，从名字上看，它带有意识形态的正义色彩，本来是很庸俗的乞丐打狗的办法。六脉神剑，刚才我们讲了，它有灵的时候，有不灵的时候，它依赖人体的潜能。北冥神功和化功大法、吸星大法，也要有所区别。这次我在美国讲座时也讲了，我说北冥神功其实就是孔夫子讲的"三人行必有我师"，遇见一个人你就能从他身上学到东西，这就叫北冥神功。我们要从网上学习、看书学习，每遇见一个人都是学习的机会。我在这里讲课好像是我给你们知识，其实我随时随地也从你们那吸收东西。会学习的人，你随时都在吸取别人的内力，但是又不损害别人，这就是北冥神功。看着是道家的道理，其实跟孔子讲的是一样的。《易筋经》刚才说了，本来是道家的导引之术，跟佛教没关系。还有一个蛤蟆功，蛤蟆功功力巨大，以静制动，全身蓄力，但是这蛤蟆功被描写成一种邪派的功夫，是很威猛的，但不是正派人士用的，所以它不为人所喜欢。大家看过周星驰的《功夫》，什么能破蛤蟆功？如来神掌〔众笑〕。

其他人的，如鸠摩智的小无相功也是有隐喻的。鸠摩智的原型其实是东晋高僧鸠摩罗什、藏僧金刚智，两个合起来，就是鸠摩智的原型。鸠摩罗什大家知道，我们今天许许多多的佛经都有赖于他的翻译，你看这些好的佛经，《维摩诘经》《妙法莲华经》《金刚经》《中论》《百论》《成实论》等，三十五部，两百九十四卷，都是他介绍的，所以他是我们佛教史上一位伟大的人。但是金庸给他的生命中加了这么一段，说他曾经是武功高手，走火入魔，害了段誉等人，最后一身武功散去，才成了人间的高僧。金庸的解说太好了。我看金庸写《天龙八部》的时候是他佛教修为最高的时候，后来他读佛教的书读得太多了，反而成了无崖子，太博学反而不好了。

《侠客行》里的武功，前面我们讲石破天的时候也讲过，已经到了惊世骇俗的地步了。那么凌波微步与神行百变都是轻功，看上去都很美。凌波微步，从曹植的诗来，读一首原来的诗词，你就能感到非常美。神行百变，因为后来被韦小宝学去了，大家知道很可笑。

在所有武功中，有一个最普通的武功叫太祖长拳。我觉得金庸很成功的一点是写这个太祖长拳，太祖长拳相传是宋太祖赵匡胤发明的普普通通的一门武术，广泛流传于我国北方，表现了北方拳术的豪迈特性，架势大而开朗，注重配合与展现，是中国武术界六大名拳之一。金庸特别写了萧峰用太祖长拳对敌：你说我不是宋人，可是你使用的是外国来的拳术、外国来的武功，我使的是本土的武功，我用本土的武功打败你，我才代表中华文明。所以金庸很注重武功的源流。我们想一想，当年胡一刀去替苗人凤报仇，用的是苗人凤的苗家剑法杀了商剑鸣，他如果用胡家刀法杀他算对不起朋友，那是表示自己厉害，那是我替你报仇了，现在我用你的剑法为你报仇，等于你去亲自报仇。所以用哪个功夫又很重要。我觉得太祖长拳这个功夫的使用，真的表达了金庸先生的爱国之心。我这一次在美国仍然遇到一些非常激愤的"左"派朋友，他们就激烈地批判金庸，说金庸这个人不革命，不讲阶级斗争等。我说我非常赞同你们的革命思想，革命是很好的，有革命思想更好，但是呢，人不能只讲革命，还要讲团结。要理解和团结那些不革命的人，不革命不是坏事，只要不杀人放火，不损人利己，他就是好人，只要爱国就是好人。我说金庸是爱国的，他是弘扬中华文化的。你从太祖长拳这样的描写中就能看到。金庸讲，人如果内力练到了，打什么功夫都可以天下无敌，就打一套太祖长拳也是天下无敌。你功夫高深不要紧，你架不住我内力深厚。所以我想同学们在北大可以学到各种各样的精妙武功，本科的时候学到北大的一些武功，当你读了研究生，又跟着各种高深的师父老师，还能学各种奇怪的功夫，但是你不要忘了我们最普通的太祖长拳。对于每个人来说，你理解的太祖长拳也许是不一样的，但是有这套太祖长拳做基础，我想我们真正走遍天下都不怕，这是我们做人，做中国人的最基本的功夫。

好，金庸小说的"功高几许"我们就讲到这。

说一下我们下一次课，我们先请一位同学来讲他对金庸小说的研究心得，然后我在他的基础上进行评点和发挥。我已经说了，希望同学们自告奋勇来讲课，而有的同学自告奋勇了又犹豫，觉得自己准备得不够，我觉得没有必要，不要认为自己讲什么就必须讲得对，没有人能够保证自己讲得对，即使是有多年教学经验的教授也不敢保证自己讲得都对。我们从听课者的角度来看是取其所长、取其可用就可以了。下一次我们请同学来讲金庸小说的人物性格和其他方面的成就。

今天就上到这，下课！

〔掌声〕

第十课

> 授课：孔庆东
> 分享：戴同学
> 时间：2014 年 4 月 29 日火曜日申时
> 地点：北京大学理科教室 108
> 内容提要：戴同学分享心得：比较金庸小说和古龙小说的同与不同（略）
> 　　　　　孔老师补充：金庸小说和古龙小说的同与不同

〔本课前半部分由北京大学化学系二年级戴同学讲课，内容略〕
〔戴同学讲完课，掌声〕
〔孔老师开始讲课〕

　　小戴开始讲的这个对联，是必不可少的，当然他自己对的对联，是为了他今天的报告，对比金庸和古龙。上联"西安事变，张无忌，杨不悔"，那么我也给大家介绍一个近乎标准答案的下联："安史之乱，郭破虏，李莫愁。"西安事变是现代史上著名事件，安史之乱是古代史上重要事件，同样都是改变中国命运的历史大事。西安事变中有两个重要的人物，一张一杨；安史之乱中有两个重要的人物，一郭一李。西安事变中，张学良表现的是"无忌"，杨虎城表现的是"不悔"。安史之乱中呢，郭子仪大破胡虏。那么，唐朝是谁家的天下？是李家的天下。因为郭破了虏，所以老李家不用发愁了。安史之乱之后，唐朝没有灭亡，这天下还姓李，所以叫"郭破虏，李莫愁"。恐怕不会有比这个对得更好的了，因为郭破虏、李莫愁也是金庸小说中的人物。

今天小戴从三个方面比较了金庸小说和古龙小说的同与不同,他主要是比较了不同。我觉得他做的工作,对我很有好处,我可以省事儿,不再讲性格描写、外貌描写。这学期我本来就只讲几个主要问题,通过几个主要问题来引出我们对金庸小说所有的理解。戴同学讲外貌描写,其实比较的是两个人的文学功夫;讲武打描写比较的是两个人的武学功夫;最后比较的是性格,可以说他比较的是两个人的人学功夫。文学、武学,还有人学,三个学,我觉得这三个方面正好可以这样概括。而且他讲的方式很好。他下了很大的功夫,把作品琢磨得很细,他说光找金庸小说里边的性格描写,就找不着,找了五个小时,找出这么两个来。做学问就得下苦功夫,下苦功夫还未必有收获,但是那个"没有收获"其实是有收获。

戴同学是带着问题来讲他的感悟,我觉得这比较好,我坐在那里也不断地去想他提出的一些问题。我觉得我讲课也应当适当地向他学习,通过比较的方法给大家带来思考。我们来追溯一下戴同学讲的几个部分。我们看从外貌描写来说,到底怎样描写外貌是好的?首先我们要承认一个事实,金庸和古龙都拥有大量的读者,我们不能只看到他们的不同,把他们的差距看得太重。他们都是一流的、优秀的武侠小说作家,不能说金庸这种写法就一定好,古龙这种写法就一定不好,同样是金庸的这种写法,换了别的作家,他可能就写得不好。今天许许多多人,也有模仿金庸的,也有模仿古龙的,但都模仿得不到家。真正地说,你使用别人家的武功,也能达到一流境界那才是高手,就像胡一刀用苗人凤的苗家剑去杀了他的商姓仇人,这才是真正的高手。那外貌描写,刚才戴同学给我们介绍了金庸是那样描写的,古龙是那样描写的。他们两个对描写外貌都很重视,那到底区别何在?我们可以从戴同学给我们呈现的材料中,继续去思索。

我今天就思索了一个问题，人到底可不可以貌相？中国老百姓有一句话说："人不可貌相，海水不可斗量。"如果人真的不可貌相，那文学作品中为什么用那么大篇幅写人的外貌呢？为什么演戏剧作品还要画脸谱？所以我想"人不可貌相"好像不全面，好像有问题。那我们再看看，人们是在什么情况下说"人不可貌相"的？"人不可貌相"其实是说人不可简单地"貌相"——你不要认为人长得漂亮就是好人，长得不漂亮就是坏人，在这种情况下这句话是管用的。

我们知道其实人是可以"貌相"的，高人就会看相。这里的看相不是看相面那种看——"我料定你二十五岁必有一劫"〔众笑〕，不是这样看相。人在这个世界上生存着，他有各种生存活动，这种活动会在他的表情上、身体上、外表上留下烙印。我们经常看到这些烙印，根据这些烙印我们就对这个人的命运、性格，有了某种积累下来的经验，经验多了就可能变成一种直觉。专家可能会去总结长什么样的人有什么性格，这是专家总结。我们一般人没有总结，我们根据经验，会发现这个人长得挺面善的，这人挺和蔼，那人长得特别阴森。我们看中国历史著作——不是文学作品——中描写人也经常描写外貌，描写外貌重点不是让人记住他的带相片性质的特征，这个外貌说的都是人的性格。比如描写某个大臣"鹰视狼顾"，哎，这个人性格已经出来了：很厉害，很阴，很多疑，很狡诈。你在后面跟着他走，突然他像狼一样回头看你一眼，"鹰视狼顾"。说明人是可以貌相的。我是很多很多年前想明白了这个道理，所以我努力地去以貌相人，但是我不告诉别人我怎么相的。我很自豪的一点是我看人比较准确，当然不仅仅是通过貌，还通过语言，通过肢体语言，我还看了一些心理学著作，所以我跟人打交道，上当率比较低。我看人的功夫相当于小李飞刀，他还在那儿坐在我面前继续骗我呢，我心里一把刀已经"插"到他"咽喉"上了〔众笑〕。人其实可以貌相，正因为人可以貌相，文学家才利用这一点影响读者对这个人物的观感。作家描写人不是在那里给他照相的，那如果是这样的话，现在小说家写人的时候，一个人物出场，后面配个照片多好。这样肯定就砸了，这样就不是小说了。为什么大多数电视剧不讨人喜欢呢，就因为那个人是活的，让我们看见他长什么样了，一看见长什么样，文学性就没有了，在此时此刻退场了。特别是你读过优秀的文学名著之后，你特别怕它被拍成影视作品。如果拍成影视作品后，你看到这人跟你心目中的形象比较一致的时候你还比较欣慰，多数情况下并不一致。也许先看了影视作品，后看原著，比较好。

那比较之下，金庸的外貌描写，他主要写的是什么呢？我觉得他主要写的是这个人的气质。我们看人首先感到的是一种气质，中国人评价人都是用气质来评价，说那个人长得阴嗖嗖的，这个东西很难说，很难量化，很难定性。文学家就是利用这个道理来影响读者对一个人的观感。正因为这样，金庸喜欢写人的眼睛。

金庸喜欢写人的眼睛，不是说每个人物他都写眼睛了，而是从比例上说他不自觉地重视写人的眼睛。金庸不承认自己受五四文学影响，他不承认是不管用的，只有中国新文学几十年发展积累下来中国人整个的文学经验，到了金庸这里他才写得这么好。重视写眼睛的问题鲁迅早就说过了，鲁迅写人最重要的就是写眼睛，写眼神、写眼光，你再看看茅盾、老舍和郭沫若等都是这样，都重视写眼睛，写眼睛才能给人留下深刻的印象。而眼睛是非常难写的，写眼睛不是说这个人是三角眼，这个人是丹凤眼，不是这个意思，这留不下印象。你好好看看鲁迅和金庸，他们是怎么写人的眼睛的。

演戏也是这样，真正好的演员练的都是眼神，你看戏曲舞台上讲手、眼、身、法、步，俞振飞先生回忆他跟梅兰芳同台演戏，两人都演了多少回了，他说上台后梅兰芳一眼看过来，他浑身都酥了〔众笑〕。你想他俩都是男的啊，梅兰芳是男扮女装，所以说梅先生这眼神太厉害了，一扫过来俞振飞就不行了〔众笑〕。这就是说戏曲演员眼神的厉害。那我们想想文学家为什么重视写眼睛？眼睛就是灵魂，通过眼睛能写出这个人物来。

古龙很喜欢写人的衣服，这一点其实也可以挖掘，古龙为什么喜欢写人的衣服？第一他很重视衣服，他很重视穿什么，这是作家物质生活的一个折射。另外呢，衣服是跟身体挨在一起的，他很重视身体，我们看古龙小说中有大量的身体描写，特别是对女性身体的描写。那也有人说这么写不是更现代吗？从某个角度说是更现代，从另一个角度也可以说明，就像我们刚才解释衣服一样，这两个东西对他来说都不容易获得。我们不了解古龙这人，看小说就能看出这个人是什么样的。

武功描写，是古龙、金庸差别最大的地方。外貌描写两个人还有很多相同之处。我们看到戴同学说金庸武功的描写都是详细中透着细腻，有头有尾、有始有终，都能让人觉得完备。古龙的小说省略中间过程——这刀一飞出去就得死，这我们大家都熟悉了。那么它说明什么问题呢？读金庸的小说你可以发现，他随随便便用几百字写两人打架那太常见了，用千八百字、几千字写一场打架也很常见。一场大战写一章两章，中间无数的人对打乱打，那场面极其浩瀚。那么这里面涉及一个叙事时间的问题。你看刚才戴同学举的黄蓉打李莫愁的例子，其实是电光石火之间发生的事情，可是你读那段文字，恐怕要读好几分钟，你读的是作者给你设置的在叙事时间里的活动，而黄蓉和李莫愁或者别人也好，他们在故事里度过的是另一个时间段。用我们的专业表述叫"叙事时间"大于"故事时间"。以后你读小说有闲工夫的时候看一看，小说里哪些部分叙事时间等于故事时间，哪些部分叙事时间大于故事时间，哪些是叙事时间小于故事时间，它是有讲究的。比如说你看《三国演义》，《三国演义》从头到尾一共写了多少年间的事，一共多少章，然后你看看其中用最大的篇幅写的是哪几年。主要的篇幅都是写"赤壁之战"那段了，然后其他事情过得飞快，后头过得特别快。

武打也是这样，主要时间用在哪儿？本来二十秒（故事时间）就结束的事，你看金庸写的，两个人打得那么漂亮。你去读，读了半天，在这个时候你为什么觉得获得了审美享受呢？叙事时间大于故事时间的时候，为什么你就获得美感或者快感了呢？因为这个时候你的人生时间改变了，你等于把"人生流"切断，进去了，你的生命进到一个隐秘的时空里，那个时空单独为你放慢了它的节奏。那个时空本来是二十秒，但是为了你变成了两分钟，变成了五分钟。如果你高兴，那还可以再重读一遍〔众笑〕。这就是文学的魅力。你看，你还可以重复。所以人在叙事时间大于故事时间的时候，仿佛生命得到了延长。这是金庸这种写法的一个特点。但是，是不是叙事时间比故事时间越长越好？长到什么程度好？因为时间是可以无限切割的，可以无限延长。比如我们一个同学喜欢睡懒觉，早上舍友叫他起来："上课了，快起床！"他说："你给我数到10我就起。""好，1、2、3、4、5、6、7、8、9……"他说："我接着数，9.1、9.2、9.3……"他数到9.9，还可以数9.91，时间是可以无限切割的，切割到什么程度好？这是一个问题。

那么关于武打过程，金庸、古龙两个人态度是完全不同的。从金庸和古龙的不同中，我们可以看到两个人追求的是不一样的，金庸的武打让人享受这个过程，而古龙的武打呢，你看出他很着急，他追求结果。我们可以用这个分析一下什么人喜欢金庸，什么人喜欢古龙，还可以在同一个人身上去分析，他什么时候喜欢金庸，什么时候喜欢古龙。你看金庸这种写法和古龙这套写法的不同，不仅仅说明一个人不缺钱，不着急要稿费，另一个人特缺钱，要"骗"稿费，这还是比较表层的原因。

它有一种深层的东西，你读金庸的小说你会觉得背后的叙述者，他对世界充满了自信，他不着急，只要他愿意，他可以永远写下去，就看他愿意不愿意。这个世界被他玩弄于股掌之中，他想让谁胜就让谁胜，都不影响小说的精彩。他慢慢地欣赏过程，就像我听说过的，希腊山崖上刻着的一句话：ّ"慢慢地走，好好欣赏沿途的风景。"金庸的小说就是让你一路欣赏的，按理说这是一种很成功的路子。

可是古龙好像就比较着急，古龙要直奔结果，尽管前边做了很多的铺垫。按理说如果像金庸、梁羽生这样的作家做了很多铺垫，一旦开打，会更精彩。就像我小的时候看电影，一般前边有一段加演片（小时候没有电视，在电影院里看电影，前面有十五分钟到二十分钟的别的小电影、新闻联播，或者一小部动画片，什么《小蝌蚪找妈妈》这些）。前边的东西演得越多，我知道后边电影越棒、越精彩。如果前边加演片演完了，"啪"灯一亮，换场了，那大家肯定会愤怒了。古龙就经常这样，这前边铺垫得很精彩，然后突然就结束了。从这里能够感到作者对生活的一种恐惧。他表现得特阳刚、特自信、特牛、特帅，其实他恐惧，他不敢生活，他对生活早就失去勇气了。

大家可以去看我的一篇文章叫《生活的勇气》，也是我的一本书的书名，写的是我去看契诃夫的一出戏。有的人生活的目的是为了逃避生活，他太讨厌这个生活了，他不论怎么表现，寻欢作乐也好，刻苦上进也好，其实他骨子里是害怕生活的，每一天他都发愁。他像出租车司机一样，早晨起来一睁眼就欠人家几百块钱，这一天大半时间要为着"份儿钱"而奋战，从早上起来开车开到下午四点，这钱是给别人挣的，四点钟以后的钱才是自己的，每天的生活是没有什么意思的，是烦的，是烦躁的。我们读古龙的小说就可以感到他挺烦，这个人不喜欢生活，所以他经常要把生活写得很刺激，充满了美女、美酒，特别夸张的美好的东西，夸张的享受、夸张的刺激，他特别愿意刻画鲜血。古龙的小说里有明显的嗜血的成分，特别爱写这一剑刺到咽喉上，"啪"一朵鲜红的花开了。有很多学者批评古龙，说这样写不好，说这样写"残暴、血腥"等。我看到的是古龙的一颗受伤的心。古龙是一个缺少温暖的、缺少爱的人，他真的是一个浪子。假如我遇见古龙，我一定请他大吃一顿，最后给他一笔钱。因为我能够看清楚这种哥们儿，他其实内心里很善良，然后装得特倔，装得很残暴，因为他对生活的感知，不敢直接表露出来，但是我们分析小说的人，就能分析出来。

而金庸呢，他因为在现实生活中是个成功者，不断成功，尽管他的成功也不容易，有过风浪有过挫折，但是这些对他来说都是乐趣，他是这种豪迈的大英雄。所以金庸给人的印象更多的是可敬，读金庸越读越佩服，说这老爷子太厉害了。而古龙真正让人怜爱。你会发现你们班里什么人喜欢古龙，就是自己有点浪子情结的，不喜欢考试的，其实是惧怕考试的，然后疯狂地咒骂我们的体制不好，其实是自己没本事，这样的人更多的是喜欢古龙。

有的人一读金庸就有点烦："怎么还有，怎么还没有打完呢！"我们觉得金庸写得这么好，你为什么不好好看呢？他着急，他不看这些，他要看结果，他要看谁把谁打赢了，也就是说他不敢生活，不敢进入那个过程，不敢享受叙事时间大于故事时间。而古龙有时候是反过来，古龙有时候是叙事时间小于故事时间，可能实际上打了十分钟，他两行就结束战斗了。他这么想"跳出三界外，不在五行中"，这不就是想出家的一种心态吗？其实就是厌世心理。所以古龙的创作和他本人的生活一道，都是对他所身处的社会的控诉和批判。他自己被出版商剥削，被各界利用，虽然有很多读者，这些读者真的理解他吗？不一定理解他。所以我们看他对自己笔下的人物很狠、无情，很残暴，让他们受苦、流血、被蹂躏，让他们发疯,而且没有来由地发疯。他随便改变自己小说的情节进展,他自己的人物经常出来说话,他让他们干什么他们就干什么,他可以说"人本来就是常常要发疯的"〔众笑〕,他小说怎么写怎么有理。所以我们看到,其实古龙到底能不能在新武侠界排进前三名、前五名、前十名,看怎么比。正因为他这一面太突出了,独树一帜、自成一家了,所以才存在着拿金庸和古龙比这一现象。其实更好跟古龙比的对象是梁羽生,因为金庸有些东西还能覆盖住古龙,他和古龙不是完全两极对立的,跟古龙真正对立,可以最好比较的是梁羽生。因为梁羽生特正、特稳健,古龙是特别邪,金庸的小说是覆盖在他们二人之上的,另一种层次的功夫。

最后说性格描写。就像在金庸的小说中找不着"金庸侠语",找不着名人警句一样,直接写一个人是什么性格这是文学描写的大忌。从这一点可以看出,古龙不但没上过什么学,没有学过文艺理论,可能真正的文学作品读得也不太多,或者也许读过,但是是囫囵吞枣乱读的。真正读得好的话就知道不能直接说人是什么性格,尽量要删掉。前代武侠小说作家白羽,年轻时曾经算是鲁迅的学生,向鲁迅和周作人周氏兄弟请教文学创作方法,把自己写的作品拿给鲁迅来修改。鲁迅看了之后说,你这小说写得不错,给你改一个地方,里面有一句话,这句话说"可怜这个老人就这样两手空空地回去了"。鲁迅说把"可怜"给你改了,改成"可是"。真正聪明的学生,老师给你改一个字你就受益终生,就明白了。白羽就明白了,写"可怜"等于作者的态度已经表露出来了。这个老人到底可怜不可怜,由读者自行去感觉,若读者没有感觉到,你强加给他,你说是"可怜",没有用,他记不住,他自己悟出来的才有用。所以,鲁迅他是现实主义描写的大师,鲁迅的作品里面就没有这些词。我们都学过,比如《孔乙己》,鲁迅说过"孔乙己是多么可怜啊",说过吗?没有。但里面写的都是大家怎么糟蹋他,我们读了之后我们会觉得孔乙己可怜。

鲁迅这样的作家绝不会喊："这就是万恶的旧社会啊！看这些吃人的家伙！"从来没有这种话。

那么，金庸不会承认他受鲁迅影响，受"五四"影响，他不会承认他受马克思主义文学观影响，但是金庸的作品恰恰是马克思主义文艺观最佳的例证。马克思、恩格斯在论文艺的时候就说过，作品的倾向性要随着情节的描写自然流露出来。[1] 每个作家都是有倾向性的，只不过表达倾向性的手法不一样。好的作家的倾向性是自然流露出来的，你不要像写作文一样，自己去下断语，自己把观点推出来，作品不是论文。恩格斯说最忌讳就是传声筒，人物成了你思想的传声筒，你唯恐读者不明白，自己抢着说"这个坏人"，千万不能这样。但是，我们要考虑这是一种理想状况，这是一种提升的文学，让人们不断有修养的文学。而事实是社会上大量的人他没有那个耐心，也没有那个修养，就希望知道结果，就希望能够简单地以貌取人、不动脑筋，你得告诉他这人是好人坏人。特别是我们童年时期，都是在听童话寓言中长大的，大人给我们讲故事的时候，习惯于这种模式——这是好人，这是坏蛋。然后，这个孩子如果不能提高，不能摆脱这种模式，我们看文学作品就习惯了——这是好人，还是坏人啊？习惯于这样。很多人都习惯于这样看文学作品，要把人物脸谱化、模式化。金庸不命名他笔下的人物的性格，结果我们至少都能记住他笔下几十个栩栩如生的人物，水平比较高的"金迷"能记住数以百计的金庸笔下的人，金庸能说一个，活一个，这些人在脑海中都是活生生的。这些人之所以是活生生的，是因为你不容易概括他的性格，哪怕是我们大家都再有共识的一个人，也很难用一套共同的词把他说死了。

1　恩格斯在1885年11月26日致敏·考茨基的信中有类似的表述。参见马克思、恩格斯等：《马克思主义文艺论著选读》，刘庆福主编，北京：高等教育出版社，1991，P146。——编者注

你说黄蓉是什么性格？大家说出来其实是不一样的，说出来不一样，她才是一个活的人。

而古龙按照他的描写路子，就已经算最成功了。这种路子，是脸谱化的描写、符号化的描写，唯恐我们记不住，他事先把标准答案都写在那里，可是恰恰因为写了标准答案，效果不理想。我们记住了很多古龙笔下的人的名字，其实那些形象反而是模糊的。很多名字之间有大量的重复，李寻欢、荆无命和叶开，这些人你想多了之后，发现重复率极高。所以，古龙的小说也可以作为我们探讨文学的一个绝佳样板。我记得以前上大学的时候，一开始没有读武侠小说，上《文学概论》课的时候，老师就说文学作品不能这么写，但是你让他举个例子他又举不出来，因为这样写的书没有留下来，没有流传下来。后来我看了古龙的书明白了，这不就是反面教材吗〔众笑〕？文学作品不能这么写。那么，这种例子不仅在武侠小说中有，我小的时候读了大量的革命题材的作品，发现很多革命作家也犯同样的错误。为什么呢？我们很多革命作家文化水平不高，他是早年参加革命的，革命胜利之后，他生活比较富裕了，空闲没事了，他怀念以前的革命岁月，把它写下来。他拼命想传达革命理想，在里面经常喊革命口号。一个地主出场了，一个鬼子出场了，他就写这人怎么怎么坏，这样写恰恰没有趣味了。很多革命作家的故事很好、题材很好，就是写不好，稿子到了出版社之后，幸亏新中国那时候是很扶植工农作家的，出版社派了大量的编辑帮他们改，派很多成熟的作家帮他们把故事改得更好，改得更引人入胜。很多著名的作品都经历了这个过程，像曲波写的《林海雪原》，原来没有写得这么好，就在于曲波选择了跟古龙一样的路子。像古龙这样的作家其实他在生活中是很有感悟的，用一个词叫苦大仇深，社会让他受了这么多的伤，他应该写出精彩的、伟大的作品来。但是精彩的作品写出来了，还没有达到伟大的程度，但是这样反而更好，不然成为另一个梁羽生也没什么意思。古龙恰好留下了另一种拙异的、怪诞的，跟金庸、梁羽生小说完全不同的一种武侠小说。

今天我们感谢戴同学为我们做的这个报告，今天的课就讲到这里。从下一次开始，我要讲一下金庸笔下爱情的问题，大家可以看一看这方面的作品。

〔掌声〕

情是何物
——金庸小说中的爱情

第十一课

授课：孔庆东
时间：2014年5月6日火曜日申时
地点：北京大学理科教室108
内容提要："情"这个字
　　　　　金庸笔下的"情"：爱情、物情、人情、亲情
　　　　　《书剑恩仇录》中的爱情

　　时间已经到了5月份，花红柳绿，今天讲的金庸小说的问题能够配合花红柳绿。我以前讲金庸小说，爱情问题讲得不是很多，或者讲得比较理论化。我在《百家讲坛》讲的金庸，据说是爱情部分最受欢迎。我估计主要是我对爱情的看法得到了重视。因为此前我并没有一部一部地讲金庸小说里主要的爱情，这一学期的课我打算多费一点时间，我们用几次时间逐步地探讨金庸每一部小说里面的主要爱情。我们"八卦"一点，通过具体的事例讲爱情。爱情到底是什么，金庸自己，他深有感触，可他未必能说明白。我保留着一幅金庸写的"问世间，情是何物？直教生死相许"。这次上课之前，我没事的时候仔细看他写的这几个字，我觉得他写这几个字的时候好像比较投入。金庸的字写得不是很好，写得一般，当然比我写的好得多，但是他算不上是书法家。我觉得他这几个字写得尤其有点儿幼稚，不像岁数很大的人写的，说明写这几句话的时候，他心情不是很平稳。

我们就来探讨探讨金庸笔下的"情"是什么。

先来看看"情"这个字是什么意思。情，我也不知道怎么翻译成其他的语言，"情"翻译成其他的语言我也搞不懂。我们从字的本义出发来讲，"情"是一个形声字，从"心"，"青"声。"青"是它的发音；"心"说明"情"跟人的心灵有关。《说文解字》上说，"情，人之阴气有欲者也"。说这"情"是属阴的。艺术是刚柔结合的，武侠小说里如果没有了情，就让人觉得充满了阳刚之气，因为有了情，它就刚柔并济了。这确实符合"阴气"这一点。荀子是很讲究正名的，荀子在《正名》里说，"情者，性之质也"。他说情是性的质，这个怎么理解？《吕氏春秋》注解说，"情，性也"。这里"情"和"性"就直接联系起来了。这个"性"是本性的意思——事物本来的性质。"性"是看不见的，那"情"能不能看得见？情由性所发。《孟子》里讲："夫物之不齐，物之情也。"万物是不一样的，这个不一样是它们的情。我们如果用化学的眼光去看万物，那万物看上去都一样，最后都是分子组成的，分子就是它的性。但是不同的分子，其组成的方式不一样，这个组成方式是不是就是它的情？这些说法到了《康熙字典》给它总结为"性之动也"。"情"和"性"，性一动起来，就变成情了。"静者为性，动者为情"，我们平时说"性情"，这个人的性情怎么样，"性""情"是可以分开的，这个人他有一个"性"，但这个"性"可以发为不同的"情"。《礼记》里面说："何谓人情？喜、怒、哀、惧、爱、恶、欲七者，弗学而能。"就是人本来就具有这七种情，这些是情。那么这些显然都是"动"的，"喜、怒、哀、惧、爱、恶、欲"都是"动"的，"动"的背后有一个"静"的、一个不动的东西，这不动的是"性"。董仲舒说得很直接了："人欲之谓情。"原来人都有一个"性"，这个"性"一旦有欲了，想要干什么，它就有"情"了。

有没有绝对的"无情"？会不会就只有"性"存在，没有情？我们平时也说"这个人挺无情的",但这个"无情"似乎又有程度的区别,有"很无情",有"非常无情",有"绝对无情"。既然有程度的差别,就说明"无情"也是有"情",只是控制的程度不一样而已。人有情,事物有没有情?人之外的动物,动物之外的其他生物、非生物有没有情?如果按照"情"和"性"的关系来看,万物都有"情",因为万物都有"性",万物都有它的物理性质、化学性质、生物性质,既然有"性",它就有"情"。我们可以逐次地去推,你家里养的那只宠物,它显然是有"情"的,豺狼虎豹、马牛羊鸡犬豕都是有"情"的。花草树木有没有"情"?根据现代科学研究,它也是有"情"的。让牛听音乐,它就多产奶,它显然是有"情"的。我家那只猫最近又添了一个新的习惯,它吃饭非要让我陪着〔众笑〕,经常很"愤怒"地来叫我,我说干什么啊,它就走,让我跟着它。我有次走到它的那个破盆面前,它蹲在那儿吃,非得让我看着,我一走它又回来叫我〔众笑〕。观察动物很好,观察动物让我们知道我们从哪儿来的,我们原来也是动物,我们最早连动物都不是,就是一单细胞。

宇宙是不是有"情"?正因为中国人把自己的"情"投射到万物身上,中国人才认为万物都有情,东方文明就是一个有"情"的文明。当然中国人把这个"情"搞得比较中庸、不过分,日本和中国相比,可以说更深情,更重视情。日本人的情,可能在东方民族里是最极端的。刚刚(2014年4月30日)去世的著名作家渡边淳一,大家也许读过他的小说,很多人只注意到他的小说是色情的,但是这个色情也是"情"啊。日本文学里面写爱情,可能你不喜欢,但是它里面藏着"情的极致",有相当一部分日本人认为两个人在爱得要死要活、最幸福的时刻双双死去是人生最高境界,它追求一种"情"的美。有一个漂亮的女孩子来到北海道,她把脑子扎到雪堆里死去,她认为这么漂亮的容颜死在雪里面是最美的,然后她就选择了这种死。那么我们一般人如果不去理解,我们会说这有病啊,这么说的时候,我们其实是无情的,你可以不赞同、不欣赏、不喜欢,但是你要知道她确实是挺让人感动的,她不是作秀,她是真的。我们中国现在其实也到处都是樱花,我觉得中国有的地方的樱花比日本的还漂亮,我在日本的时候,这个时节樱花已经开过了,开到北海道最北边去了,樱花烂漫的时节,在樱花树下,日本人喝着酒唱着歌就哭了,很多人会哭,你想,哪怕是恶鬼哭,你都会感动的,何况日本人也是人啊〔众笑〕,是吧。所以我看着我是有几分感动的,而且我看电视、看报纸总看到有人在樱花树下就自杀了,经常是情侣、夫妻,他们觉得已经活得最幸福了,咱赶今儿就死在这儿了,再活也是这么回事了。日本人很重视"情"。在中国人这,"情"没重到这个程度,但中国人看万事万物也是有情的,王国维《人间词话》说"一切景语皆情语也",说"景语"就是"情语"。大家小时候写作文一定练习过景物描写,什么样的景物描写是好的?不是把客观事物写得特别真,像写实验报告一样的就是好的,你写一座山,写了它的各种数据,这不是好作文,拿起块石头,你说"估计温度有32℃吧"〔众笑〕,这不是好作文。好作文的景物描写就是情感描写,写景就是写情,所以我们东方人注定了看万物都有情,我们要写出物的"情",体会出物的"情"来。有一门科学叫"物理",那我觉得我们文学其实就是"物情"。物有情,人有情,所以中国人把"人情物理"连在一块说。所以"情"字一说,它就让人心里一动。情是可以组成许许多多的词的,我们常见的"物情""人情",还有"心情"——"心情"这个词说多了你就没感觉了。

我们狭义说的"情"专指爱情。我们看《杨乃武与小白菜》,杨乃武、小白菜最后终于昭雪了,慈禧太后召见小白菜,问她:"你跟杨乃武有情?"小白菜点了点头。这里"有情"就是"有爱情",古人不说爱情,他说的这个"情"就是我们现在的爱情的意思,但比爱情可能更丰富、更深刻一些,单独讲情的时候经常指爱情。

那还有一种情叫"色情"。我们常说的色情，往往是专指包含着性活动的一种情。我原来想说"男女之情"，后来一想这个不准确，今天已经不准确了〔众笑〕，我也与时俱进了。其实色情不应该是一定包含性活动的一种情，我前不久在腾讯专门讲了一次"青楼文化"，性是一个最基本的生理层面的欲求，色应该是在它之上的，色的活动不见得包括性。古代的知识分子经常去青楼，他去青楼不一定跟青楼女子发生关系，他不一定住在那里，他只是欣赏她的"色"。这个"色"包含很广义的东西，用哲学的话说就是现象，就是欣赏她的各种现象。比如说这个妓女她会背《孟子》，她的身价就很高，很多人来听她背《孟子》。其实这些人自己背得都比她好，但是非要来听她背，觉得很好。这是欣赏色，比色更高的是艺。我们今天，像"爱情"这个词已经被窄化了一样，"色情"也被窄化了，有时候成为被打击、被查禁的一个对象。当然它要有一个度，"色情"要有度。爱情是不是也要有度？专门探讨"情"问题的文章很多，我只是点到为止，告诉大家不是一说"情"就是爱情。

我们来辨析一下"情"。前面我们说了既然它跟"性"有关系，"情"就要和一些词有区分，大家想一想，"情状"也是一个词，"情态"也是一个词，"情"和"状"是什么关系？"情"和"态"是什么关系？"状"和"态"都是能够被看见的，是可测量的，"性"是看不见的，在"性"和"状""态"中间有个"情"，"情"是"性"之动。因为有了"性"之动，所以我们看见了状态，我们是通过状态去把握性质。比如你想知道对方爱不爱你，你想知道的是性质，你想知道它的本质，你怎么知道它的本质呢？你是通过状态。麻烦就麻烦在这儿。动物之间的交往是很真诚很纯朴的，不会相骗的，根据状态就知道它对我好不好。哎，那老虎对我有意思哈〔众笑〕，它就过来了，那老虎不会骗我。而人这种动物很阴险，人是可以骗对方的，先骗动物后骗同类，人可以做出各种伪态，做出各种假的状态，所以人之间判断性质就需要学习、需要知识、需要修养，需要很多东西，才能够真的把握性质。即使我们不是故意骗人，可由于我们文化知识学得太多，自己不愿意把自己的性质固定地通过某种状态去表达，所以才会有"闷骚"这种词儿〔众笑〕。人的本质到底是什么呀，它到底是"闷"呢还是"骚"，通过这个我们知道情具有非确定性，它耐人琢磨之处就在这里。状态是可衡量、可测量的，情不可测，它是非确定的，是动态的。我们经常说"忘恩负义""负心"，这就说明情是可以变的，不是固定的，是动态的、变化的。它还可以伪装，《易经》里边说它有伪饰性，"情伪相感"，到了《白虎通义》，说它"情者，阴之化也"。这个"化"，也是讲它的变化性。

所以研究情，你要从非理性的角度去把握它，而不是理性地去把握，情不是理性。不是理性的就不能用社会科学的一些办法去衡量、要求它。比如我们不能用法律来规范情，法律管不了情，凡是用法律管情一定失败，法管不了爱情，亲情都管不了。比如说有人要出台法规，要求人们守孝道，每个月必须看望父母一次，那我们知道想出这个办法的人就很无知，他不知道情是不可限制的。一个月看望父母一次就说明爱父母了？不看望父母就说明没有孝心了？一个驻守边疆的战士三年不能回家就是不孝之子了？那我们在学校里上学也可能做不到每个月看父母一次啊，所以这种要求不近人情，他不懂得这个非理性的问题只能用非理性的办法去引导、去启发，不能规定。非理性的东西恰好是文学书写的对象，是文学描写的对象、塑造的对象，也是文学研究的对象。以上我讲的是"情"的辨析，这些不仅仅是指爱情。

回到我们讲金庸的问题，金庸笔下的情不限于爱情，他物情、人情都写到了。我曾经编过《金庸侠语》，编《金庸侠语》很麻烦，编不出来，只好大段大段地摘他的文字。金庸的景物描写是非常棒的，很多人没有发现，金庸的景物描写大气磅礴，而且是写意的，非常吸引人，金庸小说里很多写山水风光的片段拿下来就是优秀的散文，可以直接放到课本里，但是这个方面被他其他的成就所掩盖，经常被忽略。

金庸小说里写人情是超一流的好，就是人与人交往的时候那种心理状态，写得非常通达。很多人会去注意金庸写的男女之间的爱情，其实金庸写那种兄弟般的感情，写家庭亲情、父母对孩子的感情，同样写得令人潸然泪下。比如《倚天屠龙记》里边写武当七侠之间那种兄弟般的情感，写张三丰对他徒弟的情感，还有一些小说写父母对孩子的情感，都非常感人。《鹿鼎记》里边写康熙皇帝跟韦小宝，表面是君臣，其实是兄弟、哥儿们的感情写得太好了。我读金庸小说认为有两个最感人的片段，一个是萧峰大雨之夜打死阿朱，再一个是韦小宝在通吃岛上接到康熙给他的信。天下没有比韦小宝和康熙更感人的兄弟之情，因为他俩从小在一块儿摔跤，摔跤的时候互不知道对方的身份，他俩的感情是两个纯孩子、男孩子在一起打架的那种感情。但是社会生生地把他们撕裂了，一个是假太监一个是真皇上，然后他们再参与进政治事件，两个人没有办法再在一起玩了。所以康熙远远地看着韦小宝在社会上胡闹，他想象那就是他自己，他想的是我要不是皇上多好啊，我也可以这么胡闹，但因为他是皇上，所以不能胡闹。韦小宝想的是，我要是他该多好啊，我要是皇上该多好啊，想干啥干啥，其实这俩兄弟是一个人。特别是康熙给韦小宝写的信里边还专门骂了一句"他妈的"，他知道韦小宝爱听这个〔众笑〕，处处为兄弟着想，读到那儿的时候我非常感动。我们从这儿可以看出金庸表达人物心情异常准确。为什么金庸要修改自己的作品那么多人反对？大家觉得没什么可修改的，觉得写得特别好，你还乱改什么啊。写小说主要是写人，主要是把人的情写好。

那么他写爱情，当然是最深刻的。金庸小说之所以堪称伟大是几个方面都伟大，武侠、语言，甚至爱情。我们把金庸小说其他部分去掉单看爱情，我们把他的小说的人物都改成不会武功的人，改成现代的人物，把郭靖、杨过他们都写成在现代公司里打工的，一样感天动地。日本当代有一些武侠小说，写的那些武士，其实就是现在的打工族，日本读者很喜欢，说看见了自己。

我们单看金庸的小说写爱情的部分，举世罕有超过的。我们想一想，世界上伟大的爱情故事，比如说罗密欧与朱丽叶的故事放在金庸小说里排在几流？你一想就明白了。你想想《安娜·卡列尼娜》放在金庸小说里是几流爱情？你比吧！看看莫泊桑、乔治·桑笔下的爱情，你可以比。无论哪部伟大的爱情小说，你拿来和金庸小说比一比，马上就明白金庸小说的分量。我敢说大概不逊色于金庸小说的只有《红楼梦》。我们理直气壮地说《红楼梦》里的是最好的爱情，是最深刻的，充满哲理又感天动地的，那只有《红楼梦》。《西厢记》能不能和金庸的小说比都难说，就《西厢记》那俩"尿货"〔众笑〕，那怎么跟金庸小说中的人物比啊，要是没有红娘那也干不成事儿啊，幸亏中间有个红娘，《西厢记》中张君瑞、崔莺莺经常被红娘抢了镜头，所以有戏曲专门叫《红娘》。

那么还有色情的问题，前面我最早就讲了，有人批评金庸的小说色情，而恰恰在这个方面他小说中是有空缺的，我觉得批评金庸小说色情完全是颠倒了是非。但是，如果我们不把色情完全看成坏东西，我看到现在的一些年轻读者恰恰批评金庸小说有点儿道学，批评金庸小说不够色情，他说金庸在这里毕竟有点假道学，他说，"你怕什么啊，你再多写五百字"〔众笑〕，看来现在的人会有这样的要求。但是就金庸小说来说，我觉得他已经写得恰到好处了，他不需要迎合现在的人的口味，再多写一些色情的内容。也许有的人说金庸这样写最色情了，因为中国高级的文学强调的是意淫〔众笑〕，让你自己去想，他已经点到为止了。

我刚才说金庸笔下的爱情深刻伟大，我给他总结为四个"无不有"：无书不有、无主不有、无类不有、无奇不有。这是我自己总结的，不知道准确不准确。无书不有：金庸没有一部小说里面没有爱情，叫无书不有。所以你说它是武侠小说是对的，你说它是爱情小说也是对的，说它是历史小说也是对的。他的每部小说里都有爱情，为什么不叫爱情小说、言情小说？大家可以去想。无主不有：是说所有的主人公都有爱情——如果这书里一个边缘人物没有爱情那这不算——所有的主人公都跟爱情有瓜葛，那有一大批不仅是有瓜葛，而且离不开爱情，没有爱情就不成书了，所以无主不有。第三是无类不有：没有一类人物没有爱情，男的、女的，知识分子、老百姓大众，和尚、道士〔众笑〕，全都有爱情。你越认为不太跟爱情沾边的人的爱情越感人，最感人的就是一些和尚的爱情〔众笑〕。再有就是无奇不有：你能想象到的爱情的模式，这里边全都有。有些是我们今天才命名的一些爱情，比如说什么不伦之恋，什么畸恋哈，他几十年前就写出来了。痴情、孽情，什么样的感情都有，所以我说金庸小说是爱情大全，是百科全书。从全的意义上讲，已超过《红楼梦》，然而《红楼梦》是一部书，金庸是所有的书加起来，没有写得不好的。

说到这儿，我们就得先探讨一下，什么是爱情？爱情不容易说清楚。我今天备课的时候看《文汇读书周报》，上边有一篇对当代作家徐小斌的访谈——也许大家不注意现在的文学，这个叫徐小斌的当代作家，他最近出版的一部书叫《天鹅》。记者问他："'爱情'在你以往的小说中并不占据主要地位，甚至可以说，之前你是排斥爱情的，这次为什么会'向爱投降'？"徐小斌说：

我不太认可"向爱投降"这种说法。《天鹅》与其说是一本爱情小说，不如说是一本"释爱"小说，是写由真爱到开悟的这样一个超越自己的过程。……当代的爱情被污名化了，人们相信"谁动真情谁就输"，真爱难乎其难。但如果生命过程中没有经历过真爱，那生命的意义何在？所以我还是相信爱情的，希望爱情能得到开悟，虽然很多人都未必能找到真爱。

我们看徐小斌这段话说得比较有深度。爱情，我们在书上看是一回事，在现实生活中则是动情比较深、动情比较多、动情比较早的那一方可能会吃亏，可能会受伤，伤得比较重。那么这种事情多了，就导致大家尽量不动真情、尽量绷着，这样可以少受伤、少吃亏。可是你少受伤、少吃亏你就少体验爱情，你最后还是亏的。轰轰烈烈的真爱的释放，虽然被伤得很惨，但是，是这样好还是绝不动真情，从来没有受过伤好？这是一个好像不好给答案的问题。这个记者说："你在小说的扉页上写了这样一句话：'爱情是人类一息尚存的神性'。"爱情是神性。徐小斌说：

爱情不一定能救赎一切，但肯定是具有神性的。爱情是一瞬间的东西，它会转化，在现实生活中，最好的结果是转化为亲情。但恰恰最多的是转化为仇恨。

那回到我们的话题上来，按照我们人类现在给爱情的定义，动物之间好像没有我们这样的爱情。动物之间那种雌雄相吸，是万事万物，是宇宙间的一种繁衍的需求所决定的规律。有些动物交配之后还要把对方吃掉，这是它这个种类的需求，不是个体的依恋。

人类的爱情显然也是从这儿进化来的，我们可以想，原始社会有没有爱情？我们今天的风气，跟社会、体制、生产力发达程度有没有关系？我们根据人类学的知识知道，原始社会男女关系是很混乱的，最早是乱七八糟跟动物一样，碰上谁算谁。后来人们发现这不太好，这不稳定，其中有的人碰不上伴侣，为了保证大家都碰上，就改为群婚制，就是说这个部落的人和那个部落的人整个儿结婚，这个部落的男的跟那个部落的所有的女的结婚，那个部落所有的男的跟这个部落的所有的女的结婚，后来就变成了部落联盟。后来他们发现这样的部落联盟生的孩子比较强壮，能够战胜其他部落。我们人类经过群婚制的阶段。群婚制慢慢就会由于阶级地位、掌握财富不同，还有分配不均，再进化到对偶婚阶段。这中间有很多复杂的变体。我们现在到其他一些国家去，还能够看到这种遗留。这里边是不是有我们现在说的爱情？

反正我们现在说的爱情是很晚很晚才产生的，但是很早就产生了婚姻。人类慢慢就发现，男女结合这件事情非常重要，关系着我们这伙儿人的生死存亡，关系着子孙后代，关系着我们这一个群体的兴旺发达。所以很早就产生了婚姻，婚姻从一开始就不是两个人两情相悦的产物，里面可以包含两情相悦，如果两情相悦更好，但是这不是第一考虑因素。婚姻主要是经济行为和法律行为，用法律规定下来，两个人在一起共同干这个干那个，他人不得再介入。即使到了今天也是如此，两个人好你俩就好呗，为什么要去登记？登记意味着什么？这个事情不能多想，一多想，婚姻就没意思了。也就是说婚姻和性，从一开始都跟情不是一回事儿。

我们今天受很多近代文学影响，整个社会上流行一种模模糊糊的观念，认为好像有这样的顺序：人和人之间先有了情，这个情产生的方式可以多样，可以是青梅竹马的，可以是一见钟情的，可以是天长日久在一块儿暗生情愫的,都可以,反正要先有情。情到一定阶段之后得有个表达,比如说一个人到女生宿舍楼下"啪"拿一个横幅:"赵小花,我爱你!"〔众笑〕搞这么一个仪式活动。有这个活动之后,两人就决定结婚,然后去有关部门登记,你们就在一块儿了。在一块儿之后可以从事性活动、生儿育女、有钱一块儿花,这好像是我们今天规定的一个模式。可是我们又分明知道现实生活中不是这样的,这就说明这几者之间,是有大量的不一致存在的,而文学作品所展现的就是这些不一致。

说到情,我们说的爱情是什么,怎么证明你们之间有爱情?爱是什么?大家可能学过《邹忌讽齐王纳谏》,邹忌说:我孰与城北徐公美?他的妻妾都说:你更美。那天老徐一来,他一看,不行,老徐太帅了,我根本比不过老徐。然后他说,那我的妻和妾为什么都说我美呢?他一反省:"吾妻之美我者,私我也;妾之美我者,畏我也。"原来他的妻和妾其实都不爱他呀〔众笑〕,妻是"私"他,因为这是我老公,所以我老公最好,老公是自个儿的好;妾是怕他,不敢说他不好,她怕"下岗",所以邹忌说是"畏我也"。那古人怎么不说"爱"我呢?"爱情",古人不说,他们很少说"爱","爱"在古代汉语里经常是贪小便宜的意思。古人说的是"恩","一日夫妻百日恩",不说百日爱。也有地方说"一夜夫妻百日恩",都一样,他强调的是"恩"。"恩"这个字好像更靠谱,就是互相给予了好处,互相给予了一种温情、一种惠泽,这叫"恩"。"爱"是说不清楚,而"恩"是能说清楚的。比如夫妻吵架的时候,别人要拿爱情来劝,劝不了。她可以愤怒地说:"他早就不爱我了,我也不爱他了,没什么爱情了。"别人没法劝。那别人这样说:"一日夫妻百日恩嘛!"这"恩"是没法拒绝的,得承认,确实有恩。这个恩来自点点滴滴的生活细节。一说起"一日夫妻百日恩",会想起很多细节来,她给你端茶倒水、她给你缝衣服、给你打伞,你生病的时候她给你煎汤熬药,你会想起很多很多这些事来,一想,算了，一日夫妻百日恩。所以恩是更靠谱的一个东西。

那么，古人近似于说我们今天"爱"这个词儿的时候，也不说爱，他说的是怜。说到"怜"这个字，它也比"爱"要轻。古代说的"可怜"不是同情，是我们今天说的可爱，比爱更让人心疼。陕西人民说一个女孩子长得特别漂亮，他说什么呢，他说女孩子长得可心疼了〔众笑〕。这个话说得很动人啊，"长得心疼"的意思就是你都不忍心她受伤，不忍心她被伤害，不忍心她受委屈。所以古人说"怜"，组成两个字叫"怜惜"。我们今天说的爱，我们向往的那个爱是不是应该是"怜惜"的爱？你不忍心对方受伤，而不是说你喜欢她。你喜欢她，你喜欢的东西多了，我还喜欢矿泉水呢，我喜欢我家里的一切东西，喜欢和爱是两回事。喜欢跟着的可能就是要占有，那是爱吗？比方我路过未名湖看见一朵花很漂亮，我很喜欢，"啪"摘下来了，拿在这儿炫耀，走到门口，快上课了，"啪"扔了。我说我喜欢这花，这是爱吗？这不是爱，我要真正爱它我是不舍得它被摘下来的。爱是不舍得让她活得不好，不舍得让对方活得不好，而不是占有。爱是保护，爱是呵护。

有一个妻子她快生小孩了，她问她的丈夫，你喜欢我生一个男孩还是生一个女孩呢？丈夫说（一般这个问题不好回答）：你如果生的是男孩，我们爷俩儿保护你；你如果生的是个女孩，我保护你们娘儿俩。这个态度，是爱的态度，这是爱情的态度。他不是说我喜欢什么东西，他的出发点是为你好，爱是为对方好。比如这句著名的词："为奴出来难，教郎恣意怜。"这话要是翻译成大白话，是很粗俗的，它不能翻译成大白话。但是你读这句词的时候，它是这么美。像这样的词为什么说它美，说它千古动人呢？因为它表达的是真情。这是偷情约会的两个人，虽然地位很高，但是偷情："我出来一趟不容易，你想咋地就咋地吧。"〔众笑〕这个话，这个口吻，是为对方好，让对方好之后，自己感到幸福，你快活便是我快活。其实古人评论说，一流的诗歌、一流的诗词，往往是很粗俗的，因为它说出了人的真心话，好像是脱口而出。这样说起来，会说得越来越深。那么文学呢，它不要求说得这么深，它是要表现得深、表现得生动、表现得丰富。

如果不是遇到金庸的小说，可能这些对爱情的探讨都显得没有意思了，都落空了。那幸好我们有金庸的小说，我们沿着金庸小说的顺序，来探讨他小说中一些感人的或者值得一论的爱情。

金庸小说第一部就叫《书剑恩仇录》。一出手，就是惊世之作，就被认为是武侠史上的一部杰作，有人将此比之为《水浒传》。原来叫《书剑江山》，后来改为《书剑恩仇录》。准确地说，这个题目，想概括的方面很多，落了一个"情"字，应该叫"书剑恩仇情"，有书、有剑、有恩、有仇，还有情。这部书感人的是几组爱情，我列这么四组爱情。陈家洛在霍青桐和喀丝丽（也就是香香公主）之间的爱情，这是一条主线的爱情。还有一条副线的爱情：李沅芷、余鱼同、骆冰、文泰来。李沅芷是个搅局的，余鱼同、骆冰、文泰来这是一条副线的爱情，一主一副。还有一个为背景的、隐衬的爱情：无尘道长和官家小姐有一段爱情。还有一个调剂的喜剧爱情，但是喜中含悲，是袁士霄、关明梅、陈正德的三角恋，而且是三个老人的三角恋。这个节奏特别完美，就像舞台上生旦净丑俱备，一主一副，一个隐的一个调剂的，正好全了。我前头讲过，《书剑恩仇录》它在结构上埋下了以后金庸小说的整个的伏笔，所以倪匡评论说："《书剑恩仇录》一问世，就已然光芒万丈。"我们是因为后面看到更好的小说了，回过头来就觉得《书剑恩仇录》相比之下失色了。在1955年、1956年那个时候，说起《书剑恩仇录》来那是一部光芒万丈的书。虽然其中写的武侠还不能跟《水浒传》比，但是其中写的爱情超过《水浒传》了，《水浒传》没啥爱情，《书剑恩仇录》中的爱情写得太棒了！

我们分析一下这几组爱情，这也是今人述说不绝的。陈家洛跟霍青桐和香香公主到底怎么回事。陈家洛本来一开始遇见的是霍青桐，两个人可以说非常般配，都是有勇有谋，都是在自己团队中的大英雄，他们互相倾慕，这边儿是郎才女貌，那边儿是女才郎貌，反正是什么都有了，特别好。但是中间李沅芷出来搅局，她女扮男装，对霍青桐擅开玩笑，引起陈家洛的疑惧。陈家洛这种英雄，他发现自己的爱人好像另有感情寄托的时候，他不出声，不来质问。所以这种层次特别高的人，他有一种极度的自尊，他不会去主动追对方，不会放下架子去追对方。我们一般人，你发现你的男朋友或女朋友突然和另外一个人有点不清不楚，你一定会去追问，你会查这个事，你会批评他，责令他停止危险举动〔众笑〕，我们一般人会这样处理。但是自视甚高的人不会这样，自视甚高的人会说："你喜欢我你便来，你不喜欢我你便去，我不会求你。"求来的东西不是最好的，他要最好的，只要你有一丝一毫的对他的不忠，或者是可疑，他就不要了，是这样的。陈家洛、霍青桐中间有过这么一次节外生枝，其实李沅芷是个姑娘，她是假男人。后来陈家洛就遇见了香香公主，这姐俩是完全不一样的。香香公主是一个不会武功、没有政治韬略的美女，就是一个简单的单纯的纯美女，因为是纯美女，所以有人说这是金庸小说中最漂亮的人。最漂亮的人是没法描写的。我刚才说"长得让人心疼"，这"心疼"都不能形容出她的漂亮，没法可说，怎么形容？大家知道小说里怎么形容香香公主的美丽吗？说他们俩骑马走过的时候，那边千军万马正在作战，太阳的余晖照在香香公主的身上，千军万马不打仗了，然后长矛一支一支地掉下地来，"当啷当啷当啷"……这个描写太棒了！你可以想象她得多让人心疼〔众笑〕，这是和平女神来了，可以止杀戮的。陈家洛最后喜欢的是香香公主，可是他喜欢她，他都没能保护住她！他为了他那个破政治理想，又把自己的爱人献出去了，献给了乾隆皇帝。这是陈家洛这个人。这个怎么说呢？作为现实生活中的人他是完全失败的，但是作为文学作品中的人物，他被塑造得太好了，金庸写出了一个完美的失败英雄。英雄为什么会失败？他自己的选择有问题。那么，这里就产生问题了：陈家洛到底爱的是谁？陈家洛自己有反思，这种反思就像托尔斯泰的反思：

"我心中真正爱的到底是谁？"这念头这些天来没一刻不在心头萦绕，忽想："那么到底谁是真正地爱我呢？倘若我死了，喀丝丽一定不会活，霍青桐却能活下去。不过，这并不是说喀丝丽爱我更加多些。要是我和霍青桐好了，喀丝丽会伤心死的。她这么心地纯良，难道我能不爱惜她？"

他开始在这里比较、盘算，有一个人会因他而死，另一个不会因他而死，但是不因他而死并不代表爱他就轻，只是因为她俩性格不一样。人家霍青桐是干事业的人，她还要干事业；香香公主没事业，她的事业就是陈家洛，陈家洛死了她就死了，所以她是纯良的，因为她纯良所以我得爱惜她。这是从我们刚才说的"怜惜"的角度讲，怜之惜之。那么他继续地衡量下去：

想到这里，不禁心酸，又想："我们相互已说得清清楚楚，她爱我，我也爱她。对霍青桐呢，我可从来没说过。霍青桐是这般能干，我敬重她，甚至有点怕她……她不论要我做什么事，我都会去做的。喀丝丽呢？喀丝丽呢？……她就是要我死，我也肯高高兴兴地为她死……那么我不爱霍青桐么？唉，实在我自己也不明白，她是这样的温柔聪明，对我又如此情深爱重。她吐血生病，险些失身丧命，不都是为我吗？"

这跟哈姆雷特一样〔众笑〕。当你在一个以上的对象中选择的时候，难免会这样，特别是知识分子会这样。非知识分子可能一下就决定了，知识分子拖泥带水，他反复地算题啊，反复地算，到底爱哪一边更多。这个陈家洛，大英雄，他就算不清楚，因为这两个人不是一个方程，不是在一个向度上能够比较的。但是他这么继续思考下去，思考出问题来了：

"一个是可敬可感，一个是可亲可爱，实在难分轻重。"又想："日后光复汉业，不知有多少剧繁艰巨之事，她谋略尤胜七哥，如能得她臂助，获益良多……唉，难道我心底深处，是不喜欢她太能干吗？"想到这里，矍然心惊，轻轻说道："陈家洛，陈家洛，你胸襟竟是这般小吗？"又过了半个多时辰，月光缓缓移到香香公主的身上，他心中在说："和喀丝丽在一起，我只有欢喜，欢喜，欢喜……"

我们看这段细腻的心理描写，是中国传统的武侠小说所没有的。这种细腻的心理描写、自我剖析是西方小说的技巧，到金庸这里已经运用得非常自然成熟。这么大段的描写人物自己心里所想，《水浒传》里绝对没有。通过他这样自我分析，我们发现了一个英雄的心理奥秘：原来并不是英雄爱英雄。最后陈家洛搞清楚了，他对霍青桐的感情更多的是敬——如果他对她们的感情有交集的话，交集之外的部分是他对霍青桐的敬，而对喀丝丽是爱。为什么有这个区别呢？他自己搞清楚了：不喜欢她太能干。对这个事情你可以有一个价值判断，它好不好是一回事，但这是一个事实。我们发现很多男人，不喜欢太能干的女性，你也不能说男人坏，因为我们人类现在就发展到这个阶段，很多男人还不能接受女的特别能干，其实他心里是喜欢的，但是他有种种其他的心理障碍，有种种其他的心理顾虑。这就是男女不平等的现实所造成的。我们别说什么封建社会、资本主义社会、社会主义社会，都一样，都是男性社会，没变。而这个事实被陈家洛自我分析出来了。

我在网上看到有的人画了霍青桐，还写了一首诗："百战军中最从容，掩映黄衫骑万重。苍天总为红颜妒，不教翠羽遇萧峰。"看明白了吧？这个人认为霍青桐应该嫁给萧峰〔众笑〕，他认为陈家洛配不上她。陈家洛还真是配不上霍青桐，因为陈家洛的事业是一事无成。他说他喜欢香香公主，可是香香公主他都没有保护好。那得是比陈家洛更伟大的英雄，有绝对博大的胸襟的大英雄，才能够喜欢霍青桐。霍青桐虽然是女中豪杰，但在那样的英雄身边像春风杨柳一样，所以有人看出来了，说霍青桐这样的女子应该是嫁给萧峰那样的人，嫁给那样的大英雄。而陈家洛对香香公主的爱情里面是不是包含着一种安全感呢？爱情这种东西有时候不好分析，一分析就没意思了，有时候一分析很可怕。香香公主其实一开始就什么都不会，陈家洛怎么做都是英雄，他失败了都是英雄。就像现在一个男人不愿找特别强的女朋友一样，因为他会觉得我挣一万块钱可以让她高兴，我挣三千多块钱也可以让她高兴，他找的是一个安全感。陈家洛心里面，有一份拖泥带水。所以金庸第一部小说的主人公陈家洛，看上去是红花会舵主，骨子里是一个知识分子，金庸写出中国知识分子的某些劣根性。中国知识分子为什么不能成功？因为中国知识分子自己有自己的毛病，缺乏担当。陈家洛成为红花会的舵主，就不是他的本性，他是被推举的，他自己是不想干这个事的，那既然干就好好干，既有本事，就智勇双全地干。但是由于他性格上有根本的缺陷（就是中国知识分子的缺陷），所以他最后大业不成，爱情也失败了。陈家洛给人留下深深的叹息。这是陈家洛和霍青桐、香香公主的爱情，可圈可点。

我们再来看另外一个人，余鱼同的故事。余鱼同是红花会里面的一个帅哥，外号叫"金笛秀才"，也是个知识分子，曾经考中过秀才。是知识分子，但是会武功，他的武功比较绝，带有艺术色彩，他的兵刃就是笛子，他没事的时候就吹着笛子从事艺术活动，有事就拿着笛子打架，看上去文武双全、很潇洒的这么一个帅哥。帅哥，应该得到很多人的青睐，擦出个爱情火花应该很容易。他自己号称是"千古第一丧心病狂之人"〔众笑〕。我们看，他跟陈家洛不一样，陈家洛代表了传统儒家知识分子的窝囊〔众笑〕，余鱼同代表的是一种狂狷之士。孔夫子说，如果不能遇到真的君子，就交往狂狷之士也好，也比交往小人好。余鱼同的爱情有一个最大的问题，他爱慕的对象是红花会四当家的妻子骆冰。骆冰是文泰来的妻子。文泰来是大英雄，号称"奔雷手"，外号也起得好，"奔雷手文泰来"，一看就是个大英雄。他和骆冰那是一对绝佳组合。骆冰是容貌、武功、性情都非常完美的一个女性。余鱼同就喜欢上了这个嫂子，他喜欢骆冰。

这是人类文学特别是中国文学的一个母题。中国文学经常写一个少年爱上嫂子。我现在已经老了，感觉不敏锐了，大家还年轻，你们自己想想，少年为什么爱嫂子？你们中有没有爱上过嫂子的〔众笑〕？因为现在都是独生子女，不见得有哥哥嫂子，那你想想，你有没有爱过你们班里同学、大哥的女朋友〔众笑〕？你再想一想，你会明白很多奥秘，就是平时你觉得在你们班里挺优秀的一个同学，他女朋友来了，你心里什么滋味？你去想想这个事。然后你再想想我们刚才谈的，文学作品经常写一个挺优秀的年轻人，爱的是老大的女人。黑社会是这样，白社会也是这样〔众笑〕,这是一个常见现象。《水浒传》里边写了几起少年与嫂子之间的事件〔众笑〕,那里边没说他爱上嫂子了,但经过后人一分析我们知道了〔众笑〕,他为什么要杀掉嫂子〔众笑〕?他发现嫂子和大哥之外的男人有了关系,他比大哥还不能容忍〔众笑〕,大家明白了吧。在我们国家很多地区有这样一种民俗,嫂子和小叔子之间可以开玩笑,可以开一点过分的玩笑,但是大伯子和弟妹不能开玩笑,必须严肃,就像两代人一样。那这里面就藏着一些人类学的秘密。嫂子为什么可以喜欢?而且很多人对嫂子的这种感情有时候要超过大哥,这是可以探讨的。我们这里不上心理学的课,不继续探讨。

反正余鱼同就属于这类,他就爱上嫂子了。爱上嫂子这件事为什么这么刺激呢?因为它是有禁忌的,刺激来源于禁忌。爱上嫂子,因为她是属于大哥的,所以爱上嫂子其实是这个人在想象中自己成了大哥,想象中的自己比现在的我更英雄、更伟大,它是通过这样一个感情投射来放大了自我的价值。

余鱼同知道自己这份感情是不对的,他就挣扎在不能克制自己和克制自己之间。他很痛苦,他知道这事不对,大哥的女人我怎么能想呢?可是确实想啊〔众笑〕,没办法!结果有一次他控制不住自己,就亲吻了骆冰,结果被骆冰一顿教训,这就属于有了非礼举动。因为有了这个举动,他觉得自己是个犯罪之人,见不得人了,所以此后他就对文泰来、骆冰夫妇格外好,为了救文泰来,他奋不顾身,在大火中把自己的面容都烧坏了。他本来是一个文武双全的帅哥,他有追求者,就是前边搅局的李沅芷,李沅芷是爱他的,可是他眼中只有嫂子〔众笑〕。优秀的少年,往往对同班的女同学不屑一顾。那么他通过救文泰来这样一个举动,觉得自己是忏悔了,完成了一次重生,然后他出家了。经过这么一个周折回来之后,他接受了现实中的爱情,接受了李沅芷的爱情。但这个接受,是一种对现实条件的认可，他的感情其实还在骆冰身上，只不过在现实生活中他终止了他的追求而已，这就是古人说的"发乎情止乎礼"，他有一次没有止乎礼，为了没有止乎礼的举动他付出了惨重的代价，那么后来他保持了止乎礼。李沅芷肯定是爱他的，他是不是爱李沅芷？爱不是唯一的，每个人在一生中肯定爱过不止一个人，也不止被一个人所爱，只是在现实生活中我们要有一个现实的规矩。余鱼同的爱情故事，体现的是一种类似西方骑士精神的东西。

我比较中国武侠和西方骑士的时候发现，西方的骑士都有一个爱慕的贵夫人，贵夫人是名花有主的，她不属于这骑士，骑士是下层人，贵夫人是城堡里面的，骑士每天拿着六弦琴在城堡下面弹唱，人家贵夫人在上边也不理他，也许她哪天看见一朵花快谢了，摘下来"啪"一扔，然后他就感恩戴德，这是他唯一的希望。骑士对贵夫人的仰慕和忠诚，象征着他对那个体制的忠诚，骑士是不反体制的，不反政府的，他是为贵妇人效劳的。西方文化经常塑造一些女神的形象，不论法国、美国……我去美国管他们自由女神叫自由仙姑，我说那就是一自由仙姑嘛！有些人特别爱美国，不能容忍我的这种亵渎：明明是自由女神，你为什么叫人家自由仙姑啊？我说你看看原文，原文里哪有女神的意思啊？我们翻译错了，本来就应该翻译成自由仙姑，这仙姑看着多亲切啊〔众笑〕！西方这些东西是配套的，有女神才有骑士。而余鱼同其实有一种骑士精神，他进行了一次自我克服，克服不伦之恋。余鱼同的故事和前边陈家洛的故事完全不同，它们配合起来才有这样的风采。

我们再来看无尘道长的故事。无尘道长是红花会的二当家，外号叫"追魂夺命剑"，他的武功是七十二路追魂夺命剑，剑法高强，再配上他的连环迷踪腿，他的武功是红花会里边最强的，但不是这本书里边最强的。这个人少年时候混迹绿林，劫富济贫，做下了无数巨案，武功高强，手下又有很多弟兄，官府奈何他不得。但是他折在爱情上了，有一次他见到一位官家小姐，竟然死心塌地地爱上了她。那位小姐却受了父亲教唆，对无尘并没真心，一天夜里无尘偷偷来见她之时，那小姐说："你对我全是假意，没半点诚心。"无尘当然赌咒发誓。我们看这又是一个模式，强盗爱小姐〔众笑〕。这很有意思！你说强盗怎么老爱官府小姐、爱公主？这好像是中外通病，而且成功的还挺多，往往小姐愿意跟着强盗走，她觉得她的贵族生活没劲！人生复杂就复杂在这里，人是有阶级斗争的，但是阶级是变换的，我发现经常是地主家的女孩子，喜欢她们家长工，而不喜欢另一个地主，这是常事，强盗爱小姐有一定的成功率。无尘道长死心塌地爱着这小姐，他相信小姐对他有真心，但是这个小姐是利用他对她的感情，帮助她父亲的。所以小姐说，你对我是假的，那怎么办呢？赌咒发誓，看来他爱得死心塌地了。

"那小姐道：'你们男人啊，这样的话个个会说。你隔么久来瞧我一次，我可不够。你要是真心爱我，就把你一条手臂砍来给我。有你这条臂膀陪着，也免得我寂寞孤单。'"谁要是在一生中遇见这样的女人，那太倒霉了〔众笑〕。无尘也是确实厉害，"一语不发，真的拔剑将自己的左臂砍了下来。小姐楼上早埋伏了许多官差，一见，都涌了出来。无尘已痛晕在地，不能抵抗"。

黑道有这样的大英雄，为了爱情，说砍就把自己一条胳膊砍下来了。我说这是杨过的原型啊〔众笑〕，只不过杨过遇见的那个女的没那么坏，那个女的是蛮、是浑，杨过遇见的是一个浑姑娘郭芙。无尘道长遇见的是一个坏女人。我想这个小姐不是简单地开玩笑，她是真的要利用他的感情，无尘就成了断臂的爱神，像维纳斯一样，他真的就断臂了，是自己把臂砍下来的，这个爱情太惨烈了，也说明了他是真的爱啊。我们还可以想起梵高爱上那个妓女的故事，为了表示自己的爱，梵高把自己的耳朵割下来。那个妓女也是跟他开个玩笑，他真的就把自己的耳朵割下来送给她，那妓女其实不爱他。梵高自己画了一幅画，就是耳朵上缠着纱布那幅自画像。我觉得只有像梵高这样的人，内心那么丰富的人，孤独的、不被理解的，才会多么渴望对方对他的爱啊，假如有一个人真的爱他，那是他最大的幸福。我想无尘也是这样，他多么希望这个小姐对他是真的，如果是真的——我宁可砍下这条胳膊来！

那么，后来，"无尘手下的兄弟们大会群豪，打破城池，将他救出，"——这有点像《水浒传》，把他救出来了——"又把小姐全家都捉了来，听他发落。众人以为无尘不是把他们都杀了，就是要了这小姐做妻子。"我们大多数人也就这两种选择，我估计多数人会选都杀了，少数人会把这小姐留下来算了。"哪知他看见小姐，心肠一软，叫众人把她和家人都放了，自己当夜悄悄离开了那地方，心灰意懒，就此出家做了道人。"

这说明什么？这说明他是真的爱，不要报复。前面讲了，爱不是占有，不是你要干什么就干什么，爱是承认现实，对方怎么干都行，就哪怕是骗了他，要杀害他——骗了他一条胳膊，如果他兄弟不救他，他就死了——他还是爱她，他还是爱她曾经欺骗过他的时候说的那些话、做的那些事，他爱的是那些，他为了那些愿意付出一切。这是书中作为插曲、背景的爱情，都如此感人。无尘道长有多大的心胸啊，一般人哪能忍受这事啊，但他就忍了。毫不报复，心灰意懒，出家做了道人。因为他少了一条胳膊，所以他苦练腿功，他的腿功是最厉害的，他可以把剩下一条胳膊绑起来，还能够战胜高手。

可是我们要探讨一个问题，就是无尘道长在余下的生命岁月里，他到底后悔不后悔？我想他在江湖上很豪迈，做事很有正义感，有时候脾气很暴躁，但是，当他一个人的时候他不会忘了这件事，这是他生命中最重要的一件事，他会无数次地回忆起恩仇——书剑恩仇嘛——会无数次地回忆起他们在一起的美好时光，这是他生命中最重要的内容啊。他怎么看待这件事？他外表的粗豪、暴躁掩藏着内心无比的伤感和柔弱。所以，当我们看见一个人脾气很暴躁的时候，你不要以为他很简单，暴躁往往掩藏着细腻。一个人说话很文雅、很文绉绉的时候，可能是他的生命很简单，没什么内涵的时候。看人一定要这样去看——看见无尘道长这样的人不会简单地判断他是一个莽汉，应该判断出他有丰富的故事，这个人内心细腻着呢。因为太细腻了，不必再表现了，所以外在表现得很粗豪。这个故事太伤情了。

那么调剂这个伤情的，还有一个带有喜剧色彩的爱情故事：天池怪侠与天山双鹰。天池怪侠就是袁士霄，是书里武功大概仅次于阿凡提的人，阿凡提前面我们说了是神仙一类的人，不算阿凡提，大概袁士霄武功最高。"天山双鹰"是两个人，是霍青桐的师父，一对老夫妻，女的叫雪雕关明梅，男的叫秃鹫陈正德，合起来是天山双鹰，一雕一鹫。夫妇二人隐居在回部，以三分剑法和夫妻吵架称著江湖。他俩是每天不停地吵，为什么吵呢？有背景，因为袁士霄和关明梅本来是青梅竹马，青梅竹马不见得最后能够结合，他们都脾气不好，两个人都要尊严。袁士霄一怒出走，他以为出走就可以逼得对方服软。对方也是个硬脾气，你走就走吧，你走我就嫁给别人了，我怕你〔众笑〕？关明梅嫁给了暗恋者陈正德。大家考虑考虑，如果你和你的那一位都是英雄气概的话，你千万不要赌气出走，赌气出走就给别人留下了机会，因为对方不会向你服软的，对方宁肯找一个比较差的，也不会来找你，因为他也要尊严。

我们看关明梅本来就有暗恋者，但她看不上这个暗恋者，她为了报复袁士霄，嫁给了陈正德。生活中常有这样的事，一个人跟另外一个人结合了，他俩未必真的相爱，他俩也能过得不错，但往往是因为其中一个人为了报复另一个人而跟伴侣结合。婚姻这个东西是可以拿来报仇的，报仇不是伤害对方，而是伤害自己。就是为了表达对对方的愤怒，我伤害自己，嫁给一个不如你的人，气死你〔众笑〕。就这样，袁士霄返回天山，跟着他们两口子，就住在他们两口子附近，于是造成人家夫妻俩争吵几十年〔众笑〕。陈正德知道自己不如袁士霄，他打不过袁士霄，袁士霄是看在关明梅的面子上，不灭了人家老公，得给她留着面子，所以这成了这里边的一个喜剧。这两个天天吵架，醋海风波，经过很多很多正义的战斗（他们毕竟在政治立场上还是一个团伙的），三个人最后才觉悟了。关明梅终于知道陈正德其实是对她最好的人，几十年来忍受着她，关爱着她，她明白了自己天天在享福，却不知道这就是福气。袁士霄最后也这么认为："咱们今日还能见面，我也已心满意足。"能见一面就满足啦。而陈正德最后战死之前，他对关明梅说："我对不住你，……你回到回部之后，和袁……袁大哥去成为夫妻……我在九泉，也心安了。"你看，他不再吃她的醋，他让对方嫁给她青梅竹马的哥哥去！你好，我就心安了。而关明梅为了让他放心，当场自杀，自刎明志。到最后的阶段，这三个人的感情升华了。最后都明白爱是怎么回事了。爱不是占有，不是要胜对方一筹，不是一定要对方服软、一定要对方服从自己，不是这样的。爱是为了对方好。

　　天山双鹰死了，那袁士霄呢？袁士霄晚年是什么心境呢？所以我就想，这袁士霄为什么要练百花错拳？百花错拳每一招都带个花字，桃花春雨、移花嫁木、花开遇佛、锦笔生花、漫天花语、雪花盖顶。花其实就是爱情。他遇到这么一件大伤心之事，学了百家拳术融会贯通，弄了个百花错拳。百花错拳除了我们前面讲的武功上的伟大之外，它含着他的伤心事，世间的事搞错了，爱情也搞错了，自己的爱人被移花接木了。百花错拳不仅仅是武功的问题，还包含着爱情，错中有不错，错中有悔，错中有情。

好,今天我们就讲《书剑恩仇录》中的爱情,下次我们继续讲。下课!

〔掌声〕

第十二课

授课：孔庆东
时间：2014年5月13日火曜日申时
地点：北京大学理科教室108
内容提要：《碧血剑》《雪山飞狐》《飞狐外传》中的爱情

好，我们今天继续来"八卦"金庸笔下的爱情。上一次我们探讨了"情为何物"，简单地追溯了一下"情"这个字，我们把情分为几种，最后集中探讨了金庸笔下的爱情。然后我们开始按照金庸的写作顺序来谈他笔下《书剑恩仇录》里的几组爱情。陈家洛到底爱的是谁？是香香公主还是霍青桐？然后探讨的是余鱼同的不伦之恋，和这里包含的文化信息。无尘道长与官家小姐的爱情是这样的残酷，我们还问了无尘道长是不是后悔。还有一个喜剧类型的三角恋——金庸很会写老头子、老太太之间的爱情，这是金庸也挺了不起的一个地方，这是一般作家不容易把握、不容易写的。一般人认为这爱情只属于青年人，其实不然，老人也有爱情，老人的爱情可能比青年人更合格、更深刻，他可能更懂得什么是爱。青年人因为涉世还不深嘛，爱得可能还比较表面，爱得比较热闹、比较好看，深度还不行。好，那么我们今天继续来看金庸其他作品中的爱情。

我们来看金庸第二部作品《碧血剑》。《碧血剑》作为一部小说，受到很多人的批评，因为我们看了整个金庸小说系列之后会觉得金庸所有小说中《碧血剑》显得比较平，人物的可爱度不那么强，情节复杂性也不那么强，思想深刻性也不那么强——这是用其他更伟大的作品来比。但是只看《碧血剑》，它已经非常了不起了，1956年、1957年、1958年这几年，我们看到《碧血剑》在中国武侠史上应该是一部杰作。

我们现在只看《碧血剑》中的爱情，它有好几条爱情线。主线是武侠小说中常见的一男多女模式。所以要批评武侠小说很容易，你找一个理论，比如说女权主义理论，就可以把武侠小说一言以蔽之地全部给否定了：无非讲的就是一男多女，就是你们男人的白日梦，你们想着有很多女的追你，你从中选一个，满足男人的白日梦。这样批评是有道理的，但是，是不是我们找到一部作品的缺点之后，用这一个缺点就把它全盘否定了？所以我经常说女权主义理论用不好，用到极端，它就像阶级斗争理论一样，你在所有作品中看见的都是阶级斗争了，那就不必去分析它的艺术成分了，不必顾及其他复杂的因素了。比如，有些极端的人一看金庸，就说金庸根本不讲革命嘛，根本不讲马克思主义嘛，就把金庸给否定了。有些人一看金庸小说都是一男多女的模式嘛，就说金庸是该"杀了"，"这意识太落后了"。这样去否定，我们就没有丰富的人生了。首先我们要承认我们是生活在父系社会，现实生活中就有大量的一男多女模式，文学不过是人生的反映，这样写，它是符合人生现状的，它有什么不对？它是对的。我们不是要去粉饰人生，而是从中找到人生的各种道理。

《碧血剑》的主线，写了它的男主人公袁承志和若干个女子之间的感情纠纷。温青青是一个，是温家堡里唯一的好人〔众笑〕。还有阿九，阿九是另一种模式，她是个公主，这是一个江湖好汉和公主之间的爱情故事，这个题材本身就是吸引人的。不管怎么写，它都吸引人，是因为题材吸引人。大家有没有看过一部电影叫《罗马假日》，奥黛丽·赫本演的，那是电影史上的一个经典。其实那部电影从情节上讲是很俗套的，但是它就那么受欢迎，那么雅俗共赏，谁看都说好。除了主人公演得好，演员漂亮、有气质（我估计看这个电影的很多男性都会爱上赫本，她确实气质非凡）之外，主要的因素，吸引人的内核就在于一个普普通通的穷记者，连房钱都交不起的穷记者，竟然能邂逅公主，竟然能跟公主产生一段感情，而这个感情又以不能实现为结尾，特遗憾，它的魅力就在于此。文艺作品中就常有公主，或者是准公主、公主类型的人与平民男子有感情，如果这个公主主动追求男方，那么男性读者就更感到过瘾——原来这个公主还会主动追俺们〔众笑〕！这很有意思。阿九就跟温青青形成一个反差。袁承志的感情线还不只是和温青青和阿九的，还有和何铁手的。何铁手是另一种性质的女性，非常有能力，她是在江湖上的女性豪杰，具备各种女性的特点，但是，最后由于感情的问题她和袁承志改为师徒关系，这样就可以"发乎情止乎礼"。这里面还有一个好玩的因素，这里面安排了一个番邦女子若克琳，这个女子也对袁承志有好感，明朝的时候，人们看到一个外国女人不容易，外国女人对袁承志很仰慕。这是袁承志周围的若干个女性，构成爱情的主线。

　　隐线的爱情其实更惨烈，它虽然没有主线那么复杂，但其实更惨烈，很多人把隐线的主人公看成是《碧血剑》真正的主人公，起码是之一。前面说过《碧血剑》表面的主人公是袁承志，背后有两个真正的主人公，一个是袁崇焕，袁承志他爹，再一个就是金蛇郎君夏雪宜。善于写没有正式出场的人物这一点，不是中国传统文学的特长，这是现代文学的特长，所以我说没有鲁迅、没有曹禺就没有金庸，金庸的这些招，是他作为一个出生于20世纪20年代的年轻人受了现代教育之后，到20世纪40年代、50年代才掌握的，善于写没出场的人，正是鲁迅、曹禺的拿手好戏，你会觉得这没出场的比出场的人还让人印象深刻。金蛇郎君夏雪宜和温青青的母亲温仪之间的爱情曲折、惨烈，但更惨烈的是他跟何红药（五毒教的一个痴情女子）之间的感情，这是隐线。

金庸写小说就跟写一部完整的大戏一样，这两根线之外，还有陪衬，陪衬其他的爱情线索，比如说安小慧和崔希敏，如果不仔细读原著这线索就被忽略了，还有焦宛儿、罗立如师兄妹，还有政治人物，李自成、红娘子、陈圆圆，政治跟爱情混在一起。政治、爱情我不能都一个一个地细讲，我们找重点问题谈一下。

我们先看看袁承志，袁承志这个人，跟金庸笔下其他主人公比性格不太突出，可爱度不是那么强，虽然前面讲武功的时候我们分析过袁承志可能是力气最大的人，装黄金的箱子随便扔，如果了解到金庸没有疏漏的话，按照计算，他力气太大了，可是文学讲这些是没有用的，文学要以形象，要以性格感人。袁承志给人的感觉是他迅速地就变成了一个特全面的男人，或者说他过于早熟了。袁承志的成长故事是一个"苦儿历险记"。他出身特殊，是一个苦儿，经过很多艰难险阻，艰难中他成长为智勇双全的一个人，他武功特别高、见识特别广、办事很成熟，有好多女孩子喜欢他，这就变成一个高大全的人了。也许苦难是他成长的一个催化剂，对他有好处。可其实，他在成长过程中缺乏应有的呵护，正常的父爱、母爱、亲情他比较缺少。苦难中成长的人可能会特别坚强，特别完美，但是在成长过程中他毕竟缺了很多东西。所以我们会发现很多高人他不怕困难，他怕什么？他怕爱。特伟大的人，你想跟他作对一般就要失败的，他接触了太多艰难险阻，你打不过他。但有时候你稍微给他一点儿爱就把他拿下了。他之所以这么伟大是因为他一路上缺乏了很多的爱，他老跟坏人在一块儿，最不怕坏人，他拿出百分之一的坏就能把你撂倒，但是他可能在爱的问题上反而段位比较低。

袁承志为什么那么喜欢温青青？我在网上去找，也有喜欢温青青的人,我不知道喜欢温青青的都是什么人,多数人好像不喜欢她,不喜欢这个形象。可是袁承志有那么多的选择,他却对温青青情有独钟,对她处处容让,一再容让。我不知道温青青算不算金庸小说里第一"醋坛子",仪琳她妈(《笑傲江湖》里的"哑婆婆")应该是"天下第一醋坛子",但是温青青还没结婚呢,反正吃醋能超过她的人应该是不多了。袁承志和温青青的这个模式,是属于"君子与妖女"的模式。爱有很多模式啊。君子都是很正的,正人君子嘛,妖代表邪,正人君子遇见妖女,刚好合乎中国文化中阴阳之道,一阴一阳。你不要以为阴阳是对立的,阴阳可能正好是互补的,你不要以为一个很正人君子的男性一定会找一个正人君子的女性。感情有这样的辩证法。袁承志、温青青两个人的基本模式是君子和妖女的模式,也许正人君子在内心深处就喜欢妖邪,他缺乏一份妖邪之气。妖邪之女为什么老喜欢找正人君子?这也是她心理的一个匮乏,她其实知道自己缺的是什么,她自己不能成为那样,但是她要拿下一个正人君子,她的生命就完美了。温青青对袁承志有一个评价说"他确是个至诚君子",她知道对方是"至诚"的好人,对对方的评价非常高,"只是也未免太古板了些",这句话是批评,批评他太古板。但是从这个情节来看,其实温青青喜欢的就是他是个"太古板"的"至诚君子",假如说袁承志多一点流氓气、不古板,温青青可能还不喜欢他呢,是吧?假如说袁承志有一点杨过的因素,温青青可能就不喜欢他了,她不喜欢带有一点流氓气的男人,因为她自己够"流氓"了〔众笑〕。

我们看很多妻子老批评丈夫的某个缺点,其实她是离不开丈夫的这个缺点的,如果丈夫没有这个缺点,反而日子过不下去了。比如很多做妻子的老批评丈夫不讲卫生,很懒惰,在家里不刷碗之类的,你看上去好像是批评,实际上,这个丈夫的这个缺点是不能改的〔众笑〕,改了,爱情就没有了。你应该留一个缺点给她批评,如果你没有缺点给对方批评,那么这个爱情就缺乏一个沟通的桥梁，两个人都特完美那还有什么意思呢，没有意思了。所以表面上要假装承认自己的缺点，要虚心承认，坚决不改〔众笑〕。这是爱情的一个真谛吧。

袁承志这个形象放到金庸创作主人公的发展脉络中看，可以说是从陈家洛向郭靖的一个过渡。你看陈家洛，前面我们说了是一个知识分子的代表，袁承志文化水平也不低，但是已经不能说是有那样一个风流倜傥的知识分子形象了，他更接近于普通的江湖大哥，但是还没达到郭靖那么"弱智"〔众笑〕，他是从陈家洛向郭靖中间过渡的一个角色。正因为他是过渡，所以他不如前后这两个人生动，他既不如陈家洛生动也不如郭靖生动，这是经过比较之后我们发现的这个人的特点。

那我们来分析一下温青青。温青青是妖女我们刚才说了，在妖女里边她有什么特点？她是一个小心眼儿的妖女。正人君子的男性很容易喜欢妖女，可是妖女跟妖女不同，我们把温青青跟其他几个人放在一起比一比。黄蓉、阿朱、赵敏、殷素素全都是妖女，全都是对优秀的成年男性构成威胁的女性〔众笑〕，全都是具有这样潜在威胁的人。可是我相信，读者对她们的感情是不一样的，到底不一样在哪儿呢？这几个女性跟温青青比都不如她那么小心眼儿，她们并不是特别大气的人，但是跟温青青比足够大气〔众笑〕。比如说黄蓉，比如说阿朱，都比较大气，最大气的是赵敏，可能跟温青青稍接近点儿的是殷素素。后面几个妖女，她们虽然以拿下正人君子为快乐，但她对他可能是至死不渝的爱，可以为对方而死。我们能不能想象温青青为袁承志而死？恐怕还要画个问号。这是她跟其他妖女的不同，所以她不如这几个人可爱。

我们还发现金庸笔下的妖女经常女扮男装，我觉得研究心理学的人不研究金庸小说是不行的，女扮男装、男扮女装这里面都有非常复杂的心理动机，女扮男装不仅仅是一个情节的需要或者是外出的需要，大家有机会要观察性别之间这个复杂关系的转变。随着现代社会的发展，我们发现男孩子长得越来越漂亮，甚至有的男生漂亮得让女生嫉妒。还有一个问题是男生越来越干净，有的男生还洒香水，有的你走近一看还以为是女生，特意一看是个男生。咱们不说这个现象是好是坏，反正这是一种社会发展。

　　社会为什么会发展成这样？我们上个礼拜在陕西看了一场表演，表演里边有一个人模仿李玉刚，唱《贵妃醉酒》之类的唱得特别好。由男性扮演的女性比女性更女性，这个很有意思。鲁迅很深刻地指出了这一点，他说观众为什么喜欢看这种节目呢？因为它是"男人看见'扮女人'，女人看见'男人扮'"。男人看的是个提纯了之后的女人，是一种提纯的女性。因为男性和女性，其实大部分还是一样的，只不过我们被观念所束缚，以为男人女人不一样。我们日常生活中见到的异性，他并不太"异"〔众笑〕。而由一个男人去演的女性"她"就特别异，"她"把男人所理解、所想象、所希望的那些女性特征都发挥到了极致，所以"她"特别异。那反过来可能也是这样。

　　妖女为什么喜欢女扮男装？因为当她女扮男装的时候，你以为她是一个男性，她一旦还原成本身之后，和她女扮男装时候的形象就形成了一个巨大的反差，这个反差一瞬间就突出了她的"妖"，就突出了她本来就非常美的那种绝美、纯美。而且女扮男装的女性一般都是美女，如果不是大美女，平时就跟男性比较接近的，还何必女扮男装呢〔众笑〕？她一定是觉得自己女性化已经特别突出了，然后她要故意女扮男装，再还回女儿身，这个女性化就特别突出。

　　这个文学功能会被很多聪明的作家、聪明的创作者所掌握，可以举一个极端的例子。革命样板戏现代京剧《智取威虎山》中的小常宝——猎户老常的女儿，叫常宝，一个女孩子——出场的时候穿的是男人的衣服，就和一个东北的青年人一样，穿一身我们很羡慕的毛皮大衣，戴大狗皮帽子，跟着她爹老常一块儿打猎。当然，她女扮男装是因为苦大仇深，他们被地主迫害，被土匪迫害，土匪害死了小常宝的母亲，把她父女俩逼入深山，她的"只盼着深山出太阳"这一段唱得特别感人，其中有一句"只盼着早日还我女儿装"，一个长得特漂亮的女孩子穿着男人的衣服，对着解放军叔叔高唱"只盼着深山出太阳，只盼着早日还我女儿装"，特别动人。观众并不是在那里欣赏革命，接受革命教育，他们想的是她女儿装时会是什么样〔众笑〕。所以这个样板戏里的小常宝，她的性别功能是很突出的，很多观众会喜欢小常宝。

我们发现，金庸小说就多次使用女扮男装的技巧。黄蓉见郭靖时是女扮男装，阿朱更是化装的高手，赵敏、殷素素都会这一套，温青青也是。有了这样的情节以后你发现是不是在很大程度上就提高了读者对她们的喜爱度。在现实生活中如果一男一女曾经有过这样的误会，比如一个女的给男的写信，这男的以为对方是男性，后来发现对方是女的，往往会产生感情的火花。大家看看鲁迅跟许广平写的《两地书》，鲁迅一开始称许广平为广平兄，然后他俩就围绕这个"兄"在这里纠缠不休："你为什么非得叫我'广平兄'？"他们就通过这样一个词做一个感情的切入口，最后对性别的问题两个人达成一个共识。这是讲性别置换的问题。

在《碧血剑》这本书中，温青青与刚刚我们说的和袁承志有感情纠纷的其他女性都有过冲突，可见她的小心眼儿小到什么程度。她与阿九、何铁手、安小慧、焦宛儿、若克琳都有冲突，只要她发现谁跟袁承志有危险的发展性，她一定会出来搅局，一定不惜一切代价破坏。也许有人说这就是爱嘛，爱就是唯一的嘛，爱排他嘛，那其实这种爱就是独占。这种爱就是这人是我的你不能碰，这种小心眼儿，其实表现出的是一种不自信。自信的人是不会去跟潜在的情敌进行争夺的，越大气的人越不争夺,"你要给你算了",这是最高水平的。"你要你就拿去""你有本事你搬走",这是最大气的人。那一般人可能做不到这么大气,要想个什么办法呢?比如说发现自己有一个潜在的情敌或者已经出现的情敌,黄蓉会怎么办?阿朱会怎么办?赵敏会怎么办?殷素素会怎么办?她们的办法一定和温青青都不同。温青青的办法就是无理取闹、一味刁蛮,不顾当时发生的任何事情,哪怕大家当时都有生命危险,她也要闹,她宁可大家都死。比如袁承志打破温家堡五行阵,正在打仗的时候〔众笑〕,比较危险,他用的是安小慧头上的簪子当武器,(他跟安小慧是青梅竹马)就因为他用的是她的簪子,温青青就不干了,温青青希望他用自己身上的东西当武器、去破敌,去跟敌人打仗,她不顾大局,只因为这样一个细节她就要大闹不止。这个情节如果放到政治上,温青青就是一个极"左"分子,因为八路军杀敌用的武器是三八式步枪、是日本歪把子机枪,她就要否定八路军:"你为什么拿敌人的武器,为什么不拿俺家的饭勺子呢?"〔众笑〕这就是极"左"分子的思维,一定要以自己狭隘的胸怀去衡量一切。而安小慧这个时候已经长大,已经和崔希敏定情了,跟袁承志没有感情关系了,但是温青青是不管这些的。社会上确实有温青青这样的人,所以我认为金庸写温青青这个人写得非常生动,他塑造了这样一种女性。我记得有一次金庸答记者问,记者问他现在的妻子是什么类型的,好像金庸的回答就是"温青青"〔众笑〕。我不知道是真是假,因为有时候金庸回答问题你不能太当真,也许是半真半假。我想,按照金庸笔下描写,他显然是不喜欢温青青的,他把她写得比较讨厌,可是他却这么回答。难道他现在真是跟"温青青"过了一辈子吗?咱不考虑那么大的范围,只考虑感情,温青青确实特别喜欢袁承志,这个是没有疑问的。

我们接下来看看副线的爱情,何红药。何红药的爱情是非常感天动地的，这个名字首先就非常富有诗意，让人感到是跟爱情有关的。读过唐诗宋词的人会很熟，这名字来自姜夔的《扬州慢》："念桥边红药，年年知为谁生？"年轻的时候我读到这首词就很感动。受这首词的影响，我出门有时候看见一些闲花野草，也在那儿想半天，我想这花也许从来没有一个人看过它，只是我从这路过偶然看了它几秒钟，我走过之后不知道谁还会再看它，我一辈子也只看它几秒钟，它的生命就这样过去了。有时候我想，我的这种感情、这种感伤是我自己天生就有的，还是受姜夔的影响，还是英雄所见略同？这个意象被姜夔捕捉得特别好。而金庸给她取名何红药，我想应该与此有关。那红药经姜夔这么一写就成了一种情花，我们读过《神雕侠侣》，知道这情花，它是一种什么样的况味，我想红药就是情花的前身。

何红药是什么人呢？她是一个苗族的女孩子，是五毒教教主的妹妹。一般情况下，教主的女儿或是教主的妹妹，她既是公主之身，同时又有近乎教主的一种本领。五毒教，这个教名就很可怕、很吓人、很厉害。

何红药偶然地发现了夏雪宜，这样一个武功高超、风流俊雅的，她从来没有见过的一个理想的男人，可是她不知道这个男人为什么来到这个地方。这个男人来到这个地方并不是因为爱她，他是背负了一身的血海深仇的，他是要来拿他们五毒教的宝贝的，他拿不到，需要何红药的帮助。而何红药出于爱情，就帮助他进入了教中的禁地、死地。而进入他们这个山洞，需要赤身裸体，倒立着才能进去。这样，她帮助金蛇郎君夏雪宜拿到了这个宝贝。可是两个青年男女在山洞里面赤身裸体，又经过一番运动〔众笑〕，就不由自主地产生了情欲，加上她本来就爱夏雪宜，所以两个人就成了情侣。从此她的这颗心就系在夏雪宜的身上了。她不知道他并不爱她，他只是把她当成报仇的一个手段。他拿到宝贝之后就回去练武功了，他要报他的仇。他另有心上人。

那么夏雪宜的心上人，就是温仪，温仪所在的温家堡害了他全家。温家跟夏家是血海深仇，金蛇郎君本来发誓要杀光他们家，起码要把他们家所有的女性都污辱了，但是没想到他遇见了温仪，爱情的力量就战胜了仇恨。温仪是另一版的官家小姐。我们看，不断有强盗和官家小姐恋爱的模式，前面我们讲无尘道长的模式，官家小姐就代表官方的阴谋诡计，利用爱情来捕杀对方。而温仪是手无缚鸡之力的一个善良女性，面对她，金蛇郎君下不了手了，爱战胜了他。那么我们想，按照今天美国的逻辑，金蛇郎君全家被人家害了，他不择手段地进行报仇，这是一个恐怖分子，对于温家堡来说他就是一个恐怖分子〔众笑〕。可是温家堡里面有一个好女人，竟然使他中止了复仇。他不再复仇了，他说我愿意跟你们家和解，因为我爱上了你们家一闺女。挺好。对方呢，却没有停止对他的反报复，对方反而利用这份爱，最后抓住他，把他打得全身残废。这个时候何红药也来找他，可是在这种情况下，他仍然坚持不爱何红药，还是爱着温仪。何红药这个可怜的女性为了帮助他，自己中了毒，毁了一副美丽的容颜，也就是说何红药变得有点接近梅超风了。所以他们之间由爱变成了深恨，在何红药看来，他就是一个负心郎。可是我们经过分析发现，金蛇郎君不是负心郎，因为他根本就没有爱过她，根本就没有心可负，他对她本来就是利用。爱情中常常发生这种情况，一方一往情深，另一方根本毫不动情，落花有意，流水无情。夏雪宜的心一直就在温仪的身上，而且他都算好了，何红药将来要来怎么找他，怎么报复，金蛇郎君这人可怕就可怕在他把自己死后的事情都算计好了。他在自己葬身之地中埋伏好了炸药，最后和何红药炸在了一起。所以这份爱情是爱和恨，几重爱、几重恨纠结在一起，虽然是副线，却让人非常难忘。这是何红药和夏雪宜的爱情。

那么陪衬，我们说一下焦宛儿。焦宛儿是金龙帮帮主焦公礼的大女儿，金龙帮这个江湖帮派不太大，但是也赫赫有名。焦宛儿比较正，有勇有谋、深情明理，是个很完美的女性。正因为很完美，所以焦宛儿在小说里反而显得很可爱，可爱就可爱在她为了爱能够退让。她心里边是真的爱袁承志的，可是她发现温青青吃醋之后，为了不让袁承志为难，她自己主动后退。她为了表明心志，竟然请袁承志做主，把自己嫁给师兄罗立如。这个举动我们怎么评价？我看有一个人画焦宛儿，他说："嫁得夫婿寻常子，也胜刁蛮夏青青！"〔众笑〕她嫁的这个师兄显然是一个很平凡的男人，以后就是江湖上的三流人物，过平凡的日子，但是焦宛儿肯定一生都在心里边深深地爱着袁承志。袁承志因为已经有了温青青了，他也不敢有非分举动。这似乎告诉我们，爱情和婚姻不是一回事，爱情可以离开婚姻，独立存在。焦宛儿出场不多，反而给我们留下深刻的印象。我在网上看，好像喜欢焦宛儿的人要多于喜欢温青青的，特别是把这两个人放在一起评判的时候。

我们再谈一个政治人物——陈圆圆。这是金庸好几部小说都涉及的一个人，也有人说陈圆圆才是金庸笔下第一美女。我们前面说金庸笔下第一美女，很多人认为是香香公主。但是香香公主之美，是虚无缥缈的、无法言说的。关于金庸笔下到底谁最漂亮有好几种说法，有人说香香公主，有人说小龙女，等等。那么陈圆圆，她的美丽，也应该说至少是一流的，甚至是超一流的，因为她在现实生活中是实有其人的。正因为现实生活中真有这么一个人，而且又真的影响了中国历史进程，所以她才这么重要，文人墨客才这么愿意去书写她。

我曾经在不止一个谈美女的节目中讲过，什么叫美女啊？谁衡量过？拿什么标准衡量啊？两个眼睛要多大，鼻子要多高，还是要量三围？这都没用，每个时代美的标准是不一样的。什么叫美女？根据现在我们人类公认的这些美女来分析，她们有一个特点，就是必须跟政治发生联系，最大程度影响政治的,那就是最大的美女。没有一个例外。看看我们四大美人,不都是深深影响中国政治的吗?我就不信当时没有比她们更漂亮的,肯定有。即使不按照当时的标准,而按照后人的标准,肯定有比她们更漂亮的。我们说杨贵妃是大美人,凭什么她就是大美人啊?她跟唐玄宗在一块儿都多大岁数啦?而且历史上记载,她特别肥胖〔众笑〕。有人说唐朝就是崇尚肥胖的,我说,是,唐朝是崇尚胖,但是也不能胖到她那个程度啊〔众笑〕!她胖到什么程度呢?说她从木地板上一走过,那木地板吱吱作响,我说,大概唐玄宗有特殊癖好,就喜欢听这声儿。显然,她被说美是另有原因,不论是貂蝉、王昭君,都一样的。我不相信王昭君就是当时最美的人,她就是因为参与了国家大事,参与了和亲活动。陈圆圆也是如此。

陈圆圆,本来姓邢,不姓陈,字畹芬。明末清初江苏人,出生在一个小商人之家,因为早年母亲去世了,她就被送到她姨父家去了,跟她姨父姓,——也就是她姨父姓陈,她跟她姨父的姓了。我们发现身世不幸的女孩,往往容易长得漂亮〔众笑〕,这挺有意思。她少女时就艳惊乡里,还不光是漂亮,关键是她有文化修养,早慧,诗词歌赋俱通!这在封建社会就很难得了。在封建社会,一个小姑娘诗词歌赋俱通,这也许评价得高了点儿,通到什么程度我们不知道,但起码有个小秀才水平吧,不会像文学家这么高,有个小秀才水平就不错了。正因为有这个特长,她姨夫就把她卖给苏州梨园了。当时女性不能受教育,这么有才的女性只能卖给苏州梨园〔众笑〕。史书评价她"容辞娴雅,额秀颐丰"。古人很会用词儿,这个评价不是评价一般女性的,这个评价,格调非常高。我们讲"容辞娴雅"这四个字完全可以评价一个宰相,这是评价男性的词。当今中国学术界只要能被冠以这四个字儿,那不得了。说人"容辞娴雅",这么厉害啊,这不易中天吗〔众笑〕?也就是说陈圆圆文化水平都直追易中天了。但是后四个字儿,好像易中天先生配不上〔众笑〕,"额秀颐丰",不只是讲她漂亮,"秀"和"丰"这两个字同时写她内在的东西。所以说她"明艳出众,独冠当时"。反过来从接触者的角度讲,"观者为之魂断"。这不是小说的语言,这是当时人的记载,说人们看见她,为之魂断,那可见她当时确实非常有魅力,是"江南八艳"之一。而所谓"江南八艳"也都是跟政治人物有关系。

陈圆圆,她的经历谁也比不了。你看看跟她有关系的这些男人,这就没办法比了:崇祯,当朝皇帝,跟她有关系,当然是大臣给他选的;田畹,重臣、外戚;吴三桂。所以一直有一个历史谜团,就是李自成进北京之后,不动陈圆圆,吴三桂会不会叛变?假如吴三桂帮助李自成,吴三桂给李自成当了大臣,历史是不是就不这样了?当然历史是复杂的,不是一个因素决定的,但是起码陈圆圆这个因素是如此之重要,太重要了!李自成手下大将刘宗敏,就劫掠了陈圆圆。有两种说法,一种说法是他自己占有了陈圆圆,另一种说法是他把陈圆圆献给李自成了。反正不管给谁都一样,传到吴三桂耳朵里都一样。吴三桂本来准备臣服李自成了,他如果带着这个国家最有战斗力的一支部队臣服李自成,如果和李自成合兵,多尔衮就不会入关。可是他一听到这个消息,说你连陈圆圆都给我抢走了,那我还跟着你有什么意思!所以历史就改变了。吴三桂打进了中原之后,再一次得到了陈圆圆。后来的历史扑朔迷离,陈圆圆的结局到底是什么,学术界并没有统一的结论。有的说她老死了,有的说她上吊了,有的说她出家为尼了。正因为在学术上无法得出结论,这就给文学家留出了广阔的空间,怎么写都行。你可以写她老死了,可以写她上吊了,可以写她出家为尼了,中间还有各种组合。吴梅村的《圆圆曲》说得非常好:"恸哭六军俱缟素,冲冠一怒为红颜。"因为历史有它必然性的一面,也有偶然性的一面,有时候可能就因为一个女孩子,历史就改变了。你不要觉得这些大将军、大人物都是那么理性的,他有时候在可以做多方抉择的时候,一个重要因素,就确定了他怎么抉择。所以这就告诉我们,要做伟大的人物,不要随便动人家的女人〔众笑〕。陈圆圆在别的作品里还会被涉及。

我们下面来看看《雪山飞狐》。《雪山飞狐》小说结构很简单,非常精练,可以说是金庸小说里边,结构玲珑剔透,口碑极佳的一部小说。但是这样一部小说,在一日里讲一百年的故事的小说,仍然有多条爱情线。隐线是胡一刀和胡夫人,他们的爱情是被讲出来的,主线是作者直接描绘的,是雪山飞狐飞狐大侠胡斐和苗若兰的故事。还有小人物的爱情作为陪衬的,田青文、曹云奇、陶子安之间的感情纠葛,这个不看原著都可能被忽略。《雪山飞狐》里有这么几条爱情线索。那么最令人钦羡的就是胡一刀和胡夫人之间的爱情。这一部小说可能并不是金庸作品中最受推崇的,但是胡一刀夫妇的爱情,是上上品的爱情,是使我们只能敬仰、只能钦佩,自己觉得甘拜下风的这样一种爱情。

胡一刀,他是当年李自成手下四大护卫之首"飞天狐狸"胡天的后人。这也是金庸利用李自成和陈圆圆下落不明,找的一种可能性。金庸觉得李自成当年没死,他的四大护卫保护着他,因为保护他,四大护卫之间出现了猜忌,以致造成百年仇杀。保护李自成的其中最厉害的那个叫胡天。他的后人胡一刀武功盖世,但是他最感人的是为人之豪迈。虽然小说主人公写的是胡斐,可其实胡一刀的形象之高大,直追萧峰。只不过萧峰的伟大是因为他为天下苍生而死,他跟政治有关系,胡一刀因为跟政治没有关系,所以他没有萧峰那么伟大。但是从一个江湖好汉做人来说,他已经做到了极致。小说中描写他相貌粗恶,但是是侠骨柔情。他的夫人胡夫人,金庸并没有用很多的笔墨来描写,但是已经使万千读者极为敬仰。这样的女人，首先她是一个极品的妻子，她令人想都不敢想。为什么？因为每个男人都觉得自己不配！她既有女性的一切优点，同时又比大多数男人都英雄。她具有所有女性的优点，可以让男人去想象、幻想，但是你又不敢拥有她，因为她做个男人都比你强。所以有人说她是集知己、红颜、妻子、妹妹、代言人、厨师、保镖多种角色于一身〔众笑〕。胡一刀跟苗人凤打五天五夜，两个人决一死战，白天打，晚上睡觉，不用担心互相被伤害，两人都是天地间的大英雄。然后胡一刀的夫人给他们做饭，他俩吃饱了就打，打到饭点儿接着吃饭，吃完饭接着打，晚上躺在一屋，关门睡觉。但是有一帮坏人，他们为了要害胡一刀，让胡一刀增加体力消耗，就晚上来骚扰胡一刀。半夜的时候这帮坏人来了，胡一刀的妻子抱着刚生下来的孩子，出去把这些坏人一一解决了〔众笑〕，把她缴获的兵刃挂在房檐儿上，在房檐儿上挂了一排。早上两个大侠都起来吃饭，风一吹若干兵刃当啷啷一响，苗人凤就知道晚上有坏人来过，胡一刀也知道是自己的妻子出去收拾了他们。所以说这样的夫人多么了不起，她跟丈夫之间相知到合为一个人的程度，不用说什么你爱我、我爱你之类的话，那都是废话。当两个人还需要用语言来表达的时候，那意味着你不表达，对方不知道。你爱对方、对方爱你，还用说？说已经是二流境界了。一流境界是不要说的，老去糟蹋那个字干什么呢？不要老去糟蹋那个字，这番话不需要说。她对胡一刀说："你放心，你死了，孩子我好好抚养。"可是后来她发现苗人凤也是天地间的大英雄，胡一刀死了，苗人凤可以把孩子抚养长大，所以胡夫人就不受这二十年的苦了，孩子就交给苗人凤了，然后从容自刎。这种英风侠烈，让多少男人觉得自己很惭愧。所以他们之间的爱情实在太高级了，太高端了，太高上大了，没法不去敬仰的！

我曾经写过一段短文，评价《雪山飞狐》里一段话：

"这位少年夫人千娇百媚，如花如玉，却嫁了胡一刀这么个又粗鲁又丑陋的汉子，这本已奇了，居然还死心塌地地敬他爱他，那更是教人说什么也想不通。"这是《雪山飞狐》中一个名叫宝树的恶僧转述当年胡一刀和苗人凤比武之情形时所发表的见解。依照这位高僧之见，凡娇媚美貌的少女，便不该嫁粗鲁丑陋之汉，而应该嫁与细巧俊美之奶油小生才是。即便迫不得已嫁给粗鲁丑陋之汉了，也不该敬他爱他，而应骂他恨他，一哭二闹三上吊或者给他戴顶小绿帽之类，否则便是岂有此理，"教人说什么也想不通"。

然而客观事实却常常不以和尚的意志为转移。爱情的密码在于"和而不同"。急脾气可能就爱慢性子，鬼精灵可能就爱马大哈，关键要看二人是否和谐。只要和谐，爱情的奏鸣曲便婉转悦耳。不和谐，即便两人仿佛一个模子刻出来的，也终觉无趣。

即以相貌而言，宝树和尚大概以为"粗鲁丑陋"属于不美，然而在胡一刀夫人看来却未必。在她的心中，丈夫豪迈英武，顶天立地；脸黑髯浓，更添威猛；不修边幅，淳朴洒脱。更何况她所敬所爱的是胡一刀英雄盖世的高尚心灵。胡一刀的武功是真正的"打遍天下无敌手"，他讲信义，重然诺，敬佩英杰，同情贫苦，更爱妻怜子，刚中有柔。胡夫人实乃天下最幸福夫人之属，所以后来才甘愿自杀殉情，刚烈英爽，令苗人凤终生敬仰。胡氏夫妇的爱情实在是和谐完美，珍贵难得。一对英雄儿女相亲相爱，何奇之有？

可惜世间如胡夫人这般见识的，不免太少。而宝树和尚的知音，却车载斗量。

这是我多年前写的一段评论。那么沿着这段评论我还要说,其实胡一刀夫妇爱情的最佳见证人是苗人凤。苗人凤因为两家的血海深仇必须要报不可,他就来找胡一刀决斗,决斗了五天五夜,两个人互相都佩服了,最后矛盾也化解了,本来应该成为世界上最好的朋友,可是由于小人捣乱,胡一刀误中了毒而死去,这成了苗人凤心中终生的一个深深的伤。可是这五天五夜他又亲眼看到了人家胡一刀夫妇的爱情,这个爱情对他的震撼我想是更深的。在这五天里他最敬仰的人除了胡一刀,还有胡夫人,特别是因为最后胡夫人从容的一死,她完全信任他,"孩子就交给你了",就殉情而死了。苗人凤终生敬仰的除了这个胡大哥之外,还有这个胡大嫂。所以苗人凤此后怎么还能有幸福的爱情〔众笑〕?大家听明白了吧,他今后再遇到什么样的女人也不如嫂子〔众笑〕,嫂子的杀伤力太大了,以后他遇见什么女人都会跟这个女人比,他都会想,我能不能有这样的夫人。这是没法有的,所以苗人凤终生抑郁。他只可能对女人好,但是不可能有对胡夫人的这样的敬仰。金庸把好的爱情,把超级的爱情写出来了,真是太难了!这个真是要佩服金庸!

那我们再来看第二个爱情,年青一代的胡斐与苗若兰。苗若兰是苗人凤和南兰生的女孩子,外祖父叫南仁通。小时候她就老听父亲讲他和胡伯伯的故事,她就知道有那么一个孩子叫胡斐,苗若兰说:"十年之前,那时候我还只七岁,我听爹爹说你爹妈之事,心中就尽想着你。我对自己说,若是那个可怜的孩子还活在世上,我要照顾他一生一世,要教他快快活活,忘了小时候别人怎样欺侮他、亏待他。"

她还没见过他,她就想照顾他,这可能是天作之缘。苗若兰姑娘本人,除了不会武功,简直是个完美的姑娘。从内功上说,她外柔内刚、聪慧善良、知书达理、气度非常;从外功上说,她会很多除了武功之外的技巧,会弹琴、下棋、读书、绘画、对诗、养花、养鸟、养猫〔众笑〕,就是有才又有爱的一个女孩子。她唯一不会的是武功，那她只要找到一个有武功的大侠就可以，她只要找到胡斐就可以了，她跟胡斐虽然是机缘巧合在一起了，但正好是互相需要、彼此匹配。他们的爱情是很正格的一个爱情，很正格的爱情人们都希望能成全。所以小说结尾金庸卖了那么一个关子，胡斐和苗人凤决斗，这一刀到底劈下去还是不劈下去？不劈下去自己就死，劈下去老岳父就死了〔众笑〕，这怎么办？要留下这么一个悬念。结尾是苗若兰站在雪地里，看着胡斐小时候穿过的那个婴儿的衣服，盼着胡斐平安归来，不由地痴了。这样一个结局。

那么我们再看陪衬的小人物的爱情，也很有特色。普通的一个江湖女子，田青文，她是田归农之女，她爸爸是大坏蛋。田青文美貌聪慧，但是阴毒狠辣，绰号叫"锦毛貂"。貂这个动物特性放在她身上挺合适的。田青文本来和她的师兄曹云奇相恋，后来见异思迁，又跟别人好了，但是她已经怀上了曹云奇的孩子。她是怎么做的呢？她偷偷产下孩子，又把这孩子弄死，埋在后花园，很残忍，不巧被周云阳碰见，更不巧的是又让她自己的未婚夫陶子安看到了。一个女性，她没有母爱，没有母性——一个没有母爱的女性是让男人感到很恐怖的。金庸能够想象出有这样一个女子，这样的女子最后的结局是因为她贪婪、贪宝藏，跟一大堆人一块儿，被胡斐困在了李自成留下宝藏的洞内，然后死去。这样一个女子有她成长的道理、逻辑，因为她成长于一个缺乏爱与善的环境。田归农是一个坏人，他们整个的一门，"天龙门"，就是尔虞我诈的一个团伙，她在这个团伙中长大就要靠自己的聪明，靠自己不断地优化选择，而不能顾及情谊。田青文还不算坏到极致，我们发现从田青文再往下描写就容易写出阿紫这样的形象来，你看田青文这个人物不重要，是次要人物，但她是阿紫的一个雏形，有了田青文就可以想象有阿紫这种坏到极致的。田青文还有几个事比较让人可怜，我们想，在那样的环境，游戏规则坏了，那你让她怎么办呢？她其实不懂得爱，是没有什么爱情的，她都是利益选择。这是《雪山飞狐》里的几个爱情。

我们再看看和《雪山飞狐》相关的一个作品，叫《飞狐外传》，两部作品的人物是穿插的。这两部小说不能简单地比较，因为简单地比较会有很多的矛盾、冲突。《雪山飞狐》里面写胡斐的时候，说他跟苗若兰之前没有跟别的女人有爱情，所以你不能拿这个来衡量《飞狐外传》，因为《飞狐外传》写他明明在此之前有爱情，他在此前至少跟袁紫衣、程灵素两人之间是有爱情的，而且是比较深的。这里面有一条复线，复线是苗人凤、南兰、田归农三个人的关系，还有一个陪衬，陪衬线也比较复杂，涉及马春花、徐铮、商宝震、福康安几个人。单讲《飞狐外传》的爱情可以讲很多，讲得很复杂，我们也是挑重点来说一说。

我们说说跟胡斐有关的一个女性叫袁紫衣。袁紫衣这个女孩子的父亲是坏人，叫凤天南，是广东的一个大财主，相当于"南霸天"吧。我就说金庸写的作品和我们的一些革命题材作品有惊人的可比性，都是站在人民立场，只不过我们写的是共产党来救苦救难，共产党救了人民，金庸写的是大侠救了人民。你看金庸同样是恨为富不仁的人、欺压弱势群体的人。凤天南就是这样的一个人，为非作歹、鱼肉乡里、欺压贫苦。胡斐跟凤天南素不相识，跟要救的钟阿四也是素不相识。但是胡斐就是要救苦救难，就是要一路追杀凤天南，没想到他遇见了凤天南的女儿。凤天南的女儿是他和袁银姑的女儿，袁银姑是被凤天南霸占的一个贫苦女孩子，身世凄苦，因为被凤天南糟蹋了，生了袁紫衣。母女俩过得很惨，后来她们又遇见另外一个坏人。袁紫衣从小就很苦，后来就成了尼姑，成了出家人，她的法号叫"圆性"，"紫衣"不过是"缁衣"的谐音，都是跟出家有关系的。而命运安排她和胡斐相遇了。这两人的性情其实是特别合适的。我们看《飞狐外传》会觉得袁紫衣是胡斐最佳的爱人，她比苗若兰更合适胡斐。苗若兰本身是个完美的人,她对胡斐有一份怜惜、怜爱。而袁紫衣跟胡斐之间,是一种深深的相知。相知不需要青梅竹马,相知不需要有很多的磨合时间,真正相知的人三言两语就能判断相知了,短暂的接触之后就知道对方是个什么人了,这才叫相知。她和胡斐是真的相知的,可是他们之间有矛盾,伟大的爱情往往都是不能够成就的。一个矛盾是她是出家人,她已经"献给"佛祖了,不能返俗。但这还不是最大的矛盾,最大的矛盾是她的父亲是胡斐追杀的人。可是她的父亲对她也不好,她母女的凄惨命运就是她这个坏蛋父亲一手造成的。她本来是应该恨她的父亲的,确实她也恨她的父亲,可是毕竟就有这么一份骨血关系,所以她不忍心看她父亲那么大岁数被人家杀了,她用自己的武功多次保护自己的父亲,武功保护不了怎么办?她只能求助于感情,因为她知道胡斐爱她,她只好求助于这个。

金庸说他就想写这样一种大侠,不为名利所动,不为金钱所动,这些都很容易做到,但是最难做到的是不为爱情所动。在最温柔的时刻,你最爱的那个人求你一件事你办不办?别人给你很多钱你可以拒绝,大英雄还可以不怕死,被严刑拷打可以不屈服,但是最难挺住的是爱情,不是美色,是真的爱情,这是最难挺住的。你看有一个细节:

> 袁紫衣轻叹一声,柔声道:"胡大哥,你当真不给我一点儿面子吗?"火光映照之下,娇脸如花,低语央求,胡斐不由地心肠一软。

这细节写得特别好,不用多写。如果是古龙这里就要发挥开了〔众笑〕,又要发挥名言警句了。金庸不一样,金庸是点到为止,就写"心肠一软",你去想吧,是个人就会心肠一软。但是胡斐的英雄豪气就在这个时候体现出来了：

> 但越是见她如此恳切相求，越是想到其中必有诈谋，心道："胡斐啊胡斐，你若惑于美色，不顾大义，枉为英雄好汉。你爹爹胡一刀一世豪杰，岂能有你这等不肖子孙？"

明明是爱情，他把自己说成惑于美色，用这个来克制自己，他知道自己其实不是惑于美色，而是已经深深地爱上袁紫衣了。所以这两个人的情与义的矛盾，是此前武侠小说所没有达到过的一个高度。我们读到他们俩之间的爱情是非常叹惜的。

当然，更令人叹惜的是程灵素。程灵素我不想讲，因为讲那段特别伤情。真正的单方面最爱一个人，没有人比程灵素付出的爱情更深、更多。程灵素是真正地处处为胡斐着想，但程灵素知道自己不美貌，她也不丑陋，只是一个普通的女子，肯定没有袁紫衣这么美貌，但其实主要原因不是她不美貌，而是她没有袁紫衣这么有趣。这个男人啊，我刚才说了，他为什么老是喜欢妖女呢？妖女她有趣啊〔众笑〕，妖女她老调皮捣蛋，老不听话，所以男人有时候喜欢不听话的，她需要被"收拾"之后才听话〔众笑〕，他喜欢这么一个过程。可是有的女性是一往情深的，她没有一秒钟不听话，这种人本来是最爱你的，可是男人往往不珍惜，不光是男人，也包括女人，他往往不珍惜这个感情，对他最好的那个人他不珍惜。胡斐特别过分的是他已经知道程灵素如此深爱着他，他怎么解决这个问题的呢？有一天他说咱俩结拜为兄妹吧，这两个人就成了兄妹了，这一结拜，一刀就斩断了这个情，这太伤程灵素了。程灵素知道此生无望，但是又深深地爱他怎么办？最后在胡斐中毒（这个毒无药可解，世界上没有任何药物能解了这种毒）的时候，程灵素说："但是他们不知道，有一个人可以用自己的生命解你这个毒。"她在胡斐不能挣扎的情况下,一口一口把他的毒血吸出来,救了胡斐,然后她自己死去。我看过好几篇写程灵素的文章,我不但每次读到那个情节的时候会控制不住自己感情,还多次伤心落泪!我再看别人评论这段的时候我都非常激动,因为程灵素是这个世界上最懂得爱的、最感人的女性形象之一!没有读过原著的,我推荐你一定要去读读原著。程灵素这个名字也起得非常好,她是药王的后人,"灵素"是来自《黄帝内经》的名字,最后她把自己当成了药。程灵素的形象堪称伟大。金庸写他们爱情的时候,还伴随着王铁匠唱的情歌!这歌的意思就是你天天挂念着别的女孩子,其实真正爱你的女孩子你却把她忽略了!这个意思老百姓用山歌早就表达了。

那我们再来看看另一组爱情。苗人凤,我前边说了,他见到胡一刀夫妇之后,一辈子很难有真正的爱情了,可是有一次他英雄救美,救下了一个姑娘,叫南兰,南兰就嫁给他了。他们两个人按照一般夫妇的标准衡量应该也很完美,也是英雄和美人的故事嘛。可是他俩性情不投,南兰这个女孩她喜欢的是风流倜傥的男人,而苗人凤恰恰缺乏这一点。苗人凤本来就不会风流倜傥,加上终生笼罩在胡一刀夫妇的高大形象之下〔众笑〕,他只会对自己的妻子好,但是他不会逗她快乐。于是就有一个叫田归农的插进了他们的生活,田归农恰恰文武双全、俊雅风流,属于金庸笔下的表哥系列〔众笑〕,一般这样的人在金庸笔下最后肯定会出事,果然,他就是一个阴险卑鄙的小人。就乘虚而入,结果把南兰拐走了,南兰跟他私奔了。那么,田归农其实也并不爱南兰,他利用她,要找一个宝藏图。在小说的后面,苗人凤制服了田归农,但是苗人凤并不杀他,苗人凤说:"我何必杀你,一个人活着就未必比死了的人快活!"这句话说的是田归农,但它其实是苗人凤自己的写照,他说的是人家胡一刀夫妇死了,比我快活,我活了这么多年这么压抑〔众笑〕,这是他肺腑之言。"这张地图在你身边这么多年,你始终不知,却又亲手交给我。我何必杀你?让你懊恼一辈子,那不是强得多么?"所以苗人凤虽然抑郁,但他懂得了人生的真谛,他知道什么是快乐,什么是懊恼,什么是不快乐。

我们再来看看马春花的结局。马春花这个形象,怎么说呢,让人深深叹惋。这是一个小人物,这个小人物让人无限感慨。马春花最后的结局,我们看到原著是这么写的:

> 两个孩子扑向榻上,大叫:"妈妈,妈妈!"马春花睁开眼来,见是爱子,陡然间精神一振,也不知哪里来的力气,将两个孩子紧紧搂在怀里,说道:"孩子,孩子,妈想得你好苦!"三个人相拥良久,她转眼见到胡斐,对两个孩子道:"以后你们跟着胡叔叔,好好听他的话……你们……拜了他作义……义……"胡斐知她心意,说道:"好,我收了他们作义儿,马姑娘,你放心吧!"马春花脸露微笑,道:"快……快磕头,我好……好放心……"两个孩子跪在胡斐面前,磕下头去。胡斐让他们磕了四个头,伸手抱起两人,低声道:"马姑娘,你还有什么吩咐吗?"马春花道:"我死了之后,求你……求你将我葬……葬在我丈夫徐……师哥的坟旁……他很可怜……从小便喜欢我……可是我不喜欢……不喜欢他。"

这个结局写得一波三折的,从这里透露了很多信息。马春花是一个江湖上老拳师的女儿,能文能武,很美貌,肯定有很多人喜欢她,最喜欢她的是她的师哥。这也是江湖上常见的事情,师哥喜欢师妹嘛,可是她并不喜欢她师哥,因为她是一优秀的女孩子,她喜欢更优秀的男人,特别是江湖上的女子,不一定会喜欢江湖男子,她同样喜欢风流倜傥的人。

可是命运安排她嫁给她的师哥。马春花好就好在她是有良心的人，她知道自己对不起丈夫，所以她就让胡斐在她死了之后把她跟丈夫合葬，她用这种方式表达自己对丈夫的歉疚：我虽然活着的时候没有给你爱，我死了以后跟你合葬，我们对得起夫妻的名分。孩子她也安排好了，孩子交给了她最信任的大侠——胡斐，然后自己跟丈夫埋在一起，从这个安排可以看出她是一个好女人，起码是知道道理的，是明理的好女人。

"胡斐突然之间，想起了那日石屋拒敌，商宝震在屋外林中击死徐铮的情景来。"马春花的丈夫徐铮，是被情敌——马春花的另一个追求者打死的。"心中又是一酸，说道：'好，我一定办到。'没料到她临死之际，竟会记得丈夫，伤心之中倒也微微有些喜欢。他深恨福康安，听马春花记得丈夫，不记得那个没良心的情郎，那是再好不过，哪知道马春花幽幽叹了口气，轻轻地道：'福公子，我多想再见你一面。'"〔众笑〕

那么听到这段，我们就知道金庸了不起，他写出人性的复杂，前面是把马春花懂道理的一面写出来了，该安排的事都安排了，下面她要进行个人抒情了〔众笑〕，这前面是干正事，下面是个人自由抒情，也就是说，她还是深情地想念福康安，想念福公子，而福康安呢，不过是个玩弄她的人。当然，福康安在金庸的小说里被丑化了，福康安是历史上的真人，是对中华民族立下过大功的人，是清朝的重臣。福康安是能文能武的，关于福康安民间有很多传说。金庸故意突出他浪漫公子的一面，在福康安一生中，马春花不过是他路上随便玩的一个女孩子而已。可是因为他太优秀了，马春花被他玩弄了之后，一颗心就系在他身上了，她的感情是在福康安身上的。更深刻的是，马春花明知道福康安对她是玩弄的，知道对方对自己不是真心的，甚至可以随便杀掉自己，可是就因为爱上了，就怎么着都行了。世界上这个感情是很难说的。临死的时候，马春花把自己家里安排好了，还是想见福康安一面，这是她最后的心愿。

一个善良的草根女子,她的心愿就是见这个流氓一面。我们会觉得马春花怎么这么傻啊,那是个坏人啊,那是个流氓啊,可她就是要见这个流氓。这里就是"问世间情是何物",真不知道情是何物,金庸就用多侧面写出情是何物。然后,见不着福康安,怎么办呢? 正好有一个长得和福康安一模一样的人,叫陈家洛。陈家洛在金庸的小说中本来就跟乾隆是双胞胎,福康安又是乾隆的私生子,所以陈家洛和福康安他俩长得一模一样,陈家洛冒充福康安来安慰临终的马春花。

"陈家洛进房之后,一直站在门边暗处,马春花没瞧见他。胡斐摇了摇头,抱着两个孩儿,悄悄出房,陈家洛缓步走到她的床前。"然后下面就是侧面描写,不是直接描写,金庸用胡斐的视角来描写:"胡斐跨到院子中时,忽听得马春花'啊'的一声叫。这声叫唤之中,充满了幸福、喜悦、深厚无比的爱恋。她终于见到了她的'心上人'……"

虽然我们知道马春花的爱情不值啊,真的不值啊,可是还是非常感人。就这么不值的爱情,她是那么眷恋,她是那么幸福,她临终之前又见到了她的心上人,而妙就妙在金庸写这个人不是她真的心上人。她想见这个流氓,可连流氓的面儿都见不着,她见的是个大英雄,这个大英雄是冒充她的情郎来安慰她。可是她便那样幸福,真让人叹惜,爱情到底是个什么东西,怎么这么坑人啊! 反正这个坑人的爱情就是如此。这是她真正的感情寄托。她前面交代孩子、丈夫,那不过是作为人在社会的秩序中,按照这个秩序必须该做到的而已,该做到的都做到了,下面是她个人真正的幸福追求。下面都是从胡斐的视角来写这个感受:

> 胡斐惘然走出庙门,忽听得笛声幽然响起,是金笛秀才余鱼同在树下横笛而吹。胡斐心头一震,在很久以前,在山东商家堡,依稀曾听人这样缠绵温柔地吹过。这缠绵温柔的乐曲,

当年在福康安的洞箫中吹出来,挑动了马春花的情怀,终于酿成了这一场冤孽。金笛秀才的笛子声中,似乎在说一个美丽的恋爱故事,却也在抒写这场爱恋之中所包含的苦涩、伤心和不幸。庙门外每个人都怔怔地沉默无言,想到了自己一生之中甜蜜的凄凉的往事。胡斐想到了那个骑在白马上的紫衫姑娘,恨不得扑在地上大哭一场。即使是豪气逼人的无尘道长,也想到了很久很久以前,在很远很远的地方,那个美丽而又狠心的官家小姐,骗得他斩断了自己的一条臂膀……笛声悠缓地凄凉地响着。

金庸自己从来不评论情节,他是用书中人物自己的感受去评论。以上这都是胡斐的所想,而这些所想都在一曲笛声中完成。"谁家玉笛暗飞声",笛声中每人在想着自己的心事。就马春花临终这一见的场景,包含的不仅仅是《飞狐外传》里面的爱情,还涉及前面《书剑恩仇录》里的几组人的爱情,那么我们去想爱情到底是个什么东西。当年,就是福康安随便吹了这么一曲笛子,挑动了一个江湖女子的感情,他是个艺术家,他吹笛子是有技巧的。我们从这一段中也可以看到金庸对中国古典意象艺术的纯熟的把握。这是一段小说,其实就是一首唐诗。我们会想到许许多多跟笛子,跟乐曲有关的诗词歌赋,"碛里征人三十万,一时回向月中看",诸如此类的意象。所以,这个《雪山飞狐》加上《飞狐外传》,给人的感觉是,去掉武侠也是优秀的爱情小说。

最后,马春花到底说了什么呢?

过了好一会儿,陈家洛从庙门里慢慢踱了出来。他向胡斐点了点头。胡斐知道马春花是离开这世界了。她临死之前见到了心爱的两个儿子,也见到了"情郎"。胡斐不知道她跟陈家洛说了些什么，是责备他的无情薄幸呢，还是诉说自己终生不渝的热情？除了陈家洛之外，这世上是谁也不知道了。胡斐拜托常氏双侠和倪氏昆仲，将马春花的两个孩子先行带到回疆，他料理了马春花的丧事之后，便去回疆和众人聚会。陈家洛率领群雄，举手和胡斐、程灵素作别，上马西去。胡斐始终没跟他们提到圆性。奇怪的是，赵半山、骆冰他们也没提起。是不是圆性已经会到了他们，要他们永远别向他提起她的名字？

金庸没有写马春花和陈家洛说了什么，而是供读者去猜想，供读者去回味。到底最后马春花对她的爱情是后悔还是不后悔？是满足还是不满足？如果她不遇到福康安，她也就是和她的师哥平平淡淡地过那么一辈子。她遇到了福康安，点燃了她心中的那个叫爱情的东西，虽然所托非人、所遇非人，遇到的是一个花花公子，自己在人家的生命旅程中不过是多添了这么一笔风流账而已，可是对于马春花，这却是她生命中最有价值的一笔。我们旁观者给她算账："这太不值了，这是个坏人。"可是她自己不像我们这么算账，她自己另有一个思路。对她来说，她死的时候可能真的是满足的、幸福的，她觉得她这一辈子是完美的，什么都有了，有爱情、有婚姻、有孩子，还有一个小小的事业，最后她还是个好人。所以，马春花这样一个小人物金庸都能写得如此生动、如此光彩，这是大文学家的境地。

今天本来想多讲一部作品的，时间到了，我们只能讲到《飞狐外传》了。那么金庸笔下的爱情我们下次再接着说。

〔掌声〕

第十三课

授课：孔庆东
时间：2014年5月20日火曜日申时
地点：北京大学理科教室108
内容提要：布置期末考察报告《金庸笔下的侠与情》
《连城诀》《侠客行》《鸳鸯刀》《白马啸西风》《越女剑》
中的爱情

我们今天继续来讲金庸笔下的爱情。爱情是讲不完的，我把重头戏留给大家自己，我只讲一些不重头的作品。今天我先要给大家布置作业，给大家布置期末考察报告，期中作业大家写得还不错，我也看到了一些直接把作业交到我手上的同学的作业，我还比较满意。期末考察报告是这样要求的，请大家写一篇金庸小说的读书报告，这是笼统的要求。总的题目是《金庸笔下的侠与情》。有具体的要求：第一，为了防止有些同学到网上下一篇文章，防止类似的现象，我首先要求你必须密切结合金庸的六大名著，金庸有十五部小说，那九部你们不用涉及，我会涉及，让你涉及主要的作品有"射雕三部曲"、《天龙八部》《笑傲江湖》和《鹿鼎记》。你可以结合这六部小说，也可以只结合一部，结合一个具体的人物，都结合也可以，反正你要结合这六部小说来谈"金庸笔下的侠与情"。第二个要求是不得空论，是不是空论由我来判断，我说你空论就是空论。给你几个具体的解释，必须论及"侠"与"情"的关系，不能单谈"侠"

或者单谈"情",难度主要体现在这里,分数主要在这里拉开。我拟个字数,大体上要求在两千到五千字之间,主要是防止同学写得太多,你想我们三百个同学选课,一个同学写一千字我得看多少字啊——一本长篇小说。你要写一万字那不得了,得累死我,我希望你们写得短一点,这个字数是大体的要求。交作业的日期是6月3日到6月10日,我看了看校历,6月3日是我们最后一次课。还像交期中报告那样,发到助教的信箱里。你要是迟交,为了表示公平,只好适当扣分。在这里要提醒毕业班的同学,特别是中文系毕业班的同学,你要尽量早交,因为这涉及你们的毕业成绩,学校、系里都有统一的规定,我看到学校有通知,大概在6月6日会完全地登记你们的成绩,希望毕业班的同学,你学分还没满的,尽量早一点儿交。毕业班的同学肯定这学期也剩不下几门课了,大概没有一两门课,包括我这门课对你来说都属于玩一玩,要早点儿把报告写完。这就是我们的期末考察报告的要求,没有来的同学大家通知一下。

好,那么六大名著我不讲了,我今天继续讲讲其他作品中的爱情问题。我们看一看《连城诀》。《连城诀》这部小说当年我是参与过评点的,我和严家炎老师参与评点,当时评点整套金庸小说的阵容很强大,都是学术界的名人,但是出版社的领导告诉我,说:"这么多名人加起来,都不如你老孔。要没有你这半本评点,恐怕一本都卖不出去。"不是说那些老师没有学问,而是说评点是一种单独的学问。我们学术体制培养出来的教授会写论文,可以按照结构写"一、二、三、四",把自己一千字的思想写成一万字,他不会把一千字的思想变成十个字来表达。而我们中国的学问是要求把"多"变成"少",要求十个字里有一千个字的意思,这也是汉语的魅力所在。所以我倒提倡大家看一看带评点的古代小说,你得看一看金圣叹这些人怎么评点《水浒传》,他的学问就体现在几个字里，你看这几个字很简单，但是你就写不了，你写出来就没人信。比如说，我看到在一个段落旁金圣叹写了几个字："我当此时，必大哭也。"你说这太简单了，我也会写，你找地方也写这八个字，别人就骂你："胡说！我咋就不哭呢？"简单的字里是最见功夫的。

评点我比较熟悉，我也喜欢评点，大家从我的微博上也能看出我的评点水平、评点功夫来。但是评点《连城诀》这部小说有点痛苦，因为这部小说写得太暗无天日，太惨无人道了，这不但是金庸小说中几乎没有正能量的一部，也是全部人类文学史中最黑暗的一部。"这人咋这么坏呢？"从这部小说里我们会得到这样一个疑问，就是哪有这样坏的社会、这样坏的人间呢？也许它集中了太多的坏人坏事，但是每一个分开来看，它都是可信的。这个时代拼命给我们灌心灵鸡汤，告诉我们人与人之间关系是好的。我相信金庸先生在日常生活中也不会公然去反抗这些，日常生活中谁都要礼貌，谁都要生存，都要彼此讲些客套话。但是金庸先生把恶的一面用艺术手法表现出来了。实际生活中，亲情可能是阴暗的，爱情可能是阴暗的，师徒之情、父子之情、母女之情都可能是见不得人的。不是说都这样，但是有这一面。正因为有了恶，善才显得那么可贵，有了善的时候我们才高兴，如果天天到处充满了廉价的善，善还值什么钱呢？善就不值钱了。那恶是怎么产生的呢？

《连城诀》主要不是讲爱情，但是它同样有两条爱情线，同样是一主一副。主线是主人公狄云，狄云本来跟戚芳好，可是戚芳被另一个坏人夺走了，那个坏人叫万圭，后来狄云误打误撞跟一个叫水笙的有了感情，然后这里面又出现一个"讨厌"的表哥，叫汪啸风〔众笑〕，这之间有感情纠葛。但是最感人的爱情还是副线的。金庸的了不起就是善于写另一条线，这正是现代小说的拿手好戏。古代小说、传统小说一定是主干突出，副线陪衬，现代小说学会了一种现代战法，正面是佯攻，侧面才是主攻，有时候甚至不是作者故意做到的。《连城诀》中更感人的是副线的爱情。

这里讲一讲戚芳的悲剧，戚芳这个人物也可以一论。她本来是主人公狄云的师妹，这样的小妹妹到处可见，是一个淳朴、健康、美丽的乡间姑娘，"村里有个姑娘叫小芳"〔众笑〕，刚好说的就是戚芳，她很善良、很软弱，和狄云这个淳朴乡间的小伙子是青梅竹马，本来两情相悦。这样的人最容易上当，一旦有人打她的主意，挖一个坑她就能跳进去，她就中了万圭之计，对狄云产生了误会，然后就和万圭结了婚。这个淳朴的乡间女子跟谁结婚都是嫁鸡随鸡，嫁狗随狗，既然跟万圭结婚了，她便恪守妇道、相夫教子，是个好妻子。直到最后她发觉这家里头都是坏人，原来她的公公万震山就是害死自己父亲戚长发的仇人。其实她父亲也不是好人，也是一坏蛋，但他毕竟是她父亲。万震山是这小说里很恐怖的一个人，这家伙害死戚长发后就把他砌在墙里边。时间长了他的心理就变态了，他晚上一睡觉就想到墙里面是他害死的人，就得了夜游症，他晚上起来老重复砌墙的动作，老自己给自己表演"哑剧"砌墙〔众笑〕。这场景很恐怖——你忽然从窗户里看一个人的表演，这很可怕的。这是很合乎现代心理学的，人作恶之后必然心里边有反应，时间长了会影响到身体，会得病。戚芳她又发现万圭是谋害狄云的人，所以很矛盾、很痛苦，但是她一个弱女子又能怎么办呢？她又没有大本事。金庸特别会写这种普通劳动人民的痛苦，我看到金庸写戚芳就好像看到鲁迅写单四嫂子、写祥林嫂一样，只不过他写的是武侠小说而已，剥去"武侠"，本质都一样，都是一个浙江知识分子对劳动人民的同情，他这一两项跟鲁迅完全是相通的。戚芳善良懦弱，她明知道万圭是坏人，是个坏蛋，可毕竟是她的丈夫，他们毕竟有夫妻情嘛——所以我就强调，为什么说爱情不等于夫妻情啊，他们没有爱情，可还有夫妻情——所以她还要救他一下。可是万圭对她并没有情，连夫妻情也没有，所以万圭对她刺了致命的那一刀，她死于这个坏丈夫之手。类似的人物，大家可能还会想到，我们上次刚讲过的马春花，还有《笑傲江湖》中的谁？岳灵珊，是吧？看来金庸对这个事情印象很深，就是一方是坏蛋，另一方知道他是坏蛋仍然对他一往情深，甚至愿意死在他手里。问世间情是何物，情就是这么个东西，事情就是这么个事情，情况就是这么个情况〔众笑〕，只能让人感叹。我们甚至不好去指责她，如果我们是她的家属，我们会说："你咋这么傻啊，不能这样啊。"但是我们作为一个旁观者，只能感叹。戚芳的名字取得也好，"戚"字本来是悲哀的意思，金庸给她找这样一个姓，姓戚，戚芳。

狄云和水笙的故事有点喜剧性，他们的相识纯属误打误撞，因为狄云跟了血刀老祖，而水笙不幸撞上血刀老祖。血刀老祖是一个著名大淫僧，所以狄云就被误会为江湖淫僧。狄云为了保护自己，也是为了保护水笙，只好劫持了水笙——我建议警察遇见劫人质的人，要分清这人是不是狄云，是不是被迫抢劫兼劫持——所以水笙一开始就把他当成恶棍，没把他当成好人。在水笙她家人——"落花流水"江南四侠，她父亲是其中之一——一路追杀下，狄云一路逃逸，水笙也担心被奸杀，一路上还要做自我保护，就这样他们一直逃到了雪谷中，他俩是这么认识的。然后在雪谷之中，最后就剩他们两个人被困在雪谷里面，由误解、戒备到和解，表面上是澄清误会，可是在澄清误会的过程中两个人已经慢慢地产生感情了，他们互相还不知道。有的时候那种爱情的发生是两个人不知道的，当两个人都知道的时候爱情已经长成大树了。他们两个人吵架，其实吵架就是一种谈恋爱。一个人还想着师妹，另一个还惦着表哥〔众笑〕，但是"当局者迷，旁观者清"说的就是这对小男女。

他们两个人往来最大的一件事是水笙做了一件羽衣送给了狄云，因为雪谷里冷嘛，狄云没有衣服穿，水笙拆了自己的衣线，串起一根根羽毛编织了一件羽衣。所以女孩子不要轻易给人家做衣服，做衣服的过程就把自己的感情都编织进去了。我们看过去女孩子给人家做衣服，给人家做鞋垫儿，给人家做鞋啊，其实都是有感情在里边的。自古以来，女子给战士做军鞋什么的，这里面都寄托着感情。你看当年人们给志愿军战士做各种慰问品，做鞋垫儿、做挎包……上面还要绣上"献给最可爱的人"，这里面都是有感情寄托的。狄云呢，他虽然没穿那件羽衣，还很令人伤心地踩了几脚，但要是真没感情他不会去踩几脚。吵架往往是加深感情的一个过程，有时候因为吵架两个人就相爱了。我小时候认识一对叔叔阿姨，他俩就是在公共汽车上吵架，然后谈恋爱的。我把狄云和水笙的这件事叫作"羽衣心许"，因为织一件羽衣产生了爱情。本来这个事，如果是在知识分子身上发生，那早都明白对方什么意思了，可这事恰恰是发生在两个没有什么高深文化的人身上，它就显得格外地有喜剧色彩，同时这个意义也更深了。

等到狄云认清了人情世故，决意远离尘世，独处偏乡僻野，觉得人生太黑暗了，没什么意思，不愿在社会里活着的时候，（虽然不是知识分子但他决定隐居，重返雪谷了）却意外地见到了水笙。他并不知道自己爱上水笙了。水笙说，我等了你这么久，我知道你会回来的。小说中最后这一点是给人温暖的，整篇都是黑暗的，最后给人一缕亮色。就像鲁迅的《药》的结尾，在坟上放的那个花环，为的是安慰一下读者，要没有这一点安慰，那整个故事太惨了。最后如果狄云回到雪谷发现的是水笙的尸体，那太惨了，那金庸太坏了！金庸在这里仍然再一次不自觉地透露了他人生的归宿之一，就是回来，回来吧。他把人生写得那么热闹、繁杂，无论写的是好是坏，最后还得回来。离开体制、离开社会，好的社会都要离开，何况是坏的。就连狄云这样的一个人，一个乡间汉子，最后也要回到水笙这里来。所以我说这是最后的一个云水谣，金庸最后写的一个云水谣——回来。

好，我们再看副线的爱情，大侠丁典与官家小姐凌霜华的故事。这又是一个侠客与官家小姐的模式，可是这个模式跟前面我们说过的不一样。凌霜华的父亲是荆州知府凌退思，看这名字多高雅呀，过去古代做官，最理想的情况是为官一任造福一方，然后退到乡间反思自己，多好。但是这个人阴险无比。他的女儿是好人，我发现很多大坏人的家族可能挺好，那这里又可以演变出很多模式。凌霜华为人清秀脱俗、才华横溢，小说里写她"人淡如菊"。"人淡如菊"是司空图《二十四诗品》里边的一句话，这是非常高的一句评价，因为古代知识分子追求一种人品。凌霜，跟菊花有关系，是傲霜雪的意思。她因为一次偶然的机会在汉口的菊花会上遇见了丁典，两个人的感情是这么产生的，可是凌霜华的父亲想得到《连城诀》中的宝藏，就利用自己女儿纯真的爱情。这种人欲横流会导致坏人不顾自己亲人的最珍贵的东西，自己亲人的爱情也是可以利用的，自己的爱情也是可以利用的——他假意把女儿凌霜华许配给丁典大侠，因为丁典大侠武功非常厉害，前边讲武功的时候我说了，一般人拿不下他，所以凌退思暗中给他下毒，用金波旬花的毒，把丁典毒倒，从而把他擒获。凌霜华为了保护情郎的性命，就发誓永远不跟他相见，但他的牢房就在她的闺房附近，于是她每天在窗台上摆一盆鲜花，来安慰丁典的苦楚。后来她又自毁了容貌明志，但即使这样，她的父亲还是要利用女儿，不放过丁典，最后她竟然被父亲闷死在棺材里，活活被闷死在棺材里。她在棺材里还没有死之时，使出最后的力气用指甲在棺材盖上刻下了"丁郎丁郎，来生来世，再为夫妻"。这是非常惨绝的一种爱情，这种爱情本来应该很顺利，可就是被人间的一种恶利用，活活地被毁灭了。这是令人不愿意再看的爱情。

丁典，江湖上叫菊花剑客，本来是荆门武林世家的一个弟子，意外地救下被三个徒弟追杀的"铁骨墨萼"梅念笙，梅念笙看他为人质朴，便将绝世武功神照功和宝藏秘诀《连城诀》传给了他。丁典有高明武功，本来可以越狱获得自由，可是他甘愿在牢中待着。为什么呢，就是为了每天看窗口的那盆花，为了这个爱情最后他中毒而死。在监狱里他一直怀疑狄云是坏人，逼得狄云自杀，狄云自杀了之后他才相信这人绝对不是卧底，不是坏人，然后他用绝世武功又把狄云救活，再传他武功。这个人有点像金蛇郎君，不仅武功高深，思想也特别高深。狄云不相信有爱情了，丁典告诉他说，"兄弟，你为女子所负。以致对天下女子都不相信"，他是相信有爱情的，武功虽然高，可最看重的是爱情，他相信世界上有真爱情，可是他的真爱情是多么凄苦，纵有一身武功又有何用，最后他就死在这上面。

　　金庸因为写了这样阴暗的、凄苦的爱情，所以受到了梁羽生等人的批评。我觉得梁羽生先生还是认为应该多讲人间光明的东西，给读者以鼓励等，所以他批评金庸我觉得批评得也有道理，他是从效果上、从文学作品应该产生的教育意义上去批评的，我认为他的出发点并没错。但是金庸写了这样一部小说，就会让读者学坏吗？就会让读者意志消沉，不愿意好好生活了吗？我觉得未必。因为《连城诀》只是金庸小说中的一部，即使他就写这一部也不要紧，因为还有其他的文学作品，有其他的充满阳光的文学作品，我们不怕有那么一部两部作品，有那么一个两个作家专写阴暗。当然，对于一个作家来说，如果专门写阴暗面，那可能会影响他自己的人格成长。比如说现在日本著名的军国主义者石原慎太郎，是20世纪50年代成名的日本著名文学家，写"太阳族"的，你可以看看他年轻时写的文学作品，他老写这种文学作品，他的人格就会向这个方向发展，所以今天他就是日本军国主义的。日本的作家中像这样的还有三岛由纪夫呢。所以一个作家可能会受一本作品、两本作品的影响，金庸就不会，因为他大部分作品不是《连城诀》这样的，有一部《连城诀》反而显得难能可贵，它告诉我们世界不是那么美好，美好不是那么唾手可得的，稍不注意，人生就是这么阴暗。我说《连城诀》甚至写成了一个人间地狱，在这里人受着各种各样的折磨。

好，我们看下一部作品《侠客行》。《侠客行》也有好几条爱情线，主线石破天有点像前面这些傻小子发展到了一个登峰造极的程度，完全无知无识。你说韦小宝没有文化吧，韦小宝智商非常高，完全可以把很多教授都弄蒙了的。这石破天智商不行，字儿也不认识，人情世故都不懂，就是文的、野的都不懂，怎么看他都是个无知无识的。但因为无知无识，所以最接近佛性。跟他有感情纠葛的女孩子有阿绣、丁珰（跟丁珰有关系的是石破天的一个替身石中玉），还有一个丫鬟叫侍剑，也是个次要人物。副线有这么几个人，白自在、史婆婆、丁不三、丁不四。不三不四兄弟，他们跟史婆婆存在多角恋爱关系。前面我说了金庸很会写老人家之间的三角恋，这个跟前面讲的有类似之处，几个老头子、老太太在一起争风吃醋，非常有喜剧效果，别有情趣。还有一条隐线，就是石破天的父母，这是到小说结尾我们才能考证清楚的，金庸小说里并没有写明白。我们可以推断出来，石破天就是石清和闵柔的儿子，被梅芳姑抢去了。梅芳姑对石清的恋爱失败了，她嫉妒闵柔，所以把人家的孩子抢来，抢来折磨人家孩子，不好好教育，给他起名叫"狗杂种"。她为什么把这个孩子起名叫"狗杂种"，因为他是石清和闵柔生的。

这里面的爱情也是很有意思的，我们可以分析一两个因素，分析下阿绣。阿绣是史婆婆的孙女，当她听说奶奶史婆婆要收石破天为徒的时候，阿绣一听就反对。她反对的理由是说怕乱了辈分，乱了辈分自己吃亏了："你收他为徒，那他不就比我高一辈儿了吗？我是你的孙女啊，他是你的徒弟，那我得管他叫叔叔、大爷，我这不是吃亏了吗？"其实这是表面的意思，她怕的不是乱了辈分，怕的是岔了辈分，如果不是一辈人就不好婚嫁论娶。她要石破天跟自己是一辈的，所以她不能让奶奶收他为徒，这是她真实的想法，但是她嘴上说出来是那样一种想法，可见她很可爱哈。她再转念一想，这也不要紧，反正我不是金乌派的，咱们可以各论各的，她又想通了，所以从这一点可以看出少女天真的一面。还有一个情节是她自己做梦，梦里边石破天练刀，一刀把她杀了，然后她醒来就不干了，又哭又闹抓住石破天让他给自己道歉赔，说梦里他吓着她了，后来她自己一想也乐了，又害羞地说："这也怪不得你。"〔众笑〕这显然不是一个正常状态的表现，这其实是个恋爱状态，人只有在恋爱状态下才会有这种奇怪的做法，平时你做梦谁害了你了，你是不会让人家道歉的，她是混淆了梦境与现实。

怎么样写恋爱中的人，这是作家的一个课题，弄不好就写俗套了。金庸想得很好，他想的这个情节很有意思，就是恋爱中的人是不讲道理的。有的时候我会听人家说，我们家那位很不讲理，我老婆不讲道理或者我老公不讲道理。我有一次就跟人家说，我说你找个人结婚不就是想找个不讲道理的人吗？我说得多了别人会说，哎呀，老孔说得非常有道理。我说人在所有人面前都要讲道理，但是人希望找一个人可以不讲道理，你可以跟她不讲道理，她宽容你，反过来她也可以跟你不讲道理，你也宽容她，如果你们双方能找到这样的一个人，那不就是好的婚姻吗？结婚就是为了找一个不讲道理的人嘛。你结了婚还要求人家讲什么道理，那你找别人去吧，是吧？我一开始这么说的时候，我们系里一些老师说这老孔净发奇谈怪论，后来他们自己深深领悟了〔众笑〕。结婚有时候就是要找不讲道理的人。

那么，丁珰这个形象也很有特色，她可以跟黄蓉比一下。丁珰本来是精灵古怪的一个人，非常聪明活泼。根据前面我们的定论，我们不是说"妖女"她就要找君子吗？妖女、君子应该是绝配啊，黄蓉就找了郭靖，温青青就找了袁承志，这不是妖女配君子吗？可是丁珰为什么不爱石破天？丁珰到最后不爱石破天，她跟着石中玉走了，石中玉是什么人呢？石中玉就是欧阳克一类的人，风流、轻薄、不讲道德。这里就出现了一个问题，丁珰这样的女孩子跟黄蓉有什么区别？她们看上去都是妖女类型，其实有区别，区别在于内在的精神世界。我们考察内在精神世界会发现，黄蓉是有很高的道德准则的，黄蓉外在的聪明啊、灵动啊、爱开玩笑啊，甚至表现出的那么几分风骚啊，是在她内在的道德准则的严格控制和掌握之下进行的。你别忘了黄蓉的父亲是黄老邪，黄老邪什么人啊？黄老邪是魏晋风度的代表，有魏晋风度的人是最讲究道德标准的，因为道德标准太高，所以不被人理解，他们骨子里最讲忠孝，讲的是大忠大孝，表面上不拘小节，实际上大节把控得紧着呢。所以他的女儿也是这样的人，表面上机灵古怪，实际上不越雷池一步。所以像黄蓉这样的外在的妖女，内在道德标准很高，这才是完美的女性。因为什么？因为她知道有所不为。她骨子里会喜欢郭靖这样的人，不会喜欢欧阳克那样的人。因为喜欢欧阳克这类人，她就没有档次、没有水平，两个人纠缠在一块儿是疯玩儿的，没正事儿的。黄蓉这样的人是有正事儿的。黄蓉、阿朱、赵敏，这都是有远大目标、有高尚人生追求的人，然后装得会疯玩儿，会闹，但她是另一种人。所以从这个角度说，她们这种妖女其实本质上又不妖，妖是外在的。就像周敦颐写的《爱莲说》一样，她看上去妖，实际上非常直。所以从丁珰和黄蓉等人的对比中，我们可以看到这一点，就是丁珰这样的女孩子是没有内容的，所以她会喜欢很活泼的石中玉，她喜欢的是流氓型的男人，可以带着她胡闹、疯玩儿的。这是丁珰与黄蓉比较。

我们再看看梅芳姑、石清、闵柔之间的关系。梅芳姑受了一辈子苦，她觉得自己的爱情不被理解。她逼问石清，自己和闵柔到底谁好。她问："当年我的容貌，和闵柔比到底谁美？"这的确挺难回答的，"石清踌躇半晌道：'二十年前你是武林中出名的美女，内子容貌虽然不恶，却不及你。'"我们看石清的回答像个教授一样，面面俱到，说得非常准确。"梅芳姑又问：'当年我的武功和闵柔相比，是谁高强？'石清道：'你的武功兼修丁梅二家之所长，当时内子未得上清观剑学真谛，自是逊你一筹。'梅芳姑再问：'然则文学一途，又是谁高？'石清说道：'你博古通今，又会作诗填词，咱夫妇识字也是有限，如何比得上你？'梅芳姑反问：'想来针线之巧、烹饪之精，我是不及你这位闵家妹子啦？'石清摇头道：'内子一不会补衣，二不会裁衫，连炒鸡蛋也炒不好，如何及得上你千伶百俐的手段？'"

这段对话太好了！这段对话如果放到古龙笔下会怎么写〔众笑〕？他又会添上他自己的话："爱情是什么，爱情不是什么。"一定会用这种方式说："爱情不是容貌之美，爱情不是武功之高，爱情不是懂文学，爱情不是会做饭。"古龙会用这种句式写出来。但是金庸这段对话写得太好了！这半辈子梅芳姑就是想不清楚：你为什么不要我而要她？我什么都比她好。她要逼迫这个男方说出来，而这个男的确实是一个老实君子，没有一样遮掩，就大大方方承认：啊，我这位确实不如你。一样一样说，什么都不如。所以这就提出一个问题来啦，女孩子什么都会是一件好事儿吗〔众笑〕？是不是一件好事儿？石清的妻子闵柔在各个方面——社会上认为女子该会的那些方面——都不如梅芳姑，可是石清最后娶的却是闵柔，而不是梅芳姑。到底为什么？这位同学说："压力太大了。"〔众笑〕这真是一个很重要的原因，看上去很朴素，却恐怕是真理。因为爱情不是两个人在一块儿比谁更牛，成天说我会这个会那个。你会这个会那个你去公司里展示，去单位里展示，不是在家里展示的。家里要的到底是什么东西？这个问题在这里就提出来了。比如说，家里边有人作诗填词也好，针线烹饪都好，这看上去能带来幸福，可是如果这人把这些当成自己的一种优长，来向对方炫耀，来证明自己素质高，这优点恰恰就变成了缺点，还不如没有。所以金庸在很多细节上都体现出他对人生考察之细致。这是《侠客行》给我们的一些启示。

下面我们看金庸几篇短篇的作品。我前面不是说金庸的小说是无书不有爱情，"四无不有"吗？没有一本书的主人公没有爱情，那么《鸳鸯刀》里当然也有爱情。说到《鸳鸯刀》，先说骆冰的外号叫鸳鸯刀，骆冰是《书剑恩仇录》里的人物，前面讲余鱼同的爱情的时候介绍过，她是余鱼同暗恋的对象。《鸳鸯刀》这部书里边有三组男女关系，一组是主人公，袁冠南、萧中慧，可以看作主线。但是主线的爱情往往不是那么精彩，副线的更有意思。一条副线的是林玉龙、任飞燕这对夫妻，这对夫妻老吵架，他们练夫妻刀法，白练，因为他俩心灵不合，所以他俩的夫妻刀法是互相阻挠、互相阻碍，威力大减。夫妻刀法给了袁冠南和萧中慧之后，两个人因为心灵相通，夫妻刀法才威力倍增。还有一组男女关系是萧中慧的父亲萧半和与两位夫人——杨夫人、袁夫人。这是三组男女关系。这样一个以喜剧为主调的短篇里，它的爱情也是很有意思的。这里有专门讲吵架夫妻的关系的线。夫妻吵架是生活中常见的，林玉龙、任飞燕这两口子就经常吵闹，还不是一般地吵，因为是武林人士嘛，吵着吵着就把家伙拿出来了，拔刀相向。有一次他们吵架的时候，有一个初闯江湖的小姑娘萧中慧（本名叫杨中慧）看见这两口子拿着刀对砍，小姑娘动了侠义心肠，拔刀相助，她觉得当丈夫的哪能打妻子呢，一般的人都会帮助妻子，她就帮着妻子砍伤了林玉龙，结果被任飞燕给臭骂了一顿，

告诉她:"我们夫妇争闹,寻常的事,你多管什么闲事?"〔众笑〕

我不知道大家有没有给人家劝架的经历,劝架经常是出力不讨好。现在我们这个社会人和人都不往来了,很少有人去管邻居家的事,我小的时候住在大杂楼里边,邻里之间都是经常往来的,谁家吵架,一定会有邻居去劝架。但有时候就会碰到这种看上去不讲道理的夫妻,当你去批评其中一位的时候,另一位马上改变立场,他俩并肩对外〔众笑〕,说你狗拿耗子多管闲事。我前年好像还在微博上发过这样一个我看到的报道,丈夫打妻子。先是这个女的骑摩托车把孩子放到后边,然后把孩子丢了,警察给她送来了。警察批评她把孩子丢了,然后她骂警察狗拿耗子多管闲事,警察就回头走了。这时候她老公出来了,听说她把孩子丢了,就打她,她又跑去喊警察,然后警察回来批评她丈夫不应该打老婆,她又骂警察狗拿耗子多管闲事〔众笑〕,又把警察赶跑了〔众笑〕。遇见这样不讲理的,是很有意思的。这样的人,我小的时候就遇见过,真有这样的人。在我们外人看来这是很不可理解的,认为这人不懂道理,但是实际上仔细分析,其实是因为他们夫妻俩感情很深——看上去他俩是打架,甚至打得很激烈,其实一旦有外人损害他们中的任何一个,另一个人就不干了,马上改变立场。他们只不过是不会处事而已,我们只能说这种人比较浑,不是真需要我们打倒一个扶助一个。所以调解夫妻矛盾,是很微妙的一件事,我们不能过分地介入人家的家务事。另外劝夫妻吵架、劝情侣吵架,还有很多规矩。比如说一对情侣吵架,你如果是一个男生,你应该帮助谁?你应该帮助男的;你如果是女生,应该帮助女的。你不能帮助那个异性,你帮助异性等于火上浇油。比如人家男女朋友吵架,你一个男生过去把那个男生揍了一顿,拉着那女生说:"别理他,走,咱俩喝咖啡去!"要出大事了〔众笑〕!只能帮助同性的,不能帮助那个异性。

还好，萧中慧帮助的是那个同性，但是任飞燕不干了，说你多管什么闲事，我俩打架是"平常得紧"，是经常这么打。有人说吵架是夫妻的一种生活方式，有很多夫妻经常吵架，吵着吵着就说离婚："明天就离婚，谁不去谁小狗！"经常这么说，一直说到老。后来子女都听烦了，说你俩快离婚吧〔众笑〕。但是人家老夫妻一辈子就是这么过来的，可见它是生活的一个调味品，没有谁当真过。可是这个小姑娘并不相信，小姑娘萧中慧说："你们既是夫妻，怎的又打又骂，又动刀子？"任飞燕冷笑道："哈哈，大姑娘，待你嫁了男人，那就明白啦。夫妻若是不打架，那还叫什么夫妻？有道是床头打架床尾和，你见过不吵嘴、不打架的夫妻没有？"小姑娘脱口而出，说道："我爹爹妈妈就从来不吵嘴不打架。"林玉龙这样说："这算什么夫妻？定然路道不正！"〔众笑〕这写得很有喜剧色彩。你看人家这夫妻，完全站在一个立场上，他们虽然吵架，但人家的"三观"是一样的〔众笑〕，都说不吵架不但不正常，而且"不正"，"路道"都"不正"了。由于这个话是从一对吵架的夫妻嘴里说出来的，所以设计得妙就妙在这儿，读者不会相信，觉得这是他们讲歪理。这明明是讲歪理嘛。怎么人家不吵架还嫌人家路道不正了呢？你俩这路道是正的，人家不吵架的怎么还有罪了？所以它有这样一个陷阱在里面。如果是正人君子说出这个道理，我们会觉得这是一个真理。那这话古龙绝不会放过，马上变成是自己说的。问题是，金庸恰恰把这话给一个不可信的叙述者说了。我前面讲了"叙述者"，在这里说出这个话的叙述者，他是不可信的，我们都认为这是林玉龙在气头上说的一句话，一句有喜剧效果的话。可是，这个话不幸被他说中。小说的结尾，谜底被揭开了，萧中慧的父亲、袁冠南的父亲，都是反清复明的义士，为了保鸳鸯刀惨死在监狱里边。萧半和自宫为太监，准备刺杀皇帝没有成功，混进天牢救出了袁、杨两位义士的夫人，遗失了一个孩子袁冠南，收养了一个女孩杨中慧。萧半和为了保护这两位夫人，就和她们结了婚，他自己是太监，不会辱没英雄的名头。所以他们还真是"路道不正"的假夫妻，因为是假夫妻，所以从不吵架。后来林玉龙向杨中慧说："我说的不错么？你说你爹爹妈妈从来不吵架，我说不吵架的夫妻便不是真夫妻，定然有些儿邪门，你林大哥可不是料事如神、言之有理？"竟然被他说中了。这还真有点儿道理。

那我们就想想，两个人一辈子可不可能真的不吵架，从理论上说应该有可能。可是，"不吵架的全是假夫妻"，你要把这话当成物理学的定律那太霸道了，但是它可以提醒我们去注意，老不吵架的夫妻恐怕有点儿事。比如说过去共产党的地下情报员，经常假扮夫妻，假扮夫妻肯定不吵架，两个人互相尊重还来不及呢。就像余则成跟翠平，他们慢慢变成真夫妻了，可能就吵架了。所以我们如果发现了不太正常的夫妻，往往容易破案，这是破案的一个线索。这个事情你问警察，警察一定会说这是有道理的。关于夫妻吵架也是研究爱情的学者经常探讨的，现在不是有很多人都是感情学家、爱情学家嘛，应该探讨一下。关于吵架这个事情，那是一个很专门的学问了。

好，我们再来看看下一部小说《白马啸西风》。《白马啸西风》很多人说去掉武侠就是一部纯爱情小说。武侠在这里边实在是可有可无，这里的武功都是三流武功，随便从别的小说里找一个三流人物到这里可以称霸称王。这里有几组爱情。主人公李文秀和哈萨克男孩子苏普、哈萨克女孩子阿曼，还有一个本名叫马家骏，但是后来装扮成计爷爷的人之间有感情纠葛。这是一组。第二组是李文秀的父母，小说一开始就是李文秀的父母——白马李三和他的妻子上官虹——被史仲俊等人追杀，然后夫妻殉情而死，上官虹临死还杀了追杀她的敌人。第三组是这么几个人，瓦耳拉齐（化名华辉）、雅丽仙，瓦耳拉齐追雅丽仙，还有苏普的父亲苏鲁克，书中写了这几个人之间的感情纠葛，没看过小说的人会记不住这些人。

小说不长，也就是个中篇规模，它的爱情其实也不复杂，但是就写得那么回肠荡气。我看到有人把《白马啸西风》改编成一篇抒情散文，写得也是让人柔肠寸断。这个故事很适合抒情。小说里的几组爱情，这些爱情中的人，其实都是伤情之人。通过金庸写这么多伤情的故事，我推断金庸本人也是伤情之人。你看他表面上很成功，是最有钱的作家之一，办那么大一个报业集团，参与政治、参与外交、参与香港回归等，那么风光，但是他心里边一定受过很多伤，有过很多感情上的挫伤，有很多不能实现的真正的人生目标，所以他才能写出这些故事、写出这些人来。像上官虹为李三殉情，这其实就是一个小号的胡一刀和胡夫人的故事，可见金庸心里边是多么向往有那样一个女子，有那样一个配偶，跟他十全十美、一心一意、心灵相通，两个人同生共死。金庸是希望自己有那样一个知音的。那么从他老写这样的故事（《白马啸西风》都是他中后期写的故事）可见他认为自己没有遇到过这样的女人。所以他对这个事情难以忘怀。按理说，丈夫死了，妻子应该活下来抚养孩子，可是她连孩子都不抚养了，她宁可让孩子在风霜雨雪中长大，自己要追随丈夫而去，这说明那个爱情是多么深刻，没有他她活不下去，她才把孩子交给别人。瓦耳拉齐是另一个类型，争夺雅丽仙失败，变成坏人，去发泄报复，变成阴险的人，这是另一个类型的人。李文秀流落到新疆之后，爱上了少数民族的一个男孩子苏普。本来两个人是青梅竹马的关系，正常发展的话，感情应该越来越好。可是苏鲁克因为自己家里边其他的家属被汉族的坏人所杀，他就恨所有的汉人，他不许苏普和李文秀来往，还打这个孩子，而李文秀为了不让苏普受苦，就放弃了自己的感情。男孩子把第一次打到的狼皮送给自己心爱的女孩子，表达自己感情是哈萨克族的风俗。苏普第一次打到狼,把狼皮送给李文秀,李文秀却为了他少受苦斩断了爱情,她把狼皮送给了另一个女孩子阿曼,和苏普同族的一个女孩子。所以发生在少男少女身上的这种感情是很感人的。李文秀竟然从小就有这种牺牲精神,对于她想获得的、应该获得的,她不是不择手段去拿到、去争取,她放弃自己应该获得的这个东西,她想的是如何让对方好、让对方快乐、让对方幸福,不让对方受苦。相比之下李文秀的这种选择更像是爱情的选择,不去争夺而是牺牲。当然还可以深入地去挖:既然你们两个相爱,为什么不去努力拿到它?但是李文秀想的是那样对对方不好。等过一些年长大以后,她发现苏普和阿曼真的相爱了,苏普已经忘了小时候跟她的感情,于是李文秀继续帮助他们,继续成全他们两个人的爱,她把自己的爱深深地藏在心里,对方并不知道她有那么深的爱,所以李文秀是有牺牲精神的,可是李文秀不知道还有别人对她也怀着同样的感情,埋藏得更深。她从来都没有察觉到,她一直以为那个人是个老头,是个爷爷。其实那个人是个年轻人,就是一直照顾她长大的那个叫计爷爷的人。我看到有网友讨论这个计爷爷,计爷爷其实叫马家骏。网友这段话写得很好,我把它抄在这里,是这么说的:

> 如果说说不出的哀伤才是哀伤,那么计老人是了。
>
> 但比起阿秀,计老人是幸福的。因为不管阿秀知不知道,阿秀明白了他。
>
> 也许像阿秀一样,他也曾在她背后默默地凝视着,安静地悲伤着。可是,这里有日日守候的幸福,是不是也有随处可见的失落?
>
> 就像妆容了他那英俊的脸一样他也妆容了自己的心。曾经,为了自己,他惧怕了,逃避了,躲藏了。可是,为了阿秀,他

勇敢了，出现了，奋战了。也许他本不是一个勇敢的人，只是，夕阳下，那渐渐苍老的白马成了他日日的牵挂，生命的意义没过了自己，江南的燕子淹没了她。

人生若只如初见，那么，你一定，有江南的燕子，有江南的杨柳，也许，也有江南女孩的温柔。可是，这样相遇了，这样执拗了，那些再好再好的，都只是不经意吹走的清风，也许感觉到了，也许是不经意地错过了，因为，固执地活在记忆里的人，他的全部是无法将就的心。

我们如果将心比心，去想马家骏的那份感情，就知道这份感情有多深。因为一开始他是出手救了李文秀的人，而且救她的时候他是一个爷爷的形象，他如果改变这个形象，会在道德上对不起自己，会内疚。所以他只能选择埋藏这个感情。金庸的《白马啸西风》中写了一系列的单相思，人物不多，每一个人都对另一个人有单相思。

再扩而大之，从政治上讲，大唐帝国对高昌国也是单相思，老希望人家爱上自己，可是人家不爱你。大唐还老说自己好，这是单相思。今天的美国对我们也是单相思，老说自己好，老是让我们爱上它。可是人家就不爱，人家不爱呢，它就老说自己好。其实爱不爱和好不好是一组相关的问题吗？是正相关的问题吗？就像刚才我们举的《侠客行》里的例子，梅芳姑认为对方不爱自己是因为对方不明白她足够好，所以她不断地证明自己好。她用无可辩驳的事实证明了自己好，其实也就证明了自己不可爱。你什么什么都好，但是人家就是不喜欢这东西。所以好不好和爱不爱是两回事。《白马啸西风》平平淡淡地传播了两句最普遍的真理：一句就是"如果你深深爱着的人，却深深地爱上了别人，有什么法子？"这是小说的结尾阿訇解决不了的问题。大家认为有什么问题解决不了就去找聪明的博学的阿訇，阿訇拿着《古兰经》也解决不了这样的问题，这是真主都解决不了的问题。你深深爱着的人爱上了别人你有什么办法？再一句是"那都是很好很好的，可是我偏不喜欢"。没有一个生僻字，没有奇怪的语法，最平淡的句子，却这么有冲击力，这么有冲击力！它说出了谁也驳不倒的真理。我们人在世界上活着总是想办法去获取外在的一些力量，比如说钱、权力、人脉、知识、智慧、力量、健康等，可是这些东西，都不能直接争取人心。对方就不喜欢你，你怎么办？你用金钱、用淫威压，换来的东西肯定是假的。你拿着皮鞭问对方爱不爱你，对方说"我爱你"〔众笑〕，那是假的。你给她很多钱她说"我爱你"，那更是假的。所以黄蓉为什么她相信郭靖呢，因为初见郭靖的时候，她是一个小乞丐，抹一脸泥黑的小乞丐，那个时候郭靖对她好，她才相信自己"还我女儿装"的时候他对她也会好。当你有很多外在优势的时候，对方喜欢你，这是很麻烦的一件事，你就分不清楚他到底喜欢你什么，优势反而是一个障碍。怎么才能赢得人心，这是最难的。外在的东西都赢不来人心。

再一个就是，好东西人家可以有权利不喜欢。"喜欢"这件事情很微妙，人们不一定喜欢好的东西。好的东西，他可以要，他可以放到家里，可他不一定喜欢。人们留着这好东西也许是为了留着卖钱，不是自己真的喜欢。现在我家里有很多我收藏的东西，有的我是准备留着升值的，有的我是准备送给朋友的。我自己真喜欢的那几个东西都不值钱。比如我小的时候自己做的一个小坦克，那值什么钱啊？它一分钱不值，特别丑陋。我这人美术水平最差，低级，就因为那坦克是我亲手做的，所以我就喜欢它。跟它好不好没关系，它不好，一点都不好。我最好的朋友也没多大优点，没多大学问，没有钱，他还有很多缺点，脾气也不好，一张口就骂人，但我就觉得他是好朋友。所以，东西好不好它是价值判断和立场判断，和喜欢不是一回事。我们人往往容易把这东西搞错、搞混。

人和人之间的感情是这样，团体和团体、国家与国家之间经常会把这东西搞错位。你想让人家喜欢你，你先搞清楚他喜欢的是什么，而不要以为你证明了你好，他就喜欢你。有时候如果我们在感情上动一点脑筋的话，你应该知道投其所好，而不是自夸其好。也许人家是喜欢不好的，所以有的时候要卖个破绽，要显露自己的弱点。有个相声叫《爱缺点》，讽刺人家有缺点，那是比较夸张的。那个相声的意思是说没有人爱缺点，人人都爱优点。但其实不然。有些情况下，你的弱点会成对方眼中的可爱之处。你不要忘了真正的爱情，它产生于"怜"，真正的"可爱"包含着"可怜"。"怜"后面还有个字叫"惜"，"怜惜"。如果你特别强大，什么时候都完美，你是一尊神，那什么人还敢爱你啊？神不是给人爱的，神是给人拜的〔众笑〕，是吧？所以你不要想办法把自己塑造成神。你要经常给自己弄点儿缺点，"哎呀，我又不会缝衣服，你看衣服破了没人补"，这才可爱，让人觉得你可怜，"我帮你补吧"〔众笑〕。你自己要有缺点才行，老是什么都能干，那不需要别人了。人正是因为有缺点才需要别人来帮助你，别人来怜爱你。所以那种特牛特牛的人，别人没有办法否定你，人家只好说："你很好，但是我不喜欢。"怎么办啊？你确实好，我不否认你的好。

反过来，我们不要因为自己不喜欢就贬低人家的价值、因为自己不喜欢就说人家不好，这也是错的。比如，我们不喜欢美国，但是我们不要把美国说得一无是处，美国肯定有它的优点，它有很多优点，我们还是用这句话："美国是很好很好的，可是我偏不喜欢。"〔众笑〕不否认人家有优点，但是坚持自己的原则。《白马啸西风》是非常优秀的中篇小说。讲了很好的爱情故事，超越了爱情，讲了人与人之间应该如何相处。也许下次我们讲别的问题时也会涉及这部作品。

最后我们再来看看《越女剑》，是金庸最短的小说。

首先讲一下，有一个人物，她外号叫"越女剑"，就是《射雕英雄传》里的韩小莹，江南七怪里面的七妹韩小莹，喜欢五哥"笑弥陀"张阿生，后来张阿生跟黑风双煞搏斗的时候死了，韩小莹很怀念他。后来韩小莹自刎了。这个是值得称赞的故事。

《越女剑》这个故事非常简单，讲感情的话也只有一组感情，最单纯的一组感情，就是范蠡、西施、阿青之间的纠葛，再加那只白猿〔众笑〕。这里面很有意思。有一段阿青与白猿斗剑的情节，写阿青剑法之高："阿青将白猿逼退三步，随即收棒而立，那白猿双手持棒，身子飞起，挟着一股劲风，向阿青急刺过来。范蠡见到这般猛恶的情势，不由得大惊，叫道：'小心！'却见阿青横棒挥出，啪啪两声轻响，白猿的竹棒已掉在地下。"我们看，阿青的剑术非常高，她能够打败白猿。"白猿一声长啸，跃上树梢，接连几个纵跃，已窜出数十丈外，但听得啸声凄厉，渐渐远去，山谷间猿啸回声，良久不绝。"这个话说得很朴素，但其实暗中借鉴了《水经注》，我们可以读出来。金庸古文功底确实厉害，不知不觉借用了《水经注》。"阿青回过身来，叹了口气道：'白公公断了两条手臂，再也不肯来跟我玩了。'范蠡道：'你打断了它两条手臂？'"这个描写好，范蠡是普通人，看不清那个武功，他以为它只是简单的失败，其实阿青已经把它两臂都打断了。"阿青点头道：'今天白公公凶得很，一连三次，要扑过来刺死你。'范蠡惊道：'它……它要刺死我？为什么？'阿青摇了摇头，道：'我不知道。'范蠡暗暗心惊：'若不是阿青挡住了它，这白猿要刺死我当真是不费吹灰之力。'"这里写了一种神奇的白猿的嫉妒之情，虽然白猿是高等动物，但是动物有没有人类之间的感情，这个我不敢乱说，然而动物嫉妒的感情确实是有的。白猿长时间跟阿青比武，它跟阿青已经成了好朋友，在它心目中这阿青是归它的，不管它是什么感情，反正这份感情它要独占。它看见来了另一个人要夺走阿青,或者它发现这人虽然没有夺走阿青,但阿青已经对这个人产生了一种依恋之情。动物凭直觉就能够断定,所以它就不干了,它嫉妒。动物嫉妒的感情确实是有的。比如我家里现在养了两只猫,有一只猫过来蹭我的裤腿的时候,我家另一只猫看着它〔众笑〕,"这小子你嘚瑟,你嘚瑟吧",一会儿绕到它背后就给它一巴掌〔众笑〕,就造反。其实人家没损害它什么利益啊,也没影响到吃的,没影响到喝的,只不过人家就在我的裤脚上蹭了两下,它就不干了,它就一定要报复。动物有时会有这样一个扩大的占有的征服欲。那么,像猿猴,特别是这种有灵性的猿猴,它是不是感情已经非常强烈了?强烈到要杀死它心目中的竞争对手?范蠡并不知道,而阿青看出来了,看出来了今天它三次要杀死范蠡。阿青和白猿本来是好朋友,她迫不得已为了保护范蠡,竟然把白猿的两条臂膀打断了。打断的意思是让它以后再也不能对他构成威胁。从这个情节中我们看到阿青爱上范蠡了,因为她这个行为已经是跟白猿断交了,以后再也不能跟它来往了。所以我上次给大家留作业,为什么说大家写的武打片段里要打出性格、打出感情、打出内容?你像阿青这一打,打出了这么深的感情。阿青此后跟白猿断交,是为了保护她心爱的范蠡,而范蠡对此并不知道。我们这是在分析他们之间这个不容易看出来的感情!

那么,最后我们谈谈西施之谜。

《越女剑》里写西施和范蠡之间的感情,显然是借助了民间传说,大量的戏曲、曲艺都把他们描绘成一对情侣。西施是中国古代四大美女之首,我好像在前边说过,中国四大美女全部跟政治有关系,怎么评价一位女性是美女啊?怎么衡量?这东西又没有一个物理指标。你说是以胖为美,还是以瘦为美?五官什么样算美?还是以什么三围数据来衡量啊?每个时代标准都不一样啊,经过我们考察,没法证明四大美女当时是最漂亮的,她们之所以被称为最漂亮，是因为她们跟政治发生了关系，无一不跟政治有关系，我们不能够同意"红颜祸水"论，但是她们的确跟政治有关，与国家有关。四大美女中最早出现的就是西施。西施的身世肯定是没有办法具体考证的，因为她就是一个民间女子，谁知道她姓甚名谁，生于哪一天，死于哪一年，这是不可考的，但由于她成了名人了，这就成了历史学家考证的课题，能考证出一点是一点。我们知道的只能是"勾践索美女以献吴王"，这句话是肯定的，勾践卧薪尝胆嘛，报仇雪恨嘛。勾践这人不得了，是最有城府的一个人，为了恢复自己的政权什么事都能做，是这样一个人。所以有的时候我不禁想把勾践跟慕容复比一下，都是为了恢复自己的政权，但是慕容复为什么招人恨？关键还是看你恢复个人政权的举动给人民带来了什么。就是说，现在人民已经安居乐业了，你给人民带来的是什么？而勾践的举动，他的复仇，是使越国人民重新恢复了他们喜欢的那种生活。而他为了达到这个目的，中间采纳了文种、范蠡出的很多计策，其中一个计策就是和平演变，要和平演变吴王。这一招最早是管仲发明的，我讲"青楼文化"的时候讲过，当年孔子在鲁国执政，实行一系列改革措施，鲁国开始兴旺，对齐国构成威胁。但齐国宰相管仲更厉害，他开办了世界上最早的国家妓院。妓院有很多好处，可以增加国家税收，保持社会稳定，开了妓院社会上就几乎没有强奸案了，特别是，他送给鲁王八十名美女，八十名美女一送，鲁王就不理朝政了，然后就把孔子气跑了，结果鲁国就不行了。这一招人家管仲用过，现在人家勾践用了，"勾践索美女以献吴王"。看来勾践身边没什么美女，要现找，现去搜索。"得诸暨苎萝山卖薪女"，在"诸暨"，现在浙江绍兴那一带，有个卖柴火的，"卖火柴的小女孩"〔众笑〕，他们找到一个"卖火柴的小女孩"叫西施。这西施到底是什么名咱也不知道，是本名叫"西施"，还是西村那叫"施"的女孩，都不知道，难说。"山下有西施浣纱石"，这就不可靠了，这恐怕是后人附会的，谁知道那块石头就是她固定洗衣服的地方啊？她在那里浣纱，浣纱后来就成了一个美好的意象，我觉得这都是文人的附会。记载中还讲，勾践其实找了俩女人，一个叫西施，一个叫郑旦，现在很多学者考证，这都是误读，其实西施、郑旦是一个人。这是第一件事。

第二个是范蠡与西施的关系，范蠡与西施到底是什么关系？考证两个人生卒年、活动日期，范蠡跟西施是不可能有情的，他们年轻的时候没有可能遇见过。西施后来是被勾践直接选进宫中，被培训了唱歌跳舞去完成政治任务，当一个女性"007"的，范蠡也不可能染指于她啊！把范蠡讲成跟她同心同德，要破了敌国恢复我们越国，这都是把他们现代化了，所以，怎么考虑，他俩都是不可能有情的。而范蠡自己是有家庭，有夫人、有孩子的。将来西施回来，完成革命事业之后，范蠡也不可能再要她。

但是这说的是历史，文学和历史是两回事，文学代表着一种人民的希望、一种想象，人民希望是那样。人民希望是什么样的，这个故事就会流传，文学家就会不断地加工，人民希望这一对才子佳人能够结合，希望他们之前就认识，这个感情就变得很高尚了。人们希望西施被派去完成任务之后，回来两个人再结合，再抛弃朝廷的生活，泛舟五湖。文学中描写的范蠡是成功的典型，他为了国家大业呕心沥血，完成了这么一个了不起的功德，然后后半生领着一个美女去做生意，成了国际贸易公司的老总，这多好！所以范蠡也是财神，很多庙里供的财神爷有的就是范蠡。这是文学家的想象。

关于西施的结局有两种说法，一种是与范蠡出走了，像前面说的泛舟五湖；还有一种是被勾践沉到江里面，去祭了伍子胥。后者也没有太多的材料证明，但是它显然更可信，因为政治就是这么残酷，美女用完了，回来也没啥用了,那怎么办?还有最后一个用处,送给那个伍子胥吧〔众笑〕,西施就被沉到江里边去了!这个好像更合乎古人的思维逻辑。但老百姓不愿意接受这个,老百姓要歌颂的是沉鱼、落雁、闭月、羞花,其中"沉鱼"讲的就是西施,说西施在水里边一浣纱,一洗衣服,鱼很快就会沉下去了。鱼的审美水平怎么这么高呢〔众笑〕?希望有理工科的同学考证一下鱼为什么沉下去,跟她美貌是不是有那么深的关系。

其他的作品我们不去讲了,还剩下金庸的六大巨著:"射雕三部曲"——《射雕英雄传》《神雕侠侣》《倚天屠龙记》——《天龙八部》《笑傲江湖》《鹿鼎记》,这六大巨著留给大家写作业用。我前边讲的这九部作品里涉及的主要的爱情故事,已经证明了我前面说的话,金庸的小说里没有一部书没有爱情,没有一个主人公没有爱情,而且它是无奇不有,所有的爱情的类型,在金庸的笔下都出现了。

由于前面这些作品简单,我们还可以理出一条线、两条线,也就那么几组爱情,后面我没讲的这几部伟大的作品,其中的爱情真是琳琅满目,令你眼花缭乱,有的时候很难分清是几组。比如说《神雕侠侣》,上次课后有一个同学还写了《神雕侠侣》中的爱情,写了几页,写得也不错,但是我说你这几页概括不了《神雕侠侣》里的爱情,写《神雕侠侣》里的爱情可以写一本书呢,《神雕侠侣》这部书就是爱情的百科全书,所有的爱情模式在这里面已经都有了,可以被涵盖了。金庸的爱情写得好,一个是他把爱情放在整个人生的坐标里来写,不单写爱情。那些单写爱情的作品为什么反而不能够名垂后世?因为单纯的号称言情小说的作品,它把爱情孤立出来了,它以为孤立出来写爱情会写得更纯,其实不然。正像恩格斯所说人是社会关系的总和,爱情不过是人与人之间关系的一种,只不过它有特殊性罢了,所以爱情一定要和其他的人生范畴合并考察。

那么，我留给大家写的报告是把它跟"侠"一块儿考察，因为我们讲的是武侠小说。那其实"情"还可以跟许多的其他范畴一并考察，可不可以跟"武"放到一块儿来考察？"情"跟"武"是什么关系？是武功高的人容易获得爱情，还是武功低的人容易获得爱情？我们前面讲武功的时候，我说了，"武"其实就是业务水平的意思，不是打架的技巧，而是业务水平。你想想在一个班里，是学习好的同学容易获得爱情，还是学习差的同学容易获得爱情？将来工作之后，是工作好的人容易获得，还是工作差的人容易获得？它们之间有没有什么联系？这就是可以思考的一个问题。

人生各种范畴——仁义礼智信，都跟"情"有关。金庸恰恰是把情放在这个坐标系里去考察了，考察得好，所以金庸写的爱情才胜过了所有的言情小说。琼瑶啊、亦舒啊这些人，他们写的爱情没法和金庸比。你单独把他们写的作为言情小说来考察，应该说写得也很不错。我认为琼瑶的很多小说，在言情小说家族中的确是很优秀的，那也是因为琼瑶把它放到社会关系中考察了。比如，我认为琼瑶写得最好的就是几组师生恋，因为她自己就是师生恋，她自己深有体会，所以她把那里面的痛苦和纠葛都写得比较逼真、比较现实。有一些言情小说就是完全乱编了，凭着小资情调乱编。但是，有时是这样，乱编的东西有的时候可能收视率会更高，更受欢迎。文学作品受欢迎有时会导致历史认知的谬误。比如，我们现在有很多宫廷里的格格戏，满天小燕子，我们都误以为宫里的生活真是那样的，宫里边一天到晚都是哥哥妹妹的，这就是文学淆乱了历史，宫里是不可能那样的，当时也没有那样的社会条件和社会背景。

那么，金庸写的爱情之好，还在于它表面是历史小说，但它超越了历史，你读着这些人的故事，会觉得这些故事好像发生在我们身边，触及我们自己的许多感情。我想，我们已经介绍过的这九部小说里的很多情节，一定已经触及了大家自己的感情经历、你的某些不能碰触的地方，这是金庸了不起的地方。所以有的时候，你读到别人的某一个爱情故事，这个感动甚至是生理性的，不只是那种理性上的感动。这个感动啊，是那种生理性的撞击，有时候你会感到你的血液流动突然就改变了，像小说里写的"仿佛胸口被重重一击"，有没有过那样的感觉？像突然胸口被人打了一拳一样，血液当时就凝固了一下，然后"哗"一口气再喘开了。如果遇到这样的情况，说明你是真的被打动了，"真的被打动"不是语言上的形容，是身体上真的发生了改变，这才叫被打动，有时候你自己会潸然泪下，泪眼模糊。我们看了很多文学作品，可能只有金庸的能够做到这一点。传说《红楼梦》是最好的爱情小说，但是，我真的想调查一下有多少人看《红楼梦》会哭，反正我这一代人好像没听说谁看《红楼梦》会哭的，会很感动的。我们都佩服《红楼梦》写得好，这没办法，《红楼梦》作者有学问，我们佩服，有真情我们也佩服，这些优点我们都承认，但是它打动人心的程度，能不能到让人哭的地步？我真没碰到说读到哪一段人就哭了的情况，好像还没有，当然我们会铭记那里面的几个主要的人物形象。我们读《水浒传》这样的作品，我们会拍案而起，这是有的，会悲愤交加。这些文学欣赏效果我们都在金庸的小说里获得了，且不说后面我们没讲的六部作品，就前面这些作品里边，很多爱情我觉得已经写到了一个极致。

好，那今天我们就把金庸的"情为何物"讲到这里，下次我们来讲别的问题。好，就这样，下课。

〔掌声〕

课后花絮

生：孔老师，您是怎么看赵敏和周芷若的呢？

师：我和金庸原来的看法比较一致。周芷若是一个政治人物。

生：是玩弄权术？

师：不是玩弄权术，在她心中权力欲很高。她是更注重政治事业的一个人，她为了政治可以损害爱情。赵敏也是政治家，但是赵敏的政治是一个更大的、更宏大的政治，赵敏首先要讲是非。周芷若是不讲是非的，她的领导交给她一个任务，她就要完成，她为了完成任务已经损害是非了，什么都不顾了。赵敏是心里边像我说的跟黄蓉一样有很高的道德准则的，周芷若是干了坏事再去解释的。

生：娶媳妇还是找赵敏这样的。

师：你找赵敏，赵敏不见得看得上你啊〔众笑〕。赵敏是懂得人生真意的人。

第十四课

授课：孔庆东

分享：丛同学、葛同学

时间：2014年5月27日火曜日申时

地点：北京大学理科教室108

内容提要：丛同学分享心得：感悟《天龙八部》（略）

《天龙八部》的主题："孽"

点评期中作业

葛同学分享心得：金庸的悲剧精神（略）

〔东博书院丛同学分享阅读金庸的体会〕

（丛同学讲课内容略。请参见《东博书院》月刊2014年8月刊"学海乘桴栏目"）

〔丛同学讲毕，掌声〕

你讲的比你给我的草稿好像多了好多。同学们对他所讲的内容，有什么感觉没有，他讲得怎么样？你们同意吗？好，我来给你做一点评点，提点意见。

你应该在一开始就把你的大题目浓墨重彩地介绍给同学们。你讲的内容非常多、非常丰富，我就利用你的讲述呢，告诉同学们应该怎样讲课。

天下有学问的学者百分之九十都不会讲课，天下有很多会讲课的老师百分之九十都不是学者，又会做学问又会讲课的人太少了，此国之所以不昌也。会讲话并不存在什么技巧，有很多人去看什么演讲技巧，没有那么多技巧，那些技巧都没用。就一句话管用——心里装着人民，心里装着人民一定就会讲话〔掌声〕！你讲话是讲给别人听的，比如刚才这个同学，他其实自己很有体会、很激动，他不仅把《天龙八部》读得很熟，其他的书他也读了很多，可就因为他心里边没有人民，他不知道要给谁讲，他急于倾诉自己对阿紫、阿朱的感情〔众笑〕，他把他知道的恨不得都说出来，这个可以理解。

对别人发言一定要克制，不要着急，不要想改变人家，你越想改变人家就越改变不了，你不改变他，他就改变了。一定是你知道十个只告诉他一个，我们当老师的不是有一个秘诀吗？就是你给学生一杯水，要准备一桶水，那反过来说你有一桶水呢，你一定只给他一杯水，你这一杯水才能给得好，给得到位。所以讲课一定要慢，要交流，还有，你提出的问题不仅仅要是你的问题，还要是听众的问题，如果不是听众的问题，你讲得再好又有什么用呢？比如有一个老师特别有学问，他告诉你15世纪西班牙羊毛的价格，你听这有什么用啊？他研究二十多年了，研究得特细，西班牙每个村的羊毛价格全研究出来了，那这跟你有什么关系，跟我有什么关系？我们没必要听啊。你有学问我佩服你，可你这事跟我没关系我可以不听。你一定要知道你所讲的东西和人家的生命有什么关系。那我要讲，这些同学听了我一个学期的课，人家不一定要当学者，不一定要考研究生，考了研究生也不当学者，人家一学期几十个小时坐在这儿听课，你讲的内容要对他一辈子有用。你不论讲阿紫、阿朱、康敏，还是萧峰，要对人家有用，这就叫心里装着人民。心里装着人民不是一句空话，而是人活在世上当自己的温饱解决之后，要活得对别人有好处，由于你的存在，别人得到好处了，你就像天上的一颗小星星一样，亮度有大有小，但是你可以多少提供那么一点光明。

那么，刚才这位同学所讲的，其实应该是我们写作业的一部分内容，我让大家写金庸六大杰作中的侠与情的关系，刚才他的报告其实就涉

《天龙八部》，特别是萧峰身上的侠与情的关系。只不过呢，他讲成一堆了，一个一个挨着讲。他确实很有感触。我想如果熟悉《天龙八部》的同学重温了一遍这个故事，会比较感动，《天龙八部》里边的情从一个侧面突出了《天龙八部》整个的主题，这个主题我们前边涉及过，就是一个"孽"字。

我们有一部小说叫《孽海花》，从佛教的角度来看，人生就是孽海，社会就是孽海，人生充满了孽障；如果用马克思主义观点来解释的话，人类自从进入了阶级社会那就是进入了孽海。可是我们又不得不进入阶级社会，因为原始社会物质生活太落后。我们看见动物很快乐，可我们不愿意像动物那样生活，动物是朝不保夕的，它在饿了的时候才去想下顿的问题。人类是恨不能把一辈子的食物都先攒下，都先挣出来，为此人类就互相残杀，人类就有阶级了，有了阶级就使一部分人活得特别好了，这也就进入孽海了。所以人进入孽海是一个无奈的选择，就像浮士德所讲的我们跟魔鬼签了约了，我们不知道要过多少年阶级社会的生活。

儒家所讲的大同社会，马克思主义所讲的共产主义社会不知道什么时候能够实现，那是人类的一个理想。我们说的孽海，用存在主义同样可以解释，就是，人世的荒凉，人世的无奈，人世的黑色幽默。当我们直接看存在主义理论的时候，有的时候会想那是不是讲得太偏激，可是回过头来一看，我们自己的生活中就存在着数不清的冤孽，这些冤孽事后大概可以找到它发生发展的链条，因果链条可以找到，可是当它发生的时候，它就是个冤孽。你好好在街上走着，旁边过来一辆车"叭"把你撞了，不论汽车还是自行车，你找谁说理去？你找一个心理学家或者找一个警察给你解释原因，这个原因解释之后对你来说是没用的。为什么就撞到了你身上？你说我要晚出门五分钟，甚至晚五秒钟出门可能就不会被它撞了，或者是早出来十秒钟也不会被它撞了，可偏偏它就撞上了，生活中充满了这样的事情，对这样的事情我们可能有一种无奈。当这样的事情跟情结合在一起的时候，我们就常常加倍地感觉到情这个东西它来去无据，来去无踪。冤孽这个词，不但可以评价坏事，有的时候也可以用来感叹好事。你看在爱情中，往往会把最心爱的人叫"冤家"，在过去的戏剧里边都是这样叫的，有的还拖点长声，冤——家〔众笑〕！但是被叫冤家的这个人其实是他最爱的人，没办法了，只好跟了你了，只好随了你了，"冤家""孽障"，可褒可贬。

我曾经不止一次强烈建议把《天龙八部》改成芭蕾舞，《天龙八部》改成芭蕾舞如果改得好的话，那真是能代表中国文化的。我们大家可以想，大家在心里给芭蕾舞剧中的人物设计服装，萧峰应该穿一身什么颜色的衣服？阿朱穿什么颜色的，阿紫、康敏等人都穿什么颜色的衣服？怎么给她们设计独舞、双人舞、群舞？她们分别应该是以什么样的形象来出现？萧峰这个顶天立地的英雄的出现，离不开这几个女人的烘托。

阿朱，由于她的很壮烈的一死，可以说成全了萧峰后半辈子的性格，由于有了阿朱，萧峰不可能再接受其他的爱情。而萧峰的冤孽就起源于他没多看康敏一眼，所以我曾经在一篇文章中开了个玩笑，看见美女多少看一眼，以免铸成终身大错〔众笑〕。你不知道她要怎么折磨你，多少看一下吧，不要老觉得自己很有范儿："我是英雄我就不看。"该低头要低头。当然，我开的这个玩笑，其实有一点严肃的意味在里边。在中国文化中，英雄不是最高境界，最高境界是圣贤，圣贤是高于英雄的，在中国文化中英雄不是一流的人，人的最高目标是做圣贤，做圣贤做不了才做英雄。圣贤是完美的，圣贤看见美女一定会多少看两眼的，因为在圣贤的眼中美女也是可怜人，也是个可怜的家伙："我要不看看？她多难受啊，是吧？"圣贤怀着对天下苍生的悲悯之心，他知道每个人需要什么，知道美女故意那么嘚瑟就是想让我看她一眼嘛，我为什么不看呢？

不看就是残忍。所以圣贤为他人着想，圣贤是心里装着人民的，包括美女。所以圣贤遇见马夫人一定会看两眼，还会恭维她几句，可能心里不是这么想的，但是他为对方着想，她需要我夸她几句，夸她几句她高兴。而那个时候萧峰是什么？萧峰不是圣贤，是英雄，英雄还不是心里边完全装着人民，英雄心里边还装着很多自己，装着自己的高大形象，我这么英雄怎么能看美女呢，就不看〔众笑〕！这是英雄，英雄不是一流境界。所以萧峰从佛家的角度，从儒家的角度看只是在修行的路上，还没有修行到那个高层次。就像我们现在许许多多的成功人士，不论是政治家还是企业家都觉得自己很成功，其实你的成功连萧峰的水平都没达到，可能只是个马大元〔众笑〕，刚到马大元的程度就觉得自己了不起，成天可以在电视上给人讲心灵鸡汤啦，那就离英雄还差得远。萧峰这么成功的人，他就有这样的大灾祸，所以严肃地说，萧峰不应该不把一个美女放在眼里。从哲学上说，不承认美是美，这是不实事求是，这说明你心里面还是有障碍，故意不看美女从另一个角度说是对美色的重视。大家想是不是这个道理，为什么故意不看？他是从另一个角度的重视。

那么，我们想一想《水浒传》里边潘金莲对武松的感情，是不是很像马夫人对萧峰的感情，在丐帮里面，萧峰和马大元不也是兄弟吗？马夫人康敏不就是他的嫂子吗？好，这里又是嫂子和小叔子的关系〔众笑〕。可是萧峰平时不去想这些事，不想就要倒霉了。一个英雄盖世的小叔子，一个美貌聪慧的嫂子，一个窝窝囊囊的大哥〔众笑〕，它能不出事吗？它要出事了。那么怎么避免悲剧的发生，它其实有自身的逻辑，英雄一味地塑造自己的英雄形象，于事无补，他会促使事情向悲剧、向恶劣的方向发展。比如说《水浒传》里面的潘金莲，她勾引武松的时候，请武松到家里来喝酒，好好地侍候他喝酒吃菜，然后慢慢向他靠近。武松察觉到，当时就发作了，爆发出英雄气概："嫂嫂休要这等说话！"〔众笑〕武松的发作是很英雄的,我们很佩服武松,这很了不起,他是汉子、好人。可是,其实这个好人塑造了自己的一个英雄形象,让嫂嫂下不来台,让对方怎么办?对方是下不来台的,那对方会从此善罢甘休吗?她的问题并没有得到解决。武松你这样做是把自己的问题解决了,其实给你大哥留下了更深的灾难〔众笑〕。我们为什么要研究人类学呢?研究人类心理、研究这些模式,是有用的。

前面我们也讲过阿紫,阿紫被倪匡把眼睛给写瞎了,我说这个写得非常好,客观上说明她的心灵是盲目的,她对人生、对爱情都是看不清楚,都是看错的。但是,这么坏的一个人心里仍然有最后的一丝善,所以儒家讲"人之初,性本善",人是后来被抹黑了、被蒙上猪油了的,但是最后的一层还是好的。一般情况下这些人看不见了、打不开了,只有极端情境下才有奇迹发生,阿紫就遇到了极端情境。她从小长大的环境就让她认为人和人之间就是尔虞我诈,就是比谁更坏,谁最坏谁活得最好,她本来是这么想的。但是一个活生生的现实撕破了她的哲学,她亲眼看见世界上有好人,好到那个程度,好到为了对方好而自己死,心里边有对方,而这个人就是她的姐姐。她也看见那个男人,抱着她姐姐尸体的那种悲痛欲绝。所以坏坏的阿紫这堂课上得太深刻了,她自己没有意识到这是上课,但这是她终生难忘的,人都是要往高处走的啊,人都羡慕别人活得好。阿紫虽然靠坏生活着,可是她长这么大受了多少痛苦委屈,她做的事情毕竟是不合人性的,也就是说,那样做是逆着做的、是不舒服的,她一旦看见了舒服的活法之后,谁不想那样啊?她多想成为阿朱啊!她多想有一个男人那样珍惜她、对她好啊!那不比什么都强吗?所以阿紫愿意付出一切,只是为了换得那样的场景,就是换得有人对她好。可是这种真情太难得了。

我记得我讲"现代文学"讲郁达夫《沉沦》的时候,《沉沦》的主人公就呼唤着，名誉我也不要，金钱我也不要，什么我也不要，只要一个，女人对我好，真心地对我好，一副白热的心肠对我好。他需要的就是这个。所以我为了唤醒很多人，告诉他们我们日常生活的很多爱情不是爱情的时候，我有一个极端的提问："如果说你有爱情，那我问你，你愿意为某人去死吗？换过来说，有没有某人愿意为你去死？"这个拷问很残酷，但它是真的。你所爱的那个人，或者你认为爱你的那个人，你们彼此愿意做出多大程度的牺牲？这个不能拿出来考试玩儿。比如说有三个中学生，一个人说你俩谁跳进河里去我就爱谁，这俩男生就跳河里都淹死了，这是作秀死。你心里边要明白，你爱的那个人，你们彼此能够奉献到什么程度。所以《天龙八部》在这个程度上，写出了这几个人。

马夫人这个人被写得特别恶，但是恶到极处，反而有值得同情的一面显现出来了。用我们现代人的眼光来看，潘金莲很值得同情。所以有很多作家给潘金莲翻案。最早是在"五四"时期，"五四"时期就有人给潘金莲翻案了，把潘金莲写成一个大胆热烈地追求个性解放的妇女，然后把武松写成一个充满了封建礼教思想的迂腐的男人，说是武松害死了潘金莲。当然这是另一种极端的想法。但它说明在潘金莲这样的女人身上，有值得悲悯、值得同情的一面。而我们想想，康敏——马夫人，是不是有类似的情况。她活在丐帮里也好，活在社会上也好，她需要得到外界的认可、承认。当她觉得自己实际的价值没有得到承认的时候，就像韩愈所说的"不平则鸣"，她感到了不平。一个好的社会就是要平啊！"平"不是"一样"的意思，平不是平等，不是完全相同，平是一个人、一个事在他该在的地方。一个能当省长的人你只让他当个小组长，这就是不平，不平则鸣，他就会想办法叫，他就会想办法做出他这个位置做不出的事儿来。好的社会是：有差距、有分歧，但是每个人都觉得这个差距是应该的，我挣的钱没他多，那没办法，因为他学习比我好，他比我勤奋。你认可这个差距,这就是平。而马夫人,显然,我们看她迫害萧峰的手段,就知道她非等闲之辈,她绝不仅仅是一个美貌的自恋的女子。不仅仅美貌,她的智慧是超人的,她的丈夫是配不上她的。金庸就写出了这个冤孽的根由。表面上看是萧峰少看了美女一眼,往深里分析,这种人与人之间的爱恨交织的情感,我们不仅仅在武侠人物身上可以看到,在我们身边的生活中也可以看到。我现在对同学们的生活越来越不了解了,也不到同学的宿舍里面去了,有的时候我也是在新闻上才看到同学们的生活。前些年,我看到北大有一件事,一个女同学学习非常好,她同宿舍的一个女同学很嫉妒她什么都有,那这个同学怎么发泄自己的嫉妒呢?在那个女同学去上课的时候,这个女同学把她最漂亮的衣服拿剪刀都剪碎了。当时看了这个新闻之后,我感到很恐怖,我说这得多深的仇恨啊,这样的深仇大恨,难道没有别的方式可以化解,没有别的方式可以发泄吗?

现在我说一下我们的期中作业。我们的期中作业,我有所预料。其实这个题目,让大家写一段武打文字,是我不止一次布置过的作业。早在二十多年前,我在一个中学当老师的时候,就给同学们布置过这个作业。让两个班的高中生,写一段武打文字。因为我要引导他们正确地读武侠嘛。要求也是这样的,要打出文化、打出性格、打出特点等。当然,中学生写出来的不可能完全达到我的要求。后来我在北大开金庸研究课,我就试着让大学生写一写,我发现大学生写的,没让人看出比中学生写得好来。这一次期中作业,总体上说仍然如此。总体上我没有看出比中学生写得好来。这就说明我出的题目很好,这个题真具有难度、具有挑战性。表面上看,我的要求很简单,似乎不难做到,写武打嘛,且要求很清楚。但是就是这么难。不仅是完全做到我说的这几点的几乎没有,就在一个方面能够达到要求的，都很少。如果把几个要求都去掉，就让你写一段武打，你可能武打都写得不好，写得好也是似曾相识。

当然，我们同学中还有好多留学生，留学生同学可能由于阅读的障碍，对中国武侠小说阅读得不多，不能领会它的精髓，写起来可能就更难一点儿吧。

我给同学的分数，是留着跟期末成绩综合考察的，综合平均一下的。基本上，大多数同学都是八十多分吧，有少数九十多分的，少数七十多分的。严格地说都够不了九十分，我只是在这里，把相对好的弄到九十多分。我读几个吧，我来读几个我觉得写得还相对可以的，当然，也各有缺点。

有一个叫《青灯残剑争高下，般若无极化恩仇》。这貌似是一部武侠小说中的一回：

"夜，少室山南麓，藏经阁。灯影摇曳，一老僧双目微闭，面对菩提造像，盘膝坐在蒲团之上。左手持念珠，右手轻轻敲击木鱼，似是在参禅，又仿佛是在诵经礼佛。藏经阁自建寺以来便是少林的隐秘之所，只有方丈及各院首座方可出入此地。忽然一阵风袭来，窗子发出吱呀之声……"前面这几行全部可以省略〔众笑〕，虽然写得不错，但一看就是武侠常识，"一男子身着青衫，悄悄伫立在藏经阁前，老僧将念珠拿在手中，长吸了一口气，已是知道此人来到。这男子双鬓斑白，约莫六十岁的样子，身材伟岸挺拔，左手揽须，右手持一折断的残剑，背在身后，正是武当派无极剑掌门灵虚道人。"这个模式，我们很熟悉——僧道对决。下面都写得很熟练，我之所以给他很高的分数，是因为下面的武打写得很纯熟，一看就是读了很多武侠小说而得到的功夫。但是，既然人家已经写得那么好了，你不过就是模仿得比较像而已。不论你写的是开门见山啊、避开锋芒啊、金刚指啊、无极剑啊，现在的读者读了都不会有新鲜感。那我们的才华往哪个方向用？

比如说，我今天中午刚跟我的几个博士生谈话，谈他们下面要写的论文的问题，他们说了自己对哪个问题感兴趣，他们想这样那样……我说，这些如果人家都想过了呢？你做得很好的东西，如果别人已经做过了，你做的是无用功。要知道别人做了什么、别人需要什么，还是那句话："心里装着人民。"心里干什么事都装着别人，才行！

"'三十年过去了，大和尚别来无恙？'道人横剑而立，僧人不答，自是不住敲打着木鱼。"写得很好，没有毛病，就是似曾相识。（前些年新武侠有一个著名作家叫"凤歌"，他的小说写得非常好，专门模仿金庸，模仿得很像，我们能给他很高的评价，但是，他这毕竟还是模仿，写得再好也是模仿，再向前一步，就是要突破。他写的基本上是我们可以想见的，在武打中融入佛法、道家思想。）最后还念"阿弥陀佛，观自在菩萨，照见五蕴皆空，度一切苦厄……"然后——"看来我从来的那一刻便输了，哈哈。灵虚道人一声长笑，拂袖而去。"这是写得比较好的。

我再介绍一个另一种风格的，文学性比较强的。题目叫《湖上雨·定风波》。

"西湖，细雨。含笑原本舒适地躺在湖心的小舟上，这时却突然翻身坐起，凝神运气。脑后一声轻吟，含笑心下诧异，宽袖后甩，只见袖中飘下一片细柳叶，冰凉地粘在手心，转头看船舱，赫然一个小洞。"哎，这个写得就有点意思，比较精练。"含笑压下心中疑惑，朗声道：'吟笑功第七层功力果然不错，只是暗器伤人未免失之君子。'""失之君子"这句话不通，不是君子不能叫"失之君子"。"话音初落，只听得四周吟声不绝，霎时间柳叶竟从四方齐射而来，湖上升腾起一阵绿雾。含笑心下一震，腾空而起，冲破舱顶，绿雾聚拢，船篷转眼间支离破碎。"这一串动作写得很有镜头感。现在我们中文系注重创意写作、实用写作，这种文笔还是值得表扬的。"难道这是本门失传的'虚青步'？含笑轻落到船板上，收起脸上笑容，躬身一揖道：'阁下请现身一见！'回应他的只有四周清籁，又一拨儿绿雾逼近，含笑略一思索，催动掌力，绿雾瞬间凝固，每一片叶子都逐渐包裹上冰凌。这便是无情功第九层，操控雨滴瞬间冰冻柳叶以减其势。湖上一簇簇凝固的冰针泛着绿光，有种奇诡的美丽。"这里使用了"操控"一语，不好，一下子就显得这味道很别扭，很涩。注意语言风格要协调，不要写现在人——特别是当下人才使用的这种流行语、流行词汇。就像上学期我讲"红色娘子军"的时候，给大家念过的一个剧本，写红色娘子军战斗结束："收队！"红色娘子军成香港警察了〔众笑〕。"含笑缓缓催动冰针，沿湖岸成两道反向冰剑，齐射而出，快相撞时，冰剑交汇处出现一绿衣身影，无路可去，突地往湖心飞来，而冰剑并未相撞，转向紧追绿衣，其势不减。这冰剑中原含萧瑟掌意，以回环之势，绕而复访。含笑早料对方搭招，用功时就暗藏第二层功力，只见对方直直向自己扑来，含笑正待出招，却看清了来者面目，惊呼一声……"他写这个武打片段，写出了特点，武打兼有金庸、梁羽生一派和古龙一派的特点。中间有切割，有镜头的切割，同时又有特写，就是连与不连，他是放在一起的。另一方面呢，他写了很好的画面、性格。当然，性格主要是指没出场的这个人的性格，没出场的这个人的性格更突出一点。而场面中心叫含笑的主人公的性格，没有那个人突出。

再读一个。这份没有题目，叫"期中作业"哈。

"爷孙二人行于竹林之中，忽而远处传来了两剑相交之声，孙儿觉是二人正在激烈打斗，闻声而去，欲一窥究竟。爷爷眉头一动，心想：如此激烈的打斗竟丝毫不闻杀气。"祖孙两个人是有区别的，这个写出来了。"二人走近，只见一个面容姣好的女子，提剑俯身往下，剑尖儿直指地上男子。男子足尖儿点地，急退，同时以手中之剑加以抵挡，两剑相交之时，剑气所到之处竹叶纷纷飘落。男子退到竹旁,说道:'如今你我二人只有一人能活命,莫怪我不念往日情谊。'女子道:'世间安得双全法,不负如来不负卿。'"这个有意思啊。"随后男子脚尖随着一棵竹子上升,突然借其反力急速向前,剑尖直逼女子眉心。女子不由得后退,二人继续缠斗。孙儿为剑气所逼,不由得打了一个寒战,对爷爷说道:'这两个哥哥姐姐长得如此俊俏,看起来好生般配,可为何出手凶狠,招招欲置对方死地呢?'爷爷撸了撸垂下的白须道:'他们瞒得了别人瞒不了我,刚才交手的一百多招中各有二十几招都露出了破绽,看似欲取对方性命,实际都想让对方取走自己性命。'爷爷带着孙子走了,叹息道:'江湖永远不像你看到的那么简单。'"〔众笑〕最后这个是古龙的结尾,叫结尾点题哈,中心思想突出。但这个写得很好,把武打场景写在竹林中,我们说武打还要配合环境,选在竹林中,选得是非常合适的。在这几百字的篇幅里面,基本上达到了我们作业的要求。

再介绍一个写得比较好的,叫《张三丰大战螳螂拳》。"话说张三丰已是九十高龄……",采用"话说",下面就要尽量用评书体、章回小说体。"话说张三丰已是九十高龄,正在武当山颐养天年。深夜,武当派突然潜入了一个黑影。"这话略有问题,"武当派潜入了一个黑影",应该是"这山上"或者"这一片房子潜入黑影"。"黑影飞檐走壁,来到张三丰房梁之上。"这个速度倒很快,有点像单田芳讲评书的速度。"正欲使用蚕丝往房内杯中滴入毒药",这个镜头闪得太快了,没有过程。"只听张三丰云淡风轻地说了一句:'有朋自远方来,何不下来共饮一杯。'"很有意思啊。"黑影愣了一下,冷笑三声便直接下到了房外。张三丰慢慢走出说道:'原来是武林中有名的螳螂拳唐煞。不知有何贵干?'唐煞冷冷说道:'受人之托,来取你性命。'话音还未落,便已飞身袭来。只见唐煞使的是他成名武功螳螂拳。"我一开始看,就觉得奇怪啊,螳螂拳是普通武功,我们现在武术界常用的一个武功。螳螂拳来打张三丰〔众笑〕，这个，不知道可不可以啊。"身形如螳螂一般来回晃动，双手如螳螂双刀般悬于胸前，飞快舞动，让人眼花缭乱。同时他的身形也如迷踪步一般让人难以捉摸。"我不知道这位同学了解不了解螳螂拳，螳螂拳是这样打的吗〔众笑〕？你得找一个螳螂拳的视频录像，可以找到的。"张三丰不敢懈怠，全力用太极抵挡，衣袖虎虎生风，脚下尘土飞扬。"这张三丰的功夫好像多少年不练了是吧〔众笑〕，不像我们想象中的张三丰，他打得尘土飞扬。"不曾想这唐煞的螳螂拳已是登峰造极，动作之快令张三丰都难以跟上，又夹杂着无数假动作，"好像是带球过人，是吧？"虚虚实实让人防不胜防，不一会儿张三丰的脸颊已流下汗水，身上也有了几处伤痕。张三丰老头受伤了。唐煞大喜，欲趁势追击。不料张三丰的动作却似乎慢了下来，眼睛竟然也闭上了。唐煞心里一惊，却不慌乱，随即使出更多虚招来探张三丰虚实。结果张三丰的眼睛始终没有睁开，动作也依旧是慢中求稳，身上伤痕又多了几处。唐煞抓住一个时机，猛地出手攻张三丰两肋，只听一声闷响，唐煞竟得手了。张三丰身体一震，发出了一声低吼。唐煞大喜，欲回身展开下一次攻势，却哪料张三丰双臂往下一夹，眼睛突然睁开。唐煞瞬间面色灰白，大叫不好，却为时已晚。张三丰卡住了唐煞的双臂，唐煞便是如飞鸟被抓住了翅膀，毒蛇被抓住了七寸，只见张三丰脚步不停，身体蓄力，肩部往前一顶，唐煞一口鲜血便吐了出来。更令人绝望的是，唐煞的双手依然被死死地卡住，无法脱身。随着张三丰肩腰胯肘腿的一次次撞击，唐煞终于倒下，晕了过去。"〔众笑〕这位同学的优点是语言好，武打写得很精彩，写得有特点、有性格，什么都有。唯一写得不好的是不符合张三丰的性格〔众笑〕，你把这个张三丰换成大军阀张宗昌就合适了，换成另外一个普通的姓张的武林人士也可以。因为张三丰是武林泰斗，他打低手用不了这么费事，打高手也不用这么费事，你写到最后就变成两个三流武林人士在那里殴打，互相殴打〔众笑〕。张三丰打架还得用肩腰胯肘腿一次次撞击，老头形象整个儿都给毁了〔众笑〕。但是我客观地看，把张三丰的名字一换，仍然是一篇好的作业。只因为是张三丰，我们不能接受，老神仙是这样一个水平。

我们还有一些留学生同学，我把留学生同学的作业，介绍两个，评点一下。我们有一位菲律宾的同学，菲律宾的同学写得挺有意思：

"眼神交错在一起的刹那间，佐藤太一抢先发动了攻击"，我不知道为什么写佐藤，"后腿一蹬，急如箭一样射到了王振的面前，右拳由下至上划了弧击向王振的颈侧。王震双手交叉，架住了佐藤这一拳。"看来这是佐藤打王振。"佐藤的拳头却缩了回去，前足顺势弹射起来，脚尖指向王振的腹心。王振脚踏八卦，一退一进避开佐藤的前踢，依旧被动防守着。两人的动作都快若闪电，交落起错，看得人眼花缭乱，根本无法看清。只听'咚'的一声，场面突变。佐藤被王振一脚踢飞了出去，而王振身上竟多了一把流淌着鲜血的小刀。原来是王振被佐藤击中了几拳，击退了几步。但是王振韧性太强，佐藤始终无法一鼓作气将王振击倒，结果锐气一过，佐藤自知不敌，乘王振不备，捅出了一开始就准备好的小刀。'王振君，你归顺我大日本帝国就不会有如此下场了'。"〔众笑〕这个写得很有意思哈，这虽然只有一句话，但是把时代背景好像交代出来了。"佐藤费力支撑起自己的身体，然王振好像没有受伤一般，凶猛地朝着佐藤冲去，佐藤被王振的气势吓住，对王振的高段边踢没有半点反应。"这好像用了空手道、柔道的术语。"结果这一脚结结实实地踢在佐藤的左侧太阳穴上，佐藤太一不但人飞出了战斗圈外，还干脆地昏死了过去。伴随着他倒下的还有王振，原来小刀淬了毒。血从伤口处缓缓溢出，染黑了他臂上的龙纹刺身，唯有那龙眼怒睁。"哎，这个结尾还不错，背景、性格、文化都在这里体现出来了。一位留学生能写到这个程度，我是很满意的。

当然还有写得不好的，我也介绍一个写得不好的。有好几位韩国同学写得不够让人满意。有一个韩国同学写的主题我觉得挺好的，它叫《日殖民韩》，日本殖民韩国是他的故事大概。但是题目这样写太让人费解了，"日殖民韩"，读起来有点别扭。他这里边是这样写的，大家来看一看：

"1920年，日本把韩国已经殖民十年，韩国人都要说日语，不能使用韩语，把名字换日本的名字，甚至警察、老师等等重要职业的人都要换日本人，这时代日本人都恨韩国人，韩国人都恨日本人。韩国的敏秀在路上看见日本人欺负韩国老人，但走路的人谁都不敢阻挡这日本人，敏秀虽然年龄小，看起来差不多十八岁左右，但他不能忍耐，一下子劈脸给了日本人一拳，没想到被打的日本人就在路上摔倒。敏秀心里充满了道德感、正义感，不停地继续打摔倒的日本人，打脸、胸、腿等等。但不久很多的日本人的朋友和日本警察来到他的身边，劝了架。劝架后，把敏秀故意地躺在路上，日本人的朋友开始挨揍他。"啊，要揍他。"但日本警察不动，不劝架，走路的韩国人都害怕得不敢挡住他们，只是旁观地看而已。"这段文字表达出来了殖民地的痛苦，说明了战争和殖民是不好的。我觉得表达民族义愤，反对殖民、反对侵略战争这是好的，这个思想是正确的。但是，这个武打过程写得太简单了〔众笑〕，这只是一场打架，而且由于你汉语写得不流畅，所以打架过程看起来有点儿让人费解。这个中间过程应该再好好地重写。这个故事的内容其实就是一个青年人看见一个日本人在路上殴打韩国的老人，他路见不平拔刀而起，去打了日本人。这位同学写得有点儿没有把是非写清楚，好像这个日本人被写得很可怜〔众笑〕，其实你想表达的意思是那些日本人不许这个路见不平的青年人打日本人，然后这群日本人把这个青年揍了一顿，这里并不是劝架的意思。但是你没找到很好的汉语词，这不叫劝架，这叫拉偏架，这实际上是拉偏架。

〔东博书院葛同学分享阅读金庸的体会。内容略〕

好，简单总结几句。刚才葛同学讲的，是犯了另一个向度的毛病。刚才说了，你要给人一杯水，得准备十杯水，你前面讲了一杯水，还得有九杯水准备着呢。可惜，葛同学犯了另一个角度的错误，他确实准备着十杯水，但那一杯他没讲，专门讲这九杯〔众笑〕，这是另外一个大忌。葛同学是我的学生，我可以批评他一句，用俩字概括就是，嘚瑟〔众笑〕，唯恐别人不知道自己有学问。不论以后做老师还是领导，讲话一定要注意，第一忌的就是嘚瑟，唯恐别人不知道你读过书，不知道你读过那么多书。一定要低调，越是读书多越是要像没读过书的人一样，要让别人不认识你，走在北大校园里，你要让别人认为你是北大烧锅炉的〔众笑〕，这才是最有学问的北大教授〔掌声〕。可惜你没掌握好时间，你前边根本没必要讲朱光潜这些悲剧概念，而要直接切入金庸这个主题。我之前已经批评过你了。应该怎么讲呢，要直接讲金庸的悲剧。当讲其中一个问题的时候你可以涉及亚里士多德，出去，拉回来，涉及朱光潜，出去，拉回来。讲课应该这么讲。你绕着世界旅游一圈，反而没讲金庸〔众笑〕，这是大忌。你读了这么多书，以后不论研究哪个问题，都应该按照这个顺序来。讲课是这样，写文章、做事都是这样。由点出去、回来，出去、回来。其实打架也是一个道理。

刚才葛同学说的这个悲剧问题，我相信他体会得很深，当然，再给他一节课他也能讲。悲剧问题的确是金庸小说的一个核心的问题。金庸小说为什么能在武侠小说中独树一帜，乃至在20世纪整个中国文学园林中都独树一帜？是因为金庸写出了真正的悲剧。尼采所讲的悲剧的诞生，就在金庸小说上得到了非常完美的体现。我们按照西方的标准来说——西方标准也没有什么错的——中国现代文学大悲剧作家不多，鲁迅是一个，金庸是一个。你只有写出让全民族沉痛的大悲剧来，你的文学才是一流的。所以跟鲁迅、金庸这样的作家比，很多其他作家确实还是很逊色的。我认为葛同学绕了一圈，最后他还是想说我说的这句话，就是金庸的作品确实了不起，在他身上有悲剧精神。他自己的个人生活里面就充满了悲剧。而他的作品对得起这个时代，他的作品反映了这个时代中国人的思想情怀。刚才葛同学很注重明清之际的转折，可是生活中那个时代的人未必对当时的悲剧感觉那么深，恰恰是我们今天的人回过去看明末，回过去看清末，我们才有那么深的悲剧感。希望在我们今后的现实中不要有那么深的悲剧，我们要把艺术中的悲剧化作现实中的正剧。

好，我们今天就讲到这里，下课。

下节课是我们最后一次课。

〔掌声〕

金庸小说中的民族观

第十五课

授课：孔庆东
时间：2014年6月3日火曜日申时
地点：北京大学理科教室108
内容提要：金庸小说中的民族观

今天最后一次课，我想谈谈金庸小说的民族意识。其实民族意识也就是我们经常说的"文明的冲突"，我想，这是金庸很多小说都共同指向的一个问题。我曾经就这个问题写过一篇论文，我拿我这篇论文的观点来谈谈，希望这最后一次课能够让大家对金庸小说的理解有一个升华，不仅仅是欣赏他笔下的武功、他写的那些侠肝义胆的人物、他笔下那种感天动地的爱情，我们来看看金庸是怎么对待不同文明的冲突的。

"文明的冲突"这个概念，来源于世纪之交，是20世纪末到21世纪初流行的一个词，这个词是从美国学者亨廷顿写的《文明的冲突与世界秩序的重建》中出来的。它的背景是以苏联为首的社会主义阵营的突然崩溃、突然垮掉。人家提出一个新的概念，叫"文明的冲突"，他认为"文明"才是重要的。

作者认为，冷战后，世界格局的决定因素表现为七大或八大文明，即中华文明、日本文明、印度文明、伊斯兰文明、西方文明、东正教文明、拉美文明，还有可能存在的非洲文明。冷战后的世界，冲突的基本根源不再是意识形态，而是文化方面的差异，主宰全球的将是"文明的冲突"。

所以"文明的冲突"看来是一个很大的话题。当然，已经有学者写文章批驳这个"文明的冲突"。文明之间是不是具有不可调和的冲突？如果真是这样的话，不但文明与文明之间很有冲突（且不说这成不成立），任何两个县之间都应该打啊，是吧。阿Q说了，城里跟咱不一样，城里把板凳叫"条凳"，那城里跟未庄是不是应该打起来？他们做菜，切的葱丝跟咱不一般宽，那咱们是不是要跟他们打？是不是凡是有不一样的地方就要统一，不统一就打？

中国古代很多地方长期有械斗，我讲现代文学的时候，有一批作品写各地野蛮的风俗，其中之一就是械斗。现代文学史上有一部小说是许杰的《惨雾》，讲械斗的，我们现在许多地方还有械斗之风。但是械斗是有一个范围的、有一个约束的，一定会有一个力量来制止这个械斗，它不能无限地扩大下去。比如两个村械斗，最后有人找一个大的绅士来给他们调解，最后械斗必归于和。

现在西方人讲的和平，和中国人讲的"和"是一回事吗？西方人就没有和的概念，西方人说的和平是，要么我把你打"死"，要么你把我打"死"就和平了，没有敌人了，这就叫和平。或者暂时咱们谁也打不过谁，先喘口气，待会儿再打。所以世界上有很多"停战条约"，比如现在"三八线"两侧，订的是什么呢，订的是"停战条约"，也就是说"三八线"两侧从法律上说仍然处于战争状态——等我有劲儿，随时都可以再打你。这是西方意义上的"和"。

中国的"和"不是这样，读过《论语》就知道，"君子和而不同"，中国的"和"是尊重彼此不同的情况之下，我们相安无事。你吃你的辣椒，我吃我的蜂蜜，你吃你的火腿馅粽子，我吃我的小枣馅粽子，可以互相开玩笑，但谁也不许强加于谁。所以——"你那有啥好吃的啊，你尝尝我这个"——顶多可以开个玩笑，而且这种"和"可以使你充分地享受到世界上的百态。比如我从昨天到今天就吃了很多种馅的粽子〔众笑〕，黑芝麻的、豆沙的、火腿的。在吃粽子的过程中，我就增加了对祖国的热爱，我的国家是多么伟大，能把普通的米粒做成这么好吃的粽子，这是何等的智慧！我前天晚上在门头沟做讲座，我说："爱国不是空话，爱国要爱到一茶一饭上，要爱到一个馒头一张大饼上。"从这里面体现你跟国家的关系，如果你光说爱国，对国家具体的事你都没感情，那怎么爱国呢？这才是这个文明的出发点。

我们谈金庸小说里面的民族意识，首先要从民族出发。我们先来统计金庸小说跟民族的关系。金庸的小说，我们知道长中短加起来也就十五部，塑造的人物很多，数以千计，"金庸迷"可以说出几百个人物形象来，不是"金庸迷"的人随便说出几十个来不费事。这十五部小说中，我查了一下，至少有十二部作品涉及两个以上的民族的人物和关系，至少你能够明确地看出这里边有。只有三部作品《笑傲江湖》《侠客行》《越女剑》，不曾涉及或语焉不详，我们还没办法证明它们是完全没有涉及多个民族的。《笑傲江湖》连时代背景我们都不清楚，它的时代背景要经过考证推论，大家公认的它的时代背景差不多是明朝，这是大家推出来的，人家小说里没说是什么时候。《侠客行》因为它要体现佛教思想，彻底体现一个"无"字，什么都无，所以朝代没法考证，民族更没法考证，至于小说中那个岛是不是海南岛，金庸没有透露。《越女剑》是时代最早的一个作品，那是春秋时期，那时，我们说的中华民族各民族的格局尚未形成，很难说他们是什么族。

这里就涉及"民族学"的知识。我前几天指导了一位本科生同学，他读了关于民族国家理论的书，来跟我探讨，写了读书报告，我看他写得很好，也推荐他去读别的民族理论的书。民族是客观存在吗？这是一个问题。我们今天受了现代教育会认为这个世界上有很多很多民族，我们中国更突出了，中国是多民族国家，有五十六个民族，除了汉族，那就是有五十五个少数民族。这种说法是褒义的、自豪的，我们每年春晚都要表现这"五十六个民族五十六朵花"。

可是，我在外国居住的时候会遇到这样的提问，他说："听说你们中国侵占了五十五个国家？"我说："谁说的？"他说："你们不是自己说的吗，你们有五十六个民族，就意味着你们占领了五十五个国家，你们才有五十六个民族。"这么一说麻烦就来了，原来人家那个"民族"和我们不一样，他认为一个民族就是一个国家，那你有五十六个民族，就等于侵略了五十五个国家。我一想，有的人要把中国分成七块，看来其实还是很"客气"的〔众笑〕，按照他们的想法得把我们分成五十六块才行吧。可这五十六块不好分啊，因为每个民族并不集中在一个地方，那光北京市就有多少个民族？北京市的每个民族"独立"一下？所以这个理论里面有巨大的陷阱。

我们中国说的这个"民族"跟西方的"民族"能不能对等？比如我们说我们是汉族、满族、朝鲜族、维吾尔族的时候，我们还有一个词叫"中华民族"，"中华民族"是个什么概念，是哪个层次上的概念？中华民族算不算一族？那么多年的研究成果告诉我们，民族是制造出来的，古代没有民族，古代什么时候说过民族？民族是虚构的。没有接触过这个理论的同学会觉得有点费解。很多东西都是虚构，不但民族是虚构的，比如你今天生病了，你得的这个病也是虚构的。这样说你可能更不同意了，我明明难受了嘛。你是难受了，但你到医院去，医生说这叫什么病，这个病就是虚构的，这个以后有机会讲病的时候再说。

正因为民族是虚构的，所以《越女剑》的时代不存在民族，但是不存在民族不等于不存在差别，不等于不存在生活方式的差别。《越女剑》所写的时候，越国和吴国怎么分？春秋战国的时候有这么多国家，我们现在没法想象，他们的语言差别很大很大啊，文字都差别很大啊。秦始皇统一文字，他的功劳为什么这么大？秦始皇如果不书同文、车同轨的话，那就不会有到了汉朝之后形成的这么一个伟大的汉族。不仅发音不一样，那个时候文字都不一样。我们现在为什么说一个山东人、一个广东人都是汉人呢？因为他们说话虽然互相听不懂，但是写出来文字都一样，意思都一样，他们可以读同一篇文章。虽然语音不一样，但是语音之间能够找到对应的规律，你虽然发这个音，但这其实就是我发的那个音。

所以金庸的民族概念是现代的，金庸是有意识地涉及这么多民族，涉及这么多跟民族有关的问题。在金庸所有的小说里涉及民族关系最多的是《天龙八部》，《天龙八部》不仅仅在别的方面伟大，在民族与文明问题这个层次上它都是最重要的。《天龙八部》涉及的民族人物最多，民族关系最复杂。我们想一下这部书里描写了多少个民族势力：大宋——汉族，大理——南诏族，吐蕃——藏族，大辽——契丹族，西夏——党项族，大燕——鲜卑族，还有女真，所以我说《天龙八部》至少是"七'国'演义"，比《三国演义》牛得多。除了这几大明确的政治势力之外，还有其他民族，比如云南的摆夷人，段誉的母亲刀白凤就是摆夷人。这里边还有天竺人，哲罗星是天竺人——印度人。《天龙八部》涉及的民族种类将近十个，这是我粗略统计的，没有一页一页地统计，也许有人还会统计得比我多，差不多将近十个民族的人在一部书里边，这在文学作品中是很罕见的，单这一点就可以作一篇大文章，你写《天龙八部》里的民族问题是完全可以作厚厚的博士论文的。

金庸全部小说涉及的中外民族，我们看一下。涉及的中国古今民族有汉、蒙、回、藏、满、维吾尔、哈萨克，这是我们现在仍然存在的民族；还有现在不存在的，契丹、党项、女真、鲜卑、摆夷、高昌、焉耆等。加起来有十几个民族。可以说金庸小说是关于民族问题的百科全书。除了这些还有外国民族，这些民族竟然在他的古代背景的历史小说中出现了。他的小说里有俄罗斯人（大家可以想哪个小说里有俄罗斯人〔学生答：《鹿鼎记》〕）、波斯人、葡萄牙人、荷兰人、比利时人、天竺人、浡泥人、印度人、瑞典人、通古斯人，有这么多外国民族，不说不知道，一说吓一跳，也就是说，金庸一共写过二十多个中外民族，天下第一！经过统计我真的佩服。读金庸的小说真是给人一种民族大家庭的感觉。我们说的儒家的"四海之内皆兄弟"，他用形象给你展示了，这些人竟然都能出现在江湖上，都在江湖这个社会里边。我初次看到他小说里出现外国人的时候我也挺为他担心的，这怎么处理啊，以前没处理过啊。你比如说袁承志遇见了一个葡萄牙金发女郎，这真是金庸小说的一个贡献。

　　我们看金庸是怎么看待历史上这些民族的，为什么要这么写。他在他的作品序里说，历史上的事件和人物要放在当时的历史环境中去看，宋辽之际、元明之际、明清之际，汉族和契丹、蒙古、满族等民族有激烈斗争。金庸这么写是有他的理性思考的，他的小说背景专门选择在换代之际，而换的这几个朝代，我们看，不是汉取代秦，不是三国两晋南北朝、不是隋唐，因为那是汉族换汉族，他选择的是宋辽、元明、明清，恰恰是异族之间的斗争，他感兴趣的主要是汉族和契丹、蒙古、满族这些民族之间的斗争。我们今天看来这些是中华民族内部的斗争，可是这是用我们今天的观点，当时并没有中华民族这个概念，当时就是外敌入侵。我们今天不能有了中华民族这个概念，就去否定说当年岳飞是错的："岳飞你干吗抵抗金兀术啊，那不就是兄弟打架吗？中华民族啊，不就是东三省来打中原吗？让给他嘛。"能这么说吗？如果这样说秦桧就不是汉奸了，而是各省之间资源调配嘛。所以评价历史要用历史的眼光，当时是什么样的就以什么样的眼光去评价。当时就是外敌入侵。按照当时的价值标准、道德标准，岳飞就是民族英雄。那么，今天情况变了，今天我们是一个多民族的国家，我们再用今天的标准看今天的历史。即使在今天，我们这个民族国家之内也不能各省各县之间互相随便抢夺资源。这是金庸的一个历史态度，所以有人更看重金庸小说的历史价值。

金庸在小说里没有明言，但是他的故事体现出他的中华民族观。金庸所描写的民族，我们看，从空间分布上是以汉族地域为中心，与汉族地域接壤构成的一个华夏民族群。我们看一看段誉走过的路、萧峰走过的路、韦小宝走过的路，这一路其实就勾连起了一个华夏民族群。为什么我们读金庸小说会使人爱国？你读一遍金庸小说，相当于跟着他旅游了一遍中华民族的各个文化板块，你不一定各省都走到了，但是它能让你接触这些文化板块，合起来构成一个中华民族的想象。读完金庸小说之后你就会觉得我们应该和平、应该统一，不能够内斗。从时间上看，他的小说主要集中在民族斗争激烈的宋辽、金元、晚明初清。上一次有同学已经讲过了，他前三部小说都集中在明末到清初这段时间，都是讲民族之间的问题。所以金庸小说从 20 世纪 50 年代开始就有这样一个很大的中华民族观，而那个时候的很多作家未必有这样的意识。

那么，跟其他武侠小说和历史小说比，金庸的历史写作是采取现实主义态度的，现实主义态度表现在高度尊重史实，具体写作上就很难了。

你完全尊重史实，那就是写历史不是写小说。比如我们著名的历史小说家蔡东藩，在新中国成立前写过《二十四史演义》，每一史他都写过演义，他写的演义是高度尊重历史记载的，所以没什么人读，因为也就是比正史写得通俗易懂一点儿，写得稍微有点儿意思。那人家更好的选择是去读《二十四史》本身，干吗读你的小说呢？人们为什么愿意读《三国演义》？就是因为《三国演义》不但通俗易懂、生动活泼，它跟《三国志》还不一样，要跟《三国志》一样人家就读《三国志》了。《三国演义》的魅力在于它跟《三国志》基本上不一样，它里面写的事，《三国志》的作者根本就没听说过，什么诸葛亮坐在城楼上弹琴退敌呀，哪有的事啊，人家《三国志》里没有，看《三国演义》的人主要看这个。

可是金庸，他不违背历史文献记载，却敢于动大手笔，在哪儿动大手笔呢？就在历史上没有记载的地方，你可以动大手笔。没人证明你说得不对，没人证明这事不可能发生。但是人家已经有历史记载的地方你不篡改，也不乱解释，这就是不戏说的态度。那么，如果他写的虚构的情节跟历史记载之间容易产生疑问，金庸怎么办呢？引用史料加以阐释。金庸认为自己有学者的素养，他读了很多的史书，经常发表他的历史观，他晚年终于这样做了，他的博士论文写的也是历史方面的课题，所以尊重史实使他成为一个现实主义写作派别的作家。而我们大家知道武侠小说本身是带有浪漫主义特质的，武侠小说本身更容易发扬浪漫主义精神，很像大仲马、雨果写的小说，而金庸的小说是大仲马、雨果加巴尔扎克，加托尔斯泰，加狄更斯。所以你很难说金庸小说是完全的现实主义还是浪漫主义，还是象征主义，它都有了，底子是实事求是。这是金庸尊重史实的一个态度。

我举一个例子，比如说《碧血剑》的第十四回，写主人公袁承志去刺杀皇太极。他要刺杀的时候，忽然发现皇太极已经不用他刺杀了，有人把皇太极杀啦，谁呢？是皇后。皇后勾结她的情人多尔衮，多尔衮把皇太极杀了，随后多尔衮就把持了朝政。这一段写得非常好。我们看金庸为了解释读者可能产生的怀疑，特别在这一回的末尾标明："清太宗皇太极死因不明。"他先说了，历史上皇太极的死因是不明的，他才敢这么写。然后他又引了清史稿的一个材料，《清史稿·太宗本纪》："（崇德八年八月）

庚午,上御崇政殿,是夕,亥时,无疾崩,年五十有二。"这是清史稿记载的。一个皇帝没什么不良嗜好,五十二岁无疾而崩,一方面金庸老老实实引用这个史料,另一方面因为这个史料本身就让人提出疑问了,皇太极的死本来就是有问题的,所以金庸又引了张煌言的诗和孟森、胡适等人的考证,最后指出:"北方游牧渔猎民族之习俗和中原汉人大异,兄终弟及,原属常事。清太后下嫁多尔衮事,近世治清史者大都不否定有此可能。"这也说得非常客观,他没说一定是清太后就下嫁多尔衮啦,但是有这种可能性,这个可能性不能否定。而历史学家不能跟着可能性写史书,说多尔衮娶了皇太后了,但是小说家可以这么写,小说家可以从诸多可能性中写出其中的一种。而正因为有这样一种可能性,它就解决了袁承志到底杀不杀皇太极的问题。袁承志是袁崇焕的儿子,他要报父仇、报国仇,要去杀死当时的最高统治者皇太极,他武功又那么高,到了皇宫的房顶上揭开瓦照样可以把皇太极杀了,可是正好这个时候,他听到皇太极一段话。皇太极这段话就是在批评明朝为什么不好、为什么会灭亡,然后他说将来咱们打下了这个江山,一定要对老百姓好,不能让老百姓再受苦。袁承志听了这番话后心说,这不是一个好皇上吗?这是一个好皇上啊,那怎么能杀他呢?他就产生犹豫了:如果杀了他,是杀了一个好皇上;可是不杀他呢,他明明是杀父仇人,是侵略我们国家的人。两难处境出来了。那么金庸作为一个小说家怎么处理,袁承志是杀皇太极还是不杀?金庸想了这么一个办法把它解决了:不用你杀,让别人替你杀,而且还是情杀,这小说就特别有意思啦。金庸通过一个情节又介绍了一种习俗,很多民族都是这样的"兄终弟及",就是这哥哥死了,嫂子不能给外人,这是咱们家的,这哥哥死了得弟弟继承,连嫂子一块儿继承,甭管你是不是皇后。这是一个民俗学的知识。这是《碧血剑》第十四回的一个事儿。

那么，金庸这支笔写了这么多的战争，有宋金战争、宋辽战争、女真崛起跟周边民族的战争，还有成吉思汗祖孙父辈开疆拓土的征伐、元末汉人反对蒙古统治者的战争、明末清初满汉两族战争等。所以把金庸小说写的这些战争连起来，是一部民族斗争史，是中古以后中华民族的民族斗争史，所以说金庸小说带有史诗性。我曾经用杜甫来比喻金庸。杜甫就做到了别人有的优点他全都有，自己独树一帜，然后兼人人之专，这是学术界对杜甫的评价。金庸就做到了这一点。还有一点，杜甫被称为"诗史"，金庸的小说本身则带有史诗性。你看金庸的小说就看到了波澜壮阔的，我们中华民族融合的过程。融合有的时候是需要火与剑的，融合经常是通过暴力融合的。暴力并不是融合的初衷，但它成了融合的一个手段。所以我说金庸小说可以作为民族斗争史的一个入门书。

说到他写战争，我认为金庸是写战争的高手。抛开小的武打场面，金庸笔下的战争既有气势恢宏的全景的大场面，也有细腻入微的近景小镜头。从运筹帷幄到平野厮杀，从散兵游勇、欺压百姓到万马军中生擒敌酋，写得回肠荡气、摇曳多姿，令人恍如置身其中。我随便这么一说，大家就可以想出很多场面来。你想一想郭靖啊、萧峰啊，就这些人参与的那些大的战争场面，不是几个人武打，是千军万马的大镜头的厮杀，就像电影一样，一个长长的镜头摇过去，十几分钟的，杀得尸横遍野。还有比这更牛的？咱就拿出世界上所有写战争场面的小说来比，拿托尔斯泰的小说来比，比不了金庸的。有时候写几个人打架很容易，咱们期中作业已经练习了——咱们写打架，两个人、几个人打架，你写一个战争场面我看看！比如你给我写一个塔山阻击战，你用两千字给我写一个塔山阻击战的场面，比这小点儿的，你给我写一个平型关战役！怎么样写千军万马的战争，让人感到栩栩如生？所以我们看，金庸心中有一股劲儿，他要让自己成为全能冠军，写什么都行，写什么都优秀："别看我是写武侠的，我写战争也一样。"只要给他笔下的那些人物换上现代化武器，他写的就是三大战役！他写的不就是三大战役吗？！只不过当时是骑着马、拿着刀枪剑戟而已，你给他换成机关枪、坦克，那就是现代战争。所以金庸小说也是优秀的战争文学。

那么，说到民族利益、民族斗争，这是一个最复杂的课题，评价起来千差万别。我们今天受帝国主义洗脑，社会上充斥着一种浅薄的和平主义、反战主义。"我们都热爱和平"，这话怎么说都没错。"别跟我谈战争，一谈战争我就烦"，"你怎么这么喜欢说战争啊，战争是要死人的啊"，这样说显得自己可无辜了、可清纯了、可小清新了〔众笑〕。就像我评价《民兵葛二蛋》一样，《民兵葛二蛋》里边那个日本鬼子的妹妹良子，就装得很清新，她觉得她哥哥很无辜，"这都是国家的命令啊，他是军人啊，他要执行命令啊"，其实这种小清新才是杀人不眨眼的。一味地反战，一味地和平，恰恰背后掩藏着残暴，掩盖着嗜血。因为战争和战争不一样！战争不是没有是非曲直可言的，战争从来就有正义与非正义之分。而战争的性质，中国古人两千多年前就搞明白了。你看中国古代的史书，《左传》《春秋》《战国策》里边写战争的很多，主要篇幅都用在前边，写战争的起因、人心的向背、战争的性质，等战争真正发生之后，用的篇幅相对很少，不渲染暴力，经常是通过分析战争的性质来评价这场战争。尽管后人说春秋无义战，但春秋战国的时候，每一个战争的参与者却都很计较是否站在了道义的立场上。战争必须跟"义"结合在一起，这个原则至今没有变！你看今天美国的军事力量这么强大，想打谁就可以打谁了，但是它一旦要打谁，你看它主要的力量全部放在宣传上。也就是说连美国都知道，打仗先要占理，即使是必胜之战，都要占在理上。其实这个宣传，本身就是战争，打的是舆论战，打的是文化战，先在舆论战和文化战上取胜。

那么，在我们在今天看来，客观来说很多战争最后的结果导致了民族融合，有时候战争促进了科技的交流、文化的交流。正是通过战争，中国的四大发明传到了欧洲；正是通过战争，印度发明的数学符号传到了欧洲，欧洲人还不知道这是印度发明的，管它叫阿拉伯符号、阿拉伯数字，其实是通过阿拉伯传过去的。从结果上看，战争造成了很多融合，但是当年那些为了保卫自己民族生存、保卫自己幸福奋起而战的那些人是值得被敬仰的。比如我们现在说美国到处侵略别人，我们很不齿，我们不敬仰它。那我们要敬仰的是哪些美国人呢？是当年那些为了自己的独立抗击英国军队的，还有当年为了解放黑奴进行战争的。金庸小说在战争问题上，有鲜明的立场。他对那些反抗侵略的正义战争给予高度热情的歌颂。所以有人说，别看金庸不发言，你读他小说，默默地就受了他的影响，你读他小说，默默地把那个"义"字就注入心田了。因为他写战争的时候，通过对故事的介绍，已经有了他的立场。

我们分析一个例子。《神雕侠侣》的第二十一回"襄阳鏖兵"那一场，忽必烈劝降郭靖。忽必烈是历史上的真人，也是小说中塑造得很生动的形象。忽必烈有段话说得很好，他劝郭靖投降，讲了一番道理，他说："赵宋无道，君昏民困，奸佞当朝，忠良含冤。"忽必烈说得有没有道理？非常有道理。下边这一句就来了，他替郭靖叹息：你这么大一英雄，"何苦为昏君奸臣卖命"！这个舆论战打得很好，这个宣传攻势，是很难抵挡的。你想想，如果你是郭靖，你怎么回答。而且我们知道在小说里，郭靖是一个好像不太聪明的人，第一智商不太高，第二也没什么文化素养。但是郭靖这个人恰恰是因为没这些，所以他保留了良心，他就凭着一个朴素的中国百姓的良心，就说出了下面的话。但是他年轻的时候说不出这些话来，他这个时候已经中年了，已经饱经沧桑了，能说出下面这番话来。

郭靖朗声道："郭某纵然不肖，岂能为昏君奸臣所用！"这一句话就把对方的托词给接住了。"只是心愤蒙古残暴，侵我疆土，杀我同胞，郭某满腔热血，是为我神州千万老百姓而洒。"郭靖这个逻辑是掷地有声的。

忽必烈是真有文化、真有学问。因为他有文化、有学问，所以他善于偷换概念。其实上边忽必烈偷换概念了，他先说你们国家一些不好的事，然后说你要保卫你们国家就是保卫这些不好的事。看，这是他的逻辑。而郭靖恰恰因为没上学，所以有良心。（我们为什么说仗义多是屠狗之辈，负心多是读书之人？读书人，没良心的比例更高！）郭靖不管那个，郭靖一耳朵就听出来这里边不对，我怎么是为贪官奸臣卖命呢？我不是为他所用！是因为我看见你们太残暴了，侵我疆土，杀我同胞，我的热血是为神州千万老百姓而洒！郭靖这番话，说得很朴素，但是是这么铿锵有力。

忽必烈不甘失败，继续施展他的口才，讲："贵邦有一位老夫子曾道：民为贵，社稷次之，君为轻。这话当真有理。"这话谁说的？孟子，是吧？"想天下者，天下人之天下也，唯有德者居之。"你看，这个忽必烈是可以写高考作文〔众笑〕，前面这个前提很伟大，后面这个推论一步一步进行：天下者有德者居之。"我大蒙古朝政清平，百姓安居乐业，各得其所。我大汗不忍见南朝子民陷于疾苦之中，无人能解其倒悬，这才吊民伐罪，挥军南征，不惮烦劳。这番心意与郭叔父全无二致，可说是英雄所见略同了。来，咱们再来干一碗。"忽必烈是人才啊〔众笑〕，确实是人类历史上杰出的领袖，这个胸襟、这个气度、这个理性、这个口才！你不能说他说的没有道理，当时就是宋朝腐败，人家蒙古就是朝政相对清平。然后说着说着就开始偷换概念，他都是趁你不注意的时候偷换概念，只需要一句就行了，他说他是"吊民伐罪""不惮烦劳"，关键在这儿呢。然后下边又说咱俩想的是一样的。辈分上郭靖是忽必烈的叔父，因为郭靖和托雷是兄弟。所以忽必烈想稀里糊涂地就把郭靖给骗过来，只要这碗酒一干，郭靖就算是听了他的，上了当了。但是郭靖这人好在很轴，他不太去想忽必烈是不是偷换概念了，反正他心里边认为你说啥都不对〔众笑〕。我们这些人动脑筋容易被对方绕进去，郭靖不会被对方绕进去，他早就知道你来者不善。我甚至都怀疑郭靖啊，都不听对方说什么〔众笑〕，对方说什么他都不同意就可以了。就跟我家那只猫是一样的，你骗不了它。你跟它说你现在先别吃饭，等会儿再吃，不行，它就坚持要吃，不听你说任何言辞。郭靖怎么样呢？"郭靖大袖一挥，劲风过去，呛啷啷一阵响处，众人的酒碗尽数摔在地下，跌得粉碎。郭靖大声怒道：'住了！你蒙古兵侵宋以来，残民之逞，白骨为墟，血流成河。'"我估计这个口才都是黄蓉教他的〔众笑〕，他年轻的时候说不出这么好的话来。"我大宋百姓家破人亡，"这个话他倒是能说出来，"不知有多少性命送在你蒙古兵刀箭之下，说什么吊民伐罪，解民倒悬？"

　　金庸给郭靖安排这样一段话，其实是通过他表达一个被侵略民族的心声。就是说，一个民族再有问题，你也不能趁它内部有问题去占领人家、毁害人家，错误的还是侵略者。这其实涉及世纪之交以来美国高唱"人权高于主权"的问题，这个理论是很迷惑人的。我们说的是一个国家的主权神圣不可侵犯，美国说"人权高于主权"，所以它可以举着人权的幌子干预你的主权、推翻你的主权、撤换你的主权。我们想想，你在生活中，你邻居家老打孩子，天天打，你看着孩子哭得挺可怜，假如你家有一个这样的邻居，你应该怎么处理呢？你可以不闻不问，但是你很有可能于心不忍，你要干涉，应该怎么办？你应该去劝他们家不要打孩子，然后呢，想办法把孩子救出来。但是你不能拿一把菜刀冲进他家把他父母砍了，说："孩子，从今天起，我是你爹。"〔众笑〕还把人家财物都占领，他家变成你家了。所以在这里边，你要是不去想生活中实际发生的情况，就容易被偷换概念。所以主权和人权的诡辩是这样发生的。

那么，郭靖还能够反过来劝忽必烈，他见忽必烈气度宽宏，也知道忽必烈是个英雄，便反过来良言相劝道："我南朝地广人多，崇尚气节。俊彦之士，所在多有，自古以来，从不屈膝异族。蒙古纵然一时疆界逞快，日后定被逐回漠北，那时元气大伤，悔之无及，愿王爷三思。"我觉得这一番话是黄蓉说不出来的。就这个见解，说明郭靖有比较高的境界，他有大的眼光，郭靖没有小聪明，他有大战略。他根据大的正义判断你们这么做不行，你们现在占便宜，将来要吃大亏。当然郭靖不是现代人，我们是以现代眼光回过头去看，然后知道蒙古已经吃了大亏了，蒙古果然在中原地带没有统治百年，又被打了回去，幸亏当年听了一些有识之士的劝告，特别是耶律楚材的劝告，保留了自己的"后方根据地"，还能回去过他们放牧的生活。就是说蒙古他们后来还是回去了。如果不是这样的话，如果完全陷在南朝花花世界里，那很可能就连"根据地"都没有了。

从郭靖跟忽必烈这一段的对话，我们就能看到金庸对民族问题的立场。这里是强调正义与非正义的问题。正义与非正义用什么来衡量呢？用人民来衡量，不以朝廷来衡量。

我们再看另一部小说里涉及民族问题的一个部分。有人说金庸的第一部小说《书剑恩仇录》民族立场过于鲜明，这个我们也能看到。清军使者围困木卓伦部，去木卓伦部下招降书，就问木卓伦"'你是族长吗？'神态十分倨傲。清兵无故入侵回部，杀人放火，回人早已恨之入骨，这时见那使者如此无礼，几个回人少年更是忍耐不住，唰唰数声，白光闪动，长刀出鞘"。清军大军压境，使者去下书，想威吓一下，可是他在语言上、礼貌上就犯了错误。优势一方如何对待劣势一方？大家看看我们古书里记载的那些战争，战争双方怎么谈话。越是优势的，对待劣势一方越要客气，打了胜仗都要说"对不起，我不小心杀了你"，这才是仁义。因为人有宁死不屈的一面，你如果因为自己得了优势就欺侮对方，有时候对方宁肯死。而对方一旦宁肯死，那你肯定也要受伤。

> 那使者毫不在意，朗声说道："我奉兆（惠）大将军之命，来下战书。要是你们识得时务，及早投降，大将军说可以饶你们性命，否则两军后天清晨决战，那时全体诛灭，你们可不要后悔。"他说的是回语，众回人一听，都跳了起来。

我们古人从来都讲恩威并重，这个使者显然是无恩之威，他发的是淫威，没有恩的威是不被人敬重的。我们看木卓伦部：

> 木卓伦见群情汹涌，双手连挥，命大家坐下，凛然对使者道（不让大家乱场，他挑梁）："你们无缘无故来杀害我们百姓，抢掠我们财物，真神在上，定会惩罚你们的不义行为。要战就战，我们只剩一人，也决不投降。"

他们不做奴隶。"月色下刀光如雪，人人神态悲壮。众人均知清兵势大，决战胜多败少，但他们世代虔诚信奉伊斯兰教，宝爱自由，决不做人奴隶。"

西方人现在不都歌颂斯巴达吗？斯巴达的精神就是不做奴隶的精神。其实古希腊奴隶未必就生活得特别特别悲惨，有的奴隶可能还生活得不错。因为古代都很穷，主人也很穷，有的主人是靠奴隶养活的，奴隶在家干点活、做饭吃，然后主人每天在广场上跟人家高谈阔论，那时的主人穷，长得特像一土豆，穿个破鞋子在广场上仰望星空去了〔众笑〕，家里是奴隶给他操持着。但是，就因为奴隶是不自由的，而人最高的诉求是自由，就像《伊索寓言》里讲的，所以奴隶要反抗。所以，你要真想保持自己的优势地位，做好大哥，就应该给兄弟们自由。给兄弟们自由，才能坐稳大哥的位置。

那么，再讲另外一个作品，《白马啸西风》。我们前面讲《白马啸西风》武功乏善可陈，爱情是一流的。除了爱情之外，《白马啸西风》还有这样一个插曲，它里面讲了古代高昌国的故事。我们今天说高昌是一小国，但当时是大国。西域大国高昌，它臣服于唐，唐朝其实已经不怎么欺负人了，中国古代不去搞殖民地欺负别人，但是唐朝还是有一些要求，有一些文化要求，要他们遵守很多汉人的规矩。高昌国王就说啊："鹰飞于天，雉伏于蒿，猫游于堂，鼠噍于穴，各得其所，岂不能自生邪？"就是说，你们爱怎么玩怎么玩，我们就是小老鼠，在自己的巢穴里面，吃点零七八碎的东西，我们活得很快乐，你能不能别管我们怎么活着。本来中国是有这种包容精神的，你看中国有"老鼠嫁女""老鼠娶亲"的故事啊，老鼠也有它可爱的一面，并不是说老鼠一定要像猫那么活着。但是，有时候太强大就忘了这一点。那么唐朝一听很生气，你不听话，不听话就揍你："侯君集俘虏了国王麹哲盛及其文武百官、贵族豪杰，回到长安，将迷宫中所有的珍宝也都搜了去，唐太宗说，高昌国不服汉化，不知中华上国衣冠的好处。"于是赐了大批汉人的书籍、衣服、用具、乐器等给高昌，还挺好，弄了这么多东西去。高昌人私下说："野鸡不能学鹰飞，小鼠不能学猫叫，你们中华汉人的东西再好，我们高昌野人也是不喜欢。"你看他们和李文秀的态度是一样的，"那些都是很好很好的，可是我偏不喜欢"，这跟爱情是同构的。你说你好，我不喜欢！"将唐太宗所赐的书籍文物、诸般用具，以及佛像、孔子像、道教老君等等都放在这迷宫之中，谁也不去多看一眼。"

所以《白马啸西风》好在哪儿呢？它除了写爱情的单相思，也写了一个文化上的单相思，文明模式的单相思。我们不排除有一部分人是好心，但是文明的原则是好心也不行，好心也不能强加在别人头上，不能强加于人。第一是要尊重他人，尊重他人的自由和尊严。人家高昌国打不过你，但是你给我的东西我可以不看吧，给了我们，我们就放那儿，不看。所以小小的一部《白马啸西风》，讲了很深的文明之间相处的道理。

这是国家与国家，我们再看个人与个人之间霸权主义带来的悲剧。我们举一个刀白凤的例子。《天龙八部》里边，国君的弟弟，镇南王段正淳到处风流，他的夫人刀白凤是当地的少数民族，摆夷人。段正淳天性风流，所到之处跟许多女子结缘生情。他造的孽给他儿子也带来了很多的麻烦〔众笑〕。但是首先是给他的夫人带来麻烦，他的夫人一忍再忍，忍不了了，镇南王妃刀白凤开始反抗，她自言自语道：

> 我这么全心全意地待你，你……却全不把我放在心上。你有了一个女人，又有了一个女人，把我们跪在菩萨面前立下的盟誓全都抛到了脑后。我原谅了你一次又一次，我可不能再原谅你了，你对我不起，我也要对你不起。

她要报复他，怎么报复呢？你背着我去找别人，我也要去找别人。但是下面她就把这问题上升到民族高度了，你看："你们汉人男子不将我们摆夷女子当人，欺负我，待我如猫如狗、如猪如牛，我……我一定要报复，我们摆夷女子也不将你们汉人男子当人。"我们看普通的人与人之间的矛盾一旦发生在不同的民族的人身上，就变成民族矛盾了。他俩就是因为是不同的民族，她就说你们看不起我们摆夷女子。刀白凤就毅然地报复了段正淳，出去随便委身给一个乞丐，跟这个乞丐一夜风流了，结果生下了段誉，她用这个方式去报复段正淳。所以文化上的这种自大，造成的不仅是国家悲剧还有个体的悲剧。

回顾一下金庸小说里的人物，我们发现他塑造了一系列少数民族的英雄儿女，这是金庸的一个伟大贡献，超过了所有作家。金庸笔下有一个琳琅满目的少数民族英雄儿女的画廊，数一数主要人物就有：木卓伦、霍青桐、喀丝丽、阿凡提、哲别、何铁手、萧峰、段誉、完颜阿骨打、赵敏、小昭等。其中很多都是金庸小说中的一绝，比如在金庸小说中谁最英雄？那没的说，萧峰！第一英雄，萧峰；第一高手，前面分析武功的时候，有人说武功最高的是阿凡提；第一神箭手，哲别；第一情痴，段誉；第一美女，香香公主；第一圣女，波斯小昭；第一妖女，蒙古赵敏。金庸笔下的这些人物——不知他是有意无意的——这么多加起来，说明他的感情投入在少数民族身上。你想金庸作为一个汉族的书香门第、江南有数人家出生的人，生长在汉文化最发达地区，这样一个文人作家，他的感情那样深地投放在少数民族身上，这是他小说高境界的所在。你看，我们列的从萧峰到赵敏，这些人都一个一个可以单独论的。

金庸小说另一个优点，是它能够反思汉族的弊端。金庸一面歌颂少数民族英雄儿女，反过来他能够反省我们汉族出了什么事，我们汉族有什么问题，这个精神跟鲁迅精神是一致的。我们看，鲁迅的大量文章是批判自己，批判中国自己，比如说日本侵略我们，你看鲁迅很少有文章去骂日本，他只是指出日本侵略我们就完了，他积极参加抗日活动，组织抗日民族统一战线，提出民族革命战争的大众文学，但他主要的力量是批判我们中国出的问题。金庸也是，反省自己，从他第一部小说开始，在他第一部小说主人公陈家洛身上，他就开始了这个工作。你看陈家洛是怎么去劝乾隆的，陈家洛说："你是汉人，汉人的锦绣河山沦入胡虏之手，你却去做了胡虏的头脑,率领他们来欺压咱们黄帝子孙。这岂不是不忠不孝,大逆不道吗?"又说:"你一样做皇帝,与其认贼作父,为后世唾骂,何不奋发鹰扬,建立万代不易之基?"在陈家洛这样的知识分子看来,自己讲得很有道理啊。但他讲的这是个什么道理?他讲的其实就是一个血统。清朝到底好不好他不管,皇帝好不好、统治好不好,他不管,他只发现了乾隆是汉人,就如获至宝。我们想一想我们汉族几百年间为什么喜欢传这样的故事?说某某少数民族统治者其实是汉人,被调了包了,这么一说就好像咱们占了便宜一样,就想在血统上占人家便宜。陈家洛想的是乾隆恢复汉家的统治,还继续做皇帝,"你一样做皇帝"。所以说陈家洛这样的人就缺少人民性,他是一个简单的血统论者。只要把血统换成汉人就好了,就完成任务了。红花会最后为什么不成功,是因为意识形态上就不清楚。我们具体分析,陈家洛为什么认识不清,就是因为他认为只要是皇上变了就行了。当然他更不考虑操作性,这乾隆怎么凭着一个人的力量,去消灭满朝的满族统治者呢?所以他这个认识就有问题,这个认识一直延续到辛亥革命。

我讲辛亥革命的时候说了,孙中山的辛亥革命口号上就有问题,"驱除鞑虏,恢复中华"。幸好当时清朝统治者确实出了问题了,如果没出问题呢?就因为它是"鞑虏",你就不承认它的合法性?这就造成辛亥革命之后,有许多社会问题、民族问题,幸亏辛亥革命不是按着这个理想去操作,去实践的,幸亏后来没有"驱除鞑虏",而是"五族共和",我们知道实际上我们是民族共和了。

金庸当然是有后世之明,从后来者的角度去反省汉族弊端。但是,陈家洛自己也明白,他在反思爱情问题的时候就讲过:"难道我心底深处,是不喜欢她太能干吗?"他知道自己为什么不喜欢霍青桐,霍青桐太能干了。心惊之下,他自忖道:"陈家洛,你胸襟竟是这般小!"其实这个问题还是鲁迅发现的，就是中国人的境界从宋朝之后开始变得小了，尤其体现在知识分子身上，想问题越来越细、越来越小，做的东西越来越好玩儿、越来越精巧，到最后没什么可玩儿的了，玩那个鼻烟壶。那鼻烟壶真是好玩儿啊，弄一支小笔伸进去，在里面画画，画得那么精美，大家见面之后互相欣赏这个。我们一方面承认这是伟大的艺术，但是一个国家的男人成天玩儿这个，这个国家离灭亡也就不远了。很多人逗蛐蛐、逗蝈蝈，在每个细小的问题上能够穷尽大半生的心血，研究怎么把蝈蝈弄到天上去、把别人家的蝈蝈拐回来，成天研究这个。应该说这是文化、是智慧，但是那个大气没有了，汉唐雄风没有了。我们这些年为什么要演电视剧《汉武大帝》，要演这些，现在很多人都讨厌辫子戏，电视上的辫子戏为什么讨厌？因为辫子戏越演越小气，一天到晚格格、阿哥、皇阿玛，一天到晚演这个。我们一定要跳出这个辫子戏，恢复我汉唐雄风。

在《鹿鼎记》里边，康熙有一段话掷地有声，因为康熙知道韦小宝是天地会的人，天地会成天要推翻康熙，康熙说了一段很委屈的话，他说："我做中国皇帝，虽然说不上什么尧舜禹汤，可是爱惜百姓，励精图治，明朝的皇帝中，有哪一个比我更加好的？"人家很委屈。"现下三藩已平，台湾已取，罗刹国又不敢来犯疆界，从此天下太平，百姓安居乐业。天地会的反贼定要规复朱明，"恢复老朱家的明朝统治，"难道百姓在姓朱的皇帝治下，日子会过得比今日好些吗？"康熙的这段话有点悲愤，还有点悲凉，他不服这口气。我们知道中国历史上，文化素质最高的、文治武功最高的就是清朝皇帝，清朝皇帝每一个都是大学者水平，每一个皇帝从小都是像高三学生一样那么过的，从四五岁开始过的就是高三学生的生活，一天睡几个小时觉，每一个小时都安排了刻苦学习的内容，不是射箭，就是读四书五经，背这背那、学数学、学天文，什么都学，浑身本事。前几个皇帝把国家治理得那么好，为什么？因为他自卑，就怕汉族看不起他，就怕对不起打下的江山，知道江山是用暴力打下来的，但以后要好好弥补。弥补了半天，他们觉得他们把国家治理得不错了，可是你们为什么非要反我啊？干吗要推翻我啊？我不是好好为人民服务吗？还不行啊〔众笑〕？是不是，他心里有不解，他很悲愤，但是没处可说，他只能跟韦小宝说，你们干吗要恢复老朱的统治，他们家那么坏，你们明明知道他们家不行。这里面就有一个疑问，康熙的话有没有道理？有时候是不是只有一个道理是对的？这里边好像有一个历史的悖论存在着，我们说天地会反清复明，有没有正义性？那么，康熙的委屈有没有道理？就当这两个道理碰到一块的时候，谁能胜利，决定于什么？康熙后边还接着乾隆，到嘉庆，清朝统治得也不错，为什么到咸丰年间、道光年间就出了事了？我们今天为什么老要去研究清朝的历史，老研究不明白呢？因为这里面包含着很多冲突的概念，而金庸也想用小说的方式来探讨这些冲突。

那么跟康熙形成的一个对比是，金庸写了几个可笑的中国大知识分子，当时一流的学者，他们竟然要劝韦小宝当皇帝：

绝不是开玩笑。我们几人计议了几个月，都觉大明气数已尽，天下百姓已不归心于前明。实在是前明的历朝皇帝把百姓杀得太苦，人人思之痛恨。可是清廷占了我们汉家江山，要天下汉人剃头结辫，改服夷狄衣冠，这口气总是咽不下去。韦香主手绾兵符，又得鞑子皇帝信任，只要高举义旗，自立为帝，天下百姓一定望风影从。

这是金庸写的沉痛之处。康熙已经指出你们原来的皇上不行，所以我们才能得天下，你虽然看不起我们，可第一，我们得了天下，第二，我们现在好好给你们干活了。康熙把一番道理讲了。那么，汉族的大知识分子也同意这个说法，查继佐、顾炎武、黄宗羲这些代表这个国家主流意识形态的人，也说前朝确实不行了，明朝看来恢复不了了——虽然一直到了阿Q所处的时代都有人想着明朝回来，就像鲁迅在《阿Q正传》中讲的白衣白甲——可是呢，清朝占了咱们江山，这口气咽不下去。他没说统治好不好，他把这事儿绕过去了，他说的主要是让咱们剃头这事〔众笑〕，剃头、结辫、穿他们衣服这事，这口气咽不下去，这不行。那怎么办呢？他们想的办法竟然是让韦小宝自立为帝。在这里金庸对中国知识分子进行了最尖锐的批判、最尖锐的讽刺。他们还是这个血统论！就哪怕让一个流氓来当皇帝都行，哪怕是一个不学无术的流氓都行，他们明明知道韦小宝不行，但是他们还要拥立韦小宝。所以说这就是他们反清复明不能成功的原因，他们没有一个正确的理论来解释历史，来解释现实，他们的一生只能蹉跎而过。查继佐也是金庸的祖先，我想金庸在这里表达了一份对祖先复杂的慨叹。

那么，民族与民族之间、文明与文明之间的关系，到底需要什么境界，这是需要经过反思的。萧峰有一段话，是他后面的反思。萧峰想起自己奔波找那个大恶人的经历，他说："若不是有人揭露我的身世之谜，我直至今日，还道自己是大宋百姓，我和这些人说一样的话，吃一样的饭，又有什么分别？"我当年第一次读《天龙八部》读到这段的时候，我有深深的感慨。为什么有深深的感慨？因为我曾经就有一个朋友有类似的经历，他长到二十来岁被告知他是日本人〔众哗〕。我知道，他当时那个感受就跟五雷轰顶一样的。他是他妈妈留在中国的战争婴儿，他妈妈在战争中生的他，当他知道真相后，他姥爷又把他弄回日本去了。他当时是特别痛苦的，因为受的是中国的教育："我是中国人，吃中国饭、说中国话，突然说我是日本人，这没法过下去了，简直就是没法活下去了！"

看到这段话的时候我很感慨。假如,不管他是什么人,没有人告诉他这些,他就这么活下去不挺好吗?是什么人有那么重要吗?对于萧峰来说,他本来就是在大宋的土地上长大的,自己表现非常好,当了丐帮领袖,和身边的人没什么分别。而就是因为少看了马夫人一眼,马夫人就把他害惨了,马夫人出来揭露了他的身世之谜,就毁了他一辈子。啊,原来人的身世这么重要。所以有时候我观察我们小区里那些猫,它们好像不太在乎身世。有时候我抓住一只猫就问:"你妈妈是谁呀?"〔众笑〕它很烦我,它对这个问题一点都不感兴趣,它虽然听不懂,但它知道我问的是一个很无聊的问题,它不听我这个无聊的问题。你看这只小猫就不太在乎谁是它的爸爸妈妈,它不管它的身世,所以它没有身世的痛苦。而人,身世很重要,所以就有身世的痛苦。

  萧峰再想下去就很深刻:"为什么大家好好的都是人,却要强分为契丹、大宋、女真、高丽,你到我境内来打草谷,我到你境内去杀人放火,你骂我辽狗,我骂你宋猪。"话很普通,但是很深刻。这里头有一个命题叫"大家好好的都是人",我们人要好好想这一句话,就能够解决世界上很多矛盾和冲突。因为有些人有些势利,它没有好好地理解这句话,事先把我们分成这个那个,忽略了我们"大家好好的都是人"这一条。如果我们能想到这个——"大家好好的都是人",我们就会把握一个互相对待的界限。界限是只能止于调侃,不能越过调侃变成伤害。我们常常会越过这个界限,比如说,认为对方是"辽狗"或是"宋猪",认为对方不是人,既然不是人就可以杀戮。鲁迅的《狂人日记》里就讲了这个问题,要吃人先要罩上一个名目,无非是说他不是人,不是人接下来就可以吃了。所以吃人并不是开始在战争的一刹那,是在宣传的过程中,先把对方宣传为可以吃,然后就可以动手了。想到这个,我们就可以解决很多民族偏见。

萧峰说："完颜阿骨打认为'辽人奸猾'，而'中原蛮子'啰里啰唆，多半不是好人。而辽国皇帝耶律洪基对汉人的看法是，'南人贪财卑鄙无耻之徒甚多'。"这些话都是似是而非的，你说他有没有依据？确实有一定的依据。我们能找到依据，能找到汉人贪财、卑鄙无耻的依据，肯定有很多，可以说比别的民族还多一点儿。它是有原因的，首先有财可贪，因为经济发达嘛，花花世界让他有财可贪，生活舒服，贪财、卑鄙无耻的人就会比较多。完颜阿骨打认为辽人奸猾，是因为他们女真当时比较落后，没有进入商品社会，进入商品社会自然就奸猾了。所以说不是人的好坏问题、不是人的本质问题，而是因为这个社会规矩。我们不能说哪个民族的人固定就好，固定就坏，这跟民族、血统没有关系。

所以我们最后引一段话——那天那个同学也引了这段话——这是金庸在民族问题上受佛教影响的他的一个立场。就是天台山高僧智光为了启悟萧峰，用生命留给他的三十二个字，这三十二个字又普通，又深刻："万物一般（万物一般其实是道家的理论，但是被佛家吸收去了），众生平等。圣贤畜生，一视同仁。汉人契丹，亦幻亦真。恩怨荣辱，俱在灰尘。"

这段话很容易被误解为是消极的、消沉的、不求上进的、不分是非的，其实不是这样的。"万物一般"，不等于不承认万物，而是承认万物，但是能找到它的普遍性；"众生平等"，不是要把"众生"变成"一生"，众生是存在的；"圣贤畜生"，在一个更高的境界上是一视同仁的，圣贤可能变畜生，畜生也可能受感化变成圣贤；"汉人契丹"，没有说他是幻还是真，是"亦幻亦真"，你说有就有，说没有就没有。就像我们"民族"这事儿，说有就有，想分还能再分，找到一个标准就可以分。但是你要把这事看淡，不需要分的时候分它干吗？干吗要分？"恩怨荣辱，俱在灰尘"，这是佛教思想的一个核心理念，我们不一定要完全赞同这个理念，但这个理念可以给我们启悟，让我们思考今天的世界、今天的民族、今天的文明冲突，让我们都能有一个超越的认识。

好。金庸小说是讲不完的！只能以后有机会再跟大家交流。如有遗漏的和错误的地方，请同学们批评和谅解。

有机会下学期跟同学们再见。今天的课就上到这里。

〔掌声〕